산시로

三四郎(1908)
夏目漱石

나쓰메 소세키 소설 전집 7
산시로

초판 1쇄 발행 2014년 9월 5일
초판 9쇄 발행 2023년 11월 25일

지은이 | 나쓰메 소세키
옮긴이 | 송태욱
펴낸이 | 조미현

편집주간 | 김현림
교정교열 | 장미향
디자인 | 나윤영

펴낸곳 | (주)현암사
등록 | 1951년 12월 24일 · 제10-126호
주소 | 04029 서울시 마포구 동교로12안길 35
전화 | 365-5051 · 팩스 | 313-2729
전자우편 | editor@hyeonamsa.com
홈페이지 | www.hyeonamsa.com

ISBN 978-89-323-1704-5 04830
ISBN 978-89-323-1674-1 04830(세트)

이 도서의 국립중앙도서관 출판예정도서목록(CIP)은 서지정보유통지원시스템(http://seoji.nl.go.kr)과
국가자료종합목록시스템(http://www.nl.go.kr/kolisnet)에서 이용하실 수 있습니다.
(CIP제어번호 CIP2014023624)

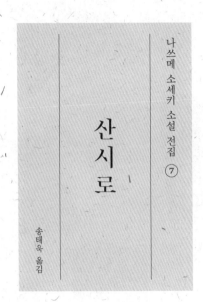

나쓰메 소세키 소설 전집 ⑦

산시로

송태욱 옮김

ㅎ 현암사

소세키의 책 중에 작은 판형으로
제작된 책들이 있는데, 장식성이
뛰어나다.(1914~1918)

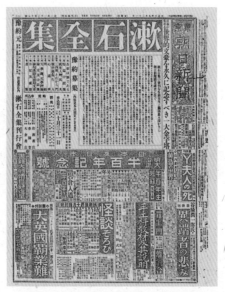

소세키 전집 발간 기사(《아사히 신문》)

소세키 사후 1주년 기념으로 출간된
최초의 소세키 전집(이와나미쇼텐, 1917)

소세키 산방 서재에서(1907). 소세키는 이곳에서 『우미인초』, 『산시로』, 『마음』 등을 집필했다.

도쿄제국대학 강사 시절. 졸업생과 함께(1906)

다섯 살 무렵의 소세키(1872)

도쿄제국대학 재학
시절의 소세키(1892)

1889년 발매된 마사오카 시키의 시문집《나나쿠사슈》에 비평과 함께
9편의 칠언절구 시를 덧붙이면서 처음으로 '소세키'라는 호를 사용한다.

소세키가 『나는 고양이로소이다』와 『도련님』을 집필한 집(1903~1906년 거주)

소세키는 슬하에 2남 5녀를
두었다.(1915)

두 아들과 소세키(1914)

소세키 산방의 서재 모습(1917)

소세키 산방에서(1912)

소세키가 애용한 문방구와 특별히
디자인한 원고용지 판목

『산시로』 자필 원고

연재 당시의 『산시로』. 도쿄《아사히 신문》
(1908년 11월 11일 70회)

도쿄 시내 전차 안내도.(1907)
구마모토에서 기차를 타고 도쿄에
온 산시로는 전차에 놀란다.

1879년에 교바시(京橋)에
세이요켄(精養軒)의 지점으로
문을 연 곳. 『산시로』에 나오는
'세이요켄'은 이곳이 모델이 되었다.

도쿄제국대학에 있는 산시로 연못

당시 도쿄제국대학의 캠퍼스

『산시로』에 등장하는
요세의 모습(1883년경)

소세키가 항상 근처에 두었던 라쿠고 책과 다이쇼 초기의
라쿠고 순회 공연 포스터. 그는 야나기야 고상의 팬이었다.

〈지한노료池畔納凉〉(후지시마 다케지藤島武二, 1897)

1

꾸벅꾸벅 졸다가 눈을 떠보니 여자는 어느새 옆자리의 노인과 이야기를 나누고 있다. 이 노인은 분명히 두 역 앞에서 탄 시골 사람이다. 기차가 출발하기 직전에 괴상한 소리를 지르며 올라타더니 느닷없이 윗통을 벗어젖혔는데, 노인의 등에 뜸을 뜬 자국이 가득해 산시로의 기억에 남아 있다. 땀을 닦은 노인이 다시 옷을 입고는 여자 옆자리에 앉는 것까지 주의 깊게 지켜봤을 정도다.

여자와는 교토에서부터 기차를 함께 타고 왔다. 그녀는 기차에 탈 때부터 산시로의 눈에 띄었다. 무엇보다 피부색이 까맸다. 산시로는 규슈에서 산요센(山陽線)[1]으로 갈아탔는데 교토나 오사카에 가까워짐에 따라 여자들의 피부색이 조금씩 하얘져서 어느새 고향에서 멀어진 듯한 슬픔을 느끼고 있었다. 그래서 이 여자가 객실로 들어왔을 때는

---

1 고베와 시모노세키 사이를 잇는 철도로 1901년에 개통되었다. 『산시로』가 발표된 1908년 당시 간몬(關門) 해저터널은 아직 개통되지 않아 규슈에서 상경하는 산시로는 연락선으로 모지쿠에서 시모노세키로 건넜을 것이다.

왠지 이성의 동지를 얻은 기분이 들었다. 이 여자의 피부색은 그야말로 규슈의 색이었던 것이다.

미와타(三輪田)의 오미쓰(御光)와 같은 색이다. 고향을 떠나기 전까지 오미쓰는 귀찮은 여자였다. 그녀의 곁을 떠나게 되어 무척 다행스러웠다. 하지만 이제 와서 보니 오미쓰 같은 여자도 결코 나쁘지는 않은 것 같다.

얼굴 생김새만 본다면 이 여자가 훨씬 낫다. 입매가 야무지고 눈매도 또렷하다. 이마는 오미쓰처럼 휑하지 않다. 왠지 호감을 주는 생김새다. 그래서 산시로는 5분에 한 번쯤은 눈을 들어 여자를 쳐다봤다. 이따금 여자와 눈길이 마주치기도 했다. 노인이 여자 옆자리에 앉을 때는 좀 더 주의해서 가능한 한 오랫동안 여자를 보고 있었다. 그때 여자는 방긋 웃으며 자, 앉으세요, 하며 노인에게 자리를 양보했다. 잠시 후 산시로는 졸음이 몰려와 잠들어버렸다.

산시로가 잠을 자는 동안 여자와 노인은 친해져 이야기를 나누기 시작한 것으로 보인다. 잠에서 깬 산시로는 잠자코 두 사람이 나누는 이야기를 듣고 있었다. 여자는 이런 이야기를 한다.

아이들 장난감은 역시 히로시마보다 교토가 더 싸고 좋은 게 많다. 잠깐 볼일이 있어 교토에 내린 김에 다코야쿠시(蛸藥師) 거리에서 장난감을 사왔다. 오랜만에 고향에 돌아가 아이를 만나게 돼 무척 기쁘다. 하지만 남편의 송금이 끊겨 어쩔 수 없이 친정으로 돌아가는 길이라 걱정이다. 남편은 구레(吳)[2]에서 오랫동안 해군 직공으로 일했고, 전쟁[3] 중에는 뤼순(旅順)[4]에 가 있었다. 전쟁이 끝나자 남편은 일단 일

---

2 히로시마 현의 항만 도시. 해군 공창(工廠)이 있어 군과 관련된 함선이나 기계 등을 제작했다.

본으로 돌아왔다. 그리고 얼마 후에는 다롄(大連)⁵으로 가면 돈을 벌수 있다며 그쪽으로 떠났다. 처음에는 소식도 오고 다달이 꼬박꼬박돈을 보내주어 좋았는데, 반년쯤 전부터는 편지도 돈도 전혀 오지 않게 되었다. 불성실한 사람이 아니니 아무 일 없겠지만, 언제까지고 이렇게 놀며 지낼 수도 없는 일이라 안부를 알 때까지는 어쩔 수 없이친정으로 돌아가 기다릴 생각이다.

노인은 다코야쿠시 거리도 모르고 장난감에도 흥미가 없는 모양인지 처음에는 그저 예, 예, 라고만 대답하고 있었는데, 뤼순 이야기가나오자 갑자기 동정을 느끼는지 그거 참 딱하게 되었다며 말문을 열었다. 내 아들도 전쟁 중에 군대에 끌려가 결국 거기서 죽었다. 도대체 전쟁을 뭐 때문에 하는지 모르겠다. 나중에 경기라도 좋아진다면모르겠지만, 생때같은 아들은 죽고 물가는 올랐다. 이런 어처구니없는 짓이 어디 있겠느냐. 세상이 좋을 때는 외지로 돈 벌러 나가는 일이 없었다. 다 전쟁 탓이다. 여하튼 믿음이 중요하다. 틀림없이 살아서일하고 있을 거다. 좀 더 기다리고 있으면 반드시 돌아올 것이다.

노인은 이런 말로 열심히 여자를 위로했다. 얼마 안 있어 기차가 멈추자 노인은 그럼, 몸조심하시오, 하며 여자에게 인사하고는 기운차게 내렸다.

노인에 이어서 내린 사람이 네 명쯤 있었지만, 기차에 오른 사람은한 사람뿐이었다. 원래부터 혼잡한 객실도 아니었지만 갑자기 쓸쓸해

3 러일전쟁(1904~1905)을 말한다.
4 러일전쟁의 격전지. 제2차 세계대전 전에는 제정 러시아, 후에는 일본의 조차지였다.
5 뤼순과 마찬가지로 제2차 세계대전 전에는 러시아의 조차지였고, 후에 일본의 조차지가 되고 나서는 남만주철도의 기점으로 대륙 경영의 거점이 되었다. 소세키는 나중에 이곳을 방문하여『만한 이곳저곳』을 썼다.

졌다. 날이 저문 탓인지도 모른다. 역무원이 지붕을 쿵쿵 밟으며 위에서 불 컨 램프를 끼워 넣고 갔다. 산시로는 문득 생각난 듯이 지난 역에서 산 도시락을 먹기 시작했다.

기차가 출발하고 2분쯤 지났을 무렵, 여자는 쓰윽 일어나 산시로 옆을 지나쳐 객실 밖으로 나갔다. 그때 여자의 오비[6] 색깔이 산시로의 눈에 들어왔다. 산시로는 조린 은어 대가리를 입에 문 채 여자의 뒷모습을 바라보았다. 화장실에 가는구나 하면서 열심히 먹었다.

여자는 곧 돌아왔다. 이번에는 앞모습이 보였다. 산시로의 도시락은 거의 비어가고 있었다. 고개를 숙인 채 열심히 젓가락질을 하여 볼이 미어지도록 두세 입을 밀어 넣었는데, 아무래도 여자는 아직 원래의 자리로 돌아가지 않은 듯하다. 혹시나 하는 생각에 무심코 눈을 들자 아니나 다를까 정면에 서 있다. 하지만 산시로가 눈을 드는 것과 동시에 여자는 움직이기 시작했다. 그냥 산시로 옆을 지나 자신의 자리로 돌아가야 할 것을, 바로 앞으로 와서 몸을 옆으로 돌리고 창밖으로 머리를 내민 채 조용히 밖을 바라보기 시작한다. 바람이 세게 불어와 귀밑머리가 하늘하늘 날리는 모습이 산시로의 눈에 들어왔다. 그때 산시로는 빈 도시락을 창밖으로 힘껏 던졌다. 여자가 머리를 내민 창문과 산시로가 도시락을 던진 창문은 한 칸 건너 바로 옆 칸이었다. 던진 도시락의 하얀 뚜껑이 바람을 거슬러 되돌아오는 것처럼 보였을 때 산시로는 자신이 엉뚱한 짓을 한 것을 깨닫고 문득 여자의 얼굴을 보았다. 공교롭게도 그녀의 얼굴은 창밖으로 내밀어져 있었다. 여자는 목을 움츠린 채 사라사 손수건으로 꼼꼼히 이마를 닦아내기 시작했다. 산시로는 어찌 되었든 사과를 하는 게 낫겠다고 생각했다.

6 기모노를 입을 때 허리 부분을 감고 조여 묶는 좁고 긴 천.

"죄송합니다."

"아니에요."

여자가 대답했다. 아직 얼굴을 훔치고 있다. 산시로는 별도리가 없는지라 입을 다물었다. 여자 역시 입을 다물었다. 여자는 다시 머리를 창밖으로 내밀었다. 서너 명의 승객은 어두운 램프 아래에서 다들 잠에 취한 얼굴을 하고 있다. 이야기를 하고 있는 사람은 아무도 없다. 기차만 아주 무시무시한 소리를 내며 달린다. 산시로는 눈을 감았다.

잠시 후 여자의 목소리가 들렸다.

"나고야는 거의 다 온 건가요?"

여자는 몸을 돌려 엉거주춤한 자세로 어느새 산시로 옆으로 얼굴을 들이밀고 있었다. 산시로는 놀랐다.

"글쎄요."

이렇게 대답은 했으나 자신도 처음 도쿄에 가는 길이라 도무지 요령부득인 것이다.

"이대로라면 늦어지게 될까요?"

"그렇겠지요."

"당신도 나고야에서 내리시는지……"

"예, 내립니다."

이 기차는 나고야까지 가는 열차였다. 대화는 지극히 평범했다. 다만 여자가 산시로와 비스듬히 마주 보는 자리에 앉았을 뿐이다. 한동안 다시 기차 소리만 들렸다.

다음 역에서 기차가 멈춰 섰을 때 여자는 드디어 산시로에게 나고야에 도착하면 번거롭겠지만 숙소를 안내해달라는 말을 꺼냈다. 혼자서는 무서워서 그런다며 자꾸만 부탁한다. 산시로는 그럴 수 있는 일이라 생각했다. 하지만 흔쾌히 받아들일 마음이 들지는 않았다. 하여튼 처음 보는 여자라서 무척 망설이기는 했지만, 딱 잘라 거절할 용기도 없었으므로 적당히 건성으로 대답해두었다. 그럭저럭하는 사이에 기차는 나고야에 도착했다.

큰 짐은 신바시(新橋)까지 부쳐두었기 때문에 걱정할 일은 없다. 산시로는 천 가방과 우산만 들고 개찰구를 빠져나왔다. 머리에는 고등학교의 여름용 교모를 쓰고 있다. 그러나 졸업했다는 표시로 휘장은 떼어버렸다. 낮에 보면 그 부분만 새것처럼 색이 선명하다. 뒤에 여자가 따라온다. 산시로는 이 모자가 좀 창피했다. 하지만 따라오는 거라 어쩔 수 없다. 여자는 그저 꾀죄죄한 모자로만 생각하고 있을 것이다.

9시 반에 도착해야 할 기차가 40분쯤 늦어졌기 때문에 이미 10시가 넘은 시각이었다. 하지만 더운 계절이라 거리는 아직 초저녁처럼 붐빈다. 여관도 눈앞에 두세 군데 있다. 다만 산시로에게는 너무 고급스러운 곳으로 보였다. 그래서 전등이 켜져 있는 3층짜리 여관을 시치미를 떼고 그대로 지나쳐 어슬렁거리며 계속 걸었다. 물론 낯선 고장이라 어디로 가는지 모른다. 그저 어두운 곳으로 갈 뿐이다. 여자는 아무 말 없이 따라온다. 그러자 비교적 한적한 골목 귀퉁이에서 두 번째 집에 숙박이라고 쓰인 간판이 보였다. 산시로에게도 여자에게도 걸맞은 추레한 간판이다. 산시로는 살짝 돌아보며 여자에게 한마디로 어떠냐고 물었는데 여자가 괜찮다고 해서 과감하게 쑥 들어갔다. 일행이 아니라고 입구에서 미리 말해야 했는데, 어서 오십시오, 들어오십시오, 안내해드려, 매실(梅室) 4번, 하는 말을 연달아 해대는 바람에 어쩔 수 없이 두 사람은 아무 말도 못 하고 매실 4번으로 안내되고 말았다.

여종업원이 차를 가지고 올 때까지 두 사람은 멍하니 마주 보고 앉아 있었다. 여종업원이 차를 가져와 목욕을 하시지요, 라고 말했을 때는 이미 이 여성은 자신의 동행이 아니라고 말할 용기가 나지 않았다. 그래서 수건을 들고 그럼 먼저, 라고 말하고는 욕실로 갔다. 욕실은 복도 끝의 화장실 옆에 있었다. 어둑어둑하고 무척 불결해 보였다. 산시로는 옷을 벗고 욕조로 뛰어들어 잠시 생각에 잠겼다. 이거 참 성가시게 되었군, 하며 첨벙첨벙하고 있으니 복도에서 발소리가 들린다. 누군가 화장실에 들어간 모양이다. 곧 나왔다. 손을 씻는다. 그게 끝나자 끼익 하고 욕실 문이 반쯤 열렸다.

"등 좀 밀어드릴까요?"

그 여자가 입구에서 물었다.

"아뇨, 괜찮습니다."

산시로는 큰 소리로 거절했다. 하지만 여자는 나가지 않는다. 오히려 들어왔다. 그리고 오비를 풀기 시작했다. 산시로와 함께 목욕을 할 생각인 듯하다. 별로 부끄러워하는 기색도 없는 것 같다. 산시로는 얼른 욕조에서 뛰쳐나왔다. 몸을 대충 닦고 방으로 돌아와 방석 위에 앉아 적잖이 놀라고 있자니 여종업원이 숙박부를 가져왔다.

산시로는 숙박부를 들고 후쿠오카(福岡) 현 미야코(京都) 군[7] 마사키(眞崎) 촌 오가와 산시로(小川三四郎), 23세, 학생, 이라고 사실대로 썼다. 하지만 여자에 대해 쓰는 칸에서는 아주 난감했다. 욕실에서 나올 때까지 기다리면 될 거라고 생각했으나 미적대고 있을 수가 없었다. 종업원이 떡하니 기다리고 있기 때문이다. 어쩔 수 없이 동현(同

---

7 소세키의 제자 고미야 도요타카(小宮豊隆)의 고향을 산시로의 고향으로 삼은 것이다. 고미야 도요타카는 『나쓰메 소세키』 등 소세키에 관한 저서도 많이 썼다.

縣) 동군(同郡) 동촌(同村) 동성(同姓) 하나(花), 23세, 라고 엉터리로 써서 건넸다. 그리고 나서 마구 부채질을 해댔다.

얼마 후 여자가 돌아왔다.

"아까는 정말 실례가 많았어요."

여자가 이렇게 말했다.

"아니요."

산시로가 대답했다.

산시로는 가방에서 공책을 꺼내 일기를 쓰기 시작했다. 쓸 게 아무 것도 없다. 여자가 없다면 쓸 게 아주 많을 것 같다.

"잠깐 나갔다 올게요."

여자는 이렇게 말하고 방에서 나갔다. 산시로는 더더욱 일기를 쓸 수 없게 되었다. 어디로 갔을까, 하고 생각하기 시작했다.

그때 종업원이 이부자리를 펴려고 들어왔다. 널찍한 요를 하나만 가져왔으므로 이부자리를 따로 깔아야 한다고 말하자 방이 좁다느니 모기장이 작다느니 하면서 영 말을 들어먹지 않는다. 귀찮아하는 것처럼 보이기도 한다. 결국에는 지금 지배인이 잠깐 외출 중이니 돌아오면 물어보고 가져오겠다고 말하고는 고집스럽게 요 하나만 모기장 안에 가득 차게 펴놓고 나갔다.

그리고 나서 얼마 있으니 여자가 돌아왔다. 좀 늦어졌습니다, 하고 말한다. 모기장 뒤에서 뭔가 하고 있는지 딸랑딸랑하는 소리가 났다. 아이에게 줄 선물인 장난감 소리였을 것이다. 여자는 곧 보자기를 원래대로 묶은 모양이다.

"그럼 저 먼저."

모기장 너머에서 이런 소리가 들렸다.

"아, 예."

산시로는 그저 이렇게만 대답하고 문지방에 걸터앉아 부채질을 해대고 있었다. 차라리 이대로 밤을 새울까 하는 생각도 들었다. 하지만 모기가 앵앵 달려든다. 모기장 밖에서는 도저히 견딜 수가 없다. 산시로는 벌떡 일어나 가방에서 옥양목 셔츠와 바지를 꺼내 맨몸에 걸치고는 그 위로 감색 허리끈을 맸다. 그러고 나서 수건 두 장을 들고 모기장 안으로 들어갔다. 여자는 이불의 저쪽 귀퉁이에서 아직 부채질을 하고 있다.

"실례지만 저는 신경이 예민한 사람이라 남의 이불에서 자는 걸 싫어해서…… 잠깐 벼룩을 막을 준비 좀 하겠습니다."

산시로는 이렇게 말하고 깔려 있는 시트의 가장자리를 여자가 누워 있는 쪽으로 둘둘 말기 시작했다. 그렇게 하여 요의 한가운데에 하얗고 긴 경계선이 만들어졌다. 여자는 반대쪽으로 돌아누웠다. 산시로는 자신이 누울 자리에 수건 두 장을 길게 잇대어 깔고 그 위에 기다랗게 누웠다. 그날 밤 산시로의 손과 발은 폭이 좁은 그 수건 밖으로 한 치도 나가지 않았다. 여자와는 한마디도 나누지 않았다. 여자도 벽을 향한 채 전혀 움직이지 않았다.

마침내 날이 밝았다. 세수를 하고 밥상을 마주하고 앉을 때 여자는 방긋 웃으며 물었다.

"어젯밤에 벼룩은 없었나요?"

"예, 고맙습니다, 덕분에요."

산시로는 진지하게 대답하면서 고개를 숙인 채 종지에 담긴 콩자반을 젓가락으로 열심히 집어 먹기 시작했다.

숙박 요금을 치르고 여관을 나와 역에 도착했을 때 여자는 처음으로 산시로에게 간사이센(關西線)⁸으로 욧카이치(四日市)⁹ 방면으로 간다고 말했다. 곧 산시로가 탈 기차가 왔다. 열차 시간 때문에 여자는 좀 더 기다려야 했다. 여자는 개찰구 앞까지 따라왔다.

"여러 가지로 귀찮게 해드려서…… 그럼 안녕히 가세요."

여자는 정중하게 고개를 숙여 인사했다. 산시로는 가방과 우산을 한 손에 든 채 비어 있는 다른 손으로 예의 그 꾀죄죄한 모자를 벗어 들고 한마디 했다.

"안녕히 가세요."

여자는 산시로의 얼굴을 가만히 바라보고 있었다. 하지만 곧 차분한 어조로 말했다.

"당신은 참 배짱이 없는 분이로군요."

여자는 히죽 웃었다. 산시로는 플랫폼 위로 내동댕이쳐진 듯한 기분이 들었다. 기차 안으로 들어서자 양쪽 귀가 더욱 달아올랐다. 한동안 가만히 몸을 웅크리고 있었다. 잠시 후 차장이 울리는 호각 소리가 열차의 끝에서 끝까지 울려 퍼졌다. 열차가 움직이기 시작한다. 산시로는 살짝 창밖으로 고개를 내밀었다. 여자는 이미 어디론가 가버리고 없다. 커다란 시계만이 눈에 들어온다. 산시로는 슬그머니 원래의 자리로 돌아왔다. 승객은 꽤 많았다. 하지만 산시로의 거동을 주의 깊게 보는 사람은 아무도 없다. 단지 비스듬히 건너편에 앉은 사내가 자기 자리로 돌아오는 산시로를 힐끗 쳐다봤을 뿐이다.

산시로는 그 사내가 자신을 쳐다볼 때 왠지 좀 멋쩍었다. 책이라도 읽어 기분을 달래보려고 가방을 열어보니 어젯밤에 쓴 수건이 위쪽에

---

8 나고야와 미에 현 욧카이치를 잇는 철도.
9 나고야 서쪽의 이세 만(伊勢灣)에 면해 있는 도시.

빼곡히 들어차 있다. 그걸 옆으로 밀어내고 밑에서 대충 손에 잡히는 책을 꺼내니, 읽어도 무슨 소린지 모르는 베이컨[10]의 논문집이 나왔다. 베이컨이 가엾게 보일 정도로 조잡하게 가제본한 얄팍한 책이다. 원래 기차 안에서 읽을 생각은 전혀 없었으나 큰 짐에 넣지 못했으므로 정리하는 김에 다른 책 두세 권과 함께 손가방에 쑤셔 넣어둔 것이 재수 없게 걸린 것이다. 산시로는 베이컨의 책 23페이지를 펼쳤다. 다른 책이라도 머릿속에 들어올 것 같지 않다. 물론 베이컨도 읽을 마음이 들지 않는다. 하지만 산시로는 점잖게 23페이지를 펼치고 구석구석까지 페이지 전체를 훑어보고 있었다. 산시로는 23페이지를 앞에 두고 일단 어젯밤의 일을 되짚어볼 생각이다.

대체 그 여자는 어떤 사람일까? 세상에 그런 여자가 있을 수 있는 것일까? 여자란 그런 상황에서도 아무렇지 않게 차분히 있을 수 있는 존재일까? 교육을 받지 못한 탓일까, 대담한 것일까? 아니면 순진한 것일까? 결국 갈 수 있는 데까지 가보지 않았으니 짐작할 수가 없다. 과감하게 좀 더 가봤다면 좋았을걸. 하지만 두렵다. 헤어질 때 "당신은 참 배짱이 없는 분이로군요"라고 했을 때는 정말 놀랐다. 23년의 약점이 한꺼번에 드러난 듯한 심정이었다. 부모라도 그렇게 정곡을 찌르지는 못할 것이다.

산시로는 여기까지 생각하고 더욱 기가 죽고 말았다. 어디서 굴러온 말 뼈다귀인 줄도 모르는 사람에게 고개를 들 수 없을 만큼 호되게 야단을 맞은 듯한 기분이었다. 베이컨의 책 23페이지에 대해서도 심

---

10 프랜시스 베이컨(Francis Bacon, 1561~1626). 영국의 정치가이자 철학자. 관찰과 실험에 기초하여 과학적으로 새로운 지식을 발견해야 한다고 주장했으며, 데카르트와 함께 근세 철학의 시조로 불린다. 소세키는 베이컨의 저작을 소장하고 있었다.

히 송구할 정도였다.

아무리 그래도 그렇게 당황해서는 안 되었다. 학문이니 대학생이니 하는 것과는 무관한 것이다. 전적으로 인격에 관한 문제다. 좀 더 달리 행동할 수도 있었을 것이다. 하지만 상대가 언제든지 그런 식으로 나온다면 교육을 받은 자신에게는 달리 취할 방도가 없다는 생각도 든다. 그렇다면 함부로 여자에게 다가가서는 안 된다는 이야기가 된다. 어쩐지 무기력하다. 무척 답답하다. 마치 반편이로 태어나기라도 한 것 같다. 하지만……

산시로는 문득 마음을 바꿔 다른 세계의 일을 떠올렸다. ……이제 도쿄로 간다. 대학에 들어간다. 유명한 학자를 만날 것이다. 취미와 품성을 갖춘 학생들과 교제하게 될 것이다. 도서관에서 연구에 몰두한다. 저술을 한다. 세상 사람들의 갈채를 받는다. 어머니가 기뻐한다. 한심하게 이런 미래를 생각하며 한껏 기운을 차리고 보니 자신이 베이컨의 책 23페이지에 얼굴을 파묻고 있을 필요가 없어졌다. 그래서 불쑥 고개를 들었다. 그러자 비스듬히 맞은편에 앉아 있는 사내가 또 산시로를 쳐다봤다. 이번에는 산시로도 그 사내를 되받아 보았다.

수염을 짙게 기르고 있다. 얼굴이 길쭉하고 야위어서 뼈가 앙상한, 어딘지 모르게 신사(神社)의 신관(神官)처럼 보이는 사내다. 콧날이 오뚝하게 서 있는 것만이 서양 사람 비슷하다. 학교교육을 받고 있는 산시로는 이런 사내를 보면 틀림없이 교사일 거라고 단정한다. 사내는 흰색 바탕에 비백 무늬의 일본 옷 안에 단정하게 흰색 옷을 받쳐 입고 감색 버선을 신었다. 이런 복장으로 보아 산시로는 이 사내가 중학교 교사일 거라고 판단했다. 큰 미래를 앞두고 있는 자신의 입장에서 보니 어쩐지 이 사내가 하잘것없어 보인다. 사내는 마흔이 넘었을 것이다. 앞으로 더 나아질 것 같지도 않다.

사내는 줄곧 담배를 피우고 있다. 콧구멍으로 긴 연기를 뿜어내며 팔짱을 끼고 있는 모습은 무척 느긋해 보인다. 그런가 하면 화장실에 가는지 어디를 가는지 자주 자리를 뜬다. 자리에서 일어날 때는 한껏 기지개를 켜기도 한다. 무척 따분한 모양이다. 옆자리에 앉은 사람이 신문을 다 읽고 놓아두었는데도 빌려 볼 기색이 전혀 없다. 자연스럽게 산시로는 이상한 느낌이 들어 베이컨의 논문집을 덮었다. 다른 소설이라도 꺼내 본격적으로 읽어볼까 하는 생각도 해봤지만 귀찮아서 그만두었다. 그보다는 앞에 앉은 사람의 신문을 빌려 보고 싶었다. 공교롭게도 앞에 앉은 사람은 쿨쿨 자고 있다. 산시로는 손을 뻗어 신문을 집으면서 일부러 수염 난 사내에게 물었다.

"안 보십니까?"

사내는 태연한 얼굴로 말한다.

"안 봅니다. 보세요."

신문을 손에 쥔 산시로가 오히려 태연하지 못했다.

신문을 펼쳐보니 특별히 볼 만한 기사가 실려 있지 않다. 1, 2분 만에 대충 훑어보고 말았다. 정성스럽게 접어 원래 있던 자리에 돌려놓으면서 살짝 고개를 숙여 인사를 하자 상대도 가볍게 고개를 숙이며 물었다.

"자넨 고등학교 학생인가?"

산시로는 쓰고 있는 낡은 모자에 남아 있는 휘장의 흔적이 사내의 눈에 띈 것을 기쁘게 생각했다.

"예."

산시로가 대답했다.

"도쿄?"

사내가 이렇게 되물었다.

"아뇨, 구마모토[11]입니다. ······하지만······"

그제야 이렇게 말하고는 입을 다물어버렸다. 대학생이라고 말하고 싶었지만 그럴 필요가 없을 것 같아 그만두었다.

"아, 그렇군."

상대도 이렇게 말하고는 담배를 피우고 있다. 구마모토의 학생이 지금 왜 도쿄에 가느냐 하는 것도 물어주지 않는다. 구마모토의 학생에게는 흥미가 없는 듯하다.

"음, 그렇군."

그때 산시로 앞자리에서 자고 있던 남자가 말했다. 하지만 분명히 잠들어 있다. 혼잣말도 뭐도 아니다. 수염 난 사내가 산시로를 보며 히죽히죽 웃었다. 산시로는 그것을 계기로 물었다.

"어디로 가시는지요?"

"도쿄라네."

사내는 천천히 이렇게만 대답한다. 어째 중학교 교사답지 않아 보인다. 하지만 삼등칸[12]에 타고 있는 걸로 보아 대단한 인물이 아니라는 건 분명하다. 산시로는 그것으로 사내와의 대화를 끝냈다. 수염 난 사내는 팔짱을 낀 채 게다의 앞굽으로 이따금 박자에 맞춰 바닥을 두드렸다. 무척이나 따분해하는 것 같다. 하지만 이 사내의 무료함은 다

11 구마모토에는 구제(舊制) 제5고등학교가 있었다. 소세키는 1896년부터 1900년까지 이 학교의 교수였다.

12 국철(國鐵)에서는 차량이 일등, 이등, 삼등으로 나뉘었는데 운임은 일등칸이 삼등칸의 세 배, 이등칸은 삼등칸의 두 배였다. 1960년에 이르러서야 삼등칸이 폐지되고 일등칸과 이등칸만 남았다.

른 사람과 말하고 싶어 하지 않는 무료함이다.

기차가 도요하시(豊橋)[13]에 도착하자 자고 있던 남자가 벌떡 일어나더니 눈을 비비며 내렸다. 저렇게 때맞춰 잠에서 깰 수도 있는 거구나 하고 생각했다. 혹시 잠결에 역을 잘못 안 게 아닐까 염려하면서 창밖을 내다보니 결코 그런 것도 아니었다. 무사히 개찰구를 지나 멀쩡한 사람처럼 아무렇지 않게 빠져나갔다. 산시로는 안심하고 맞은편 자리로 옮겨 앉았다. 수염 난 사내의 옆자리에 앉게 된 것이다. 수염 난 사내는 창밖으로 머리를 내밀고 복숭아를 사고 있었다.

잠시 후 사내는 두 사람 사이에 과일을 놓고 말했다.

"들지 않겠나?"

산시로는 고맙다고 말하며 하나를 먹었다. 수염 난 사내는 복숭아를 좋아하는지 마구 먹었다. 산시로에게 좀 더 먹으라고 말한다. 산시로는 또 하나를 먹었다. 두 사람은 복숭아를 먹는 동안 제법 친해져서 이런저런 이야기를 나누기 시작했다.

그 사내의 주장에 따르면, 복숭아는 과일 중에서 신선에게 가장 어울리는 과일이다.[14] 왠지 바보 같은 맛이 난다. 먼저 씨의 생김새부터가 못났다. 구멍투성이인 데다 무척 재미있게 생겼다고 했다. 산시로는 처음 듣는 이야기였지만, 참 시답잖은 이야기를 하는 사람도 다 있구나 하고 생각했다.

다음으로 그 사내는 이런 이야기를 꺼냈다. 시키[15]는 과일을 무척 좋아했다. 또 과일이라면 얼마든지 먹을 수 있는 사람이었다. 언젠가

---

13 아이치(愛知) 현 남동부의 도시.
14 중국에서 복숭아는 고래로 선과(仙果)로서 귀히 여겨지는데 신녀 서왕모(西王母)가 가져다 준 것으로 여겨지고 있다. 또 복숭아를 먹고 수명을 늘렸다는 전설도 있다.

는 빈 술통에 넣어서 떫은맛을 뺀 큼직한 감을 열여섯 개나 먹은 적이 있다. 그러고도 아무 탈이 없었다. 자신 같은 사람은 도저히 시키의 흉내를 낼 수 없다. ……산시로는 웃으며 듣고 있었다. 하지만 시키에 관한 이야기만은 재미있는 것 같기도 했다. 시키에 관한 이야기를 좀 더 하는 게 아닐까 생각하고 있었다.

"아무래도 좋아하는 것에는 손이 저절로 가는 법이지. 어쩔 수 없어. 돼지는 손을 내미는 대신 코를 내밀지. 돼지는 말이네, 꽁꽁 묶어 움직이지 못하게 해두고 코앞에 맛있는 음식을 놓아두면 몸을 움직일 수 없으니까 코끝이 점점 늘어난다고 하더군. 맛있는 음식에 닿을 때까지 늘어나는 거지. 정말 집념만큼 무서운 것도 없다니까."

사내는 이렇게 말하고는 히죽히죽 웃는다. 진담인지 농담인지 확실히 구분하기 힘든 말투다.

"뭐, 우린 돼지가 아니라 다행이지. 그렇게 원하는 것을 향해 코가 무턱대고 늘어났다면 지금쯤 기차도 탈 수 없을 만큼 길어져서 난감했겠지."

산시로는 웃음을 터뜨렸다. 하지만 상대는 의외로 조용하다.

"실제로 위험하다네. 레오나르도 다빈치라는 사람은 복숭아나무 줄기에 비소를 주사하고 그 열매에 독이 퍼지는지 실험한 적이 있다네. 그런데 그 복숭아를 먹고 죽은 사람이 있었지. 위험하네, 위험해. 조심하지 않으면 정말 위험하지."

사내는 이렇게 말하면서 여기저기 엉망으로 흩어져 있는 씨와 껍질

---

15 마사오카 시키(正岡子規, 1867~1902). 일본의 하이쿠 시인. 하이쿠, 신체시, 소설, 평론, 수필 등 많은 저작을 남겼으며 일본의 근대 문학에 큰 영향을 주었다. 소세키와 예비학교 동창이자 절친한 친구로 소세키의 문학에 많은 영향을 끼쳤다. 소세키가 런던에 유학하고 있을 때 요절했다.

을 한데 모아 신문지로 싸서 창밖으로 내던졌다.

이번에는 산시로도 웃을 기분이 나지 않았다. 레오나르도 다빈치라는 이름을 듣고 살짝 주눅이 든 데다 어쩐 일인지 어젯밤의 여자가 떠올라 묘하게 기분이 좋지 않았으므로 자중하는 차원에서 입을 다물었다. 하지만 상대는 그런 건 전혀 신경 쓰지 않는 듯했다. 곧 이렇게 물었다.

"도쿄 어디를 가는 건가?"

"실은 도쿄에는 처음 가는 거라 잘은 모르겠습니다만…… 당장은 고향 현에서 운영하는 기숙사에라도 들어갈까 생각하고 있습니다."

"그럼 구마모토는 이미……"

"이번에 졸업했습니다."

"아아, 그랬군."

이렇게 말했지만 축하한다는 말도 장하다는 말도 덧붙이지 않았다.

"그렇다면 이제 대학[16]에 진학하는 건가?"

그저 너무나도 평범하다는 듯이 이렇게 물었을 뿐이다.

산시로는 어딘지 좀 불만스러웠다.

"예."

간단하게 한마디로 대답을 가름했다.

"과(科)는?"

사내가 다시 물었다.

"일부(一部)[17]입니다."

---

16 도쿄제국대학. 당시 이미 대학이라는 명칭을 갖고 있던 사립 고등교육기관은 제도상 아직 전문학교였고 관립인 제국대학도 도쿄, 교토, 도호쿠 등 세 곳에만 있었다.

17 법과와 문과로 진학하는 학생을 위한 당시 고등학교의 과정.

"법과인가?"

"아뇨, 문과입니다."

"아, 그렇군."

또 이렇게만 말했다. 산시로는 "아, 그렇군"이라는 사내의 말을 들을 때마다 기분이 묘해진다. 사내는 아주 대단한 인물이거나 남을 심하게 무시하고 있거나 아니면 대학에 전혀 연고도 없고 관심도 없음에 틀림없다. 하지만 그중에서 어느 쪽인지 짐작을 할 수가 없었기 때문에 이 사내에 대한 태도도 극히 모호했다.

하마마쓰(浜松)에서 두 사람은 약속이라도 한 것처럼 도시락을 먹었다. 밥을 다 먹었는데도 기차는 쉬이 출발하지 않는다. 창밖을 내다보니 서양인 네댓 명이 열차 앞을 오락가락하고 있다. 그중의 한 쌍은 부부처럼 보이는데 더운 날씨인데도 서로 손을 깍지 낀 채 잡고 있다. 여자는 위아래 모두 새하얀 옷을 입었는데 무척 아름답다. 산시로는 태어나서 오늘에 이르기까지 서양인을 대여섯 명밖에 본 적이 없다. 그중의 두 사람은 구마모토 고등학교의 교사였는데, 그 두 사람 중 한 사람은 불행하게도 꼽추였다. 여자로는 선교사 한 명을 알고 있다. 상당히 뾰족한 얼굴로 보리멸[18]이나 꼬치고기를 닮았다. 그래서 이렇게 화려하고 예쁜 서양인은 아주 신기할 뿐 아니라 무척 품위 있어 보인다. 산시로는 넋을 잃고 열심히 보고 있었다. 저 정도라면 으스대는 것도 당연하다고 생각했다. 자신이 서양에 가서 저런 사람들 틈에 섞인다면 필시 주눅이 들 거라는 생각까지 들었다. 창문 앞을 지나칠 때 두 사람의 대화를 열심히 들어보았지만 전혀 알아들을 수 없었다. 구

---

18 30센티미터가 안 되는 바다 생선으로, 몸이 길고 머리도 길며 주둥이는 작고 뾰족해 모래를 더듬어 먹이를 빨아 먹기에 적합하게 생겼다.

마모토의 교사와는 발음이 전혀 다른 것 같았다.

그때 옆자리의 사내가 뒤에서 고개를 내민다.

"아직 출발할 것 같지는 않군그래."

사내는 이렇게 말하면서 방금 지나간 서양인 부부를 힐끗 보고는 조그만 소리로 말한다.

"아아, 아름답군."

그러고는 곧장 선하품을 한다. 산시로는 자신이 얼마나 촌뜨기인가를 깨닫고 얼른 목을 움츠리고 자리에 앉았다. 사내도 뒤이어 자리로 돌아가 앉으며 말한다.

"서양인은 참 아름다워."

"아, 예."

산시로는 특별히 대답할 말도 생각나지 않아 이렇게만 대답하고 웃었다.

"우린 참 가련하지."

수염 난 사내가 말을 이었다.

"이런 얼굴에다 이렇게 허약해서야, 아무리 러일전쟁에서 이겨 일등국가가 되었다고 해도 틀려먹은 거지. 하기야 건물을 봐도, 정원을 봐도 모두 얼굴과 상응하는 거지만 말이야…… 자네, 도쿄가 처음이라면 후지 산을 본 적이 없겠군. 곧 보일 테니까 잘 봐두게. 그게 일본 제일의 명물이니까. 그것 외에 자랑할 만한 것은 하나도 없지. 그런데 그 후지 산은 옛날부터 있던 천연의 자연이라 어쩔 수 없는 거지. 우리가 만든 게 아니니까."

사내는 이렇게 말하고 다시 실실 웃고 있다. 산시로는 러일전쟁 이후에 이런 사람을 만나게 될 줄은 생각도 하지 못했다. 아무래도 일본인이 아닌 것 같다.

"하지만 일본도 앞으로 점점 발전해 나가겠지요."

산시로는 이렇게 변호했다. 그러자 사내는 점잔을 빼며 이렇게 말했다.

"망하겠지."

구마모토에서는 이런 말을 입에 담으면 당장 몰매를 맞는다. 잘못하면 국적(國賊) 취급을 당한다. 산시로는 머릿속 어디에도 그런 사상을 집어넣을 여유가 없는 분위기에서 자랐다. 그러므로 어쩌면 자신이 어리다고 우롱하는 것이 아닐까 하는 생각도 들었다. 사내는 전처럼 실실 웃고 있다. 그런데도 그의 말투는 어디까지나 차분하다. 아무래도 가늠할 수가 없어서 상대하는 것을 그만두고 입을 다물었다. 그러자 사내가 이렇게 말한다.

"구마모토보다 도쿄가 넓네. 도쿄보다는 일본이 넓고. 일본보다……"

사내가 여기서 잠깐 말을 끊고 산시로의 얼굴을 보니 산시로는 귀를 기울이고 있다.

"일본보다 머릿속이 넓겠지." 사내가 말을 이었다. "얽매이면 안 되네. 아무리 일본을 위한다고 해도 지나친 편애는 도리어 손해를 끼칠 뿐이니까."

이 말을 들었을 때 산시로는 정말 구마모토를 떠났다는 걸 실감했다. 동시에 구마모토에 있었을 때의 자신은 굉장히 비겁했다는 것을 깨달았다.

그날 밤 산시로는 도쿄에 도착했다. 수염 난 사내는 헤어질 때까지 자신의 이름을 밝히지 않았다. 산시로는 도쿄에 도착하기만 하면 이 정도의 사람은 도처에 널렸을 거라고 믿고 특별히 이름을 물어보려고 도 하지 않았다.

2

산시로는 도쿄에서 아주 많은 것에 놀랐다. 먼저 전차가 땡땡 종을 쳐서 놀랐다. 그리고 땡땡 울리는 동안 굉장히 많은 사람들이 타고 내려서 놀랐다. 다음으로 마루노우치(丸の內)[1]를 보고 놀랐다. 가장 놀란 것은 아무리 가도 도쿄가 끝나지 않는다는 점이었다. 게다가 아무리 걸어도 목재가 널브러져 있고 돌이 쌓여 있으며 새로 지은 집이 길에서 4, 5미터쯤 물러나 있고 낡은 창고는 반쯤 무너진 채 불안하게 앞쪽에 남아 있었다. 모든 것이 파괴되고 있는 듯이 보였고 동시에 또 모든 것이 건설되고 있는 듯이 보였다. 엄청난 변화였다.

산시로는 정말 놀랐다. 요컨대 평범한 촌놈이 처음으로 도회의 한복판에 서서 놀란 것과 같은 정도로, 또 같은 성격으로 크게 놀랐던 것이다. 지금까지의 학문은 그 놀라움을 예방하는 데 약방에서 파는

---

1 1894년 마루노우치 최초의 오피스 빌딩인 미쓰비시(三菱) 1호관이 준공된 것을 시작으로 런던의 롬바드가를 모방한 붉은 벽돌 거리가 건설되었다. 미쓰비시에 의해 오피스 거리가 조성된 이 지구는 현재에 이르기까지 일본의 금융, 경제의 중심지 가운데 하나다.

약만큼의 효과도 없었다. 산시로의 자신감은 그 놀라움과 함께 40퍼센트나 줄어들었다. 불쾌해서 견딜 수가 없다.

이 격렬한 활동 자체가 곧 현실 세계라면 내가 지금까지 살아온 것은 현실 세계와 털끝만치도 접촉하지 않은 게 된다. 호라가토게(洞が峠)에서 낮잠을 잔 것[2]이나 진배없다. 그렇다면 오늘부터 낮잠을 안 자고 활동의 할부(割賦)를 할 수 있느냐 하면 그것도 어렵다. 나는 지금 활동의 중심에 서 있다. 하지만 나는 그저 내 전후좌우에서 일어나는 활동을 보지 않으면 안 되는 위치로 바뀌었을 뿐 학생으로서의 생활이 이전과 달라진 건 아니다. 세계는 이렇게 움직이고 있다. 하지만 거기에 가세할 수는 없다. 내 세계와 현실 세계는 하나의 평면에 나란히 있으면서도 조금도 접촉하지 않는다. 그리하여 현실 세계는 이렇게 움직이며 나를 남겨둔 채 가버린다. 심히 불안하다.

산시로는 도쿄의 한복판에 서서 전차와 기차, 흰옷을 입은 사람과 검은 옷을 입은 사람의 활동을 보고 이렇게 느꼈다. 하지만 학교생활의 이면에 가로놓인 사상계의 활동에 대해서는 전혀 모르고 있었다. ……메이지의 사상은 서양의 역사에 나타난 300년의 활동을 고작 40년이라는 기간에 되풀이하는 것이다.

산시로가 움직이고 있는 도쿄 한복판에 갇혀 혼자 울적해하는 동안 고향의 어머니로부터 편지가 왔다. 도쿄에서 받은 첫 편지다. 여러 가지 일이 적혀 있다. 우선 올해는 풍년이 들어 다행이라는 대목에서 시작하여 건강에 유의해야 한다는 당부가 이어지고, 도쿄 사람은 모두

2 어느 편에도 가담하지 않고 형세만 관망하며 기회주의적, 방관적인 태도를 취하는 것을 말한다. 호라가토게는 교토와 오사카 경계에 있는 고개다. 1582년 야마자키 전투(山崎の戦い) 때 쓰쓰이 준케이(筒井順慶)가 이곳에 진을 치고 아케치 미스히데(明智光秀)와 도요토미 히데요시(豊臣秀吉) 중 어느 편에 가담해야 할지 형세를 관망했다는 고사에서 나온 말이다.

영악하고 고약하니 조심하라고 쓴 다음 학자금은 매달 말에 보낼 테니 안심하라고 쓰여 있다. 그리고 가쓰다(勝田)의 마사(政) 씨 사촌동생뻘 되는 사람이 대학을 졸업하고 그곳 이과대학인가에 나가고 있다고 하니 찾아가서 여러모로 부탁해두는 편이 좋을 거라는 것으로 끝맺고 있다. 중요한 이름을 잊었는지 여백에 노노미야 소하치(野々宮宗八)[3] 님이라고 쓰여 있다. 여백에는 그 외에도 두어 가지 일이 더 적혀 있다. 사쿠(作)가 기르던 말이 갑작스러운 병으로 죽어 사쿠가 무척 힘들어하고 있다. 미와타의 오미쓰가 은어를 가져왔는데 도쿄로 보내면 도중에 썩을 것 같아 집에서 먹어버렸다. 이런 내용이었다.

산시로는 이 편지가 어쩐지 빛바랜 먼 옛날로부터 온 것 같은 기분이 들었다. 어머니에게는 죄송한 일이지만 이런 편지를 읽고 있을 여유가 없다는 생각까지 했다. 그런데도 두 번이나 되풀이해서 읽었다. 결국 자신이 만약 현실 세계와 접촉하고 있다면 지금으로서는 어머니밖에 없을 것이다. 그런 어머니는 구식 사람으로, 고루한 시골에 있다. 그 외에는 기차를 함께 탔던 여자가 있다. 그 여자는 현실 세계의 번개 같은 사람이다. 접촉했다고 하기에는 너무나도 짧고 지나치게 날카롭다. ……산시로는 어머니가 당부한 대로 노노미야 소하치 씨를 찾아가보기로 했다.

이튿날은 평소보다 더웠다. 방학 중이라 이과대학을 찾아가도 노노미야는 없을 거라고 생각했지만, 어머니가 집 주소를 알려주지 않았으므로 문의도 할 겸 학교로 찾아가볼 마음이 들어 오후 4시쯤 고등학교 옆을 지나 야요이초(彌生町)의 문[4]으로 들어섰다. 길에는 먼지가

---

3 데라다 도라히코(寺田寅彦)가 모델이라고 한다. 데라다는 구제 제5고등학교에서 가르쳤던 소세키의 제자로 이학자이며 나중에 도쿄 대학의 교수가 된다.

6센티미터쯤이나 쌓여 있고 그 위에는 게다, 구두, 짚신 자국이 또렷하게 남아 있다. 인력거[5]와 자전거가 지나간 흔적은 몇 줄인지 헤아릴 수가 없을 정도다. 숨이 막힐 정도로 참아내기 어려운 길이었으나 대학 안으로 들어가니 역시 나무가 많아 상쾌했다. 맨 첫 번째 문을 열려고 하니 자물쇠로 잠겨 있다. 뒤쪽으로 돌아가봤으나 소용없었다. 마지막에는 옆으로 가봤다. 혹시나 하고 문을 열어보니 다행히 열렸다. 복도의 십자로 모퉁이에서 사환이 졸고 있었다. 찾아온 이유를 말하니 정신을 차리기 위해 잠시 우에노의 숲을 바라보더니 느닷없이 "계실지도 모릅니다"라고 말하고는 안으로 들어갔다. 굉장히 한적하다. 잠시 후에 다시 나왔다.

"계시네요. 들어가보세요."

마치 친구처럼 허물없이 말한다. 사환 뒤에 붙어서 십자로 모퉁이를 돌아 회삼물 바닥의 복도에서 아래층으로 내려갔다. 세상이 갑자기 어두워진다. 땡볕으로 눈이 부실 때와 같았는데 잠깐 있으니 눈동자가 차차 안정되어 주위가 눈에 들어왔다. 지하라서 비교적 시원하다. 왼쪽에 문이 있는데 열려 있다. 거기에서 한 얼굴이 나왔다. 이마가 넓고 눈이 커서 마치 불교와 인연이 있어 보이는 인상이다. 오글오글한 셔츠 위에 양복을 입고 있는데 양복에는 군데군데 얼룩이 있다. 키는 무척 크다. 마른 몸이 더위와 잘 어울린다. 머리와 등을 일직선

4 지금의 도쿄 대학 야요이몬(弥生門)을 말할 것이다. 이 문을 나가 왼쪽으로 2, 3분 걸으면 당시의 제일고등학교(第一高等學校), 지금의 농학부 캠퍼스가 있다. 캠퍼스의 남서쪽에 있는 아카몬(赤門)과는 반대쪽에 해당하고 그 중간쯤에 연못(지금의 산시로 연못)이 있다.

5 1870년 도쿄에서 사용되기 시작하여 순식간에 전국에 보급되었다. 참고로 도쿄에 택시(차고에서 기다리다가 손님이 부르면 가는 형식)가 생긴 것은 이 소설이 발표되고 4년이 지난 1912년의 일이다. 그리고 지금과 같이 길거리에서 잡아타는 택시는 1921년에 이르러서야 생겨났다.

이 되게 숙이며 인사를 했다.

"이쪽으로."

이렇게 말한 채 얼굴을 방 안으로 넣어버린다. 산시로는 문 앞까지 가서 방 안을 들여다보았다. 그러자 노노미야는 이미 의자에 앉아 있다.

"이쪽으로."

그가 다시 한번 말했다. '이쪽으로'라고 한 곳에 받침대가 있다. 각목 네 개를 세우고 그 위에 판자를 댄 것이다. 산시로는 받침대 위에 앉아 첫인사를 했다. 그러고 나서 아무쪼록 잘 부탁드립니다, 라고 말했다. 노노미야는 그저 아, 예, 하며 듣고만 있다. 그 모습이 기차 안에서 복숭아를 먹던 사내와 어딘가 닮았다. 대충 인사를 끝낸 산시로는 더 이상 할 말이 없었다. 노노미야도 아, 예, 라는 말도 하지 않게 되었다.

방 안을 둘러보니 한가운데에 떡갈나무로 만든 커다란 테이블이 놓여 있다. 그 위에는 두꺼운 철사가 복잡하게 얽힌 무슨 기계가 올려져 있고, 그 옆의 커다란 유리그릇에는 물이 담겨 있다. 그 외에 줄과 나이프, 양복 깃에 다는 장식물 하나가 떨어져 있다. 마지막으로 맞은편 구석을 보니 1미터쯤 되는 화강암 받침대 위에 후쿠진즈케[6] 통 정도 되는 크기의 기계가 올려져 있다. 산시로는 그 통 옆구리에 뚫려 있는 두 개의 구멍에 눈을 댔다. 구멍이 이무기의 눈알처럼 빛나고 있다.[7]

"빛나지 않소?"

---

6 잘게 썬 무, 가지, 작두콩 등을 소금물에 절여 물기를 빼고 간장에 조린 것.
7 실험실 안의 이런 모습이나 광선의 압력 실험에 대한 이야기는 소세키가 데라다 도라히코에게 들은 것이라고 한다.

노노미야가 웃으면서 이렇게 말했다. 그리고 이런 설명을 해주었다.

"낮 동안에 저런 준비를 해두고 밤이 되어 교통이나 그 밖의 활동이 뜸해질 즈음 조용하고 캄캄한 이 지하실에서 망원경으로 저 눈알 같은 것을 들여다보는 거요. 그런 식으로 광선의 압력을 시험하는 거지. 올 정월부터 시작했소만, 장치가 꽤 번잡해서 아직 기대했던 결과는 나오지 않았소. 여름에는 비교적 견딜 만하지만 추운 밤에는 정말 견디기 힘드오. 외투를 입고 목도리를 해도 추워서 견딜 수가 없지……"

산시로는 정말 놀랐다. 놀라움과 함께 광선에는 어떤 압력이 존재하고 그 압력이 어떤 도움을 주는지 이해하기가 힘들었다.

그때 노노미야가 산시로에게 권했다.

"들여다보시오."

산시로는 재미삼아 돌 받침대의 4, 5미터 앞에 있는 망원경 옆으로 가서 오른쪽 눈을 갖다 댔다. 하지만 아무것도 보이지 않는다. 노노미야가 묻는다.

"어떻소, 보이오?"

"아무것도 안 보이는데요."

"아, 아직 뚜껑을 열지 않았군."

노노미야는 이렇게 말하며 의자에서 일어나 망원경 앞을 덮고 있는 뚜껑을 벗겼다.

들여다보니 그저 윤곽만 흐릿하게 밝은 가운데 자의 눈금이 보인다. 그 아래에 2자가 나타났다. 노노미야가 다시 물었다.

"어떻소?"

"2자가 보입니다."

"이제 움직일 거요."

노노미야는 이렇게 말하며 건너편으로 돌아가서 뭔가를 하는 듯
했다.

이윽고 밝은 것 안에서 눈금이 움직이기 시작했다. 2가 사라졌다.
뒤에서 3이 나온다. 그 뒤에서 4가 나온다. 5가 나온다. 마침내 10까
지 나왔다. 그러자 이번에는 눈금이 거꾸로 움직이기 시작했다. 10이
사라지고 9가 사라지고 8에서 7, 7에서 6으로 차례차례 1까지 가서
멈췄다.

"어떻소?"

노노미야가 다시 물었다. 산시로는 놀라서 망원경에서 눈을 뗐다.
눈금의 의미를 물어볼 생각조차 들지 않았다.

정중하게 인사를 하고 지하실에서 올라와 사람들이 다니는 곳으로
나와보니 세상에는 아직 햇볕이 쨍쨍 내리쬐고 있다. 덥지만 깊은 숨
을 내쉬었다. 서쪽으로 기울어진 해가 넓은 언덕을 비스듬히 비추고,
언덕 위 양쪽에 있는 공과대학 건물의 유리창이 불타는 듯이 빛나고
있다. 하늘은 높고 맑았으며 맑은 가운데 서쪽 하늘 끝에서 달아오른
불길이 불그스름하게 되살아나 산시로의 머리 위까지 달구고 있는 것
같다. 비스듬히 내리쬐는 햇볕을 반쯤 등으로 받으며 산시로는 왼쪽
에 있는 숲 속으로 들어갔다. 그 숲도 같은 석양을 반쯤 등으로 받고
있다. 검푸른 잎과 잎 사이는 물들인 것처럼 붉다. 굵은 느티나무 줄
기에서 쓰르라미가 울고 있다. 산시로는 연못가[8]로 가서 쪼그리고 앉
았다.

무척 조용하다. 전차 소리도 들리지 않는다. 아카몬(赤門)[9] 앞을 지
날 예정이었던 전차가 대학 측의 항의로 고이시카와(小石川) 쪽으로

8 이 작품 『산시로』로 유명해져 지금은 '산시로 연못'으로 불린다.

돌아가게 되었다는 이야기는 고향에 있을 때 신문에서 본 적이 있다. 산시로는 연못가에 쭈그리고 앉아 문득 그 사건을 떠올렸다. 전차조차 지나지 못하게 했다는 대학은 사회와 상당히 떨어져 있다.

우연히 그 안으로 들어가보니 지하실에서 반년 넘게 광선의 압력을 시험하고 있는 노노미야 같은 사람도 있었다. 노노미야는 무척 검소한 옷차림을 하고 있었는데, 밖에서 보면 전등회사(電燈會社)[10]의 기술자[11]쯤으로 보일 것이다. 그런데 지하실 바닥을 근거지로 삼아 흔연히, 그리고 꾸준히 연구에 전념하고 있으니 대단하다. 하지만 아무리 망원경 안의 눈금이 움직였다고 해도 현실 세계와 교섭이 없다는 것만은 분명하다. 노노미야는 평생 현실 세계와 접촉할 생각이 없는 것인지도 모른다. 결국 이 조용한 공기를 호흡하기 때문에 저절로 그런 생각을 할 수 있는 것이리라. 나도 차라리 마음을 흐트러뜨리지 말고 살아 있는 세상과 무관한 생애를 보내는 건 어떨까?

산시로가 가만히 연못의 표면을 응시하고 있으니 커다란 나무 여러 그루가 물속에 비치고 그 밑으로 푸른 하늘이 보인다. 그때 산시로는 전차보다, 도쿄보다, 일본보다 멀고 아득한 느낌이 들었다. 그러나 잠시 후에는 그런 느낌에 엷은 구름 같은 쓸쓸함이 가득 밀려들었다. 그리하여 노노미야의 지하실로 들어가 홀로 앉아 있는 듯한 적막감을

9 도쿄 대학 캠퍼스의 남서쪽에 있는 문이며 혼고(本鄕) 거리에 면해 있다(참고로 정문은 서쪽에 있는데 1912년에 완성되었으니 이때는 없었다). 1827년에 제12대 가가(加賀) 번주 마에다 나리야스(前田齊泰)가 제11대 쇼군 도쿠가와 이에나리(德川家齊)의 스물한 번째 딸 야스히메(溶姬)를 아내로 맞이할 때 지은 문이다. 붉게 칠해져 아카몬이라고 하며 지금은 도쿄 대학의 상징물이 되었다.

10 도쿄전등회사는 1881년에 발족했고 일반 가정에 전기가 보급된 것은 훨씬 나중의 일이다. 노노미야의 하숙은 초가지붕이지만 전등이 있고 산시로의 하숙은 아직 남포등을 쓰고 있다. 『산시로』를 발표할 당시 소세키의 집에는 전등이 없었다.

11 원문의 기슈(技手)는 기사(技師) 아래에 속하는 기술자다.

느꼈던 것이다. 구마모토의 고등학교에 다닐 때도 이보다 한적한 다쓰타야마(龍田山)[12]에 오르거나 달맞이꽃으로 뒤덮인 운동장에 드러누워 세상일을 다 잊은 듯한 기분에 젖은 적이 여러 차례 있었다. 하지만 이런 고독감은 이번이 처음이었다.

격렬하게 움직이고 있는 도쿄를 봤기 때문일까? 어쩌면…… 이때 산시로의 얼굴이 빨개졌다. 기차를 함께 탔던 여자가 떠올랐기 때문이다. ……현실 세계는 아무래도 자신에게 필요한 듯하다. 하지만 현실 세계는 너무 위험해서 가까이 다가갈 수 없을 것 같다. 산시로는 빨리 하숙으로 돌아가 어머니에게 편지를 써야겠다고 생각했다.

문득 눈을 들자 왼쪽 언덕 위에 두 여자가 서 있다. 여자들 바로 아래가 연못이고, 연못 맞은편이 높은 절벽으로 된 숲이며 그 뒤에 붉은 벽돌로 지은 고딕풍의 화려한 건물이 있다. 그리고 저물어가는 해가 그 모든 것들 너머에서 비스듬히 빛을 비추고 있다. 여자는 그 석양을 향해 서 있었다. 산시로가 쭈그리고 앉아 있는 낮은 그늘에서 보면 언덕 위는 무척 환하다. 한 여자는 눈이 부신 듯 부채로 이마 위를 가리고 있다. 얼굴은 잘 보이지 않는다. 하지만 기모노의 색, 오비의 색깔은 또렷이 알 수 있었다. 흰 다비[13]도 눈에 들어왔다. 신발 끈의 색깔은 몰라도 조리[14]를 신고 있다는 것만큼은 알 수 있었다. 또 한 여자는 새하얀 옷을 입었다. 이 여자는 부채고 뭐고 아무것도 들지 않았다. 다만 이마를 살짝 찡그리며, 맞은편 기슭에서 덮어씌우듯이 높다랗게 연못 위로 가지를 드리우고 있는 고목을 바라보고 있다. 부채를 든 여

12 구마모토 시 동북쪽에 있는 산. 이 산의 남쪽에 제5고등학교가 있다.
13 일본식 버선으로 조리를 신을 수 있도록 엄지발가락과 둘째 발가락 사이가 갈라져 있다.
14 끈이 달린, 샌들처럼 생긴 일본의 전통적인 신발. 메이지 시대 이후 서양의 신발이 보급될 때까지 널리 사용되었다.

자는 조금 앞으로 나와 있다. 흰옷을 입은 여자는 둑 끝에서 한 발짝 뒤로 물러나 있다. 산시로의 눈에는 두 사람이 비스듬히 마주 보고 있는 것으로 보인다.

그때 산시로가 받은 느낌은 그저 아름다운 색채라는 것뿐이었다. 하지만 촌놈이라 그 색채가 어떤 식으로 아름다운지 말로 표현할 수도, 글로 쓸 수도 없다. 다만 흰옷을 입은 쪽이 간호사라는 생각을 했을 뿐이다.

산시로는 또 넋을 잃고 있었다. 그러자 하얀 옷을 입은 여자가 움직이기 시작했다. 볼일이 있어 움직이는 것 같지는 않았다. 자신의 발이 어느새 움직였다는 식이었다. 보아하니 부채를 든 여자도 어느새 움직이고 있다. 두 여자는 약속이나 한 듯이 한가한 걸음걸이로 언덕을 내려온다. 산시로는 여전히 두 여자를 바라보고 있다.

언덕 아래에는 돌다리가 있다. 건너지 않고 곧장 가면 이과대학이 나온다. 건너면 물가를 따라 이곳으로 오게 된다. 두 여자는 돌다리를 건넜다.

부채는 이미 이마 위를 가리고 있지 않다. 왼손에 조그마한 하얀 꽃을 들고 그 냄새를 맡으며 온다. 향기를 맡으며 코끝에 댄 꽃을 보면서 오기 때문에 눈은 내리깔고 있다. 그래서 산시로의 2미터 앞까지 와서야 걸음을 뚝 멈췄다.

"이건 무슨 나무죠?"

이렇게 말하면서 한 여자가 고개를 들었다. 머리 위에는 커다란 모밀잣밤나무가 햇살이 새어들지 않을 만큼 두껍고 무성한 잎을 물가까지 둥글게 드리우고 있다.

"그건 모밀잣밤나무예요."

간호사가 말했다. 마치 아이에게 뭔가를 가르쳐주고 있는 모습 같다. "그래요? 열매는 열리지 않았나요?"

이렇게 말하며 쳐든 얼굴을 원래의 자리로 되돌린다. 그 바람에 산시로를 힐끗 봤다. 산시로는 분명히 여자의 까만 눈동자가 움직이는 순간을 의식했다. 그때 색채의 느낌은 모조리 사라지고 뭐라 말할 수 없는 뭔가와 마주쳤다. 그 뭔가는 기차에서 만난 여자로부터 "당신은 참 배짱이 없는 분이로군요"라는 말을 들었을 때의 느낌과 어딘가 비슷했다. 산시로는 두려워졌다.

두 여자가 산시로 앞을 지나갔다. 젊은 여자는 지금까지 향기를 맡고 있던 하얀 꽃을 산시로 앞에 떨어뜨리고 갔다. 산시로는 두 사람의 뒷모습을 가만히 바라보고 있었다. 간호사가 앞서 간다. 젊은 여자가 뒤따라간다. 화려한 색에 흰 참억새 무늬가 새겨진 오비가 보인다. 머리에도 새하얀 장미 한 송이가 꽂혀 있다. 그 장미가 모밀잣밤나무 그늘 아래의 검은 머리카락 안에서 눈에 띄게 빛나고 있다.

산시로는 멍하니 있었다. 곧 조그만 목소리로 "모순이다"라고 말했다. 대학의 분위기와 저 여자가 모순인지, 저 색채와 저 눈빛이 모순인지, 저 여자를 보고 기차에서 만난 여자를 떠올린 게 모순인지, 아니면 미래에 대한 자신의 방침이 두 갈래로 모순되어 있는 건지, 또는 굉장히 기쁜 것에 대해 두려움을 느끼는 것이 모순인지…… 시골 출신의 청년에게는 이 모든 것이 이해되지 않았다. 그저 왠지 모순된 것만 같았다.

산시로는 여자가 떨어뜨리고 간 꽃을 주워 들었다. 그리고 냄새를 맡아보았다. 하지만 이렇다 할 향기는 나지 않았다. 산시로는 그 꽃을 연못에 던졌다. 꽃은 물 위에 떠 있다. 그러자 돌연 맞은편에서 누군가 자신의 이름을 불렀다.

산시로는 꽃에서 시선을 돌렸다. 노노미야가 돌다리 너머에 기다랗게 서 있다.

"아직 여기 있었소?"

노노미야가 물었다. 산시로는 대답하기 전에 자리에서 일어나 느릿느릿 걸어갔다.

"예."

돌다리 위까지 가서 대답했다. 어쩐지 얼이 빠져 있다. 하지만 노노미야는 조금도 놀라지 않는다.

"시원하오?"

노노미야가 물었다.

"예."

산시로는 다시 이렇게 대답했다.

노노미야는 잠깐 연못을 바라보고 있다가 오른손을 호주머니에 넣어 뭔가를 찾기 시작했다. 호주머니에서 봉투가 절반쯤 삐져나와 있다. 봉투에 적혀 있는 글자는 여자 필체로 보인다. 노노미야는 생각한 것을 찾지 못한 모양인지 원래의 빈손을 아래로 축 늘어뜨린다. 그러고는 이렇게 말한다.

"오늘은 장치에 문제가 있어 밤에 할 실험을 그만두기로 했소. 이제 혼고 쪽을 산보나 하면서 돌아갈 생각인데, 어떻소? 같이 걷지 않겠소?"

산시로는 쾌히 응했다. 둘이서 언덕길을 올라 고개 위로 나갔다. 노노미야는 조금 전에 여자들이 서 있던 부근에서 잠깐 서서 건너편의 푸른 숲 사이로 보이는 붉은색 건물과 절벽이 높은 것에 비해 물이 삐져 있는 연못 전체를 바라보며 말했다.

"경치가 꽤 좋지 않소? 저 건물은 모퉁이만 살짝 나와 있소. 나무들 사이로 말이오. 좋지 않소? 알겠소? 저 건물은 제법 잘 지은 거요. 공과대학 건물도 잘 지었지만, 저게 더 낫지."

산시로는 노노미야의 감상력에 약간 놀랐다. 솔직히 말하면 자신은 어느 쪽이 좋은지 전혀 알 수 없었던 것이다.

"아, 예."

그래서 이번에도 산시로는 이렇게 대답했다.

"그리고 이 나무와 물의 효과는 말이오, 대단한 것은 아니지만 아무튼 도쿄 한가운데에 있으니까, 조용하지 않소? 이런 곳이 아니면 학문을 할 수 없을 거요. 요즘은 도쿄가 너무 시끄러워져서 좀 곤란하다오. 이곳이 바로 고덴(御殿)[15]이오."

노노미야는 걸어가면서 왼쪽에 있는 건물을 가리키며 말을 잇는다.

"교수회의를 하는 곳이오. 뭐 나 같은 사람이야 참석하지 않아도 되긴 하지만 말이오. 난 그저 지하에서 생활하면 되는 거요. 요즘의 학문은 굉장한 기세로 변하고 있어서 조금이라도 방심하면 금방 뒤처지게 된다오. 남이 보면 지하실에서 장난이나 하고 있는 것 같겠지만, 이래 봬도 연구를 하고 있는 당사자의 머릿속은 격렬하게 움직이고 있는 거요. 전차보다 훨씬 더 격렬하게 움직이고 있을지도 모르오. 그러니 여름에 여행을 하는 것도 아까울 지경이라오."

노노미야는 이렇게 말하면서 고개를 들어 드넓은 하늘을 올려다보았다. 하늘에는 이제 햇빛이 거의 없었다.

15 산시로 연못이 내려다보이는 동쪽 언덕에 있던 옛 마에다 가의 저택 유적지로 당시에는 대학본부였다. 지금은 산조회관(山上會館)이 있다.

고요해진 푸른 하늘 가까이에는 하얀 엷은 구름이 귀얄로 쓴 흔적처럼 비스듬히 길쭉하게 떠 있다.

"저걸 알고 있소?"

노노미야가 물었다. 산시로는 고개를 들어 반투명색 구름을 올려다보았다.

"저건 모두 눈가루요. 이렇게 아래에서 보면 전혀 움직이지 않는 것처럼 보이지만 지상에서 일어나는 태풍보다 더 빠른 속도로 움직이고 있는 거라오. ……러스킨[16]을 읽어봤소?"

산시로는 어리둥절하며 읽지 않았다고 대답했다.

"아, 그렇소?"

노노미야는 그저 이렇게 말했을 뿐이다. 잠시 후 노노미야가 말을 이었다.

"이런 하늘을 사생하면 재미있을 것 같군요. 하라구치(原口) 씨한테 얘기해줘야 하나?"

산시로는 물론 하라구치라는 화가의 이름을 알지 못했다.

두 사람은 벨츠[17]의 동상 앞에서 가라타치데라(枳穀寺) 옆을 지나 전찻길로 나갔다. 동상 앞에서 그 동상이 어떠냐는 질문에 산시로는 다시 난감해졌다. 밖은 굉장히 떠들썩했다. 전차가 쉴 새 없이 지나고 있었다.

---

16 존 러스킨(John Ruskin, 1819~1900). 영국의 미술평론가. 라파엘전파의 운동을 옹호하고 자연미를 그릴 필요성과 그 방법을 주장했다. 만년에는 사회적 관심을 심화시켜 자본주의 체제의 불합리와 모순을 비판했다.

17 에리빈 폰 벨츠(Eriwin von Bälz, 1849~1913). 독일의 의학자. 1876년에 도쿄 의학교(醫學校, 현재의 도쿄 대학 의학부)에 초빙되어 생리학, 병리학 등을 가르쳐 일본 근대 의학의 발전에 기여했다. 도쿄 대학에 그의 동상이 세워져 있다.

"전차가 시끄럽지 않소?"

노노미야가 또 물었다. 산시로는 시끄럽다기보다 무시무시할 정도였다.

"아, 예."

하지만 그저 이렇게만 대답했다. 그러자 노노미야가 말했다.

"나도 전차 소리는 시끄럽소." 하지만 전혀 시끄럽게 느끼는 것으로 보이지 않았다. "난 차장에게 물어보지 않으면 혼자서는 제대로 갈아타지도 못한다오. 요 2, 3년간 너무 많이 늘어나서 말이오.[18] 편리해져서 오히려 곤란해진 셈이랄까. 내 학문과 마찬가지지요."

노노미야는 이렇게 말하며 웃었다.

학기가 새롭게 시작될 무렵이어서 고등학교 교모를 쓴 학생들이 많이 지나갔다. 노노미야는 유쾌한 듯이 그들을 바라봤다.

"새로운 학생들이 꽤 많이 왔군." 노노미야가 말한다. "젊은 사람들은 활기가 있어 좋아요. 그런데 나이가 어떻게 되오?"

산시로는 숙박부에 적은 대로 대답했다.

"그러면 나보다 일곱 살쯤 아래로군. 7년이면 웬만한 일은 다 할 수 있소. 하지만 세월은 쉬이 흘러가니, 7년 정도는 금방이라오."

어떤 말이 진짜인지 산시로는 알 수가 없었다.

네거리 가까이에 이르자 좌우로 책방과 잡지 파는 곳이 늘어서 있다. 그중 두세 군데에는 사람들이 새까맣게 모여 있다. 구경만 하다가 사지 않고 가버린다.

---

18 도쿄의 시내 전차 노선은 전부터 계속 확장되고 있었으나 1906년 도쿄전차철도, 도쿄전기철도, 도쿄시가철도 등 세 회사가 합병되고 나서는 확장 속도가 더욱 빨라졌다. 한편 도쿄시가철도는 『도련님』의 주인공이 귀경 후에 근무하게 되는 회사다.

"다들 약아빠졌다니까."

노노미야는 이렇게 말하며 웃고 있다. 그런 말을 한 당사자도《다이요(太陽)》[19]를 펼쳐 보았다.

네거리를 지나자 왼쪽에는 서양 방물 가게가 있고, 그 맞은편에는 일본 방물 가게가 있다. 그 사이를 전차가 휙 돌아 굉장한 기세로 지나간다. 땡땡땡땡 종이 울린다. 건너기 힘들 만큼 혼잡하다.

"저기서 살 게 좀 있어서."

노노미야는 건너편 방물 가게를 가리키며 이렇게 말하고는 종을 땡땡 울리고 있는 전차 사이를 달려 빠져나갔다. 산시로도 뒤에 바싹 붙어 맞은편으로 건너갔다. 노노미야는 곧장 가게 안으로 들어갔다. 바깥에서 기다리고 있던 산시로가 정신을 차리고 보니 가게 앞의 유리 진열장에 빗이며 꽃 비녀 등이 진열되어 있다. 산시로는 이상하게 생각했다. 노노미야가 뭘 사려는 걸까 하는 궁금증이 일어 가게 안으로 들어가보니 그는 매미 날개 같은 리본을 들고 묻는다.

"어떻소?"

산시로는 그때 자신도 뭔가 사서 미와타의 오미쓰에게 은어에 대한 답례로 보낼까 하는 생각을 했다. 하지만 오미쓰가 그걸 받고 은어에 대한 답례라고 생각하지 않고 이러니저러니 제멋대로 이유를 붙일 게 뻔해 그만두기로 했다.

그러고 나서 노노미야가 마사고초(眞砂町)에서 서양 요리를 사주었다. 노노미야의 말로는 혼고에서 이 집이 가장 맛있는 집이란다. 하지만 산시로에게는 그저 서양 요리의 맛이 나는 정도에 지나지 않았다.

19 1895년 1월에 하쿠분칸(博文館)에서 창간한 종합월간잡지. 정치, 경제, 사회 방면의 평론에 중점을 두었지만 메이지 30년대 중엽부터는 주로 문예평론을 실어 문단의 주목을 끌었다.

하지만 남기지 않고 다 먹었다.

　서양 요릿집 앞에서 노노미야와 헤어져 바로 오이와케(追分)로 돌아가지 않고 아주 주의 깊게 네거리까지 돌아가 왼쪽으로 꺾었다. 게다를 사려고 게다 가게를 들여다보니 백열 가스등 아래 분을 허옇게 떡칠한 아가씨가 석고 요괴처럼 앉아 있었으므로 별안간 싫어져 그만두었다. 그리고 나서 집으로 돌아가는 동안 대학의 연못에서 만났던 여자의 얼굴빛만 생각하고 있었다. ……그 색은 떡을 엷게 구운 듯한 엷은 갈색이었다. 그리고 살결이 무척 고왔다. 산시로는 여자의 얼굴빛은 그런 빛이 아니면 안 된다고 단정했다.

3

새 학기는 9월 11일에 시작되었다. 산시로는 고지식하게 아침 10시
반경에 학교에 갔는데 현관 앞 게시판에 강의 시간표만 붙어 있을 뿐
학생은 한 명도 보이지 않았다. 자신이 들어야 할 강의에 관한 것만
수첩에 적고 나서 사무실에 들렀더니 그래도 사무원만은 나와 있었
다. 강의는 언제부터 시작하느냐고 물으니 9월 11일부터라고 말한다.
시치미를 떼고 있다. 하지만 어느 강의실에 가봐도 강의가 없는 것 같
은데요, 하고 물으니 그건 교수님이 없어서 그런 거라고 대답한다. 산
시로는 그렇구나 하고 생각하며 사무실을 나왔다. 뒤로 돌아가 커다
란 느티나무 아래에서 높은 하늘을 올려다보니 보통 때보다 밝아 보
였다. 얼룩조릿대 사이로 물가로 내려가 예전의 그 모밀잣밤나무 가
까이로 가서 다시 쭈그려 앉았다. 예전의 그 여자가 다시 한번 이곳을
지나치면 좋겠다고 생각하며 이따금 언덕 위를 바라보았으나 거기에
는 개미 새끼 하나 보이지 않았다. 산시로는 그게 당연하다고 생각했
다. 하지만 여전히 쭈그리고 앉아 있었다. 그러자 오포(午砲)[1]가 울렸

으므로 놀라 하숙으로 돌아왔다.

이튿날은 아침 8시 정각에 학교로 갔다. 정문을 들어서자 첫 번째 큰길 좌우로 늘어선 은행나무 가로수가 눈에 들어왔다. 은행나무 가로수가 끝나는 곳에서 완만한 내리막 경사가 길게 뻗어 있어 정문 옆에 선 산시로의 위치에서는 언덕 너머에 있는 이과대학은 이층의 일부만 보였다. 그 지붕 뒤로 아침 햇살을 받은 우에노의 숲이 멀리서 빛나고 있다. 해는 정면에 있다. 산시로에게는 그윽한 경치가 유쾌하게 느껴졌다.

은행나무 가로수가 끝나는 곳 오른쪽에는 법문과(法文科)대학[2]이 있다. 왼쪽의 조금 뒤로 물러난 곳에는 박물학 강의실이 있다. 모양이 같은 두 건물은 가늘고 기다란 창문 위에 뾰족한 삼각형 지붕이 솟아 있다. 그 삼각 지붕의 가장자리에 해당하는 붉은 벽돌과 검은 지붕의 이음새가 가느다란 돌로 직선 모양으로 이어져 있다. 그리고 그 돌의 색깔이 희미하게 푸른빛을 띠고 있어 그 바로 아래의 화려한 붉은 벽돌에 운치를 더해주고 있다. 그 길쭉한 창문과 높다란 삼각형 모양의 지붕이 옆으로 여러 개나 이어져 있다. 산시로는 얼마 전 노노미야의 설명을 들은 이래 갑자기 이 건물을 진기하다고 생각하고 있었는데, 오늘 아침에는 그 의견이 노노미야의 의견이 아니라 처음부터 자신의 지론이었던 것처럼 느껴졌다. 특히 박물학 강의실이 법문과대학

---

1 정오를 알리기 위해 공포를 쏘는 것. 영국의 해외 진출이 활발했던 18세기 말, 항구에 정박하는 선박에 정확한 시간을 알리기 위해 시작되었다고 한다. 곧 영국 식민지의 항구를 중심으로 전 세계로 확대되었다. 도쿄에서는 1871년에 시작되어 1929년 사이렌으로 교체될 때까지 존속했다.
2 법문과대학이라는 대학 조직이 있었던 게 아니라 법과대학의 강의실과 문과대학의 강의실이 있는 건물을 말한다.

과 일직선으로 나란히 있지 않고 조금 안쪽으로 들어가 있는 점이 불규칙하고 절묘하다고 생각했다. 다음에 노노미야를 만나면 그 의견을 자신이 발견한 생각인 양 이야기해보려고 생각했다.

법문과대학의 오른쪽 끝에서 50미터쯤 앞으로 돌출되어 있는 도서관 건물에도 감탄했다. 잘은 모르지만 어쩌면 같은 건축 양식일 거라는 생각이 들었다. 빨간 벽을 따라 커다란 종려나무를 대여섯 그루 심은 게 아주 보기 좋았다. 왼쪽의 안쪽 깊숙한 곳에 있는 공과대학은 봉건시대 서양의 성을 본뜬 것으로 보였다. 정사각형으로 만들어져 있다. 창문도 사각이다. 다만 네 귀퉁이와 입구만은 둥글다. 그건 성루를 본떴을 것이다. 성곽인 만큼 견고해 보인다. 법문과대학 건물처럼 쓰러질 것 같지도 않다. 어쩐지 키가 작은 스모 선수를 닮은 듯하다.

산시로는 둘러볼 수 있는 만큼 다 둘러보고 그 외에도 아직 눈에 들어오지 않은 건물이 많다는 것을 감안하니 어딘지 모르게 웅대하다는 느낌이 들었다. '학문의 전당이란 무릇 이래야 한다. 이런 곳에 있어야 연구도 가능하다. 참으로 대단하다.' ……산시로는 대학자라도 된 듯한 기분이었다.

하지만 강의실에 들어가보니 종이 울렸는데도 교수는 들어오지 않았다. 게다가 학생도 나오지 않았다. 다음 시간도 마찬가지였다. 산시로는 짜증이 나서 강의실에서 나왔다. 그리고 혹시나 하고 연못 주위를 두 바퀴쯤 돌고 하숙으로 돌아왔다.

그 후 열흘쯤 지나 마침내 강의가 시작되었다. 산시로가 강의실로 들어가 처음으로 다른 학생들과 함께 교수가 오기를 기다리고 있을 때의 마음은 실로 각별한 것이었다. 제주(祭主)가 복장을 갖추고 제사를 지내기 직전의 기분이 이런 것일 거라고 산시로는 자신의 심정을 스스로 헤아려보았다. 실제로 학문의 위엄에 감동했음에 틀림없다. 그뿐 아니라 벨이 울리고 15분이 지나도 교수가 나타나지 않자 기대감에서 생겨나는 경외감은 더욱 커졌다. 얼마 후 인품이 좋아 보이는 할아버지 서양인이 문을 열고 들어와 유창한 영어로 강의를 시작했다. 산시로는 그때 answer라는 단어가 앵글로색슨어 and-swaru에서 왔다는 사실을 알았다. 그리고 스콧[3]이 다닌 초등학교가 있는 마을의 이름을 알았다. 모두 소중하게 필기장에 적어두었다. 그러고 나서 문학론 강의를 들었다. 이 교수는 강의실에 들어와 잠깐 칠판을 바라보고 있었는데, 칠판에 쓰여 있던 Geschehen[4]이라는 단어와 Nachbild[5]이라는 글자를 보고 "아, 독일어인가" 하고 웃으며 쓱쓱 지워버렸다. 그 때문에 산시로는 독일어에 대한 경의를 조금 잃어버린 것 같았다. 교수는 고래로 문학자들이 내린 문학에 대한 정의를 모두 스무 개쯤이나 열거했다.[6] 산시로는 이것도 공책에 정성껏 필기해두었다. 오후에는 큰 강의실에서 수업을 들었다. 그 강의실에는 7, 80여 명의 수강자가 있었다. 따라서 교수도 연설조로 강의했다. "한 발의 포성이 우라가(浦賀)의 꿈을 깨고"[7]라는 말로 강의를 시작했

---

3 월터 스콧(Walter Scott, 1771~1832). 영국의 낭만파 시인이자 소설가. 서사시 『호상의 미인』으로 알려졌으며 『아이반호』 등 역사소설 작품을 많이 남겼다.

4 독일어로 '사건'이라는 뜻.

5 독일어로 '모조, 가짜'라는 뜻.

6 소세키가 도쿄 대학에서 한 첫 강의 〈영문학 형식론〉의 첫머리에는 매슈 아널드, 아리스토텔레스 등의 문학에 대한 정의 열 몇 가지가 열거되어 있다.

7 1853년 6월 매슈 페리 제독이 이끄는 미합중국 해군 동인도 함대의 증기선 두 척을 포함한 함선 네 척이 일본에 내항한 사건을 말한다. 당초 구리하마(久里浜)에 내항했으나 당시 구리하마 항은 모래 해안이라 흑선(黑船)이 정박할 수 없었으므로 막부는 에도 만 우라가항으로 유도했다. 미합중국 대통령의 친서가 막부에 건네졌고 이듬해에 미일화친조약이 체결되었다. 일본에서는 이 사건에서 메이지 유신까지를 '막말(幕末)'이라고 부른다.

으므로 산시로는 아주 재미있게 듣고 있었는데 나중에는 독일의 철학자 이름이 많이 나와 이해하기 힘들었다. 책상 위를 보니 낙제라는 글자가 멋지게 새겨져 있다. 많은 시간을 들여 완성한 듯 단단한 떡갈나무 판에 근사하게 새긴 솜씨는 초보자로 보이진 않는다. 예사 솜씨가 아니다. 옆자리의 남학생은 감탄할 정도로 끈기 있게 필기를 계속하고 있다. 들여다보니 필기를 하고 있는 게 아니었다. 멀리서 선생의 얼굴을 펀치풍[8]으로 그리고 있었다. 산시로가 들여다보자마자 옆자리의 남학생은 자신의 노트를 산시로 쪽으로 보여주었다. 그림은 잘 그렸는데, 옆에 "멀리 구름 걸린 하늘의 두견새"[9]라고 쓴 말이 무슨 뜻인지 알 수가 없었다.

강의가 끝나고 산시로는 왠지 피곤한 것 같아 이층 창문에 턱을 괴고 정문 앞의 정원을 내려다보고 있었다. 단지 커다란 소나무와 벚나무를 심고 그 사이에 자갈을 깔아 넓은 길을 냈을 뿐이었는데, 지나치게 꾸미지 않은 것이 보고 있으니 기분이 좋았다. 노노미야의 말에 따르면 이곳이 옛날에는 이렇게 아름다운 곳이 아니었다고 한다. 노노미야의 선생님 중 한 분이 학창 시절에 말을 타고 이곳을 지나다 말이 말을 듣지 않고 심술궂게 일부러 나무 밑을 지나는 바람에 모자가 소나무 가지에 걸렸다. 그리고 게다의 굽이 말등자에 끼었다. 선생님이 아주 난처해하고 있으니 정문 앞에 있는 기타도코(喜多床)[10]라는 이발소 종업원들이 몰려와 재미있다는 듯이 웃었다고 한다. 그 당시에는 뜻있는 사람들이 돈을 모아 대학 안에 마구간을 마련하고 말 세 마리

8 우스꽝스러운 풍자화. 1841년 런던에서 창간된 주간 만화잡지 《펀치(Punch)》에서 유래했다. 지금의 만화에 해당한다.

9 하이쿠 '久方の雲井の空の子規'.

10 이 이발소는 현재 시부야에 있으며 지금도 당시의 거울을 사용하고 있다고 한다.

와 승마 선생을 두고 있었다. 그런데 선생님이 대단한 술꾼이어서 결국 말 세 마리 중에서 가장 좋은 백마를 팔아 술을 마셔버렸다. 그 말은 나폴레옹 3세[11] 시대의 늙은 말이었다고 한다. 설마 진짜 나폴레옹 3세 시대는 아니었을 것이다. 하지만 참 태평한 시대도 다 있었구나 하고 생각하고 있으니 조금 전에 펀치풍의 그림을 그린 남학생이 다가와 말을 걸었다.

"대학의 강의라는 건 참 시시하군."

산시로는 적당히 대답했다. 사실 산시로는 강의가 시시한지 아닌지 전혀 판단할 수 없었던 것이다. 하지만 그때부터 그 학생과 이야기를 나누는 사이가 되었다.

그날은 왠지 마음이 울적하고 재미도 없었으므로 연못 주위를 도는 일은 보류하고 하숙으로 돌아왔다. 저녁을 먹은 후에 필기한 것을 거듭 읽어보았으나 특별히 유쾌하지도 불쾌하지도 않았다. 어머니에게 언문일치체[12]로 편지를 썼다. ……학교 수업이 시작되었다. 이제 매일 학교에 간다. 학교는 굉장히 넓고 좋은 장소에 있고 건물도 무척 아름답다. 그 한가운데에 연못이 있다. 연못 주위를 산보하는 것이 낙이다. 이제 전차 타는 것도 익숙해졌다. 뭔가 사서 보내고 싶지만 뭐가 좋을지 몰라 사드릴 수가 없다. 갖고 싶은 것이 있다면 알려달라. 올해 쌀값은 곧 오를 것이니 팔지 말고 그냥 두는 게 나을 것이다. 미와타의 오미쓰에게는 너무 잘해주지 않는 게 좋을 것이다. 도쿄에 와보니 사람은 널려 있다. 남자도 많지만 여자도 많다. 이런 이야기를 두서없이

11 나폴레옹 3세(Napoleon III, 1803~1873). 나폴레옹 1세의 조카. 1852년에 프랑스 황제로 즉위하여 전제정치를 했지만 1870년에 보불전쟁에서 패해 영국으로 망명했다.
12 구어 문체의 편지를 말한다. 당시 편지의 일반적인 문체는 문어체인 소로분(候文)이었다.

늘어놓은 편지였다.

편지를 쓰고 영어책 대여섯 페이지를 읽었더니 이내 싫증이 났다. 이런 책을 한 권쯤 읽어봤자 아무 소용이 없다는 생각이 들었다. 이부자리를 깔고 자려고 했으나 잠이 오지 않는다. 불면증에 걸리면 빨리 병원에 가서 진찰을 받아야 한다는 생각을 하는 중에 잠들어버렸다.

다음 날도 여느 때와 같은 시각에 학교로 가서 강의를 들었다. 강의 시간에 올해 졸업생이 어느 곳에 얼마를 받고 팔려갔다는 이야기를 들었다. 누구와 누가 아직 남아 있는데, 어느 관립학교[13]의 자리를 놓고 경쟁하고 있다는 이야기를 하는 사람이 있었다. 산시로는 막연하게 미래가 멀리서 눈앞으로 밀어닥친 듯한 둔중한 압박을 느꼈지만 그것은 금세 잊어버렸다. 오히려 쇼노스케(昇之助)[14]가 어떻고 하는 이야기가 재미있었다. 그래서 복도에서 구마모토 출신의 동급생을 붙잡고 쇼노스케가 누구냐고 물었더니 요세[15]에서 기다유부시[16]를 공연하는 여자라고 알려주었다. 그러고 나서 요세의 간판은 어떤 것이고, 혼고의 어디에 있다는 것까지 알려준 다음 이번 토요일에 함께 가자고 했다. 잘 알고 있다고 생각했는데 이 동급생도 어젯밤에 처음으로 요세에 들어가봤다고 한다. 산시로는 왠지 요세에 가서 쇼노스케를 보고 싶었다.

점심을 먹으려고 하숙으로 돌아가려고 하는데, 어제 펀치화를 그리

13 정부가 설치한 학교. 당시 제국대학(1908년 당시 3개교), 구제 고교(8개교), 고등사범(3개교)은 모두 관립이고, 그 외에 고등상업과 전문학교(19개교) 등이 있었다.
14 서생 등 젊은 남성층에 가장 인기가 있었던 사람이다.
15 재담, 만담, 야담 등을 들려주는 대중적 연예장.
16 에도 시대 전기에 시작된 조루리(淨瑠璃)의 일종으로, 옛이야기를 음곡에 맞춰 낭창하는 것을 말한다.

던 학생이 이보게, 하며 다가와 혼고 거리에 있는 요도미켄(淀見軒)이라는 곳으로 데려가 카레라이스를 사주었다. 요도미켄이라는 곳에서는 과일도 팔았다. 새로 지은 건물이었다. 펀치화를 그리던 학생은 이 건물 외부를 가리키며 이것이 바로 누보식[17]이라고 가르쳐주었다. 산시로는 건축에도 누보식이 있다는 사실을 처음 알았다. 돌아가는 길에 아오키도(青木堂)[18]도 알려주었다. 역시 대학생들이 자주 가는 곳이라고 한다. 아카몬으로 들어가서 같이 연못 주위를 산보했다. 그때 펀치화를 그린 학생은, 작고한 고이즈미 야쿠모[19] 선생이 교수 대기실에 들어가는 것이 싫어 강의가 끝나면 늘 이 주변을 빙빙 돌아다녔다고, 마치 고이즈미 선생에게 직접 배우기라도 한 것처럼 말했다. 왜 대기실에 들어가지 않은 거냐고 산시로가 물었다.

"그거야 당연한 일이지. 우선 그들의 강의를 들어보면 알 수 있잖은가? 말이 통하는 사람이 한 사람도 없었겠지."

이렇게 신랄한 말을 태연하게 하는 데는 산시로도 놀랐다. 이 학생은 사사키 요지로(佐々木与次郎)라고 하는데, 전문학교[20]를 졸업하고 올해 다시 선과(選科)[21]로 들어왔다고 한다. 히가시가타마치(東片町)

17 20세기 초에 프랑스와 독일에서 일어났던 신예술파(Art nouveau)의 도안 양식. 같은 굵기의 선을 사용하는 것이 특색으로, 단조로워 인간미는 없지만 소박한 맛이 느껴진다.

18 당시 혼고에 있던 끽다점(喫茶店). 끽다점은 커피나 홍차 등의 음료, 과자, 과일, 경양식을 제공하는 곳으로 서양의 카페에 해당한다. 나중에 산시로는 이 끽다점에서 포도주를 마신다.

19 고이즈미 야쿠모(小泉八雲, 1850~1904). 라프카디오 헌(Lafcadio Hearn)의 일본 이름. 그리스 태생의 영국인이다. 1890년 잡지 특파원으로 일본에 와서 같은 해에 영어 교사로서 마쓰에(松江) 중학에 부임하고 고이즈미 세쓰(小泉セツ)와 결혼했다. 1896년 일본에 귀화하여 도쿄제국대학에서 영문학을 가르쳤으며 1904년 일본의 고전이나 민화에서 취재한 단편집 『괴담』을 미국에서 간행했다.

20 중학 졸업자를 대상으로 하는 수업연한 3년 이상의 고등교육기관으로 고등상업학교, 의학전문학교 등이 있었다.

5번지의 히로타(廣田)라는 사람의 집에 살고 있으니까 놀러 오라고 한다. 하숙이냐고 물으니 고등학교 선생님 댁이라고 했다.

그로부터 당분간 산시로는 매일 학교에 나가 성실하게 강의를 들었다. 필수과목 이외의 강의에도 때때로 들어가보았다. 그래도 뭔가 부족한 느낌을 지울 수 없었다. 그래서 결국에는 전공과목과는 전혀 상관없는 수업에도 이따금 얼굴을 내밀었다. 하지만 대개는 두세 번 들어갔다가 그만두었다. 한 달을 지속한 과목은 하나도 없었다. 그래도 1주일에 평균 40시간쯤 되었다. 아무리 근면한 산시로라도 40시간은 너무 많다. 산시로는 끊임없이 일종의 압박을 느끼고 있었다. 그런데도 뭔가 부족한 것 같다. 산시로는 즐길 수 없게 되었다.

어느 날 사사키 요지로를 만나 그 이야기를 했더니 요지로는 40시간이라는 말을 듣고 눈을 동그랗게 뜨고는 "어이가 없군"이라고 말했지만 "하숙집의 맛없는 밥을 하루에 열 번 먹는다고 만족하게 될 것 같은지 생각 좀 해보게"라며 갑작스레 경구로 산시로에게 호통을 쳤다. 산시로는 곧바로 송구해하며 의견을 물었다.

"어떻게 하면 좋겠나?"

"전차를 타는 게 좋겠지."

요지로가 말했다. 산시로는 이 말에 무슨 우의(寓意)라도 있는 것 같아서 잠시 생각해봤지만 특별히 이렇다 할 것이 떠오르지 않았다.

"진짜 전차 말인가?"

---

21 규정된 과목 중에서 일부를 골라 배우는 과정. 구제 제국대학에는 〈본과(本科)〉와 〈선과〉라는 구별이 있었다. 본과에 들어갈 수 있는 사람은 구제 고등학교 졸업자이고 그 이외의 코스를 밟은 사람은 아무리 학력이 좋아도 선과생으로밖에 들어갈 수 없었다. 본과생과 선과생은 대우도 상당히 달랐는데, 예컨대 선과생은 도서관에서도 실내에 들어갈 수 없어 복도에서 책을 읽어야 하는 굴욕을 맛보았다고 한다.

이렇게 되물었다. 그러자 요지로는 껄껄거리며 웃었다.

"전차를 타고 도쿄를 열대여섯 바퀴 돌다 보면 저절로 만족하게 될 거네."

"그건 어째서인가?"

"어째서라니? 살아 있는 머리를 죽은 강의에 가두면 살아남을 수가 없네. 밖으로 나가서 바람을 집어넣는 거지. 게다가 만족할 만한 방법은 얼마든지 있는데, 전차가 가장 초보적인 거고 또 가장 편하네."

그날 저녁 요지로는 산시로를 데리고 혼고 4가에서 전차를 타서 신바시로 갔다가 거기서 다시 니혼바시(日本橋)로 돌아와 내려서 물었다.

"어떤가?"

다음에는 큰길에서 좁은 골목길로 들어가 히라노야(平の家)라는 간판이 걸린 요릿집으로 들어가 저녁을 먹으며 술을 마셨다. 그곳 종업원은 모두 교토 사투리를 썼다. 아주 싹싹했다. 밖으로 나온 요지로는 불콰한 얼굴로 다시 물었다.

"어떤가?"

그다음에는 본고장의 요세에 데려가주겠다며 다시 좁은 골목길로 들어가 기하라다나(木原店)라는 요세로 들어갔다. 이곳에서 고상[22]이라는 라쿠고가의 라쿠고를 들었다. 10시가 넘어 요세 밖으로 나온 요지로는 다시 물었다.

"어떤가?"

산시로는 만족한다고는 대답하지 않았다. 하지만 아주 부족한 것

---

22 3대째 야나기야 고상(柳家小さん 3代目, 1857~1930). 당대에 유명했던 라쿠고가(落語家, 라쿠고는 혼자서 하는 만담).

같지도 않았다. 그러자 요지로는 대대적으로 고상론(小さん論)을 전개하기 시작했다.

고상은 천재다. 그런 예술가는 흔히 나오는 게 아니다. 언제든지 들을 수 있다고 생각하니까 싸구려 같은 느낌이 드는 점이 참으로 안타깝다. 사실 그와 같은 시대를 살고 있는 우리는 무척 행복한 사람들이다. 지금보다 조금 일찍 태어났다면 고상의 라쿠고를 들을 수 없었을 것이다. 조금 늦게 태어나도 마찬가지다. ……엔유(円遊)[23]도 잘한다. 하지만 고상과는 분위기가 다르다. 엔유가 분장한 다이코모치(太鼓持)[24]는 다이코모치가 된 엔유라 재미있는 것이고, 고상이 연기하는 다이코모치는 고상을 떠난 다이코모치여서 재미있다. 엔유가 연기하는 인물에서 엔유를 숨기면 그 인물이 완전히 소멸해버린다. 고상이 연기하는 인물에서 아무리 고상을 숨겨도 그 인물은 생기발랄하게 약동할 뿐이다. 그 점이 대단하다.

요지로는 이런 말을 하고 나서 다시 물었다.

"어떤가?"

솔직히 말하면 산시로는 고상의 묘미를 알 수가 없었다. 게다가 엔유라는 사람의 라쿠고는 아직 들어본 적도 없다. 그러므로 요지로의 주장이 옳은지 그른지 판정하기가 힘들다. 하지만 그 비교가 거의 문학적이라고 할 수 있을 만큼 능숙한 데는 감복했다.

고등학교 앞에서 헤어질 때 산시로는 예를 표했다.

"고마웠네. 아주 만족스러웠어."

23 산유테이 엔유(初代三遊亭圓遊, 1850~1907). 커다란 코로 유명하여 '코쟁이 엔유'라고 불렸던 라쿠고가. 요세에서 라쿠고가 끝난 후의 여흥으로 기묘한 춤을 보여주어 큰 인기를 얻었다. 고전 라쿠고를 메이지풍으로 개작하여 공연했으며 메이지 시대 라쿠고계의 중심인물이었다.
24 연회석에 나가 자리를 흥겹게 하는 것을 업으로 하는 남자.

"앞으로는 도서관이 아니면 뭔가 부족할 거네."

요지로는 이렇게 말하고 가타마치(片町) 쪽으로 돌아갔다. 그 한마디로 산시로는 도서관에 들어가는 것을 알게 되었다.

다음 날부터 산시로는 40시간의 수업을 거의 반으로 줄였다. 그리고 도서관에 들어갔다. 넓고 길고 천장이 높고 좌우에 창이 많은 건물이었다. 서고는 입구밖에 보이지 않았다. 이쪽 정면에서 들여다보니 안쪽에는 책을 얼마든지 구비하고 있는 듯했다. 선 채 보고 있으니 서고 안에서 두꺼운 책 두세 권을 안고 출구로 나와 왼쪽으로 돌아가는 사람이 있다. 직원 열람실로 가는 사람이다. 그중에는 필요한 책을 책꽂이에서 뽑아내 가슴 가득 펼치고 서서 들여다보는 사람도 있다. 산시로는 부러웠다. 안쪽으로 들어가 2층으로 올라가고, 다시 3층으로 올라가 혼고보다 높은 곳에서, 살아 있는 것을 가까이 오지 못하게 한 채 종이 냄새를 맡으며…… 읽어보고 싶다, 그런데 뭘 읽지, 하는 데에 이르러서는 특별히 뚜렷한 생각이 들지 않았다. 읽어보지 않으면 알 수 없겠지만, 저 안에는 뭔가 많이 있을 것만 같다.

산시로는 1학년이라 서고에 들어갈 권리가 없다. 어쩔 수 없이 커다란 상자에 들어 있는 카드 목록을 허리를 구부리고 한 장 한 장 살펴보니 아무리 넘겨도 계속해서 새로운 책의 이름이 나온다. 끝내 어깨가 아파왔다. 얼굴을 들고 잠깐 쉬려고 관내를 둘러보니 도서관인지라 아주 조용하다. 그런데 사람들이 굉장히 많다. 그리고 건너편 끝에 있는 사람들의 머리가 검게 보인다. 눈과 입은 분명히 보이지 않는다. 높다란 창문 너머 곳곳에 나무가 보인다. 하늘도 살짝 보인다. 멀리서 거리의 소음이 들려온다. 산시로는 자리에서 일어나며 학자의 삶이란 고요하고 심오한 세계라는 생각이 들었다. 그리고 그날은 그대로 돌아왔다.

　다음 날은 공상을 그만두고 도서관에 들어가자마자 곧장 책을 빌렸다. 그러나 잘못 빌려서 곧바로 반납했다. 다음으로 빌린 책은 너무 어려워서 읽을 수 없었으므로 다시 반납했다. 산시로는 이런 식으로 매일 8, 9권씩은 반드시 빌렸다. 물론 가끔은 조금 읽은 책도 있었다. 산시로가 놀란 것은 어떤 책을 빌려도 누군가 반드시 그 책을 한 번쯤은 훑어봤다는 사실을 발견했을 때였다. 그것은 책 속 여기저기에 보이는 연필 자국으로 보아 분명했다. 언젠가 산시로는 그것을 확인하기 위해 애프라 벤[25]이라는 작가의 작품을 빌려보았다. 펼쳐볼 때까지는 설마 했는데 역시 연필로 정성껏 표시되어 있었다. 그때 산시로는 이제 도저히 당해낼 수 없겠다고 생각했다. 그때 창밖에 악대가 지나갔으므로 무심결에 산보가 하고 싶어져 거리로 나갔고, 결국 아오키도로 들어갔다.

　들어가보니 두 테이블에 손님이 있었고 그들 모두 학생으로 보였다. 그런데 한쪽 구석에 혼자 떨어져 앉아 차를 마시고 있는 사내가 있었다. 산시로가 문득 그 옆얼굴을 보니 아무래도 도쿄로 올라올 때 기차에서 복숭아를 엄청나게 먹어대던 사람 같다. 상대방은 아직 산시로를 보지 못했다. 차를 한 모금 마시고 담배를 한 모금 빨며 아주 느긋한 모습이다. 오늘은 흰색 유카타가 아니라 양복을 입고 있다. 하지만 결코 근사한 것은 아니다. 광선의 압력을 시험하고 있는 노노미야와 비교하면 흰 셔츠만이 나아 보이는 정도다. 산시로는 그 모습을 보다가 분명히 복숭아를 먹던 사내가 맞다고 단정했다. 대학의 강의

---

25 애프라 벤(Afra Behn, 1640~1689). 영국의 극작가이자 소설가. 영국 최초의 직업적인 여류작가로 활약했다. 희곡 『방랑자』, 소설 『오루노코』가 있다.

를 듣고 난 이래 기차 안에서 이 사내가 이야기한 것이 왠지 의미가 있는 것처럼 생각되었기 때문에 산시로는 옆으로 다가가 인사를 하려고 했다. 하지만 선생은 정면을 보며 차를 마시고는 담배를 피우고, 담배를 피우고는 차를 마시고 했다. 어떻게 해볼 수가 없었다.

산시로는 가만히 옆얼굴을 바라보고 있다가 돌연 컵에 담겨 있는 포도주를 다 마시고 밖으로 뛰쳐나갔다. 그리고 도서관으로 돌아갔다.

그날은 포도주를 마신 기운에 의한 일종의 상승작용으로 여느 때와 달리 재미있게 공부를 할 수 있었으므로 산시로는 무척 기뻤다. 두 시간쯤 독서삼매경에 빠져 있다가 가까스로 정신을 차리고 슬슬 돌아갈 준비를 하면서 한꺼번에 빌린 책 중에서 아직 펼쳐보지 않은 마지막 한 권을 아무렇지 않게 빼서 보니 책의 면지에 연필로 난폭하게 뭔가 가득 쓰여 있다.

헤겔이 베를린 대학에서 철학을 강의할 때 그에게는 철학을 팔 의도가 추호도 없었다. 그의 강의는 진리를 주장하는 강의가 아니라 진리를 체득한 사람의 강의였다. 혀의 강의가 아니라 마음의 강의였다. 진리와 인간이 합일하여 순화하고 일치할 때 그가 주장하는 바, 말하는 바는 강의를 위한 강의가 아니라 도를 위한 강의가 된다. 철학 강의란 여기에 이르러야 비로소 들을 만하다. 함부로 진리를 혀끝으로 놀리는 자는 죽은 먹으로 죽은 종이 위에 헛된 필기를 남기는 것에 지나지 않는다. 여기에 무슨 의의가 있겠는가. ……나는 지금 시험을 위해, 즉 빵을 위해 눈물을 머금고 이 책을 읽는다. 지끈거리는 머리를 감싸 안고 앞으로 영원히 시험 제도를 저주할 것임을 기억하라.

물론 서명은 없다. 산시로는 무심코 미소를 지었다. 하지만 어딘가 계발된 듯한 느낌이 들었다. 철학만이 아니라 문학도 그럴 것이라 생각하면서 페이지를 넘기자 또 있다. "헤겔의……" 상당히 헤겔을 좋아하는 사람으로 보인다.

헤겔의 강의를 들으려고 사방에서 베를린으로 모여드는 학생들은 그 강의를 의식(衣食)의 밑천으로 이용하려는 야심에서 모인 게 아니다. 그저 철학자 헤겔이라는 사람이 강단 위에서 최상의 보편적인 진리를 전해준다는 소식을 듣고 최고의 구도심이 절실하기에 단상 아래에서 자신의 불온한 의문을 풀어보려는 청정심의 발현일 따름이었다. 그러므로 그들은 헤겔의 강의를 듣고 그들의 미래를 결정할 수 있었다. 자신의 운명을 바꿀 수 있었다. 판에 박은 듯이 강의를 듣고 판에 박은 듯이 졸업하여 떠나는 그대들 일본의 대학생과 같다고 생각하는 것은 더할 나위 없는 자만이다. 그대들은 타자기에 지나지 않는다. 그것도 욕심쟁이 타자기다. 그대들이 하는 바, 생각하는 바, 말하는 바는 결국 절실한 사회의 활기와 무관하다. 죽음에 이를 때까지 판에 박은 듯하려나. 죽음에 이를 때까지 판에 박은 듯하려나.

이렇게 판에 박은 듯하다는 말을 두 번 되풀이하고 있다. 산시로는 조용히 생각에 잠겼다. 그러자 뒤에서 누군가 살짝 어깨를 두드린다. 바로 요지로였다. 요지로를 도서관에서 보는 건 드문 일이다. 그는 강의는 별 볼 일 없지만 도서관은 중요하다고 주장하는 사람이다. 하지만 주장하는 만큼 오는 일은 적은 사람이다.

"이보게, 노노미야 소하치 씨가 자넬 찾고 있네."

요지로가 노노미야를 알고 있을 거라고는 생각지 못했으므로 혹시나 해서 이과대학의 노노미야냐고 되물으니 그렇다고 한다. 즉시 책을 놔둔 채 입구에 있는 신문열람대까지 가보았지만 노노미야는 보이지 않는다. 현관까지 나가보았으나 역시 없다. 돌계단을 내려가 고개를 빼고 주변을 둘러보았지만 그림자도 보이지 않는다. 하는 수 없어 돌아왔다. 원래의 자리에 돌아와보니 요지로가 예의 그 책에 쓰여 있는 헤겔론을 가리키며 조그만 소리로 속삭인다.

"꽤 색다른데. 분명히 옛날 졸업생일 거네. 옛날 녀석들은 난폭하긴 해도 어딘가 재미있는 구석이 있다니까. 실제로 이대로지."

요지로는 히죽히죽 웃고 있다. 상당히 마음에 든 모양이다.

"노노미야 씨는 없던데."

산시로가 말했다.

"아까 입구에 있었는데."

"뭔가 볼일이라도 있는 것 같았나?"

"그런 것 같기도 했네."

두 사람은 함께 도서관을 나섰다. 그때 요지로가 말했다. ……노노미야는 자신이 임시로 거처하고 있는 히로타 선생의 옛날 제자여서 자주 찾아온다, 노노미야는 학문을 무척 좋아하는 사람으로 연구 업적도 꽤 있다, 그 분야의 사람이라면 서양 사람이라도 다들 노노미야의 이름쯤은 알고 있다는 것이다.

산시로는 또 노노미야의 은사로 옛날에 정문 안에서 말 때문에 시달린 사람의 이야기를 떠올리고 히로타 선생이 혹시 그 사람이 아닐까 생각했다. 요지로에게 그 이야기를 했다.

"어쩌면 우리 선생님일지도 모르네. 그런 행동을 할 만한 분이거든."

요지로는 이렇게 말하며 웃었다.

다음 날은 마침 일요일이어서 학교에서 노노미야를 만날 수 없었다. 하지만 어제 자신을 찾았다는 게 마음에 걸렸다. 다행히 아직 그의 새집을 방문한 적이 없었기에 직접 찾아가 용건을 물어봐야겠다는 생각이 들었다.

그 생각을 한 건 아침이었는데, 신문을 읽으며 꾸물대는 사이에 어느덧 한낮이 되었다. 점심을 먹고 나서 집을 나서려고 하는데 오랜만에 구마모토 출신의 친구가 찾아왔다. 가까스로 그를 돌려보낸 것은 그럭저럭 4시가 좀 지나서였다. 좀 늦어지긴 했으나 예정대로 집을 나섰다.

노노미야의 집은 굉장히 멀었다. 4, 5일 전에 오쿠보(大久保)로 이사했던 것이다. 하지만 전차를 이용하면 금방 갈 수 있다. 잘은 모르나 역 근처라고 들었으므로 찾는 데 어려움은 없을 것이다. 사실 산시로는 히라노야(平野家)에 갔던 이래 엉뚱한 실수를 한 적이 있다. 간다(神田)의 고등상업학교[26]로 갈 생각으로 혼고 4가에서 전차를 탔는데 목적지를 지나쳐 구단(九段)까지 가는 바람에 이다바시(飯田橋)까지 가서 소토보리센(外濠線)[27]으로 갈아타고 오차노미즈(お茶の水)에서 간다바시(神田橋)로 나갔다가 또다시 잘못 알고 가마쿠라가시(鎌倉河岸) 부근을 스키야바시(數寄屋橋) 방향으로 서둘러 간 적이 있다. 그 사건 이후로 아무튼 전차는 아주 위험하다는 느낌이 들었으나 고부센(甲武線)[28]은 단선이라는 말을 미리 들었기에 안심하고 탔다.

26 히토쓰바시 대학의 전신.
27 도쿄 시내의 노면전차 노선. 오차노미즈, 도바시(土橋) 사이를 달리며 황거 바깥 둘레의 해자를 일주한다.

오쿠보에서 내려 나카햐쿠닌(仲百人) 거리로 들어서서 도야마학교[29] 쪽으로 가지 않고 건널목에서 곧장 옆으로 꺾으니 폭이 1미터쯤 되는 좁은 길이 나온다. 완만한 그 언덕길을 터벅터벅 올라가니 드문드문 맹종죽이 숲을 이루고 있다. 그 대숲 앞과 끝자락에 인가가 한 채씩 보인다. 앞쪽이 노노미야의 집이었다. 조그만 문이 길의 방향과 전혀 상관없어 보이는 쪽에 엇갈리게 나 있다. 들어가보니 집이 또 예상치 못한 곳에 있다. 문도 입구도 나중에 단 듯한 느낌이다.

부엌 옆에는 멋진 산울타리가 있고 뜰 쪽에는 오히려 칸막이고 뭐고 아무것도 없다. 단지 커다란 싸리나무만이 사람 키보다 높게 자라 객실의 툇마루를 조금 가리고 있을 뿐이다. 노노미야는 그 툇마루에 의자를 내놓고 앉아 서양 잡지를 읽고 있었다.

"이쪽으로."

산시로가 들어오는 것을 보고 노노미야가 말했다. 이과대학 지하에서와 똑같은 인사다. 뜰로 들어가야 할지, 현관으로 들어가야 할지 산시로는 잠깐 망설였다. 그러자 노노미야가 다시 재촉한다.

"이쪽으로."

그래서 산시로는 과감히 뜰로 들어가기로 했다. 객실은 곧 서재로, 다다미 여덟 장이 깔린 방이었는데 비교적 서양 책이 많았다. 노노미야는 의자에서 일어나 다다미방에 앉았다. 산시로는 정말 한적한 곳이라는 둥 오차노미즈에서 비교적 가깝다는 둥 망원경 실험은 어떻게 되었느냐는 둥 그 자리에서 생각나는 시시껄렁한 이야기를 늘어놓은 다음 이렇게 물었다.

28 오차노미즈와 하치오지(八王子) 사이를 왕복하는 사립철도.
29 육군도야마학교. 이곳에서 장교, 하사관 교육을 했다.

"어제 저를 찾아오셨다고 들었습니다만 무슨 볼일이라도 있었습니까?"

그러자 노노미야는 좀 딱하다는 얼굴로 대답했다.

"뭐 아무것도 아니었네."

"아, 예."

산시로는 그저 이렇게만 대답했다.

"그래서 일부러 이렇게 찾아온 건가?"

"뭐 꼭 그런 것만은 아닙니다."

"실은 구마모토에 계신 자네 어머님께서, 자식이 여러모로 신세를 지고 있다면서 아주 귀한 걸 보내주셨네. 그래서 자네한테 고맙다는 인사라도 하려고 말이야."

"아, 그렇습니까? 뭘 보냈군요?"

"그렇다네, 붉은 생선을 지게미에 절인 것이더군."

"그럼 노랑촉수[30]겠군요."

산시로는 별걸 다 보냈구나 싶었다. 하지만 노노미야는 노랑촉수에 대해 이것저것 물었다. 산시로는 특별히 먹을 때의 주의사항을 설명했다. 지게미째 구워 접시로 옮길 때 지게미를 떼어내지 않으면 맛이 없을 거라고 가르쳐주었다.

두 사람이 노랑촉수에 대한 이야기를 나누고 있는 사이에 날이 저물었다. 산시로가 이제 돌아가려고 인사를 하려고 할 때 어디선가 전보가 왔다. 노노미야는 봉투를 뜯어 전보를 읽고는 입속말로 "이거 참

---

30 몸길이 약 20센티미터로 큰 것은 30센티미터가 넘는다. 겉모양은 모래무지와 비슷하여 가늘고 길며 옆으로 납작하다. 일본에서 많이 먹는 생선으로 보통 굽거나 생선묵으로 만들어 먹는다.

난처하게 되었는데" 하고 말했다.

산시로는 모른 체하고 있을 수도 없고 그렇다고 함부로 물어볼 수도 없었다.

"무슨 일이라도 생긴 겁니까?"

산시로는 그저 단순하게 이렇게만 물었다.

"뭐 대단한 일은 아니네."

노노미야는 이렇게 대답하며 손에 든 전보를 산시로에게 보여주었다. 당장 와달라고 쓰여 있었다.

"어디 가야 합니까?"

"그렇다네. 누이가 얼마 전에 병이 나서 대학병원에 입원해 있는데, 그 녀석이 당장 와달라는 거라네."

노노미야는 허둥대는 기색이라고는 전혀 없다. 산시로가 오히려 놀라고 있었다. 노노미야의 누이와 그녀가 앓고 있는 병, 그리고 대학병원을 한데 모으고 거기에 연못가에서 만난 여자까지 더해서 한꺼번에 뒤섞어놓고 놀라고 있었다.

"그럼 상당히 안 좋은 모양이군요?"

"뭐 그렇지도 않을 거네. 실은 어머니가 간병을 하고 있으니…… 만약 안 좋아졌다면 전차로 달려오는 것이 빠를 테니까. ……뭐 누이의 장난이겠지. 실없는 녀석이라 자주 이런 짓을 한다네. 이곳으로 이사 오고 나서 한 번도 병원에 들르지 않았으니까, 오늘은 일요일이라 올 거라고 기다리고 있었던 모양이네. 그래서……"

이렇게 말한 노노미야는 고개를 옆으로 기울이고 생각에 잠겼다.

"하지만 가보는 게 좋지 않을까요? 혹시 상태가 나빠졌을 수도 있으니까요."

"그렇겠지. 4, 5일 안 간 사이에 그렇게 갑작스레 안 좋아질 리는 없겠지만, 뭐 어쨌든 가볼까."

"가보는 것이 좋겠네요."

노노미야는 가기로 했다. 가기로 결정한 이상 산시로에게 부탁할 일이 있다고 했다. 만약 병 때문에 전보를 친 거라면 오늘 밤에는 돌아올 수 없다. 그러면 이 집에 가정부 혼자 남게 된다. 그런데 가정부는 아주 겁이 많고 이 부근은 몹시 위험한 지역이다. 마침 와준 것이 다행인데, 내일 수업에 지장만 없다면 묵고 가지 않겠나, 물론 그냥 친 전보라면 곧 돌아올 거다. 미리 알았다면 사사키에게 부탁할 텐데 지금은 그럴 시간이 없다. 단 하룻밤이고, 병원에서 묵게 될지 어떨지 아직 아무것도 모르는 상황에서 이렇게 잘 알지도 못하는 사람에게 폐를 끼치는 건 너무 면목 없는 일이라 강요할 순 없지만, ……물론 노노미야는 이렇게 유창하게 부탁하지는 않았지만, 상대인 산시로는 그렇게 유창한 부탁을 받을 필요가 없는 사람이라 곧바로 승낙하고 말았다.

"식사는요?"

가정부가 노노미야에게 물었다.

"안 먹어."

노노미야는 이렇게 대답하고 산시로에게 말했다.

"미안하네만 자네는 나중에 혼자 먹도록 하게."

노노미야는 저녁식사도 하지 않고 나갔다. 이미 갔다고 생각했는데 어두컴컴한 싸리나무 사이에서 커다란 목소리가 들렸다.

"내 서재에 있는 책은 뭐든 봐도 좋네. 그리 재미있는 건 없겠지만 얼마든지 보게. 소설도 좀 있을 거네."

이렇게 말하고는 사라졌다. 툇마루까지 가서 고맙다고 말했을 때는 세 평쯤 되는 맹종죽 숲의 대나무가 드문드문한 만큼 아직 한 그루씩 보였다.

산시로는 곧 다다미 여덟 장 크기의 서재 한가운데서 조그만 상을 받아 저녁식사를 했다. 상을 보니 집주인의 말대로 노랑촉수가 놓여 있다. 오랜만에 고향 냄새를 맡는 것 같아 기뻤으나 그에 비해 음식은 그다지 맛이 없었다. 식사 시중을 들러 서재로 들어온 가정부의 얼굴을 보니 주인 말마따나 겁쟁이처럼 생겼다.

식사를 마치자 가정부는 부엌으로 돌아갔다. 산시로는 혼자가 되었다. 혼자가 되어 마음이 가라앉자 갑자기 노노미야의 누이가 걱정되었다. 위독할 것 같은 느낌이 들었다. 노노미야가 너무 늦게 달려간 것이 아닌가 하는 생각이 들었다. 그리고 그의 누이가 자꾸만 얼마 전 자신이 본 여자일 것 같다는 생각이 들었다. 산시로는 다시 한번 그 여자의 얼굴과 눈매, 복장을 그때 그대로 떠올리고 그것을 병원 침대에 눕혀놓은 다음 그 옆에 노노미야를 서게 하여 두세 마디 이야기를 나누게 했는데, 오라버니로는 뭔가 부족한 것 같아 어느새 자신이 대신하여 이것저것 친절하게 간병하고 있었다. 그때 기차가 굉음을 울리며 맹종죽 숲 바로 아래를 지나갔다. 동귀틀 탓인지 토질 탓인지 방바닥이 약간 떨리는 듯했다.

산시로는 간병을 그만두고 방 안을 둘러보았다. 과연 낡은 집인 듯 기둥에 예스러운 정취가 있다. 그 대신 당지를 바른 장지문이 잘 여닫히지 않는다. 천장은 새까맣다. 남포등만이 현대풍으로 빛나고 있다. 노노미야 같은 신식 학자가 유별나게 이런 집을 빌려 봉건시대의 맹종죽을 보며 사는 것이나 마찬가지다. 유별난 것이야 본인 마음이지만 만약 필요에 쫓겨 스스로를 교외로 내쫓은 거라면 가여운 일이 아닐 수 없다. 듣자니 그 정도의 학자가 대학에서 매달 55엔[31]의 월급밖에 받지 못하고 있다고 한다. 그러므로 어쩔 수 없이 사립학교로 강의하러 가는 것이리라. 그러니 누이가 입원하면 곤란할 것이다. 이곳 오쿠보로 이사 온 것도 어쩌면 그런 경제적인 사정 때문인지도 모른다.

초저녁이지만 장소가 장소인지라 쥐 죽은 듯 고요하다. 뜰에서 벌레 우는 소리가 들린다. 혼자 앉아 있으니 쓸쓸한 초가을이다.

"아아, 아아! 이제 잠깐이야."

그때 먼 데서 누군가 이런 말을 하는 소리가 들렸다.

방향은 집 뒤쪽 같은데, 멀어서 확실히 알 수는 없다. 또 소리를 듣고 방향을 가늠할 틈도 없이 그쳐버렸다. 하지만 산시로의 귀에는 분명히 그 한마디가 모든 것으로부터 버림받은 사람이 모든 것으로부터 대답을 기대하지 않고 내뱉은 진실한 독백처럼 들렸다. 산시로는 어쩐지 무서운 느낌이 들었다. 그때 또 기차가 멀리서 소리를 울리며 다가왔다. 그 소리가 점차 가까워져 맹종죽 숲 아래를 지나칠 때는 조금 전의 기차보다 배나 큰 소리를 내며 지나갔다. 방바닥의 작은 진동이 멎을 때까지 멍하니 있던 산시로는 전광석화처럼 조금 전의 탄식과 지금 지나간 열차의 울림을 일종의 인과처럼 연결시켰다. 그리고 덜컥 놀랐다. 그 인과는 놀랄 만한 것이다.

산시로는 그때 가만히 자리에 앉아 있는 것이 극히 어려운 일이라는 것을 알았다. 등골에서 발바닥까지 의심과 걱정의 자극으로 몸이 근질거렸다. 일어나서 화장실에 갔다. 창밖을 내다보니 별빛이 달빛

---

31 연봉으로 하면 660엔이 되는데, 『산시로』를 발표하기 전년(1907)까지 도쿄 대학의 강사였던 소세키의 연봉은 800엔이었다.

처럼 밝은 밤이고, 제방 아래의 기찻길은 쥐 죽은 듯 고요했다. 그래도 대나무 격자 사이로 코를 내밀듯이 어두운 곳을 응시하고 있었다.

그러자 역 쪽에서 초롱을 든 남자가 레일을 따라 이쪽으로 오고 있었다. 말소리로 판단해보건대 서너 명은 될 듯하다. 초롱의 그림자는 건널목 부근에서 제방 아래쪽으로 사라졌고 맹종죽 숲 아래를 지날 때는 말소리만 들렸다. 하지만 그들의 말소리는 손에 잡힐 듯이 들려왔다.

"좀 더 앞쪽이야."

발소리는 건너편으로 멀어졌다. 산시로는 툇마루로 돌아가 게다를 걸친 채 맹종죽 숲이 있는 데서 2미터쯤 제방을 기어 내려가 초롱 뒤를 쫓아갔다.

10미터쯤 갔을 때 또 한 사람이 제방 쪽에서 뛰어내려왔다.

"전차에 치여 죽은 거 아닙니까?"

산시로는 뭔가 대답하려고 했지만 순간적으로 목소리가 나오지 않았다. 그러는 사이에 검은 남자는 지나가버렸다. 이 사람은 노노미야 집의 안채에 살고 있는 집주인일 것이라고 뒤를 따라가면서 생각했다. 50미터쯤 가자 초롱이 멈춰 있다. 사람들도 멈춰 있다. 사람들은 초롱을 비춘 채 입을 다물고 있다. 산시로는 말없이 초롱 아래를 보았다. 그 아래에는 반 토막 난 시신이 있었다. 기차는 오른쪽 어깨에서 유방 아래를 지나 허리 위까지 보기 좋게 잘라버리고 비스듬히 잘린 몸통을 그대로 남겨두고 지나간 것이다. 얼굴은 멀쩡하다. 젊은 여자다.

산시로는 그때의 기분을 지금도 기억하고 있다. 곧 돌아가려고 발뒤꿈치를 돌리려고 했지만 발이 얼어붙어 움직일 수가 없었다. 제방으로 기어올라 방으로 돌아왔더니 가슴이 방망이질치기 시작했다. 물을 마시려고 가정부를 부르니 다행히 가정부는 아무것도 모르는 듯했다. 한참 있으니 안채에서 시끄러운 소리가 들려오기 시작했다. 산시로는 집주인이 돌아온 것이라고 생각했다. 이윽고 제방 아래쪽에서 와자지껄하는 소리가 들려온다. 그 소리가 그치자 다시 조용해진다. 거의 견디기 힘들 정도의 정적이었다.

산시로의 눈앞에는 아까 보았던 여자의 얼굴이 생생하게 떠오른다. 그 얼굴과 "아아……" 하는 힘없는 목소리, 그리고 그 둘 안에 숨어 있을 무참한 운명을 연결시켜 생각해보니 인생이라는 튼튼해 보이는 생명의 뿌리가 자기도 모르는 사이에 느슨해져 언제든지 어둠 속에 떠오를 것 같았다. 산시로는 이것저것 생각할 겨를도 없을 만큼 무서웠다. 그저 꽝 하는 한순간이다. 그 전까지는 틀림없이 살아 있었다.

산시로는 그때 문득 기차에서 복숭아를 주었던 사내가 "위험하네, 위험해. 조심하지 않으면 정말 위험하지"라고 했던 말을 떠올렸다. 자꾸 위험하다고 말했지만 그 사내는 대단히 침착한 상태였다. 결국 자꾸 위험하다고 말할 수 있을 만큼 자신이 위험하지 않은 위치에 있다면 그런 사내가 될 수도 있을 것이다. 세상에 있으면서 세상을 방관하고 있는 사람은 여기에 흥미가 있을지도 모른다. 아무래도 복숭아를 먹던 그 모습이며 아오키도에서 차를 마시고는 담배를 피우고 담배를 피우고는 차를 마시며 가만히 정면을 보고 있던 모습은 바로 그런 부류의 인물이다. ……비평가다. ……산시로는 비평가라는 말을 묘한 의미로 사용해봤다. 사용해보고 스스로 멋지다고 감탄했다. 그뿐 아니라 자신도 미래에 비평가가 되어볼까 하는 생각까지 하기 시작했다. 처참하게 죽은 여자의 얼굴을 보고 나자 그런 마음이 들었다.

산시로는 방구석에 있는 테이블 앞의 의자와 의자 옆의 책장, 그 책장에 가지런히 꽂혀 있는 양서를 둘러보고 이 고요한 서재의 주인은 그 비평가와 마찬가지로 무사하고 행복하다고 생각했다. ……광선의 압력을 연구하기 위해 여자를 열차에 치여 죽게 하는 일은 없을 것이다. 이 서재 주인의 누이는 병이 들었다. 하지만 오라버니가 만든 병이 아니다. 누이 스스로 걸린 병이다. 이렇게 생각을 차례로 이어가다 보니 11시가 되었다. 나카노행 전차는 이제 끊겼다. 혹시 병이 위중해서 돌아오지 못하는 게 아닐까 하고 다시 걱정된다. 그때 노노미야로부터 전보가 왔다. "누이 무사, 내일 아침 돌아감"이라고 쓰여 있었다.

안심하고 잠자리에 들었지만 산시로의 꿈은 굉장히 위험했다. ……전차에 뛰어든 여자는 노노미야와 관계있는 여자로, 노노미야는 그것을 알고 집에 돌아오지 않았다. 다만 산시로를 안심시키기 위해 전보만 쳤다. '누이 무사'라고 쓰여 있는 전보는 거짓으로, 오늘 밤 그 여자가 전차에 치여 죽은 시각에 누이도 죽고 말았다. 그리고 그 누이는 바로 산시로가 연못가에서 만난 여자다……

이튿날 아침 산시로는 여느 때와 달리 일찍 일어났다.

잠을 제대로 이루지 못한 잠자리를 바라보며 담배 한 대를 피웠는데, 어젯밤 일은 모두 꿈만 같았다. 툇마루로 나가 낮은 차양 너머로 펼쳐진 하늘을 바라보니 오늘은 날씨가 참 좋다. 세상이 지금 막 맑게 갠 빛을 띠고 있다. 밥을 먹고 차를 마시고 툇마루에 의자를 내놓고 앉아 신문을 읽고 있자니 약속대로 노노미야가 돌아왔다.

"어젯밤 이 근처에서 전차 사고가 났다고 하더군."

노노미야가 말했다. 역이나 어디서 들은 모양이다. 산시로는 자신이 보고 들은 것을 빠짐없이 들려주었다.

"그거 참 희한한 일이군. 좀처럼 경험하기 힘든 일인데. 나도 집에 있었더라면 좋았을걸. 시신은 이미 치웠겠지? 지금 가봤자 못 보겠지?"

"늦었겠지요."

한마디로 이렇게 대답하긴 했으나 노노미야의 태평한 태도에는 깜짝 놀랐다. 산시로는 노노미야의 이런 무신경이 바로 낮과 밤의 차이에서 생기는 거라고 단정했다. 광선의 압력을 실험하는 사람의 성벽이 이런 경우에도 동일한 태도로 나타나는 거라는 사실은 전혀 깨닫지 못했다. 아직 나이가 어려서일 것이다.

산시로는 화제를 바꿔 누이에 대해 물었다. 노노미야의 대답에 따르면, 아니나 다를까 자신의 추측대로 누이는 이상이 없었다. 다만 5, 6일 동안 가보지 않았더니 그걸 불만스럽게 여기고 심심풀이로 오라버니를 불러낸 것이다. 일요일인데 찾아오지 않는 것은 너무 심하다며 화를 냈다고 한다. 그래서 노노미야는 누이를 바보라고 했다. 정말 바보라고 생각하고 있는 것 같다. 이렇게 바쁜 사람에게서 귀중한 시간을 빼앗는 것은 어리석은 짓이라는 것이다. 하지만 산시로는 그 의미를 통 이해할 수가 없었다. 일부러 전보를 치면서까지 보고 싶어 하는 누이라면 일요일 하룻밤이나 이틀 밤 정도는 아깝지 않을 것이다. 그런 사람을 만나서 보내는 시간이 진정한 시간이고, 지하실에서 광선 실험을 하며 보내는 시간은 오히려 인생과는 거리가 먼 쓸데없는 시간이라고 해야 할 것이다. 자신이 노노미야라면 그 누이 때문에 공부에 방해되는 것을 오히려 기쁘게 생각할 것이다. 이런 생각까지 했는데, 그때는 이미 전차 사고에 대해 잊고 있었다.

노노미야는 간밤에 잠을 제대로 자지 못해 정신이 멍해서 안 되겠다고 말했다. 다행히 오늘은 와세다(早稲田)학교[32]에 가는 날이고 대학은 쉬는 날이니 그때까지 자겠다고 했다.

"밤늦게까지 안 자고 있었습니까?"

산시로가 이렇게 묻자, 사실은 고등학교 때의 선생님이었던 히로타라는 사람이 우연히 누이의 문병을 와서 다 함께 이야기를 나누다가 전차 시간에 늦어 결국 묵게 되었다고 한다. 히로타 선생 집에 묵었어야 했는데, 누이가 또 병원에 묵으라고 떼를 쓰며 말을 듣지 않는 바람에 어쩔 수 없이 좁은 데서 잤더니 답답해서 도통 잠을 이룰 수 없었다며 정말 누이는 멍텅구리라며 또다시 공격했다. 산시로는 우스웠다. 누이를 좀 변호해주고 싶었지만 왠지 말하기 거북해서 그만두었다.

그 대신 히로타 씨에 대해 물었다. 산시로는 벌써 히로타 씨의 이름을 서너 번이나 들었다. 복숭아를 먹던 사람과 아오키도에서 만난 사람에게 슬쩍 히로타라는 이름을 붙였다. 그리고 정문 안에서 심술궂은 말에게 시달리다가 기타도코 이발사들의 웃음거리가 된 사람 역시 히로타 선생일 거라고 생각했다. 그런데 지금 이야기를 들어보니 과연 히로타 선생이었다. 그래서 복숭아를 먹던 사람도 반드시 히로타 선생일 거라고 확신했다. 생각해보니 조금 무리인 것 같기도 했다.

돌아가는 길에, 이왕 가는 길이니 오전 중에 겹옷 한 벌을 병원으로 가져다줄 수 없겠느냐는 부탁을 받았다. 산시로는 무척 기뻤다.

산시로는 새 사각 모자를 쓰고 있다. 이 모자를 쓰고 병원에 갈 수 있다는 것이 조금은 만족스러웠다. 아주 상쾌한 표정으로 노노미야의 집을 나섰다.

오차노미즈에서 전차를 내려 곧바로 인력거를 탔다. 평소의 산시로에게는 어울리지 않는 행동이다. 기세 좋게 아카몬에 들어섰을 때 법

32 와세다 대학으로 보인다.

문과대학의 벨이 울리기 시작했다. 여느 때 같으면 노트와 잉크병을 들고 8번 강의실로 들어갈 시간이다. 한두 시간의 강의쯤 안 들어도 상관없다고 생각하며 똑바로 아오야마 내과의 현관까지 인력거를 타고 달려갔다.

입구에서 안쪽으로 들어가 두 번째 모퉁이에서 오른쪽으로 꺾어 막다른 곳까지 가서 왼쪽으로 돌면 동쪽에 있는 방이라고 해서, 들은 대로 걸어가니 아니나 다를까 병실이 나왔다. 노노미야 요시코라고 쓰인 검은 표찰이 방문 앞에 걸려 있다. 산시로는 그 이름을 보며 문 앞에서 잠시 머뭇거리고 있었다. 촌놈이라 노크와 같은 세련된 행동은 하지 못한다.

'이 방에 있는 사람이 노노미야 씨의 누이인 요시코라는 여자다.'

산시로는 이런 생각을 하며 서 있었다. 문을 열고 요시코의 얼굴을 보고 싶기도 하고, 보고 실망하는 것이 싫기도 하다. 자신의 머릿속에 떠오르는 여자의 얼굴이 아무래도 노노미야 소하치와 닮지 않았기에 난감하다.

뒤에서 간호사가 조리를 끄는 소리를 내며 다가왔다. 산시로는 과감하게 문을 반쯤 열었다. 그리고 안에 있는 여자와 얼굴이 마주쳤다(한 손으로 문고리를 잡은 채).

커다란 눈, 가는 콧날, 얇은 입술, 머리가 벗어진 것으로 보일 만큼 이마가 넓고 턱이 뾰족한 여자였다. 얼굴 생김새는 그것뿐이다. 하지만 산시로는 그런 용모에서 나오는, 그때 잠깐 나타난 순간적인 표정을 태어나서 처음 봤다. 창백한 이마 뒤로 자연스럽게 늘어뜨린 짙은 머리카락이 어깨까지 드리워져 있다. 거기에 동쪽 창문에서 새어든 아침 햇살이 뒤에서 비쳤으므로 머리카락과 햇빛이 맞닿은 경계가 짙은 보랏빛으로 불타며 생생한 달무리 같은 것을 등지고 있다. 그런데도 얼굴과 이마는 무척 어둡다. 어둡고 창백하다. 그 가운데에 그윽한 느낌의 눈이 자리 잡고 있다. 높은 구름은 하늘 멀리 떠 있어 쉬이 움직이지 않는다. 하지만 움직이지 않고 있을 수만은 없다. 그저 기울어지듯이 움직인다. 여자가 산시로를 봤을 때는 그런 표정의 눈이었다.

산시로는 그 표정에서 나른한 우울함과 숨길 수 없는 쾌활함의 통일을 발견했다. 그 통일감은 산시로에게 가장 귀중한 인생의 한 단편이다. 그리고 아주 굉장한 발견이다. 산시로는 문고리를 잡은 채, ……얼굴을 문 뒤에서 반쯤 방 안으로 들이밀고 그 찰나의 느낌에 자신을 내던졌다.

"들어오세요."

여자는 산시로를 기다리고 있었다는 듯이 말한다. 처음 만나는 여자에게서는 찾아보기 힘든 편안한 음색이다. 순수한 어린아이거나 온갖 사내를 다 겪어본 여성이 아니면 이렇게 나올 수 없다. 허물없이 대하는 것과는 다르다. 처음부터 오랜 지인을 대하는 듯하다. 동시에 여자는 살이 별로 없는 볼을 움직여 빙그레 웃었다. 창백함 속에 정겨운 따스함이 묻어났다. 산시로의 발은 자연스럽게 방 안으로 들어섰다. 그때 청년의 머릿속에는 멀리 고향에 있는 어머니의 그림자가 문득 스쳤다. 문을 뒤로하고 비로소 정면을 향했을 때 쉰 살 남짓한 부인이 산시로에게 인사를 했다. 이 부인은 산시로의 몸이 문 뒤에서 아직 모습을 드러내기 전부터 그 자리에 서서 기다리고 있었던 모양이다.

"오가와 씬가요?"

상대가 물어왔다. 얼굴은 노노미야 씨와 닮았다. 딸과도 닮았다. 하지만 그저 닮았다는 것뿐이다. 부탁받은 보따리를 내밀자 받아 들며 고맙다고 말한다.

"자, 앉으세요."

부인은 산시로에게 의자를 권하며 자신은 침대 건너편으로 돌아갔다.

침대 위에 깔린 요를 보니 새하얗다. 위에 덮는 이불도 새하얗다. 그것을 반쯤 비스듬히 젖히고 끝자락의 두꺼워 보이는 곳을 피하듯이 창문을 등지고 앉았다. 발은 바닥에 닿지 않는다. 손에는 뜨개바늘을 들고 있다. 털실 뭉치가 침대 밑으로 굴렀다. 여자의 손에서 붉은 실이 길게 줄을 긋고 있다. 산시로는 침대 밑에서 털실 뭉치를 주워 줄까 생각했다. 하지만 여자가 털실에는 전혀 신경을 쓰지 않기에 내버려두었다.

어머니가 맞은편에서 자꾸만 어젯밤에는 고마웠다고 말한다. 바쁘셨을 텐데, 하고 말한다. 산시로는 아닙니다, 어차피 놀고 있었으니까요, 라고 말한다. 두 사람이 이야기를 나누고 있는 동안 요시코는 잠자코 있다. 두 사람의 대화가 끊어졌을 때 돌연 묻는다.

"어젯밤의 전차 사고는 보셨나요?"

둘러보니 방구석에 신문이 있다.

"예."

산시로가 대답한다.

"무서웠지요?"

요시코는 이렇게 말하며 고개를 살짝 옆으로 돌려 산시로를 봤다. 오라버니를 닮아 목이 길다. 산시로는 무서웠다고도 그렇지 않았다고도 대답하지 않고 여자의 목이 구부러진 모양을 보고 있었다. 반은 질문이 너무 단순해서 대답이 궁했기 때문이고, 나머지 반은 대답하는 걸 잊고 있었기 때문이다. 알아차렸는지 여자가 즉시 고개를 바로 했다. 그리고 창백한 볼의 안쪽을 살짝 붉혔다. 산시로는 이제 돌아가야 할 시간이라고 생각했다.

인사를 하고 방을 나가 현관의 정면으로 가서 건너편을 바라보니 긴 복도 끝이 사각으로 잘렸고 아주 환하게 바깥의 녹음이 비치는 입구에 연못가에서 본 여자가 서 있다. 깜짝 놀라 산시로의 발걸음이 금세 흐트러졌다. 그때 투명한 공기의 캔버스에 어둡게 그려진 여자의 모습이 한 걸음 앞으로 움직였다. 산시로도 이끌리듯 앞으로 움직였다. 두 사람은 외길인 복도 어딘가에서 지나칠 수밖에 없는 운명으로 서로에게 다가가고 있었다. 그러자 여자가 돌아봤다. 바깥의 환한 공기 중에는 초가을의 녹음이 떠 있을 뿐이다. 사각 안에는 돌아본 여자의 눈길에 따라 나타난 사람도 없을 뿐 아니라 그걸 기다리고 있는 사람도 없다. 그사이에 산시로는 여자의 자세와 복장을 머릿속에 담았다.

기모노의 색은 이름이 뭔지 알 수 없다. 대학 연못에 상록수의 흐릿한 그림자가 비칠 때와 같다. 거기에 위에서 아래로 선명한 줄무늬가 뻗어 있다. 그리고 그 줄무늬가 뻗으면서 물결치며 서로 붙었다 떨어졌다 하기도 하고 겹쳐져 굵어지기도 하고 갈라져 두 줄이 되기도 한다. 불규칙하지만 흐트러지지 않은, 위에서 3분의 1쯤 되는 곳을 넓은 오비로 가로질렀다. 오비에서는 따스함이 느껴진다. 노란색이 섞여 있어서일 것이다.

뒤를 돌아보았을 때 오른쪽 어깨가 뒤로 물러나고 허리에 댄 왼손이 앞으로 나왔다. 손수건을 들고 있다. 손가락에서 비어져 나온 손수건 끝자락이 매끈하게 펼쳐져 있다. 비단이기 때문일 것이다. ……허리 아래는 똑바른 자세다.

여자는 곧 원래대로 돌아섰다. 눈을 내리깔고 두 걸음쯤 산시로에게 다가왔을 때 갑자기 고개를 뒤로 살짝 젖히더니 정면을 쳐다봤다. 눈초리가 길게 째진 데다 쌍꺼풀이 진 차분한 인상의 눈이다. 유달리 검은 눈썹 아래 생기를 띠고 있다. 동시에 예쁜 치아가 드러났다. 산시로에게 그 치아와 얼굴빛은 잊을 수 없는 대조였다.

오늘은 하얀 분을 엷게 발랐다. 하지만 본래의 살결을 감출 만큼 정취가 없는 건 아니다. 알맞게 물들어 강한 햇살에도 끄떡없어 보이는 짙은 살결에 아주 엷게 분이 발라져 있다. 얼굴이 번들거리지 않는다.

살은 볼이나 턱이나 무척 탱탱하다. 뼈 위에 군더더기 살이 거의 없을 정도다. 그런데도 얼굴 전체가 부드럽다. 살결이 부드러운 것이 아니라 뼈 자체가 부드러운 것처럼 보인다. 아주 그윽한 느낌을 주는 얼굴이다.

여자가 허리를 굽혔다. 산시로는 모르는 사람에게 인사를 받아 놀랐다기보다는 오히려 인사하는 방식이 능숙해서 놀랐다. 허리 윗부분이 바람에 나부끼는 종이처럼 사뿐히 앞으로 떨어졌다. 게다가 빠르다. 그리고 어느 각도에 이르러서는 힘을 안 들이고 딱 멈췄다. 물론 배워서 하는 동작이 아니다.

"말씀 좀 여쭙겠습니다만······"

하얀 이 사이로 이런 말이 새어 나왔다. 야무진 데가 있다. 하지만 대범하다. 다만 한여름에 모밀잣밤나무 열매가 열려 있느냐고 남에게 물을 것 같지는 않았다. 산시로는 그런 것까지 신경 쓸 여유는 없었다.

"아, 예."

산시로는 이렇게 말하며 멈춰 섰다.

"15호실이 어디쯤인가요?"

15호실은 산시로가 방금 나온 방이다.

"노노미야 씨 방 말입니까?"

"아, 예."

이번에는 여자가 이렇게 말한다.

"노노미야 씨 방은 말이죠, 저 모퉁이를 돌아 막다른 곳까지 가서 다시 왼쪽으로 꺾으면 바로 오른쪽 두 번째 방입니다."

"저 모퉁이를요……?"

여자는 이렇게 말하며 가느다란 손가락을 앞으로 내밀었다.

"예, 바로 저 앞 모퉁입니다."

"정말 고맙습니다."

여자가 지나갔다. 산시로는 서서 여자의 뒷모습을 지켜보고 있다. 여자가 모퉁이에 이르렀다. 방향을 바꾸려고 하다가 뒤를 돌아보았다. 산시로는 얼굴이 붉어질 만큼 당황했다. 여자는 빙긋 웃고, 이 모퉁인가요, 하고 묻는 듯한 표정을 지었다. 산시로는 자기도 모르게 고개를 끄덕였다. 여자가 오른쪽으로 꺾어져 하얀 벽 뒤로 사라졌다.

산시로는 훌쩍 현관을 나섰다. 의과대학생으로 오해하고 방 번호를 물은 것인지도 모른다고 생각하며 대여섯 걸음 걷다가 문득 깨달았다. 여자가 15호실의 위치를 물었을 때 자신이 요시코의 방까지 안내했으면 좋았을 텐데, 정말 아쉽다.

산시로는 이제 와서 되돌아갈 용기가 나지 않았다. 하는 수 없이 대여섯 걸음을 걸었지만 이번에는 뚝 멈췄다. 산시로의 뇌리에 여자가 꽂고 있던 리본의 색깔이 떠올랐다. 그 리본의 색깔과 질이 노노미야가 방물 가게 가네야스에서 산 것과 같다는 걸 알았을 때 산시로의 발걸음은 갑자기 무거워졌다. 도서관 옆을 꿈틀꿈틀 기어가듯이 정문 쪽으로 나가자 어디서 나타난 것인지 느닷없이 요지로가 말을 걸어왔다.

"이봐, 왜 안 들어왔나? 오늘은 이탈리아 사람이 마카로니를 어떻게 먹는가 하는 강의를 들었네."

요지로는 이렇게 말하며 옆으로 다가와 산시로의 어깨를 툭 쳤다.

두 사람은 잠시 함께 걸었다. 정문 가까이 갔을 때 산시로가 물었다.

"이보게, 요즘에도 얇은 리본을 다는 건가? 그건 아주 더울 때만 다는 거 아닌가?"

"하하하하."

요지로는 크게 웃고 나서 말을 이었다.

"교수님한테 물어보게. 뭐든지 알고 있는 사람이니까."

요지로는 이렇게 말하며 상대해주지 않았다.

정문쯤에서 산시로는 몸이 안 좋아 오늘은 학교를 쉬겠다는 말을 꺼냈다. 요지로는 괜히 따라와 손해만 봤다는 듯이 강의실 쪽으로 돌아갔다.

4

산시로의 마음은 들뜨기 시작했다. 강의를 듣고 있어도 아득하게 들린다. 걸핏하면 아주 중요한 사항의 필기를 놓친다. 심할 때는 돈을 주고 다른 사람의 귀를 빌린 듯한 기분이 든다. 산시로는 견딜 수 없을 만큼 어처구니가 없었다. 어쩔 수 없이 요지로에게 아무래도 요즘은 강의가 재미없다고 말했다. 요지로의 대답은 늘 한결같다.

"강의가 재미없을 리 없지. 자네는 촌놈이니까 곧 대단한 일이 벌어질 거라고 생각하며 오늘까지 참고 듣고 있었을 거야. 어리석음의 극치지. 그들의 강의는 개벽 이래 그런 거였네. 이제 와서 실망해봤자 어쩔 도리가 없는 일이야."

"그런 건 아닌데……"

산시로가 변명했다. 경솔하게 지껄이는 요지로의 어조와 답답한 산시로의 어조가 서로 어울리지 않아 무척 우스꽝스럽다.

이런 대화를 두세 차례 되풀이하는 사이에 어느덧 보름이 지났다. 산시로의 귀는 차츰 빌린 것이 아니게 되었다. 그러자 이번에는 요지로가 산시로를 비평하고 나섰다.

"참으로 묘한 얼굴이군. 꽤나 생활에 지친 얼굴이야. 세기말[1]의 얼굴이로군."

"그런 건 아닌데……"

그런 비평에도 산시로는 그저 이런 말만 되풀이했다. 산시로는 세기말 따위의 말을 듣고 기뻐할 만큼 아직은 인공적인 분위기를 접하지 않았다. 또 그런 것을 흥미로운 장난감으로 사용할 수 있을 만큼 사회의 소식에 정통한 것도 아니었다. 다만 생활에 지쳐 있다는 말이 얼마쯤 마음에 들었다. 아니나 다를까 지치기 시작한 것 같기도 하다. 산시로는 설사 때문이라고만은 생각되지 않았다. 하지만 몹시 지친 얼굴을 표방할 만큼 인생관이 하이칼라[2]한 것도 아니었다. 그래서 이 대화는 더 이상 진척되지 않고 끝났다.

그러는 사이에 가을이 깊어갔다. 식욕이 왕성해졌다. 스물세 살의 청년이 도저히 인생에 지쳐 있을 수 없는 계절이 찾아온 것이다. 산시로는 자주 밖으로 나갔다. 대학의 연못가도 꽤 돌아다녀봤지만 별다른 일은 없었다. 병원 앞에도 여러 차례 가봤으나 평범한 사람들만 보일 뿐이었다. 또 이과대학의 지하실로 가서 노노미야에게 물어보니 누이는 이미 퇴원했다고 한다. 현관에서 만난 여자 이야기를 하려고

1 19세기 말 프랑스를 중심으로 유럽에 나타난 허무적이고 퇴폐적인 사상 경향을 말한다. 문학에서는 애드거 앨런 포나 보들레르, 오스카 와일드가 그에 해당하고, 러일전쟁 후의 일본에도 큰 영향을 끼쳤다. 프랑스어 fin de siècle를 번역한 것으로 당시 유행어이기도 했다.
2 문명개화의 시대인 메이지 시대에 유행한 말이다. 서양에서 귀국한 사람 또는 서양풍의 문화를 좋아하는 사람이 주로 옷깃(high collar)을 높이 세운 셔츠를 입은 데서 유래한 말이다. 서양물이 들었다는 의미의 속어로 탄생했다가 나중에는 일반적으로 널리 사용되는 말이 되었다. 서양물이 들거나 유행을 좇으며 새로운 것을 좋아하는 것 또는 그런 사람이나 모습, 요컨대 서양식의 머리 모양이나 복장, 사고방식을 의미했다가 나중에는 새롭고 세련된 것이라는 일반적인 의미로도 쓰였다.

했지만, 바쁜 듯해서 망설이다가 결국 그만두었다. 다음에 오쿠보에 가서 여유 있게 이야기를 나누다 보면, 이름이나 신원을 대충 알 수 있을 것 같아 서두르지 않고 물러나왔다. 그리고 들뜬 마음으로 여기 저기를 돌아다녔다. 다바타(田端), 도칸야마(道灌山), 소메이(染井) 묘지, 스가모(巣鴨) 감옥, 고코쿠지(護國寺), ……산시로는 아라이야쿠시(新井藥師)[3]까지도 갔다. 아라이야쿠시에서 돌아오는 길에 오쿠보로 가서 노노미야의 집에 들르려고 했지만 오치아이(落合) 화장장 부근에서 길을 잘못 들어 다카타(高田) 쪽으로 갔기 때문에 메지로(目白)에서 기차를 타고 하숙으로 돌아왔다. 선물로 산 밤은 기차 안에서 혼자 실컷 먹었다. 남은 것은 이튿날 요지로가 와서 모두 먹어치웠다.

산시로는 마음이 들뜰수록 더욱 유쾌해졌다. 처음에는 강의에 지나치게 열중했기 때문에 귀가 어두워져 필기에 어려움을 겪었지만 요즘에는 대충 듣기 때문에 아무렇지도 않다. 강의 중에 이런저런 일을 생각한다. 강의를 조금 놓치더라도 아깝다는 생각도 들지 않는다. 잘 관찰해보니 요지로를 비롯하여 대부분 비슷했다. 산시로는 이 정도로 괜찮을 거라는 생각이 들기 시작했다.

산시로는 이런저런 생각을 하다가 가끔 예의 그 리본을 떠올린다. 그러면 왠지 마음에 걸린다. 몹시 불쾌해진다. 당장 오쿠보에 가고 싶어진다. 하지만 상상의 연쇄나 외계의 자극 등으로 잠시 후에는 잊어버린다. 그러므로 대개는 태평하다. 그래서 꿈을 꾼다. 오쿠보에는 좀처럼 가지 않는다.

어느 날 오후 산시로는 여느 때처럼 어슬렁거리며 단고자카(團子坂) 위에서 왼쪽으로 꺾어 센다기하야시초(千駄木林町)의 큰길로 나갔

---

3 도쿄 나카노 구에 있는 절 바이쇼인(梅照院)을 말한다.

다. 쾌청한 가을날이라 요즘은 도쿄의 하늘도 시골처럼 깊어 보인다. 이런 하늘 아래 살고 있다는 생각만으로도 머리가 맑아진다. 게다가 들로 나가면 더할 나위 없다. 마음이 느긋해지고 영혼은 드넓은 하늘처럼 커진다. 그런데도 몸 전체가 긴장된다. 칠칠치 못한 봄의 나른함과는 다르다. 산시로는 좌우의 산울타리를 바라보며 태어나서 처음으로 도쿄의 가을 냄새를 맡으며 걸어왔다.

언덕 아래에서는 이삼일 전부터 국화인형전[4]이 시작되었다. 언덕을 돌 때는 장대에 매달아 세운 깃발까지 보였다. 지금은 그저 소리만 들린다. 멀리서 시끌벅적한 음악 소리가 들린다. 그 음악 소리가 아래에서 차츰 떠올라 아주 맑은 가을 공기 속으로 다 퍼지면 끝내는 아주 엷은 물결이 된다. 또한 그 여파가 산시로의 고막 옆까지 와서 자연스럽게 멈춘다. 시끄럽다기보다는 오히려 기분이 좋아진다.

그때 돌연 왼쪽 골목에서 두 사람이 나타났다. 그중 한 사람이 산시로를 보고 부른다.

"이봐!"

요지로의 목소리는 오늘따라 차분하다. 그 대신 동행이 있다. 산시로가 그 동행을 봤을 때 과연 평소 추측한 대로 아오키도에서 차를 마시고 있던 사람이 히로타 선생이라는 사실을 알았다. 이 사람과는 복숭아 일 이래 묘한 관계가 있다. 특히 아오키도에서 차를 마시고 담배를 피워 자신을 도서관으로 달려가게 한 이래 한층 더 또렷이 기억에 새겨져 있다. 언제 봐도 신관 같은 얼굴에 서양인 같은 코를 달고 있다. 오늘도 일전의 여름옷 차림인데 그다지 추워 보이지도 않는다.

---

4 국화꽃이나 잎으로 꾸민 인형을 전시한 것. 인형은 역사상의 인물이나 배우, 이야기 속의 인물 등 종류가 다양했다.

산시로는 무슨 말인가 해서 인사를 하려고 했지만 시간이 너무 지난 일이라 무슨 말을 해야 좋을지 알 수가 없었다. 그냥 모자를 벗고 인사를 했다. 요지로에게는 지나치게 정중하고 히로타에게는 지나치게 간소한 인사다. 산시로는 이도 저도 아닌 엉거주춤한 태도를 취한 것이다. 그러자 요지로가 나섰다.

"이 사람은 제 동급생입니다. 구마모토의 고등학교에서 처음 도쿄로 올라온⋯⋯"

요지로는 묻지도 않는데 먼저 촌놈이란 사실을 떠벌리고는 산시로를 향해 말한다.

"이쪽은 히로타 선생님. 고등학교의⋯⋯"

간단히 양쪽을 소개해버렸다.

"알고 있네. 알고 있네."

그때 히로타 선생이 이렇게 같은 말을 두 번 되풀이해서 요지로는 묘한 표정을 지었다. 하지만 어떻게 알고 있느냐는 성가신 질문은 하지 않았다. 그 대신 요지로는 곧바로 산시로에게 물었다.

"자네, 이 부근에 어디 셋집 없을까? 넓고 깨끗하고 서생 방이 딸려 있는 집 말이네."

"셋집이라⋯⋯ 있지."

"어디쯤인가? 지저분하면 안 되네."

"아니, 깨끗한 집이 있네. 커다란 석문이 있는 집이네."

"그거 괜찮군. 어딘가? 선생님, 석문이 있다면 괜찮겠네요. 꼭 그 집으로 하시지요."

요지로는 너무 앞서나간다.

"석문은 안 돼."

히로타 선생이 말한다.

"안 된다고요? 그거 참 곤란하군요. 대체 안 되는 이유가 뭔가요?"

"아무튼 안 돼."

"돌대문이 있으면 좋을 것 같은데요. 새로운 남작[5] 같아서 좋지 않습니까, 선생님?"

요지로는 진지하다. 그 옆에서 히로타 선생이 히죽히죽 웃고 있다. 결국 진지한 쪽이 이겨, 일단 가보기로 의견이 모아져 산시로가 안내했다.

골목길을 되돌아가 뒷길로 나가니 500미터쯤 북쪽으로 들어간 곳에 막다른 길로 보이는 좁은 골목이 나타난다. 산시로는 그 좁은 골목으로 두 사람을 데리고 들어갔다. 똑바로 걸어가자 나무가 우거진 식물원의 정원이 나타났다. 세 사람은 입구의 10여 미터 앞에서 걸음을 멈췄다. 오른편에는 상당히 큰 화강암 기둥 두 개가 서 있다. 대문은 철제다. 산시로가 이 집이라고 말한다. 과연 집을 세놓는다는 표찰이 붙어 있다.

"이거 대단한 집인데."

요지로는 이렇게 말하며 철문을 힘껏 밀었으나 열쇠가 채워져 있다.

"잠깐 기다리세요. 물어보고 올 테니까요."

이렇게 말하고 요지로는 곧장 식물원 안쪽으로 달려 들어갔다. 히

---

5 메이지 유신 직후의 화족(華族) 제도, 그리고 1884년에 제정된 화족령에 의해 당시 일본에는 공, 후, 백, 자, 남의 작위가 있었고 1947년까지 유지되었다. 청일전쟁 후 국가에 대한 공적에 의해 새롭게 화족이 된 사람이 늘었는데, 여기서 새로운 남작이란 그런 사람을 가리키는 것으로 보인다. 미쓰비시 재벌의 2대째 총수 이와사키 야노스케(岩崎弥之助), 미쓰이 재벌의 10대째 총수 미쓰이 다카미네(三井高棟), 육군 군인 노기 마레스케(乃木希典), 고다마 겐타로(兒玉源太郎) 등이 유명하다. 한편 노기 마레스케는 『마음』에도 등장하는데, 『산시로』 발표 당시에는 이미 백작이었다.

로타 선생과 산시로만 남겨진 모양새가 되었다. 두 사람은 이야기를 나누기 시작한다.

"도쿄는 어떤가?"

"글쎄요……"

"넓기만 하고 지저분한 곳이지?"

"예에……"

"후지 산과 비교할 만한 것이라고는 아무것도 없지?"

산시로는 후지 산(富士山)에 관한 것은 완전히 잊고 있었다. 생각해보면 히로타 선생의 말을 듣고 처음으로 차창으로 내다본 후지 산은 과연 숭고한 것이었다. 다만 지금 자신의 머릿속에 뒤죽박죽되어 있는 세상과는 도저히 비교가 되지 않는다. 산시로는 그때의 인상을 어느새 잊고 있었다는 것을 부끄럽게 생각했다.

"자네, 후지 산(不二山)을 번역해본 적이 있나?"

히로타 선생이 의외의 질문을 했다.

"번역이라면……"

"자연을 번역하면 모두 인간이 되어버리니까 재미있지. 숭고하다든가 위대하다든가 웅장하다든가 말이야."

산시로는 그제야 번역의 의미를 이해했다.

"모두 인격상의 말이 되지. 인격상의 말로 번역할 수 없는 사람한테는 자연이 인격상의 감화를 전혀 주지 않지."

산시로는 아직 이야기가 남아 있는 것 같아 잠자코 듣고 있었다. 그런데 히로타 선생은 그것으로 이야기를 끝내버렸다. 히로타 선생은 식물원 안쪽을 들여다보며 혼잣말처럼 중얼거린다.

"사사키는 뭘 하고 있는 거지? 늦는군."

"가보고 올까요?"

산시로가 물었다.

"뭐 가본다고 나올 위인도 아니고, 그보다 여기서 기다리는 게 품이 안 들어 좋을 거야."

히로타 선생은 탱자나무 울타리 아래에 쪼그리고 앉아 조그만 돌을 주워 흙 위에 뭔가 그리기 시작했다. 태평한 모습이다. 요지로의 태평함과는 방향이 반대지만 정도는 대략 비슷했다.

그때 소나무 정원수 너머에서 요지로의 커다란 목소리가 들렸다.

"선생님! 선생님!"

선생은 여전히 뭔가를 그리고 있다. 아무래도 등대처럼 보인다. 대답을 하지 않았으므로 요지로는 돌아올 수밖에 없다.

"선생님, 잠깐 보기나 하세요. 좋은 집입니다. 이 식물원에 딸린 집이래요. 정문을 열어달라고 해도 되지만, 뒤로 돌아가는 게 빠를 겁니다."

세 사람은 뒤편으로 돌아 들어갔다. 덧문을 열고 방 하나하나를 보며 걸었다. 중류층이 살기에 부끄럽지 않은 수준이다. 월세가 40엔이고 보증금은 월세 3개월분이라고 한다. 세 사람은 다시 밖으로 나왔다.

"뭐하러 저렇게 근사한 집을 보는 건가?"

히로타 선생이 말한다.

"뭐하러 보다니요? 그냥 보는 거니까 괜찮지 않습니까?"

요지로가 말한다.

"세 들 것도 아니면서……"

"아니, 빌릴 생각이었어요. 그런데 아무리 해도 월세를 25엔으로 해주지 않아서……."

"그야 당연하지."

히로타 선생은 이렇게 말했을 뿐이다. 그러자 요지로가 석문의 역사에 대해 이야기하기 시작했다. 얼마 전까지 드나들던 어떤 저택의 입구에 있던 것을 그 집이 개축할 때 얻어 와서 바로 이 자리에 세웠다고 한다. 역시 요지로라 묘한 것을 알아왔다.

그러고 나서 세 사람은 원래의 큰길로 나가 도자카(動坂)에서 다바타 골짜기로 내려갔는데, 내려갈 때는 세 사람 다 그저 걷기만 했다. 집세에 대해서는 모두 잊어버렸다. 요지로만 가끔 석문에 대해 말한다. 고지마치(麴町)에서 그 석문을 센다기까지 끌고 오는 데 5엔쯤 들었다고 한다. 그 식물원의 주인은 상당히 부자인 것 같다고도 한다. 그런 곳에 월세 40엔짜리 집을 지어놓으면 대체 누가 그 집을 빌리겠느냐고 쓸데없는 소리까지 늘어놓는다. 마지막에는 지금 들어올 사람이 없어서 틀림없이 집세가 내려갈 것이니 그때 다시 한번 담판을 해서 꼭 빌리지 않겠느냐는 결론이었다. 히로타 선생은 특별히 그럴 생각이 없는 듯 이렇게 말했다.

"자네가 너무 쓸데없는 말만 늘어놓으니까 시간이 걸려서 못 견디겠네. 적당히 나오면 될 일을."

"제가 그렇게 오래 있었나요? 선생님은 뭔가 그리고 계시던데. 선생님도 참 태평하신 분이시네요."

"누가 태평한지 모르겠군그래."

"그건 무슨 그림이었습니까?"

선생은 입을 다물고 있다. 그때 산시로가 진지한 표정으로 물었다.

"등대가 아니었습니까?"

그림을 그린 사람과 요지로가 웃음을 터뜨렸다.

"등대라니 그거 참 기발한데요. 그럼 노노미야 소하치 씨를 그리신 거로군요."

"그건 또 어째서인가?"

"노노미야 씨는 외국에서야 빛나지만 일본에서는 아주 깜깜하니까요. ……아는 사람이 전혀 없지요. 그래서 쥐꼬리만 한 월급이나 받으면서 지하실에 틀어박혀…… 그건 정말 수지가 안 맞는 장사지요. 노노미야 씨의 얼굴을 볼 때마다 딱해서 못 보겠어요."

"자네 같은 사람은 자신이 앉아 있는 주위 60센티미터쯤 되는 곳까지만 흐릿하게 비추니까 등잔불 같은 존재지."

등잔불에 비유된 요지로는 느닷없이 산시로를 보며 묻는다.

"오가와, 자넨 메이지 몇 년생인가?"

"난 스물셋이네."

산시로는 간단히 대답했다.

"그렇겠지. ……선생님, 저는 등잔이니 담뱃대니 하는 게 정말 싫습니다. 메이지 15년(1882) 이후에 태어났기 때문인지 모르겠지만 어쩐지 구식이라 싫습니다. 자넨 어떤가?"

요지로가 다시 산시로를 향한다.

"난 특별히 싫어하지 않네."

산시로가 대답했다.

"하기야 자네는 규슈 시골에서 막 올라온 사람이니까 메이지 원년에 태어난 사람과 비슷하겠지."

산시로도 히로타 선생도 이 말에는 특별히 대꾸하지 않았다. 조금더 가자 아주 낡은 절 옆의 삼나무 숲을 베어내고 말끔히 터를 닦은 땅에, 푸른 페인트칠을 한 서양식 건물을 짓고 있다. 히로타 선생은 절과 페인트칠을 한 건물을 함께 보고 있다.

"아나크로니즘(시대착오)이로군. 일본의 물질계나 정신계도 바로 이렇다네. 자네, 구단(九段)의 등대를 알고 있지?" 다시 등대 이야기가 나왔다. "그건 아주 오래된 것인데, 『에도명소도회(江戸名所圖會)』[6]에도 나와 있지."

"선생님, 농담을 하시면 안 되지요. 구단의 등대가 아무리 오래되었다고 해도 『에도명소도회』에 나오면 큰일이지요?"

히로타 선생이 웃음을 터뜨렸다. 실은 〈도쿄 명소〉라는 니시키에[7]를 잘못 말했다는 걸 깨달았기 때문이다. 선생의 설명에 따르면, 구단에 아주 오래된 등대가 남아 있는데 그 옆에 카이코샤(偕行社)[8]라는 신식 벽돌 건물이 생겼다. 그 두 건물을 나란히 놓고 보면 정말 어처구니가 없다. 하지만 아무도 그걸 깨닫지 못하고 태평하다. 이런 것이 일본 사회를 대표하고 있는 것이란다.

요지로도 산시로도 모두 "아, 그렇군요"라고 말하고는 절 앞을 지나 5, 6백 미터쯤 가니 커다란 검은색 문이 나타났다. 요지로가 이곳을 통과해서 도칸야마로 나가자고 말했다. 지나가도 되느냐고 거듭 확인하자, 이곳은 사타케(佐竹)라는 사람의 별장인데 아무나 지나가니까

---

6 에도 시대 후기인 1834년에서 1836년 사이에 사이토 겟신(齋藤月岑)이 7권 20책으로 간행한, 조감도를 이용한 에도의 명소 도회. 니혼바시(日本橋)에서 시작하여 에도의 각 지역(町)의 유래나 명소를 안내하고 근교인 무사시노(武藏野), 가와사키(川崎), 오미야(大宮), 후나바시(船橋) 등도 다루고 있다. 에도의 초(町)에 대한 일급 자료다. 그리고 하세가와 셋탄(長谷川雪旦)의 삽화도 유명하다.

7 풍속화를 색도인쇄(色度印刷)한 목판화. 흔히 우키요에(浮世繪)라고도 한다.

8 육군 주둔지로 장교의 단결과 친목을 도모하기 위해 설립된 클럽. 도쿄에서는 구단자카(九段坂)의 중턱에 있었다.

괜찮다고 주장하기에 두 사람 다 그럴 생각으로 문을 통과해 숲 아래를 지나 오래된 연못가에 이르자 별장지기가 나타나 세 사람을 심하게 나무랐다. 그때 요지로는 예, 예, 하며 별장지기에게 사과했다.

거기서 야나카(谷中)로 나가 네즈(根津)를 돌아 저녁 무렵에는 혼고의 하숙집으로 돌아왔다. 산시로는 근래에 드물게 마음 편한 한나절을 보낸 것 같았다.

이튿날 학교에 가보니 요지로가 보이지 않는다. 점심때는 올 거라고 생각했는데 오지 않는다. 도서관에 들어가봤지만 역시 보이지 않는다. 5시에서 6시까지는 문과만의 공통 강의가 있다. 산시로는 그 강의를 들으러 갔다. 필기를 하기에는 너무 어두웠다. 전등을 켜기에는 너무 이른 시각이다. 가늘고 긴 창문 밖으로 보이는 커다란 느티나무 가지의 안쪽이 점차 까맣게 보일 때라 강의실 안에서는 교수의 얼굴도 학생들의 얼굴도 모두 흐릿하게 보였다. 따라서 어둠 속에서 만주[9]를 먹는 것처럼 어쩐지 신비스럽다. 산시로는 강의를 알아듣지 못하는 것이 묘하게 생각되었다. 턱을 괴고 듣고 있자니 신경이 둔해지고 정신이 멍해진다. 이런 것이야말로 가치 있는 강의인 것 같다. 그때 전등이 확 켜지고 모든 것이 다소 분명해졌다. 하지만 불현듯 하숙집에 돌아가 밥을 먹고 싶었다. 교수도 모두의 마음을 헤아리고 적당히 강의를 끝내주었다. 산시로는 빠른 걸음으로 오이와케까지 돌아왔다.

옷을 갈아입고 밥상을 마주하니 상 위에는 계란찜과 함께 편지 한 통이 올려져 있다. 겉봉을 보고 산시로는 바로 어머니에게 온 편지임을 알아차렸다. 송구한 일이지만 지난 보름 남짓한 동안 어머니에 대

9 밀가루를 반죽하여 만든 피로 팥소를 감싸 찐 것. 중국의 만두(饅頭)가 변화해서 생긴 일본 과자의 일종.

해서는 까맣게 잊고 있었다. 어제부터 오늘까지는 시대착오라느니 후지 산의 인격이라느니 신비적인 강의라느니 해서 예의 그 여자의 모습도 전혀 머릿속에 떠오르지 않았다. 산시로는 그것으로 만족했다. 어머니의 편지는 나중에 천천히 보기로 하고 우선 밥을 먹고 나서 담배를 피웠다. 연기를 보니 조금 전의 강의가 떠오른다.

그때 요지로가 불쑥 나타났다. 왜 학교에 나오지 않았느냐고 물으니 집을 구하러 다니느라고 학교에 갈 형편이 아니었다고 한다.

"그렇게 서둘러서 이사해야 하는 건가?"

산시로가 물었다.

"서두르다니, 지난달에 이사를 했어야 하는데 모레 천장절(天長節)[10]까지만 미뤄달라고 해놓은 형편이라 무슨 일이 있어도 내일까지는 집을 구해야 하네. 어디 생각나는 데 없나?"

그렇게 바쁜 주제에 어제는 산보를 하는 건지 집을 보러 다니는 건지 알 수 없을 정도로 빈둥빈둥 시간을 보냈던 것이다. 산시로는 도무지 납득할 수가 없었다. 요지로는 히로타 선생이 함께 있었기 때문이라고 했다.

"애초에 선생님이 집을 보러 다닌 게 잘못이네. 한 번도 집을 보러 다닌 적이 없는 사람인데 어제는 어떻게 된 게 틀림없어. 덕분에 사타케의 저택에서 호되게 당했으니 꼴좋게 됐지 뭐. ……자넨 어디 아는 데 없나?"

요지로는 갑자기 재촉한다. 요지로가 찾아온 목적은 바로 이것인 모양이다. 자세한 사정을 들어보니 지금의 집주인은 고리대금업자로 집세를 함부로 올리기에 몹시 화가 치밀어 요지로가 나가겠다고 선언

10 지금의 천황탄생일에 해당한다. 메이지 천황의 생일은 11월 3일이다.

했다고 한다. 그렇다면 책임은 요지로에게 있는 셈이다.

"오늘은 오쿠보까지 가봤지만 역시 없었네. ……오쿠보에 간 김에 노노미야 소하치 씨 집에 들러서 요시코 씨를 만나고 왔지. 가엾게도 아직 안색이 안 좋더군. 랏쿄[11]같이 생긴 미인인데 말이야. ……요시코 씨 어머니가 자네한테 안부 좀 전해달라고 하더군. 그런데 그 후로는 그쪽도 평온한 모양이야. 전차 사고도 그 뒤로는 없다고 하고."

요지로의 이야기는 꼬리에 꼬리를 물고 이어진다. 평소부터 두서가 없는 데다 오늘은 집을 보러 다니느라 다소 조급하게 굴고 있다. 이야기가 일단락되자 마치 간주처럼 어디 없을까, 없을까, 하고 묻는다. 결국에는 산시로도 웃음을 터뜨리고 말았다.

그럭저럭하는 사이에 요지로의 마음도 점차 안정되어 등화가친(燈火可親)이라는 한문까지 써가며 기뻐하게 되었다. 어쩌다가 화제가 히로타 선생 이야기로 넘어갔다.

"자네의 그 선생님 이름은 뭐라고 하나?"

"이름은 조(萇[12])." 손가락으로 써 보이며 말한다. "초두머리(艹)는 왜 붙였는지 모르겠어.[13] 옥편에 나와 있으려나, 이름도 참 묘하게 지었다니까."

"고등학교 선생님인가?"

"옛날부터 오늘에 이르기까지 쭉 고등학교 선생님이지. 대단한 사

11 백합과의 여러해살이풀에 속하는 염교를 말하며 생김새는 쪽파와 비슷하다. 그 뿌리를 소금물에 살짝 데치거나 몇 시간 소금에 절인 뒤 물로 헹구고 물에 설탕, 식초를 넣어 일주일 이상 담가두면 염교 절임이 된다. 우리는 미인의 코를 마늘쪽에 비유하는데 소세키는 미인을 주로 랏쿄에 비유한다.

12 양도(羊桃, 참다래) 장.

13 長이라고 해도 일본어 발음은 똑같이 조(ちょう)라서 나온 말이다.

람이야. 10년을 하루같이, 라는 말이 있는데, 벌써 12, 3년쯤 됐을 걸세."

"아이는 있나?"

"아이는커녕 아직 독신이라네."

산시로는 조금 놀랐다. 그 나이까지 혼자 있을 수 있는 건가 하는 의심도 들었다.

"왜 결혼을 하지 않은 건가?"

"그게 선생님다운 점인데, 그래 봬도 대단한 이론가라네. 아내를 얻기 전부터 아내는 필요 없다고 이론으로 미리 정해놓고 있었다고 하네. 어리석은 일이지. 그러니 늘 모순된 짓만 하는 거 아니겠나? 선생님은 도쿄만큼 지저분한 곳이 없다는 듯이 말하지. 그러니 석문을 보자 겁에 질려 안 돼, 안 돼, 하거나 너무 근사해, 하는 소리를 하는 걸 거네."

"그렇다면 시험 삼아 결혼을 해보면 좋겠군."

"아주 좋다고 할지도 모르지."

"선생님은 도쿄가 더럽다든가 일본인이 추하다고 하는데, 서양에 가본 적은 있는 건가?"

"가보긴 뭘 가봐. 원래 그런 사람이네. 매사에 머리가 사실보다 발달해 있으니까 그렇게 되는 거지. 그 대신 서양은 사진으로 연구하고 있다네. 파리의 개선문이며 런던의 의사당 같은 사진을 많이 가지고 있지. 그 사진으로 일본을 보니 참을 수 없는 거겠지. 지저분한 거야. 그러면서 자신이 사는 곳은 아무리 지저분해도 의외로 천하태평이니 신기한 노릇이지."

"삼등칸에 타고 있었네."

"더러워, 더러워, 하며 불평을 늘어놓지 않던가?"

"아니, 별로 불평하지는 않았네."

"하지만 선생님은 철학자라네."

"학교에서 철학이라도 가르치고 있나?"

"아니, 학교에서는 영어만 담당하고 있지만, 그 사람 스스로가 철학적으로 생겨먹었으니까 재미있는 거지."

"저술한 책이라도 있나?"

"쥐뿔도 없네. 가끔 논문을 쓰는 일은 있지만 반응은 전혀 없어. 그래선 끝장이야. 세상 사람들이 전혀 알아주지 않으니 별수 없지. 선생님은 나를 등잔이라고 했지만 당신 자신은 위대한 어둠이네."

"어떻게든 세상으로 나가면 좋을 것 같군."

"나가면 좋을 것 같다고…… 선생님은 스스로는 아무것도 못 하는 사람이네. 무엇보다 내가 없으면 세끼 밥도 못 찾아먹는 사람이니까 말이야."

산시로는 설마, 라고 말하는 듯이 웃음을 터뜨렸다.

"거짓말이 아니네. 딱할 정도로 아무것도 하지 않는다네. 무슨 일이든 내가 가정부한테 말해서 선생님 마음에 들도록 챙기지만…… 그런 사소한 일이야 그렇다 치고, 앞으로 적극적으로 움직여서 우선 선생님을 대학교수로 만들어볼 생각이네."

요지로는 진지하다. 산시로는 그 큰소리에 깜짝 놀랐다. 놀라도 상관하지 않는다. 놀란 채 놔두고 결국에는 이런 부탁까지 한다.

"이사할 때는 꼭 도와주러 오게."

마치 진작 계약해놓은 집이 있는 듯한 말투다.

요지로가 돌아간 것은 이래저래 10시 가까이 되어서였다. 혼자 앉아 있으니 어쩐지 쌀랑한 느낌이 든다. 문득 정신을 차리고 보니 책상 앞의 창문이 아직 열려 있다. 장지문을 열자 달밤이다. 눈에 닿을 때마다 불쾌한 노송나무에 푸르스름한 빛이 비쳐 검은 그림자의 가장자리가 약간 부옇게 흐려 보인다. 노송나무에 가을이 찾아온 것이 드문 일이라고 생각하면서 덧문을 닫았다.

산시로는 바로 잠자리에 들었다. 산시로는 열심히 공부하는 사람이라기보다 오히려 사색에 잠겨 거닐기 좋아하는 사람이라 비교적 책을 읽지 않는다. 그 대신 헤아려볼 만한 정경을 만나면 몇 번이고 머릿속에서 새로이 기뻐한다. 그러는 편이 생명에 깊이가 있는 것 같다. 오늘도 평소라면 강의가 한창일 때 전등이 확 켜지는 신비한 순간을 되새기며 기뻐했을 텐데 어머니에게서 온 편지가 있어 우선 그것부터 해치우기 시작했다.

편지에는 신조가 벌꿀을 주어서 소주를 섞어 매일 밤 한 잔씩 마시고 있다고 쓰여 있다. 신조는 집의 소작인으로, 매년 겨울이 되면 소작료로 쌀 스무 가마니를 가져온다. 무척 정직한 사람이지만 욱하는 성질이 있어 이따금 아내를 장작으로 두들겨 팬다. ……산시로는 잠자리에서 신조가 벌을 키우기 시작한 옛날 일까지 떠올렸다. 5년쯤 전의 일이다. 집 뒤의 모밀잣밤나무에 꿀벌 2, 3백 마리가 매달려 있는 것을 보고 곧바로 매통[14]에 술을 뿌려 모조리 사로잡았다. 그리고 나서 그 벌들을 상자에 넣고 드나들 수 있도록 구멍을 뚫고 양지바른 돌 위에 놓아두었다. 그러자 벌이 점점 늘어났다. 상자 하나로는 부족

14 벼 껍질을 벗기는 데 쓰는 통나무로 만든 농기구. 아름드리 굵기의 여물고 단단한 통나무 두 짝 마구리에 톱니를 파고, 위쪽에는 벼를 담을 수 있도록 원추형 깔때기 모양의 홈을 파서 만든다.

하게 되었다. 두 개로 늘렸다. 다시 부족해졌다. 세 개로 늘렸다. 그런 식으로 늘려간 결과, 어쩌면 지금은 여섯 통이나 일곱 통쯤 되었을 것이다. 그중 한 통을 매년 한 번씩 돌에서 내려 벌을 위해 꿀을 따낸다고 했다. 매년 여름방학에 돌아갈 때마다 꿀을 주겠다고 말하지 않은 건 아니었는데 결국 가져온 일은 없었다. 하지만 올해는 갑자기 기억력이 좋아졌는지 그동안의 약속을 이행한 모양이다.

헤이타로가 아버지의 묘석을 세웠으니 보러 오라는 부탁을 해왔다고 쓰여 있다. 가보니 나무도 풀도 자라지 않은 뜰의 황토 한가운데에 화강암으로 만들어놓았는데, 헤이타로는 그 화강암을 자랑스러워했다고 한다. 산에서 잘라내는 데 며칠이나 걸렸고 그리고 나서 10엔을 주고 석재상에게 부탁했다. 농사꾼 같은 사람들은 모르겠지만 댁의 아드님은 대학에 들어갈 정도니까 돌의 좋고 나쁨을 아마 알 것이다. 다음에 편지를 보내는 김에 물어봐달라, 그리고 10엔이나 들여 아버지를 위해 마련한 묘석을 칭찬해달라고 했다 한다. ……산시로는 혼자 키득키득 웃었다. 센다기의 석문보다 훨씬 심한 이야기다.

대학 제복을 입은 사진을 보내라고도 쓰여 있다. 산시로는 언젠가 찍어 보내야지 생각하면서 다음 부분을 보니, 아니나 다를까 미와타의 오미쓰 이야기가 나왔다. ……얼마 전에 오미쓰의 어머니가 와서 머지않아 대학을 졸업할 텐데, 그러면 자기 딸을 데려가달라고 했다는 이야기였다. 오미쓰는 얼굴도 반반하고 성격도 좋고 집에 전답도 꽤 있는 데다 지금까지 집안끼리의 관계도 있으니 그렇게 되면 양가 모두에 괜찮을 거라고 쓰고 그 뒤에 단서가 붙어 있었다. ……오미쓰도 기뻐할 것이다. ……도쿄 여자는 속을 알 수 없으니 나는 싫다.

산시로는 편지를 다시 말아 봉투에 넣고 머리맡에 둔 채 눈을 감았다. 쥐가 느닷없이 천장에서 날뛰다 이내 잠잠해졌다.

산시로에게는 세 세계가 생겼다. 하나는 멀리 있다. 요지로가 말한 이른바 메이지 15년(1882) 이전의 향기가 난다. 모든 것이 평온한 대신 모든 것이 잠에 취해 있다. 하지만 돌아가는 데 수고할 필요가 없다. 돌아가려고만 하면 당장이라도 돌아갈 수 있다. 다만 막상 그런 때가 되지 않으면 돌아갈 마음이 들지 않는다. 이를테면 일시적인 도피처 같은 곳이다. 산시로는 벗어던진 과거를 일시적인 도피처 안에 봉했다. 보고 싶은 어머니조차 거기에 묻었다고 생각하니 불현듯 죄스러운 마음이 든다. 그래서 편지가 왔을 때만은 잠시 그 세계를 배회하며 예전에 느꼈던 기쁨을 되살린다.

두 번째 세계에는 이끼 낀 벽돌 건물이 있다. 한쪽 구석에서 다른 쪽 구석을 바라보면 건너편 사람의 얼굴을 못 알아볼 정도로 넓은 열람실이 있다. 사다리를 걸치지 않으면 손이 닿지 않을 만큼 높이 쌓여 있는 책이 있다. 손에 닳고 때가 묻어 까매져 있다. 금박 글자가 빛나고 있다. 양가죽, 소가죽, 2백 년 전의 종이, 그리고 그 모든 것 위에 쌓인 먼지가 있다. 그 먼지는 2, 30년에 걸쳐 조금씩 쌓인 귀중한 먼지다. 조용한 미래를 이겨낼 만큼의 조용한 먼지다.

두 번째 세계에서 움직이는 사람의 모습을 보면 대개 덥수룩하게 수염을 기르고 있다. 어떤 사람은 하늘을 보며 걷는다. 어떤 사람은 고개를 숙인 채 걷는다. 차림새는 어김없이 꾀죄죄하다. 생활은 틀림없이 궁핍할 것이다. 그러면서도 마음이 편안하다. 전차에 둘러싸여 있으면서도 태평한 공기를 하늘에 닿을 듯이 호흡하는 데 거리낌이 없다. 그 안에 들어가는 사람은 현세를 모르기에 불행하고 화택(火宅)[15]을 벗어나니 행복하다. 히로타 선생은 그 안에 있다. 노노미야도 그 안에 있다. 산시로는 그 안의 공기를 거의 알 수 있는 곳에 있다. 나가려고 하면 나갈 수 있다. 하지만 애써 이해하기 시작한 취미를 과감히 버리는 것도 아쉽다.

세 번째 세계는 봄처럼 찬연히 흔들리고 있다. 전등이 있다. 은수저가 있다. 환성이 있다. 우스운 이야기가 있다. 거품이 이는 샴페인 잔이 있다. 그리고 그 모든 것 중 으뜸가는 것으로 아름다운 여성이 있다. 산시로는 그 여성 중 한 명에게 말을 걸었다. 한 사람을 두 번 봤다. 산시로에게는 이 세계가 가장 의미심장한 세계다. 이 세계는 바로 코앞에 있다. 다만 다가가기가 힘들다. 다가가기 힘들다는 점에서 하늘 저 먼 곳의 번개와도 같다. 산시로는 멀리서 이 세계를 바라보며 신기하게 생각한다. 자신이 이 세계 어딘가로 들어가지 않으면 그 세계 어딘가에 결함이 생길 것 같은 기분이 든다. 자신은 이 세계 어딘가의 주인공이어야 할 자격을 갖고 있는 것 같다. 그런데도 원만한 발달을 간절히 바라야 할 이 세계가 오히려 자신을 속박하여 자유롭게 출입해야 할 통로를 막고 있다. 산시로는 그것이 이상했다.

산시로는 잠자리에서 그 세 세계를 늘어놓고 서로 비교해보았다. 다음으로 그 세 세계를 뒤섞어 그 안에서 하나의 결과를 얻었다. ……요컨대 고향에서 어머니를 모셔오고 아름다운 아내를 맞이하고 몸을 학문에 맡기는 것보다 나은 건 없다는 것이다.

결과는 굉장히 평범하다. 하지만 그 결과에 이르기까지 여러 가지로 생각했으므로 사색의 노력을 따져 결론의 가치를 올렸다 내렸다 하기 쉬운 사색가인 자신이 볼 때 그렇게까지 평범하지는 않다.

15 법화경에 나오는 비유의 하나로, 사람이 삼계에 살며 번뇌에 시달리는 모습을 불타고 있는 집에 비유했다. 그 집 안에서 닥쳐올 운명도 모른 채 장난치며 놀고 있는 아이들을 비유한 말이다.

다만 이렇게 하면 넓은 세 번째 세계를 하찮은 일개 아내로 대표시키게 된다. 아름다운 여성은 많다. 아름다운 여성을 번역하면 여러 가지가 된다. ……산시로는 히로타 선생에게 배워 번역이라는 말을 써봤다. ……적어도 인격상의 말로 번역할 수 있는 한 그 번역에서 생기는 감화의 범위를 넓혀 자신의 개성을 완전하게 하기 위해 아름다운 여성을 가능한 한 많이 접촉하지 않으면 안 된다. 아내 한 사람을 알고 만족하는 것은 자신의 발전을 기꺼이 불완전하게 하는 것과 같은 일이다.

산시로는 논리를 여기까지 전개시켜보고 히로타 선생에게 다소 물들었구나 하고 생각했다. 실제로 이렇게까지 통절하게 부족함을 느끼지는 않았기 때문이다.

이튿날 학교에 가자 강의는 평소처럼 재미없었지만 실내 분위기는 여전히 속세를 벗어나 있었기 때문에 오후 3시까지 완전히 두 번째 세계에 속한 사람이 되어 자못 위인 같은 태도로 오이와케의 파출소 앞에 이르렀을 때 요지로와 딱 마주치고 말았다.

"아하하하. 아하하하."

위인의 태도는 이 때문에 완전히 망가지고 말았다. 파출소 순사조차 희미하게 웃고 있다.

"뭔가?"

"뭔가가 뭔가? 좀 더 보통 사람답게 걷도록 하게. 꼭 로맨틱 아이러니[16]가 아닌가?"

---

16 독일 낭만파인 프리드리히 폰 슐레겔, 루트비히 티크(Ludwig Tieck, 1773~1853) 등이 그 예술적 창작 및 비평의 원리로 주장한 말. 예술가의 자의식만을 근거로 하고 모든 것을 초월한 정신적 자유성을 의미한다. 여기서는 초월적인 태도에 대한 비유로 쓰였다.

산시로는 이 서양어의 의미를 도통 알 수가 없었다. 어쩔 수 없이 요지로에게 물었다.

"집은 있던가?"

"그 일로 지금 자네 하숙에 갔었네…… 드디어 내일 이사하네. 도와주러 와주게."

"어디로 이사하나?"

"니시카타마치 10번지 헤[17]-3호네.[18] 9시까지 그쪽으로 가서 청소 좀 해놓고 기다리고 있게. 나중에 갈 테니까. 알았나? 9시까지네. 헤-3호. 그럼 실례하겠네."

요지로는 서둘러 가버렸다. 산시로도 서둘러 하숙으로 돌아왔다. 그날 밤 도서관으로 되돌아가서 로맨틱 아이러니라는 말을 찾아봤더니 독일의 슐레겔[19]이 제창한 말로, 잘은 모르나 천재라는 것은 목적도 노력도 없이 종일 빈둥거리지 않으면 안 된다는 설이라고 쓰여 있었다. 산시로는 그제야 안심하고 하숙으로 돌아와 곧바로 잠자리에 들었다.

이튿날은 약속했으므로 천장절인데도 평소와 같은 시각에 일어나 학교에 가는 셈치고 니시카타마치 10번지로 가서 헤-3호를 찾아보니 묘하게도 좁은 길 중간쯤에 있었다. 낡은 집이었다.

현관 대신 서양식 방 하나가 튀어나와 있고 그 방과 직각으로 구부러져 다다미방이 있다. 다다미방 뒤가 거실이고, 거실 맞은편이 부엌, 가정부 방 순서로 늘어서 있다. 그 밖에 이층이 있다. 다만 다다미 몇

---

17 일본어 가나의 이로하 순서로 여섯 번째에 해당하는 글자(へ).
18 1907년까지 소세키는 혼고 구 니시카타마치 10번지 로(ろ)-7호에 살았다.
19 프리드리히 폰 슐레겔(Friedrich von Schlegel, 1772~1829). 독일의 미학자로 독일 낭만파의 이론 체계를 확립했다.

장이 깔린 방인지는 알 수 없었다.

산시로는 청소를 해달라는 부탁을 받았지만 특별히 청소를 할 필요는 없어 보였다. 물론 깨끗하지는 않았다. 그렇다고 치워야 할 것도 보이지 않았다. 굳이 버린다면 다다미와 문짝 정도라고 생각하면서 덧문만 열어놓고 다다미방의 툇마루에 앉아 뜰을 내다보고 있었다.

커다란 배롱나무가 있다. 하지만 뿌리가 옆집에 있으므로 줄기의 절반 이상이 삼목 울타리 옆으로 빠져나와 이쪽 영역을 침범하고 있을 뿐이다. 커다란 벚나무가 있다. 이는 확실히 울타리 안에 심어져 있다. 그 대신 가지가 절반 이상 길로 뻗어나가 자칫하면 전화선을 방해할 것 같다. 국화 한 그루가 있다. 하지만 한국(寒菊)[20]인 듯 꽃은 전혀 피어 있지 않다. 그 밖에는 아무것도 없다. 딱해 보이는 뜰이다. 그저 흙만은 평평하고 표면이 고와서 무척 아름답다. 산시로는 흙을 보고 있었다. 실제로 흙을 보도록 만들어진 뜰이다.

그럭저럭하는 사이에 고등학교에서 천장절 의식이 시작되는 벨이 울렸다. 산시로는 벨소리를 들으면서 9시가 되었구나 하고 생각했다. 아무것도 하지 않고 있는 것도 미안해서 벚나무 낙엽이라도 쓸어볼까 했을 때 빗자루가 없다는 데 생각이 미쳤다. 다시 툇마루에 걸터앉았다. 앉은 지 2분쯤 되었나 싶을 때 뜰의 여닫이문이 쓰윽 열렸다. 그리고 생각지도 못한 연못가의 여자가 뜰 안에 나타났다.

양쪽은 산울타리로 나뉘어져 있다. 네모난 뜰은 열 평도 되지 않는다. 산시로는 좁은 울타리 안에 선 연못가의 여자를 보자마자 순식간에 깨달았다. ······꽃은 반드시 꺾어서 꽃병에 꽂아두고 봐야 한다.

그때 산시로는 툇마루에서 허리를 일으켰다. 여자는 접문을 떠났다.

20 겨울에 피는 국화. 대개 12월에서 다음 해 1월에 걸쳐 노란 꽃이 핀다.

"실례합니다만……"

이렇게 말하며 여자가 목례를 했다. 허리 위쪽은 전처럼 앞으로 엉거주춤 숙였으나 얼굴은 결코 숙이지 않았다. 목례를 하면서 산시로를 응시하고 있다. 정면에서 보니 여자의 목이 길게 뺃었다. 동시에 그 눈이 산시로의 눈동자에 비쳤다.

이삼일 전 미학 교수는 산시로 등에게 그뢰즈[21]의 그림을 보여주었다. 그때 미학 교수는, 이 사람이 그린 여자의 초상은 모조리 벌럽추어스(Voluptuous, 육감적인)한 표정이 풍부하다고 설명했다. 벌럽추어스! 연못가 여자가 보여준 그때의 눈빛을 형용하기에는 그 말밖에 없다. 뭔가 호소하고 있다. 요염한 어떤 것을 호소하고 있다. 바로 관능에 호소하고 있다. 하지만 관능의 뼈를 통해 골수에 사무치는 호소다. 달콤한 것에 견딜 수 있는 정도를 넘어 격렬한 자극으로 변하는 호소다. 달콤하다기보다는 고통이다. 물론 천박하게 교태를 부리는 것과는 다르다. 보는 사람이 교태를 부리고 싶어질 만큼 잔혹한 눈빛이다. 게다가 이 여자는 그뢰즈의 그림과 비슷한 점이 하나도 없다. 눈은 그뢰즈의 그림보다 절반이나 작다.

"히로타 씨가 이사 오는 곳이 여긴가요?"

"아, 예. 여깁니다."

여자의 목소리와 말투에 비하면 산시로의 대답은 굉장히 무뚝뚝하다. 산시로도 알고 있다. 하지만 달리 말할 수가 없었다.

"아직 옮겨오지 않았나요?"

여자의 말은 분명했다. 보통 사람들처럼 뒤끝을 흐리지 않는다.

---

21 장 바티스트 그뢰즈(Jean Baptiste Greuze, 1725~1805). 프랑스의 화가. 시정의 풍속에서 취재한 그림을 많이 그렸다.

"아직 오지 않았습니다. 이제 곧 오겠지요."

여자는 잠깐 망설였다. 손에 커다란 바구니를 들고 있다. 여자의 기모노는 여느 때처럼 알 수 없다. 다만 평소처럼 빛나지 않는 것만이 눈에 띄었다. 옷감의 바탕이 어쩐지 오돌토돌하다. 게다가 줄무늬인지 무늬 같은 것이 있다. 그 무늬가 너무나도 제멋대로다.

위에서 벚나무 잎이 이따금씩 떨어진다. 그 하나가 바구니 덮개 위에 떨어졌다. 떨어졌나 싶더니 날아갔다. 바람이 여자를 감쌌다. 여자는 가을 속에 서 있다.

"당신은……"

바람이 옆집으로 넘어갔을 때 여자가 산시로에게 물었다.

"청소를 해달라는 부탁을 받고 왔습니다."

이렇게 말했지만 실제로 멍하니 자리에 앉아 있는 모습을 들킨 터라 산시로는 스스로 생각해도 우스워졌다. 그러자 여자도 웃으면서 말했다.

"그럼 저도 좀 기다릴까요?"

그렇게 말하는 품이 산시로에게 허락을 구하는 것처럼 들렸기에 산시로는 무척 유쾌했다.

"아, 예."

그래서 이렇게 대답했다. 산시로의 생각으로는 '아, 예. 기다리세요'를 줄인 것이다. 그래도 여자는 아직 서 있다.

"당신은……"

산시로는 어쩔 수 없이 상대가 물은 말을 자신도 똑같이 물었다. 그러자 여자는 바구니를 툇마루에 놓고 오비 사이에서 명함 한 장을 꺼내 산시로에게 건넸다.

명함에는 사토미 미네코(里見美禰子)라고 쓰여 있었다. 주소가 혼고(本鄕) 마사고초(眞砂町)라고 되어 있는데, 바로 골짜기 건너편이다. 산시로가 명함을 바라보고 있는 사이에 미네코는 툇마루에 걸터앉았다.

"전에 뵌 적이 있지요?"

명함을 옷소매에 넣은 산시로가 얼굴을 들며 물었다.

"아, 예. 언젠가 병원에서……"

미네코도 이렇게 말하며 산시로를 보았다.

"또 있지요."

"그리고 연못가에서……"

미네코는 곧바로 대답했다. 정확히 기억하고 있다. 그래서 산시로는 할 말이 없어졌다.

"정말 실례가 많았습니다."

미네코가 마지막으로 일단락을 지었기에 산시로도 대답했다.

"아닙니다."

굉장히 간결하다. 두 사람은 벚나무 가지를 보고 있었다. 우듬지에 벌레가 먹은 듯한 잎사귀 몇 개가 남아 있다. 이삿짐은 좀처럼 오지 않는다.

"선생님께 무슨 용건이라도 있습니까?"

산시로는 돌연 이렇게 물었다. 커다란 벚나무의 마른 가지를 바라보는 데 여념이 없던 미네코가 갑작스레 산시로를 돌아본다. 어머, 깜짝이야, 너무해요, 하는 표정이다. 하지만 대답은 평범하다.

"저도 도와달라는 부탁을 받았어요."

산시로는 그때야 비로소 미네코가 앉아 있는 툇마루에 모래가 잔뜩 쌓여 있는 것을 알았다.

"모래로 엉망이네요. 기모노가 더러워지겠어요."

"네."

좌우를 둘러볼 뿐이다. 일어나지는 않는다. 잠시 툇마루를 둘러본 눈을 산시로에게 옮기자마자 묻는다.

"청소는 벌써 다 한 건가요?"

웃고 있다. 산시로는 그 웃음 속에서 친숙해지기 쉬운 뭔가를 느꼈다.

"아직 안 했습니다."

"서로 도와서 시작해볼까요?"

산시로는 바로 일어났다. 미네코는 움직이지 않는다. 앉은 채 빗자루와 먼지떨이가 어디 있는지 묻는다. 산시로는 그냥 빈손으로 왔기에, 어디에도 없다, 뭐하면 밖으로 나가 사올까요, 하고 물으니 그건 낭비니까 옆집에서 빌리는 것이 낫겠다고 한다. 산시로는 곧장 옆집으로 갔다. 곧 빗자루와 먼지떨이, 그리고 양동이와 걸레까지 빌려 서둘러 돌아오니 미네코는 여전히 그 자리에 앉아 커다란 벚나무 가지를 바라보고 있다.

"있었어요……?"

한마디 했을 뿐이다.

"예, 있었습니다."

산시로는 빗자루를 어깨에 걸치고 양동이를 오른손에 들고 당연한 대답을 했다.

미네코는 하얀 버선을 신은 채 모래투성이의 툇마루로 올라갔다. 걸으니 가느다란 발자국이 생긴다. 옷소매에서 하얀 앞치마를 꺼내 오비 위로 둘렀다. 그 앞치마 테두리가 레이스처럼 감쳐 있다. 청소를 하기에는 아까울 정도로 깨끗한 색이다. 미네코가 빗자루를 들었다.

"일단 쓸어내지요."

이렇게 말하며 소매 안에서 오른손을 꺼내 흔들거리는 소맷자락을 어깨 위까지 걷어 올렸다. 예쁜 팔이 위팔까지 드러났다. 걷어 올린 소맷자락 끝으로 속에 입은 기모노의 예쁜 소매가 보인다. 멍하니 서 있던 산시로는 돌연 양동이를 올리며 부엌문으로 돌아갔다.

미네코가 쓸어낸 곳을 산시로가 걸레로 닦는다. 산시로가 다다미를 털어내는 동안 미네코가 장지문을 턴다. 그럭저럭 청소를 끝냈을 때는 두 사람도 상당히 친해져 있었다.

산시로가 양동이의 물을 갈러 부엌으로 간 뒤에 미네코는 먼지떨이와 빗자루를 들고 이층으로 올라갔다.

"잠깐 와보세요."

위에서 산시로를 부른다.

"무슨 일인가요?"

양동이를 든 산시로가 계단 아래에서 말한다. 미네코는 어두운 곳에 서 있다. 앞치마만이 새하얗다. 산시로는 양동이를 든 채 두세 계단 올라갔다. 미네코는 가만히 있다. 산시로는 다시 두 계단 올라갔다. 어둑어둑한 데서 미네코의 얼굴과 산시로의 얼굴이 30센티미터 거리까지 가까워졌다.

"무슨 일이죠?"

"어두워서 뭐가 뭔지 모르겠어요."

"왜죠?"

"아무튼요."

산시로는 추궁할 생각이 없어졌다. 미네코 옆을 지나 위로 올라갔다. 양동이를 어두운 툇마루에 두고 문을 연다. 아니나 다를까 덧문의 빗장이 어떻게 된 건지 알 수가 없다. 그러는 사이에 미네코도 올라왔다.

"아직 안 열렸어요?"

미네코는 반대쪽으로 갔다.

"이쪽이에요."

산시로는 잠자코 미네코에게 다가갔다. 미네코의 손에 자신의 손이 닿을 뻔한 데서 양동이에 발이 걸렸다. 큰 소리가 났다. 가까스로 덧문 한 장을 열자 강렬한 햇살이 정면으로 쏟아져 들어왔다. 눈이 부실 정도다. 두 사람은 얼굴을 마주 보고 무심코 웃음을 터뜨렸다.

뒤쪽 창문도 연다. 창에는 대나무 격자가 달려 있다. 주인집의 뜰이 내려다보인다. 닭을 키우고 있다. 미네코는 조금 전처럼 빗자루로 쓸어냈다. 산시로는 엎드려 뒤를 따라가며 걸레질을 시작했다. 미네코는 빗자루를 두 손으로 쥔 채 산시로의 모습을 보고 말했다.

"어머!"

얼마 후 빗자루를 다다미 위에 내팽개치고 뒤쪽 창문으로 가서 선 채 바깥을 내다보고 있다. 그러는 사이에 산시로도 걸레질을 끝냈다. 젖은 걸레를 양동이 안에 풍덩 던져 넣고 미네코 옆으로 가서 나란히 섰다.

"뭘 보고 있습니까?"

"맞혀보세요."

"닭인가요?"

"아뇨."

"저 커다란 나무입니까?"

"아뇨."

"그럼 뭘 보고 있는 건가요? 전 모르겠는데요."

"전 아까부터 저 하얀 구름을 보고 있었어요."

아니나 다를까 하얀 구름이 드넓은 하늘을 지나고 있다. 하늘은 한
없이 맑아 어디까지나 푸르고 맑은 데다 빛나는 솜 같은 짙은 구름이
자꾸만 날아간다. 바람의 힘이 세찬 모양인지 구름 끝이 바람에 날려
흩어지자 바탕의 푸른 하늘이 비쳐 보일 만큼 얇아진다. 혹은 바람에
날려 흩어지다가 뭉치고 하얗고 부드러운 바늘을 모아놓은 듯 끝이
가늘게 쪼개진다. 미네코는 그렇게 뭉친 것을 가리키며 말했다.

"타조의 보아²²를 닮았죠?"

산시로는 보아라는 말을 몰랐다. 그래서 모른다고 말했다.

"어머."

미네코는 다시 이렇게 말하고 곧 친절하게 보아에 대해 설명해주
었다.

"아아, 그거라면 알고 있습니다."

산시로는 이렇게 말했다. 그리고 그 하얀 구름은 모두 눈가루로, 아
래에서 볼 때 저 정도로 움직이면 태풍 이상의 속도여야 한다고 저번
에 노노미야한테서 들은 대로 가르쳐주었다.

"어머, 그래요?"

미네코는 이렇게 말하며 산시로를 쳐다봤다. 그리고 부정을 허락하
지 않는 말투로 말했다.

"눈이라면 재미없네요."

"그건 왜죠?"

"왜고 뭐고, 눈은 눈이 아니면 안 돼요. 이렇게 멀리서 바라보는 보
람이 없잖아요."

22 boa. 목의 깃털.

"그런가요?"

"그런가요, 라뇨? 당신은 눈이어도 상관없나요?"

"높은 데 보는 걸 좋아하는 모양이군요?"

"네."

미네코는 대나무 격자 안에서 아직도 하늘을 바라보고 있다. 하얀 구름이 연달아 날아온다.

그때 멀리서 짐수레 소리가 들려온다. 지금 조용한 골목길을 돌아 이쪽으로 다가오는 것을 땅울림으로도 쉬이 알 수 있다.

"왔다!"

산시로가 말했다.

"빨리 왔네요."

미네코는 이렇게 말하고는 가만히 있다. 수레 소리가 움직이는 것이 하얀 구름이 움직이는 것과 무슨 관계라도 있는 것처럼 귀를 기울이고 있다. 수레는 차분한 가을 속을 사정없이 다가온다. 얼마 후 문 앞에 멈췄다.

산시로는 미네코를 내버려두고 이층에서 뛰어내려갔다. 산시로가 현관으로 나가는 것과 요지로가 문으로 들어오는 것은 동시였다.

"빨리 왔군."

요지로가 먼저 말을 건넸다.

"늦었군."

산시로가 대답했다. 미네코와는 반대다.

"늦다니, 짐을 한꺼번에 실어서 어쩔 수 없었네. 게다가 나 혼자라서 말이야. 나 말고는 가정부하고 수레꾼뿐이라 어떻게 해볼 수가 없었네."

"선생님은?"

"선생님은 학교에 가셨네."

두 사람이 이야기를 나누고 있는 동안 수레꾼이 짐을 내리기 시작했다. 가정부도 들어왔다. 부엌 쪽을 가정부와 수레꾼에게 맡기고 요지로와 산시로는 책을 서양식 방으로 옮긴다. 책이 많다. 정리하는 것도 큰일이다.

"미네코 씨는 아직 안 왔나?"

"왔네."

"어디?"

"이층에 있네."

"이층에서 뭘 하고 있나?"

"뭘 하는지 모르겠지만, 아무튼 이층에 있네."

"어처구니가 없군그래."

요지로는 책을 한 권 든 채 복도를 따라 계단 아래까지 가서 여느 때와 같은 목소리로 말한다.

"미네코 씨! 미네코 씨! 책을 정리할 테니 좀 도와주세요."

"지금 내려가요."

미네코는 빗자루와 먼지떨이를 들고 조용히 내려온다.

"뭘 하고 있었어요?"

밑에서 요지로가 다그치듯이 묻는다.

"이층 청소요."

위에서 대답이 들려왔다.

내려오기를 기다리고 있다가 요지로는 미네코를 서양식 방의 입구로 데려갔다. 수레꾼이 내려놓은 책이 잔뜩 쌓여 있다. 산시로가 그 안에서 등을 돌리고 쪼그리고 앉아 뭔가를 열심히 읽고 있다.

"어머, 큰일이네요. 이걸 어떡하죠?"

미네코가 이렇게 말했을 때 산시로는 쪼그리고 앉은 채 돌아보았다. 히죽히죽 웃고 있다.

"큰일은 뭐가 큰일입니까? 이걸 방 안으로 넣고 정리하면 되는 거죠. 곧 선생님도 돌아와서 도울 테니까 간단합니다. ……자네, 쪼그리고 앉아서 책이나 읽고 있으면 곤란하네. 나중에 빌려가서 천천히 읽도록 하게."

요지로가 잔소리를 한다.

미네코와 산시로가 입구에서 책을 가지런히 모아놓으면 요지로가 그걸 받아 방 안의 책장에 꽂는 역할 분담이 이루어졌다.

"그렇게 마구 꺼내면 어떻게 해요? 이 시리즈가 한 권 더 있을 거요."

요지로가 파란색의 납작한 책을 흔든다.

"하지만 없는걸요."

"아니, 없을 리가 있나?"

"있다, 있어."

산시로가 말한다.

"어디, 봐요." 미네코가 얼굴을 들이민다. "히스토리 오브 인털렉추얼 디벨로프먼트.[23] 어머, 정말 있었네요."

"어머, 정말 있었네요, 하고 있을 때가 아니에요. 빨리 주기나 해요."

---

23 『지성 발달의 역사(History of Intellectual Development)』 2권. 영국의 철학자이자 역사가인 존 비티 크로저(John Beattie Crozier, 1849~1921)의 저서로 1897년에서 1901년에 걸쳐 간행되었다. 소세키의 장서 중에 이 책이 있는데 책 속에 메모가 많은 걸로 봐서 그가 정독했음을 알 수 있다고 한다.

세 사람은 30분쯤 끈기 있게 일했다. 마지막에는 그렇게 기세등등하던 요지로도 그다지 들볶지 않게 되었다. 돌아보니 책장을 향한 채 책상다리를 하고 앉아 잠자코 있다. 미네코는 산시로의 어깨를 살짝 찔렀다. 산시로는 웃으면서 묻는다.

"이보게, 어떻게 된 건가?"

"음, 선생님도 참, 이렇게 필요하지도 않은 책을 모아서 어떻게 할 생각인 건지 원. 정말이지 남들 고생만 시킨다니까. 지금 이걸 팔아 주식이라도 사두면 돈을 벌 수 있을 텐데 말이야, 하지만 어쩔 수 없지 뭐."

요지로는 이렇게 탄식한 채 여전히 벽을 향한 채 책상다리를 하고 앉아 있다.

산시로와 미네코는 얼굴을 마주 보고 웃는다. 중요한 수뇌가 움직이지 않으니 두 사람 다 책 정리를 안 하고 있다. 산시로는 시집을 뒤적거리기 시작했다. 미네코는 커다란 화첩을 무릎 위에 펼쳤다. 부엌 쪽에서는 임시로 고용한 수레꾼과 가정부가 계속해서 티격태격하고 있다. 무척 시끄럽다.

"이것 좀 보세요."

미네코가 조그마한 목소리로 말했다. 산시로는 엉거주춤한 자세로 화첩 위로 얼굴을 내밀었다. 미네코의 머리에서 향수 냄새가 난다.

그림은 머메이드(인어) 그림이다. 나체인 여자의 허리 아래가 물고기인데, 물고기 몸통이 허리를 빙 돌려 먼 쪽으로 꼬리를 내밀고 있다. 여자는 긴 머리를 빗으로 빗으면서 나머지 머리를 손으로 받쳐 들고 이쪽을 보고 있다. 배경은 드넓은 바다다.

"머메이드."

"머메이드."

머리를 맞댄 두 사람이 똑같은 말을 속삭였다.

"뭐야, 뭘 보고 있는 거야?"

그때 책상다리를 하고 앉아 있던 요지로가 무슨 생각을 했는지 이렇게 말하면서 복도로 나왔다. 세 사람은 머리를 모으고 화첩을 한 장씩 넘겨갔다. 이런저런 비평이 나온다. 모두 엉터리다.

그때 프록코트 차림의 히로타 선생이 천장절 행사를 마치고 돌아왔다. 세 사람은 인사를 할 때 화첩을 덮어버렸다. 선생이 책만은 빨리 정리하자고 해서 세 사람은 다시 끈기 있게 정리하기 시작했다. 이번에는 주인공이 있기 때문에 그렇게 농땡이를 칠 수도 없었던 모양인지 한 시간 후에는 그럭저럭 복도의 책이 책장에 채워졌다. 네 사람은 나란히 서서 일단 가지런히 정리된 책을 바라봤다.

"나머지 정리는 내일 하죠?"

요지로가 말했다. 이것으로 봐달라고 말하는 듯하다.

"상당히 많이 모았네요."

미네코가 말했다.

"선생님, 이거 다 읽었습니까?"

마지막으로 산시로가 물었다. 산시로는 실제로 참고하기 위해 그 사실을 확인해둘 필요가 있었던 것으로 보인다.

"어떻게 다 읽겠나? 사사키 요지로라면 읽을지도 모르겠지만."

요지로는 머리를 긁적이고 있다. 산시로는 진지한 태도로, 실은 얼마 전부터 대학 도서관에서 조금씩 책을 빌려 읽고 있는데 어떤 책을 빌려도 반드시 누군가 훑어봤더라, 시험 삼아 애프라 벤이라는 사람의 소설을 빌려봤는데 아니나 다를까 누군가 읽은 흔적이 있었으므로 독서 범위의 한계를 알고 싶어 물어본 것이라고 말한다.

"애프라 벤이라면 나도 읽었네."

히로타 선생의 이 한마디에는 산시로도 놀랐다.

"놀라운데요. 선생님은 뭐든지 남이 읽지 않는 것을 읽는 버릇이 있다니까."

요지로가 말했다.

히로타 선생은 웃으며 다다미방 쪽으로 간다. 옷을 갈아입기 위해서일 것이다. 미네코도 따라 나갔다. 나중에 요지로가 산시로에게 이렇게 말했다.

"저러니까 위대한 어둠이네. 안 읽은 게 없어. 하지만 전혀 빛을 보지 못하지. 좀 더 유행하는 것을 읽고, 좀 더 나서주면 좋을 텐데 말이야."

요지로의 말은 결코 냉담한 평가가 아니었다. 산시로는 잠자코 책장을 바라보고 있었다. 그러자 다다미방에서 미네코의 목소리가 들려왔다.

"맛있는 걸 대접할 테니 두 사람 다 들어오세요."

두 사람이 서재에서 복도를 따라 다다미방으로 가보니 방 한가운데에 미네코가 들고 온 바구니가 놓여 있다. 덮개는 열려 있고, 안에는 샌드위치가 잔뜩 들어 있다. 미네코는 그 옆에 앉아 바구니 안에 든 샌드위치를 작은 접시에 나눠 담고 있다. 요지로와 미네코의 문답이 시작된다.

"용케 잊어먹지 않고 가져왔군요."

"그야 일부러 주문한 거니까요."

"그 바구니까지 사온 건가요?"

"아뇨."

"집에 있던 겁니까?"

"네."

"굉장히 큰 거로군요. 인력거꾼이라도 데려온 겁니까? 이왕이면 잠깐 불러다가 일이라도 시켰으면 좋았을 텐데요."

"오늘 인력거꾼은 심부름을 갔어요. 여자도 이 정도는 들 수 있고요."

"미네코 씨니까 들 수 있는 겁니다. 다른 아가씨라면 아마 그만뒀겠지요."

"그럴까요? 그럼 저도 그만뒀으면 좋았을 걸 그랬네요."

미네코는 샌드위치를 작은 접시에 담으면서 요지로를 상대하고 있다. 말에 조금도 막힘이 없다. 게다가 느긋하고 침착하다. 요지로의 얼굴을 거의 보지 않을 정도다. 산시로는 감탄했다.

부엌에서 가정부가 차를 내왔다. 바구니를 둘러싼 사람들은 샌드위치를 먹기 시작했다. 잠시 조용했지만, 별안간 다시 요지로가 히로타 선생에게 말을 건넸다.

"선생님, 이왕 이야기가 나온 김에 물어보겠습니다만, 아까 무슨 벤 말인데요."

"애프라 벤 말인가?"

"그 애프라 벤이라는 건 대체 뭔가요?"

"영국의 여성 작가라네. 17세기의."

"17세기라면 너무 오래되었군요. 잡지에 쓸 글감은 안 되겠는데요."

"오래되었지. 하지만 직업적으로 소설을 쓴 첫 번째 여자니까, 그래서 유명하다네."

"유명하면 곤란한데. 좀 더 묻겠는데요, 어떤 걸 썼습니까?"

"난 『오루노코』[24]라는 소설을 읽었을 뿐인데, 오가와 군, 그런 제목의 소설이 전집에 있지 않았나?"

산시로는 말끔히 잊고 있었다. 히로타 선생에게 그 줄거리를 물어보니 오루노코라는 흑인 왕족이 영국 선장에게 속아 노예로 팔려가서는 심하게 고생하는 내용이라고 한다. 게다가 후세에 그 이야기는 작가의 체험담으로 믿어지고 있다는 이야기였다.

"재미있네요. 미네코 씨, 어떻습니까? 오루노코 같은 거라도 한번 써보면요."

요지로는 다시 미네코 쪽을 향했다.

"써도 좋겠지만, 저는 그런 체험담이 없는걸요."

"흑인 주인공이 필요하다면 저 오가와라도 좋지 않습니까? 규슈 남자로 피부색이 까마니까요."

"말이 심하네요."

미네코는 산시로를 변호하듯이 말했지만, 그 직후에 산시로를 보며 물었다.

"써도 되겠어요?"

그 눈을 봤을 때 산시로는 오늘 아침 바구니를 들고 접문으로 나타난 순간의 미네코를 떠올렸다. 혼자 취한 기분이다. 하지만 취해서 위축된 기분이다. 물론 잘 부탁한다는 말은 할 수 없었다.

히로타 선생은 여느 때처럼 담배를 피우기 시작했다. 요지로는 그것을 코에서 철학의 연기를 내뿜는다고 평했다. 아니나 다를까 연기

---

24 『오루노코(Oroonoko, the royal slave)』. 애프라 벤의 대표작으로 1688년에 쓰였다. 근대소설의 원형 가운데 하나로 중요한 역사적 의의를 갖고 있다.

를 내뿜는 방식이 좀 색다르다. 굵고 늠름한 막대기가 두 구멍을 유유히 빠져나온다. 요지로는 그 연기 기둥을 바라보며 장지문에 등을 반쯤 기댄 채 잠자코 있다. 산시로의 멍한 눈은 뜰 위에 있다. 이사가 아닌 것 같다. 마치 조촐한 모임이라도 갖고 있는 것 같다. 따라서 대화도 무사태평하다. 다만 미네코만이 히로타 선생 뒤에서 선생이 조금 전에 벗어던진 양복을 개기 시작한다. 선생에게 일본 옷을 입힌 것도 미네코인 듯하다.

"방금 한 『오루노코』 이야기인데, 자네는 덜렁대는 성격이라 잘못 알아들으면 안 되니까 이왕 말하자면 말이야."

여기서 선생의 담배 연기가 잠깐 끊겼다.

"아, 예, 들어두겠습니다."

요지로가 착실하게 말한다.

"그 소설이 나오고 나서 서던[25]이라는 사람이 그 이야기를 각색한 것이 따로 있네. 역시 같은 제목이야. 그걸 혼동하면 안 되네."

"아, 그렇군요. 혼동하지 않겠습니다."

양복을 개고 있던 미네코는 힐끗 요지로의 얼굴을 봤다.

"그 희곡에 유명한 구절이 있다네. 피티스 어킨 투 러브(Pity's akin to love)[26]라는 구절인데……"

거기까지만 말하고 다시 철학의 연기를 왕성하게 뿜어대기 시작했다.

"일본에도 있을 법한 구절이군요."

이번에는 산시로가 말했다. 다른 사람들도 모두 있을 법하다고 말했

---

25 토마스 서던(Thomas Southerne, 1660~1746). 영국의 극작가. 1696년에 『오루노코』를 같은 제목의 희곡으로 각색하여 좋은 평가를 받았다.

26 서던의 희곡 『오루노코』의 2막 2장에서 주인공 오루노코가 말한 유명한 대사로, 연민은 사랑에 가깝다는 뜻이다.

다. 하지만 아무도 떠올리지는 못했다. 그렇다면 한번 번역해보는 게 좋을 것 같다는 이야기가 되어 네 사람이 여러모로 시도해봤지만 전혀 의견이 모아지지 않았다. 결국 요지로가 그다운 의견을 내놓았다.

"이건 아무래도 속요풍으로 하지 않으면 안 됩니다. 구절의 분위기가 속요니까요."

그래서 세 사람이 번역권을 전적으로 요지로에게 위임하기로 했다. 요지로는 잠시 생각에 잠겼다.

"다소 억지스럽긴 하지만 이렇게 하면 어떨까요? 가엾다는 건 반했다는 것이니라."

"안 돼, 안 돼, 졸렬하기 짝이 없군."

히로타 선생이 순식간에 언짢은 표정을 지었다. 그 말투가 너무나도 졸렬한 느낌이어서 산시로와 미네코는 한꺼번에 웃음을 터뜨렸다. 그 웃음소리가 채 그치기도 전에 뜰의 여닫이문이 끼익 열리고 노노미야가 들어왔다.

"벌써 대충 정리를 다 끝낸 겁니까?"

노노미야는 이렇게 말하며 툇마루 바로 앞까지 와서 방 안에 있는 네 사람을 들여다보듯이 둘러보았다.

"아직 다 못 했어요."

요지로가 곧바로 말했다.

"좀 도와주실래요?"

미네코가 요지로의 말에 장단을 맞추었다.

"꽤 떠들썩한 것 같던데요. 무슨 재미있는 일이라도 있습니까?"

노노미야는 히죽히죽 웃으며 이렇게 말하고는 몸을 휙 돌려 툇마루에 걸터앉았다.

"방금 제가 번역을 해서 선생님께 야단을 맞고 있던 참입니다."

"번역을? 어떤 번역인가?"

"시답잖은 거라…… 가엾다는 건 반했다는 것이라, 뭐 이런 겁니다."

"오호라." 이렇게 말하며 노노미야는 툇마루에서 비스듬히 몸을 돌렸다. "대체 그게 무슨 소린가? 난 무슨 소린지 통 모르겠는데."

"그걸 누가 알겠나?"

이번에는 히로타 선생이 말했다.

"아니, 말을 좀 지나치게 줄여서 그래요…… 평범하게 늘리면 이렇습니다. 가엾다고 하는 것은 반했다는 것을 의미하는 것이다."

"아하하하. 그럼 그 원문은 어떤 건가?"

"피티스 어킨 투 러브(Pity's akin to love)."

미네코가 되풀이했다. 아름답고 멋진 발음이었다.

노노미야는 툇마루에서 일어나 두세 걸음 뜰 쪽으로 걸어가더니 곧 몸을 돌려 방 쪽을 보고 멈췄다.

"오호라, 참으로 멋진 번역이군."

산시로는 노노미야의 태도와 시선을 주시하지 않을 수 없었다.

미네코는 부엌으로 가서 찻잔을 씻고 새로운 차를 따라 툇마루 끝으로 가져온다.

"차 드세요."

이렇게 말한 미네코가 그 자리에 앉아 묻는다.

"요시코 씨는 어때요?"

"아, 예, 몸은 이미 회복했소만."

이렇게 말하고 다시 앉아 차를 마신다. 그러고 나서 살짝 선생 쪽으로 몸을 돌렸다.

"선생님, 모처럼 오쿠보로 이사했는데 다시 이쪽으로 나오지 않으면 안 될 것 같습니다."

"그건 왜가?"

"누이가 학교를 다닐 때 도야마의 들판을 지나는 게 싫다고 해서요. 게다가 제가 밤에 실험을 하니까 밤늦게까지 기다리는 게 적적해서 안 되겠답니다. 지금이야 어머니가 계시니까 상관없습니다만 좀 있다가 어머니가 고향으로 돌아가시고 나면 가정부하고 둘만 있게 되니까요. 겁쟁이 둘이서는 도저히 견딜 수 없겠지요. ……성가셔 죽겠다니까요."

노노미야는 농담 반 이렇게 탄식하고는 미네코의 얼굴을 보고 말했다.

"어떻습니까? 미네코 씨, 당신 집에 식객으로 받아주지 않겠습니까?"

"언제든 받아드리지요."

"어느 쪽인가요? 소하치 씨 쪽인가요, 요시코 씨 쪽인가요?"

요지로가 끼어들었다.

"어느 쪽이든요."

산시로만 잠자코 있었다. 히로타 선생은 다소 진지해졌다.

"그러면 자네는 어떻게 할 생각인가?"

"누이 일만 매듭지어지면 당분간 하숙을 해도 상관없습니다. 그렇지 않으면 또 어딘가로 이사를 가지 않으면 안 되니까요. 차라리 학교 기숙사에라도 들여보낼까 싶습니다만, 그래도 아직 어린애라서 제가 언제든지 갈 수 있고 동생도 언제든지 찾아올 수 있는 곳이 아니면 곤란해서요."

"그럼 미네코 씨 집만 한 데가 없겠군요."

요지로가 다시 참견을 하고 나섰다. 히로타 선생은 요지로의 말을 무시하는 듯이 말한다.

"여기 이층에 있게 해도 좋겠지만, 아무튼 사사키 요지로 같은 자가 있어놔서."

"선생님, 이층에는 꼭 저 사사키를 있게 해주십시오."

요지로 본인이 부탁했다. 노노미야는 웃으면서 말한다.

"뭐 어떻게 되겠지. ……몸만 컸지 빙충이라서 정말 골치라니까요. 그런 주제에 단고자카의 국화인형전이 보고 싶다고 데려가달라지를 않나."

"데려가면 좋을 텐데요. 저도 보고 싶거든요."

"그럼 같이 갈까요?"

"예, 꼭요. 오가와 씨도 함께 가죠?"

"예, 가겠습니다."

"사사키 씨도요."

"국화인형전은 사양하겠습니다. 국화인형전에 가느니 차라리 활동사진[27]이나 보러 가겠습니다."

"국화인형전은 좋지." 이번에는 히로타 선생이 말을 꺼냈다. "그렇

27 일본에서 활동사진(무성영화)이 처음으로 상영된 것은 1897년이다. 그리고 일본에서 제작된 영화가 처음으로 상영된 것은 1899년이다. 활동사진은 메이지, 다이쇼 시대 영화의 호칭으로 'motion picture'를 직역한 말이다. 원래는 환등기를 가리켰는데 나중에 의미가 변해 영화를 가리키게 되었다. 영화라는 명칭이 널리 사용되게 된 것은 다이쇼 후기에 들어서고 나서다. 활동사진은 영화의 옛날 명칭이지만, 영화와는 의미가 다소 달랐던 것이다. 활동사진은 황당무계한 시대극이나 연극을 실사화한 것을 가리켰다. 다이쇼 시대에 일어난 순영화극운동(純映畫劇運動)에 의해 활동사진은 예술적 수준을 갖게 되면서 활동사진과는 다른 영화로 다시 태어나게 된다.

게까지 인공적인 것은 아마 외국에도 없을 거야. 인공적으로 용케 이런 것을 만들었구나 하는 점을 봐둘 필요가 있지. 평범한 사람을 그렇게 만들었다면 아마 아무도 단고자카에 가지 않을 거야. 평범한 사람이라면 어느 집에나 네다섯 명은 꼭 있으니까, 단고자카까지 갈 필요가 없는 거지."

"선생님 특유의 논리로군요."

요지로가 평했다.

"옛날에 학교에서 배울 때도 자주 그런 논리에 당했지."

노노미야가 말했다.

"그럼 선생님도 가시지요?"

미네코가 마지막으로 말했다. 히로타 선생은 입을 다물고 있다. 다들 웃음을 터뜨렸다.

"아무나 좀 와주세요!"

부엌에서 할멈이 외쳤다.

"아, 예."

요지로가 곧바로 일어섰다. 산시로는 여전히 앉아 있다.

"어디, 나도 그럼 실례할까?"

노노미야가 일어섰다.

"어머, 벌써 돌아가시게요? 너무하시네요."

미네코가 말했다.

"일전의 그것은 좀 더 기다려주게."

히로타 선생이 말했다.

"예, 괜찮습니다."

이렇게 대답하고 노노미야는 뜰로 나갔다. 그의 모습이 접문 밖으로 사라지자 미네코는 갑자기 뭔가 생각난 듯이 "아, 그래, 맞아" 하면서 뜰에 벗어놓은 게다를 신고 노노미야의 뒤를 쫓아갔다. 집 밖에서 무슨 이야기를 나누고 있다.

　산시로는 잠자코 앉아 있었다.

5

문을 들어서니 일전에 봤던 싸리나무가 사람 키보다 높이 우거져 밑동에 검은 그림자를 드리우고 있다. 그 검은 그림자가 땅 위에 깔려 안쪽으로 들어가면 보이지도 않는다. 잎과 잎이 겹치는 뒷면까지 그림자가 올라오는 것 같기도 하다. 그만큼 바깥에는 강렬한 햇살이 비치고 있다. 손 씻는 곳 옆에 남천나무가 있다. 이 나무도 보통 것보다 키가 크다. 세 그루가 옹기종기 쓰러질 듯이 휘청거리고 있다. 잎은 화장실의 창 위에 있다.

싸리나무와 남천나무 사이로 툇마루가 살짝 보인다. 툇마루는 남천나무를 기점으로 비스듬히 건너편으로 뻗어 있다. 싸리나무 그림자가 진 곳은 가장 먼 쪽 끝이다. 그래서 싸리나무는 맨 앞쪽에 있다. 요시코는 그 싸리나무 그림자 안에 있었다. 툇마루에 걸터앉은 채.

산시로는 싸리나무와 닿을 듯 말 듯 섰다. 요시코는 툇마루에서 일어났다. 발은 평평한 돌 위에 있다. 산시로는 새삼스레 그녀의 큰 키에 놀랐다.

"들어오세요."

여전히 산시로를 기다리고 있었다는 듯한 말투다. 산시로는 병원으로 찾아갔던 당시를 떠올렸다. 싸리나무를 지나 툇마루 바로 앞까지 갔다.

"앉으세요."

산시로는 구두를 신고 있다. 명령을 받은 것처럼 걸터앉았다. 요시코가 방석을 가져왔다.

"깔고 앉으세요."

산시로는 방석을 깔고 앉았다. 문을 들어서고 나서 산시로는 아직 한마디도 하지 않았다. 이 단순한 소녀는 그저 자신이 생각하는 대로 산시로에게 말하지만, 털끝만치도 대답을 기대하지 않는 것처럼 보인다. 산시로는 천진난만한 여왕 앞에 선 것 같은 기분이 들었다. 명령을 들을 뿐이다. 겉치레 말을 할 필요가 없다. 한마디라도 상대의 뜻에 영합하는 말을 하면 돌연 비루해진다. 벙어리 노예처럼 상대가 말하는 대로 행동하기만 하면 유쾌하다. 산시로는 어린애 같은 요시코로부터 어린애 취급을 받으면서도 자신의 자존심이 상했다는 걸 조금도 느낄 수 없다.

"오라버니를 찾아오셨어요?"

요시코가 물었다.

노노미야를 찾아온 것도 아니다. 찾아오지 않은 것도 아니다. 왜 왔는지 실은 산시로도 모른다.

"노노미야 씨는 아직 학교에 있습니까?"

"네, 늘 밤늦게 돌아와요."

이는 산시로도 알고 있다. 산시로는 대답할 말이 궁했다. 툇마루에 그림물감 상자가 있다. 그리다 만 수채화가 있다.

"그림을 배웁니까?"

"네, 좋아해서 그려요."

"어떤 선생님한테 배웁니까?"

"선생님한테 배울 만큼 잘 그리지 못해요."

"좀 봐도 될까요?"

"이거요? 다 그린 건 아니에요."

그리다 만 그림을 산시로 쪽으로 내민다. 아니나 다를까 자기 집 뜰을 그리던 중이다. 하늘과 앞집의 감나무와 입구의 싸리나무만 그려져 있다. 그중에서도 감나무는 아주 빨갛게 그려져 있다.

"솜씨가 꽤 좋은데요."

산시로가 그림을 보면서 말한다.

"이게요?"

요시코는 살짝 놀랐다. 정말 놀란 것이다. 산시로처럼 꾸민 듯한 느낌은 전혀 없다.

산시로는 이제 와서 자신의 말을 농담으로 돌릴 수도 없고 또 진지한 척할 수도 없다. 어떻게 하든 요시코에게 경멸을 당할 것만 같다. 산시로는 그림을 바라보며 마음속으로 얼굴을 붉혔다.

툇마루에서 객실 안을 둘러보니 쥐 죽은 듯 조용하다. 거실은 물론이거니와 부엌에도 사람이 없는 것 같다.

"어머님께서는 벌써 고향으로 돌아가셨습니까?"

"아직 돌아가지 않았어요. 곧 돌아가겠지만요."

"지금 계십니까?"

"지금은 잠깐 뭘 좀 사러 나갔어요."

"당신이 미네코 씨 집으로 간다는 건 사실입니까?"

"그건 왜요?"

"왜라니요? ……일전에 히로타 선생님 댁에서 그런 이야기가 나왔으니까요."

"아직 정해지지 않았어요. 어쩌면 그렇게 될지도 모르겠지만요."

산시로는 다소 명료해진 것 같았다.

"노노미야 씨는 원래부터 미네코 씨와 친한 사이입니까?"

"네. 친구 사이예요."

남자와 여자로서 친구라는 의미인가 싶었지만 어쩐지 이상하다. 하지만 산시로는 그 이상 물을 수 없다.

"히로타 선생님은 노노미야 씨의 예전 선생님이었다고 하더군요."

"네."

이야기는 '네'에서 막혔다.

"당신은 미네코 씨 집으로 가고 싶습니까?"

"저요? 글쎄요. 하지만 미네코 씨의 오라버니한테 죄송하니까요."

"미네코 씨한테 오라버니가 있습니까?"

"네. 우리 오라버니하고 같은 해에 졸업했어요."

"역시 이학사인가요?"

"아뇨, 과는 달라요. 법학사예요. 또 그 위의 오라버니가 히로타 선생님의 친구분이었어요. 하지만 일찍 돌아가셔서 지금은 교스케 씨뿐이고요."

"아버님이나 어머님은요?"

요시코는 살짝 웃으면서 말했다.

"안 계세요."

미네코 부모의 존재를 상상하는 것이 우스꽝스럽다는 듯한 표정이다. 꽤 일찍 돌아가신 모양이다. 아마 요시코의 기억에도 전혀 없을 것이다.

"그런 관계라서 미네코 씨가 히로타 선생님 집에 출입하는 거로군요."

"네. 돌아가신 오라버니가 히로타 선생님하고 무척 사이가 좋았다나 봐요. 게다가 미네코 씨는 영어를 좋아하니까 때때로 영어를 배우러 가는 거겠지요."

"여기로도 오나요?"

요시코는 어느새 그리다 만 수채화를 다시 그리기 시작했다. 산시로가 옆에 있는 것이 전혀 마음에 걸리지 않는 듯하다. 그러면서도 용케 대답을 한다.

"미네코 씨요?"

이렇게 되물으면서 감나무 밑에 있는 초가지붕에 그림자를 그려 넣었다.

"너무 까맣게 칠한 것 같네요."

요시코는 이렇게 말하며 그림을 산시로 앞으로 내밀었다.

"예, 너무 까만 것 같네요."

산시로도 이번에는 솔직하게 대답했다.

그러자 요시코는 붓에 물을 묻혀 까만 데를 씻어내면서 겨우 산시로에게 대답했다.

"네, 와요."

"자주요?"

"네, 자주요."

요시코는 여전히 캔버스를 향하고 있다. 산시로는 요시코가 그림을 다시 그리기 시작하자 대화하기가 훨씬 편해졌다.

잠시 입을 다문 채 그림을 들여다보고 있으니 요시코는 정성껏 초가지붕의 까만 그림자를 씻어내고 있었는데, 물을 너무 많이 묻힌 데다 붓놀림이 아직 익숙하지 못한 탓에 까만 것이 멋대로 사방으로 번져나가 애써 빨갛게 그려놓은 감이 그늘에서 말린 떫은 감 같은 색이 되고 말았다. 요시코는 붓을 쥔 손을 멈추고 양손을 뻗어 고개를 뒤로 당겨 와트만지[1]를 되도록 멀리서 바라보더니 결국에는 조그마한 목소리로 말한다.

"망쳤네요."

실제로 망쳤으므로 어쩔 수 없다. 산시로는 딱한 마음이 들었다.

"그건 그만두고 새로 다시 그리세요."

요시코는 얼굴을 그림에 향한 채 곁눈질로 산시로를 봤다. 커다랗고 촉촉한 눈이다. 산시로는 더욱 딱한 마음이 들었다. 그러자 요시코가 갑자기 웃기 시작했다.

"바보 같죠? 두 시간이나 허비하고."

이렇게 말하며 애써 그린 수채화 위에 가로세로로 굵은 선을 두세 줄 그어버리고는 그림물감 상자의 뚜껑을 탁 닫았다.

"이제 그만하죠. 방으로 들어오세요. 차를 내올 테니까요."

이렇게 말하고 자신은 안으로 들어갔다. 산시로는 구두 벗는 게 귀찮아서 여전히 툇마루에 걸터앉아 있었다. 마음속으로는 이제 와서 차를 대접하겠다는 요시코가 아주 재미있다고 생각하고 있었다. 산시

---

1 Whatman. 영국의 켄트 주에서 생산하는 순백색의 두꺼운 고급 용지. 수채화를 그리는 데 쓴다.

로는 별난 여자를 재미있어할 생각은 전혀 없지만 갑작스레 차를 대접하겠다는 말을 들었을 때는 일종의 유쾌함을 느끼지 않을 수 없었던 것이다. 그 느낌은 이성에게 다가가 얻을 수 있는 것이 아니었다.

거실에서 말소리가 들린다. 가정부가 있었음에 틀림없다. 얼마 후 장지문을 열고 다기를 든 요시코가 나타났다. 그 얼굴을 정면으로 봤을 때 산시로는 다시 여성 중의 가장 여성적인 얼굴이라고 생각했다.

요시코는 차를 따라 툇마루로 내놓고 자신은 방 안의 다다미 위에 앉았다. 산시로는 이제 돌아가려고 생각했는데 요시코 옆에 있으니 당장 돌아가지 않아도 되겠다는 생각이 든다. 전에 병원에서는 요시코의 얼굴을 너무 쳐다봐 살짝 얼굴을 붉히게 만들었기 때문에 즉시 물러나왔지만 오늘은 아무렇지도 않다. 때마침 차를 내왔으므로 툇마루와 방에 앉아 다시 이야기를 시작했다. 이런저런 이야기를 하는 중에 요시코는 산시로에게 묘한 것을 물었다. 자신의 오라버니인 노노미야를 좋아하는지 싫어하는지를 물었던 것이다. 얼핏 들으면 마치 철없는 어린애가 물을 법한 것이지만, 요시코가 물어본 의도는 좀 더 깊은 데 있었다. 연구심이 강하고 학문을 좋아하는 사람은 모든 걸 연구하는 마음으로 보기 때문에 애정이 엷어진다. 인정으로 사물을 보면 모든 것은 좋아하는 것과 싫어하는 것, 이 두 가지로 나뉜다. 연구할 마음 같은 것은 생기지 않는다. 자신의 오라버니는 이학자(理學者)이므로 자신을 연구해서는 안 된다. 자신을 연구하면 할수록 자신을 예뻐하는 정도가 줄어들기 때문에 누이에게 불친절해진다. 하지만 그 정도로 연구를 좋아하는 오라버니가 이 정도로 자신을 예뻐해주는 것을 생각하면 오라버니는 일본 전체에서 가장 좋은 사람임에 틀림없다는 결론이었다.

산시로는 그 이야기가 무척 사리에 맞는 것 같기도 하고 또 뭔가 빠져 있는 것 같기도 했지만, 막상 뭐가 빠져 있는지 머리가 멍한 것이 도무지 알 수가 없었다. 그래서 겉으로는 그 말에 별다른 평을 하지 않았다. 다만 마음속으로는 이까짓 여자가 하는 말을 명료하게 평할 수 없다니 남자로서 한심한 일이다, 하는 생각이 들어 몹시 부끄러웠다. 동시에 도쿄의 여학생은 결코 무시할 수 없는 존재라는 사실을 깨달았다.

산시로는 요시코에 대한 경애심을 품고 하숙으로 돌아왔다. 엽서가 와 있었다.

내일 오후 1시쯤 국화인형전을 보러 가기로 했으니 히로타 선생님 댁으로 오세요.

미네코

그 글씨가 노노미야의 호주머니에서 반쯤 비어져 나와 있던 봉투에 쓰인 글씨체와 비슷했으므로 산시로는 몇 번이고 다시 읽어봤다.

이튿날은 일요일이다. 산시로는 점심을 마치고 바로 니시카타마치로 갔다. 새로 맞춘 대학 제복을 입고 반짝이는 구두를 신었다. 조용한 골목을 지나 히로타 선생의 집 앞까지 가자 사람 소리가 들린다.

선생의 집은 문을 들어서면 왼쪽이 바로 뜰이고 여닫이문을 열면 현관을 거치지 않고 객실 툇마루로 갈 수 있다. 산시로가 홍가시나무를 심은 산울타리 사이로 보이는 빗장을 벗기려는데 문득 뜰 안에서 이야기 소리가 들렸다. 노노미야와 미네코가 이야기를 주고받고 있다.

"그런 일을 하면 땅바닥에 떨어져 죽을 뿐이오."

이건 남자 목소리다.

"죽는다고 해도 그게 더 낫다고 생각해요."

이건 여자의 대답이다.

"하긴 그런 무모한 사람은 높은 데서 떨어져 죽을 만한 가치가 충분히 있겠지."

"잔혹한 말씀을 하시네요."

산시로는 그때 여닫이문을 열었다. 뜰 한가운데에 서 있던 대화의 주인공 두 사람이 동시에 이쪽을 쳐다봤다.

"어어."

노노미야는 그저 평범하게 이렇게만 말하고 머리를 살짝 끄덕였을 뿐이다. 머리에는 갈색 새 중절모를 쓰고 있다. 미네코가 곧장 물었다.

"엽서는 언제쯤 도착했나요?"

지금까지 나누고 있던 두 사람의 대화는 이것으로 중단되었다.

툇마루에는 주인이 양복을 입고 걸터앉은 채 서양 잡지를 손에 들고 여전히 철학을 내뿜고 있다. 옆에는 요시코가 앉아 있다. 양손을 뒤로 짚고 공중에 몸을 지탱하며 쭉 뻗은 발에 신겨진 두꺼운 조리를 바라보고 있다. ……모두들 산시로를 기다리고 있었던 모양이다.

주인은 잡지를 내던졌다.

"그럼 가볼까? 결국 끌려 나왔군."

"수고했어요."

노노미야가 말했다. 두 여자는 얼굴을 마주 보며 남모를 웃음을 흘렸다. 뜰을 나설 때 두 여자도 뒤를 따랐다.

"키가 크네요."

미네코가 뒤에서 말했다.

"껑다리죠."

요시코가 한마디로 대답했다. 문 옆에 나란히 섰을 때 다시 변명을 보탰다.

"그래서 되도록 조리를 신어요."

산시로도 뒤따라 뜰을 나서려고 하자 이층 미닫이문이 드르륵 열렸다. 요지로가 난간 있는 데까지 나왔다.

"가나?"

요지로가 묻는다.

"응, 자넨?"

"안 가네. 국화인형 같은 걸 봐서 뭘 하겠나? 한심하게시리."

"같이 가세. 집에 있어봤자 별 볼 일 없잖은가?"

"지금 논문을 쓰고 있네. 위대한 논문을 쓰고 있지. 그렇게 노닥거릴 때가 아니라네."

산시로는 어처구니가 없다는 듯이 웃고는 네 사람의 뒤를 쫓아갔다. 네 사람은 좁은 골목을 한길 쪽으로 3분의 2쯤 빠져나가고 있었다. 드높은 하늘 아래에서 그 일단의 그림자를 봤을 때 산시로는 자신의 지금 생활이 구마모토에 있을 때보다 훨씬 의미 깊은 것이 되어가고 있다고 느꼈다. 예전에 생각했던 세 세계 중에서 두 번째와 세 번째 세계는 바로 이 일단의 그림자로 대표되고 있다. 그 그림자의 절반은 거뭇하다. 나머지 절반은 꽃밭처럼 환하다. 그리고 산시로의 머릿속에서는 이 양쪽이 혼연일체로 조화를 이루고 있다. 그뿐 아니라 어느새 자신도 그 씨줄과 날줄 안에 자연스레 짜여 있다. 다만 그 안의 어딘가에 안정되지 못한 구석이 있다. 그것이 불안하다. 걸으면서 생각해보니 방금 전에 뜰에서 노노미야와 미네코가 이야기하고 있던 화제가 가까운 원인 같다. 산시로는 그 불안감을 떨쳐버리기 위해 두 사람의 이야기를 다시 들춰내보고 싶어졌다.

네 사람은 이미 모퉁이에 이르렀다. 네 사람 다 발길을 멈추고 돌아봤다. 미네코는 이마에 손을 올리고 있다.

산시로는 1분도 안 되어 따라잡았다. 따라잡아도 아무도 입을 열지 않는다. 그저 다시 걷기 시작했을 뿐이다. 잠시 후 미네코가 말문을 열었다.

"노노미야 씨는 이학자니까 더더욱 그런 말을 하는 거겠죠?"

하던 이야기를 이어서 한 모양이다.

"뭐 이학을 하지 않아도 마찬가집니다. 높이 날자고 말하기 위해서는 날 수 있을 만한 장치를 생각하고 나서가 아니면 안 되겠지요. 틀림없이 머리가 먼저 필요하지 않겠습니까?"

"그렇게 높이 날고 싶지 않은 사람은 그것으로 만족할지도 몰라요."

"만족하지 않으면 죽을 뿐이니까요."

"그러면 안전하게 땅바닥에 서 있는 게 가장 좋은 일이 되겠네요. 왠지 시시한 것 같은데요."

노노미야는 대답을 하지 않고 히로타 선생 쪽을 향하고 웃으며 말했다.

"여자 중에는 시인이 많군요."

"남자의 폐해는 오히려 순수한 시인이 될 수 없다는 데 있을 거네."

히로타 선생이 묘한 대답을 했다. 그러자 노노미야는 입을 다물었다. 요시코와 미네코는 무슨 이야기를 시작한다. 산시로는 드디어 질문할 기회를 얻었다.

"지금 이야긴 대체 무슨 이야깁니까?"

"공중비행기²에 대한 거네."

노노미야가 대수롭지 않게 말했다. 산시로는 라쿠고의 오치³를 듣는 것 같았다.

그러고 나서는 별다른 이야기가 나오지 않았다. 또한 긴 이야기를 할 수 없을 만큼 많은 사람들이 줄줄이 걸어가는 곳이 나왔다. 대관음상 앞에 거지가 있다. 이마를 땅에 붙이고 끊임없이 커다란 소리로 애원을 해대고 있다. 이따금 얼굴을 들면 이마 언저리만 하얀 모래가 묻어 있다. 거들떠보는 사람이 아무도 없다. 다섯 사람도 아무렇지 않게 지나왔다. 10미터쯤 지나왔을 때 히로타 선생이 돌아보며 산시로에게 물었다.

"자네, 저 거지한테 돈을 주었나?"

"아니요."

산시로가 돌아보자 그 거지는 하얀 이마 아래로 양손을 모으고 여전히 커다란 소리를 내고 있다.

"주고 싶은 마음이 들지 않네요."

요시코가 곧바로 말했다.

"그건 왜지?"

요시코의 오라버니가 누이를 보고 물었다. 나무라는 것 같은 강한 말도 아니다. 노노미야의 표정은 오히려 냉정하다.

"저렇게 계속 재촉하기만 하면 재촉한 효과가 안 나서 못써요."

미네코가 평했다.

2 오늘날의 비행기뿐 아니라 비행선, 글라이더까지 포함한 것이다. 미국에서 라이트 형제가 1903년 최초로 비행에 성공해서 세계적으로 큰 화제가 되었다. 일본에서는 『산시로』가 발표되고 2년 후인 1910년에야 최초로 동력비행기의 실험 비행이 이루어졌다.
3 라쿠고에서 마지막에 사람들을 웃기고 그 이야기를 매듭짓는 결정적인 한마디.

"아니, 장소가 안 좋아서요." 이번에는 히로타 선생이 말했다. "지나는 사람이 너무 많아서 못쓰는 거요. 산속의 한적한 데서 저런 사람을 만나면 누구든 주고 싶은 마음이 들지 않겠소?"

"그 대신 하루 종일 기다려도 아무도 지나가지 않을지도 모르겠지요."

이렇게 말한 노노미야는 킥킥 웃음을 터뜨렸다.

산시로는 거지에 대한 네 사람의 비평을 듣고 자신이 오늘까지 키워온 도덕상의 관념이 얼마간 상처를 받은 것 같았다. 하지만 자신이 거지 앞을 지나칠 때 한 푼이라도 던져줄 생각이 일지 않았을 뿐 아니라 솔직히 말하면 오히려 심한 불쾌감이 들었던 사실을 반성해보니 자신보다 이들 네 사람이 자기 자신에게 진실하다는 생각이 들었다. 또한 그들은 자기 자신에게 진실할 수 있을 만큼 넓은 세상에서 호흡하는 도회인이라는 사실을 깨달았다.

앞으로 나아갈수록 사람들이 많아졌다. 얼마 후 길 잃은 한 아이를 봤다. 일곱 살쯤 되는 여자아이다. 울면서 남의 옷소매 아래를 우왕좌왕하고 있다. 할머니, 할머니, 하며 마구 불러댄다. 길가는 사람들이 모두 동정하는 듯이 보인다. 멈춰 선 사람도 있다. 불쌍하다고 말하는 사람도 있다. 하지만 아무도 손을 쓰지 않는다. 아이는 모든 사람의 주의와 동정을 끌면서 끊임없이 울부짖으며 할머니를 찾고 있다. 불가사의한 현상이다.

"이것도 장소가 안 좋은 탓 아닐까요?"

노노미야가 아이의 모습을 보면서 말했다.

"곧 순사가 해결해줄 게 뻔하니까 다들 책임을 회피하는 거지."

히로타 선생이 설명했다.

"내 옆으로 오면 파출소까지 데려다줄 거예요."

요시코가 말한다.

"그럼 쫓아가서 데려다줘야지."

오라버니가 주의를 줬다.

"쫓아가는 건 싫어요."

"그건 왜?"

"왜라뇨? ……사람들이 이렇게 많잖아요. 꼭 제가 해야 하는 일은 아니에요."

"역시 책임을 회피하는군요."

히로타 선생이 말했다.

"역시 장소가 안 좋아요."

노노미야가 말했다. 두 남자가 웃었다. 단고자카 위에 이르자 파출소 앞에 사람들이 새까맣게 모여 있다. 길 잃은 아이는 결국 순사의 손에 넘겨진 것이다.

"이제 안심이네요. 괜찮을 거예요."

미네코가 요시코를 돌아보며 말했다.

"정말 다행이네요."

요시코가 말했다.

언덕 위에서 보니 고개는 구부러져 있다. 칼끝 같다. 물론 폭은 좁다. 오른쪽의 이층 건물이 왼쪽의 높은 가건물 앞을 반쯤 가리고 있다. 그 뒤에는 또 높다란 깃발 여러 개가 세워져 있다. 사람들이 갑자기 골짜기 밑으로 빠져드는 것처럼 보인다. 그렇게 빠져드는 사람들이 기어오르는 사람들과 뒤섞인 채 길을 가득 메우고 있으므로 골짜기 밑에 해당하는 곳은 폭 전체가 이상하게 움직인다. 보고 있으니 눈이 피곤할 정도로 불규칙하게 꿈틀거리고 있다.

"이거 참 큰일이군."

언덕 위에 선 히로타 선생은 이렇게 말하며 자못 돌아가고 싶어 하는 눈치다. 네 사람은 뒤에서 선생을 밀 듯이 하며 골짜기로 들어갔다. 그 골짜기가 도중에 완만한 경사로 길게 뻗어 건너편으로 돌아드는 곳에서는, 그 좁은 길 오른쪽과 왼쪽에 갈대발을 친 커다란 가건물이 높이 세워진 탓에 하늘조차 의외로 답답해 보인다. 길은 어두워질 때까지 북적인다. 그런 가운데 행사장 문지기가 가능한 한 큰 소리로 외친다.

"인간이 내는 목소리가 아니야. 국화인형이 내는 목소리지."

히로타 선생이 평했다. 그만큼 그들의 목소리는 예사롭지 않았다.

일행은 왼쪽 가건물로 들어갔다. 소가(曾我)의 습격[4]이 있다. 고로와 주로 형제도 쇼군 요리토모도 모두 평등하게 국화 의상을 입고 있다. 다만 얼굴이나 손발은 모두 목각 인형이다. 그다음은 눈이 내리고 있다. 젊은 여인이 격통을 호소하고 있다.[5] 이것도 인형의 틀 전체에 국화를 뻗어 가게 해 꽃과 잎사귀가 오로지 빈틈없이 의상처럼 되도록 만든 것이다.

요시코는 구경하느라 여념이 없다. 히로타 선생과 노노미야는 계속해서 이야기를 나누었다. 국화 재배법이 다르니 어쩌니 하고 있을 때

---

4 소가 형제의 복수(曾我兄弟の仇討)라고도 한다. 1193년 미나모토노 요리토모(源賴朝)가 개최한 후지 산 사냥 때 소가 주로 스케나리(曾我十郎祐成)와 소가 고로 토키무네(曾我五郎時致) 형제가 아버지의 원수인 구도 스케쓰네(工藤祐経)를 습격하여 베어 죽인 사건을 말한다. 관련자 세 명이 모두 미나모토(源)가와 주종관계를 맺은 무사여서 당시 파문이 컸다.

5 눈밭에서 여자가 격통이나 복통을 호소하는 장면은 가부키나 시대극에 흔히 나오는 장면이다.

산시로는 다른 구경거리를 사이에 두고 2미터쯤 뒤처졌다. 미네코는 이제 산시로보다 앞에 있다. 구경꾼은 대개 상가(商家) 사람들이다. 교육을 받은 듯한 사람은 극히 드물다. 미네코는 그 가운데에 서서 돌아보았다. 고개를 내밀고 노노미야가 있는 쪽을 봤다. 노노미야는 오른손을 대나무 난간 사이로 내밀어 국화 뿌리를 가리키며 열심히 뭔가를 설명하고 있다. 미네코는 다시 맞은편을 향했다. 구경꾼에게 떠밀려 재빨리 출구 쪽으로 간다. 산시로는 군중을 헤치면서 세 사람을 버리고 미네코 뒤를 쫓아갔다.

가까스로 미네코 옆까지 가서 "미네코 씨!"라고 불렀을 때 미네코는 청죽 난간을 손으로 짚고 고개를 약간 돌려 산시로를 봤다. 아무 말도 하지 않는다. 난간 안은 요로(養老)의 폭포[6]다. 도끼를 허리에 찬 둥근 얼굴의 사내가 표주박을 들고 폭포 옆에 쪼그리고 앉아 있다. 산시로가 미네코의 얼굴을 봤을 때는 청죽 안에 뭐가 전시되어 있는지 거의 알지 못했다.

"무슨 일 있습니까?"

산시로가 무심코 물었다. 미네코는 아직 아무 대답도 하지 않는다. 자못 울적한 검은 눈동자로 산시로의 이마 위를 응시할 뿐이다. 그때 산시로는 미네코의 쌍꺼풀에서 불가사의한 어떤 의미를 찾아냈다. 그 의미 중에는 영혼의 피로가 있다. 육체의 나른함이 있다. 고통에 가까운 호소가 있다. 산시로는 미네코의 대답을 기대하고 있는 지금의 처지를 잊고, 그 눈동자와 눈꺼풀 사이에서 모든 것을 망각했다.

---

6 기후(岐阜) 현 남서부의 요로산지(養老山地)에 있는 높이 약 32미터의 폭포. 옛날 효성이 지극하지만 가난한 겐 조나이(源丞內)가 산속에서 솟는 샘물을 발견하고 마셔보니 술이어서 늙은 아버지께 드렸다는 전설에서 나온 장면이다.

"이제 나가죠."

눈동자와 눈꺼풀 사이의 거리가 점차 가까워지는 것처럼 보였다. 가까워짐에 따라 산시로는 미네코를 위해 나가지 않으면 안 된다는 마음이 들었다. 그것이 정점에 달했을 무렵 미네코는 머리를 던지듯이 맞은편을 향했다. 손을 청죽 난간에서 떼고 출구 쪽으로 걸어간다. 산시로는 바로 뒤따라 나갔다.

두 사람이 바깥에서 나란히 섰을 때 미네코는 고개를 숙이고 오른손을 이마에 댔다. 주위는 사람들이 소용돌이치고 있다. 산시로는 미네코의 귀 가까이에 입을 가져갔다.

"무슨 일 있었습니까?"

미네코는 북적이는 인파를 뚫고 야나카 쪽으로 걷기 시작했다. 물론 산시로도 함께 걷기 시작했다. 50미터쯤 갔을 때 미네코는 사람들 사이에서 걸음을 멈췄다.

"여긴 어디죠?"

"이쪽으로 가면 야나카의 덴노지(天王寺) 쪽입니다. 돌아가는 길과는 정반대지요."

"그래요? 저는 기분이 좀 안 좋아서……"

산시로는 길 한복판에서 도울 수 없다는 것이 고통스러웠다. 서서 생각하고 있었다.

"어디 조용한 곳이 없을까요?"

미네코가 물었다.

야나카와 센다기가 만나는 골짜기의 가장 낮은 곳에 실개천이 흐르고 있다. 그 실개천을 따라 거리를 왼쪽으로 꺾으면 바로 들이 나온다. 실개천은 북쪽으로 똑바로 뻗어 있다. 산시로는 도쿄에 오고 나서 그 실개천 이쪽과 저쪽을 몇 번이나 걸었는지 정확히 기억하고 있다. 미네코가 서 있는 곳은 그 실개천이 바로 야나카의 거리를 가로질러 네즈로 빠지는 돌다리 옆이다.

"100미터쯤 걸을 수 있겠습니까?"

미네코에게 물었다.

"걸을 수 있어요."

두 사람은 바로 돌다리를 건너 왼쪽으로 꺾었다. 인가가 있는 골목길 같은 곳을 20미터쯤 걸어 막다른 곳에 갔다가 문 바로 앞에서 판자로 만든 다리를 이쪽으로 다시 건너 강가를 따라 잠깐 위로 올라가니 이제 사람이 다니지 않는다. 넓은 들이다.

산시로는 그 조용한 가을 속으로 나가 갑자기 말문을 열었다.

"어떤가요, 상태는? 두통이라도 있는 겁니까? 사람이 너무 많은 탓이겠지요. 인형을 구경하는 사람들 중에는 꽤나 저속한 자도 있었던 것 같은데…… 무슨 실례되는 일이라도 당한 건가요?"

미네코는 입을 다물고 있다. 얼마 후 개천에서 눈을 들어 산시로를 쳐다봤다. 쌍꺼풀에 확실히 생기가 돌았다. 산시로는 그 눈빛으로 반쯤 안심했다.

"고마워요. 꽤 나아졌어요."

미네코가 대답했다.

"좀 쉴까요?"

"네."

"좀 더 걸을 수 있겠어요?"

"네."

"걸을 수 있다면 좀 더 걷는 게 좋겠습니다. 여기는 지저분하기도 하고, 저기까지만 가면 쉬기에 딱 좋은 곳이 있으니까요."

"네."

100미터쯤 갔다. 또 다리가 있다. 아무렇게나 걸쳐놓은 30센티미터도 안 되는 낡은 판자 위를 산시로는 성큼성큼 걸었다. 미네코도 따라 건넜다. 기다리고 있는 산시로의 눈에는 미네코의 발이 보통의 땅바닥을 밟는 것처럼 가벼워 보였다. 미네코는 순순히 발을 앞으로 똑바로 내밀며 걷는다. 상대의 호의를 기대하며 일부러 여자답게 걸으려고 하지 않는다. 따라서 이쪽에서 함부로 손을 내밀 수도 없다.

건너편에 초가지붕이 있다. 지붕 아래가 온통 빨갛다. 가까이 다가가서 보니 고추를 말리고 있다. 미네코는 그 빨간 것이 고추라는 것을 알아볼 수 있는 데까지 가서 걸음을 멈췄다.

"예쁘기도 해라."

미네코는 이렇게 말하며 풀밭에 앉았다. 풀은 개천가에만 좁다랗게 자라고 있을 뿐이었다. 그 풀조차 한여름처럼 푸르지는 않았다. 미네코는 화려한 기모노가 더러워지는 것을 전혀 신경 쓰지 않았다.

"좀 더 걸을 수 있겠어요?"

산시로는 일어서면서 재촉하듯이 말했다.

"고마워요, 하지만 이걸로 충분해요."

"역시 기분이 안 좋은가요?"

"너무 지쳐서 그래요."

산시로도 결국 더러운 풀밭에 앉았다. 미네코와 산시로는 1미터 남짓 떨어져 앉아 있다. 두 사람의 발밑으로는 실개천이 흐르고 있다. 가을이 되어 물이 줄어든 탓인지 얕다. 모난 돌 위에 할미새 한 마리가 앉아 있을 정도다. 산시로는 물속을 바라보고 있었다. 물이 점차

탁해진다. 개천 위쪽에서 농부가 무를 씻고 있다. 미네코의 시선은 먼 저편에 있다. 건너편은 넓은 밭이고, 밭 끝자락이 숲이고, 숲 위가 하늘이다. 하늘빛이 점차 변해간다.

다만 단조롭게 맑게 개어 있던 하늘에 몇 가지 색이 생겨났다. 투명한 쪽빛 바탕이 사라지듯이 점차 옅어진다. 그 위에 하얀 구름이 천천히 겹친다. 겹친 것이 풀어져 흘러간다. 어디서 쪽빛 바탕이 끝나고 어디서 구름이 시작되는지 모를 정도로 흐릿한 하늘 위로 누르스름한 빛이 전체를 덮고 있다.

"하늘빛이 흐려졌어요."

미네코가 말했다.

산시로는 개천에서 눈을 떼어 하늘을 올려다봤다. 이런 하늘을 본 것은 처음이 아니다. 하지만 하늘이 흐려졌다는 말을 들은 것은 이때가 처음이다. 정신을 차리고 보니 흐려졌다는 형용 말고는 달리 표현할 수 없는 색이다. 산시로가 뭔가 대답하려고 하기 전에 미네코가 다시 말했다.

"정말 묵직하네요. 대리석처럼 보여요."

미네코는 쌍꺼풀진 눈을 가늘게 뜨고 높은 데를 올려다보고 있다. 그러고 나서 가늘게 뜬 그 눈을 조용히 산시로 쪽으로 향하고 이렇게 묻는다.

"대리석처럼 보이죠?"

"예. 대리석처럼 보이네요."

산시로는 이렇게 대답할 수밖에 없다. 미네코는 그대로 입을 다물었다. 얼마 지나서 이번에는 산시로가 말한다.

"이런 하늘 아래에 있으니까 마음은 무거워도 기분은 가벼운데요."

"그건 왜 그렇죠?"

미네코가 되물었다.

산시로에게는 무슨 이유가 있는 것이 아니었다. 대답도 하지 않고 다시 이렇게 말한다.

"안심하고 꿈을 꾸고 있는 듯한 날씨네요."

"움직이는 것 같은데 좀처럼 움직이지 않아요."

미네코는 다시 멀리 구름을 바라보기 시작했다.

국화인형전에서 손님을 부르는 소리가 이따금 두 사람이 앉아 있는 데까지 또렷하게 들려온다.

"정말 소리가 크네요."

"아침부터 밤까지 저런 소리를 지르는 걸까요? 대단하네요."

이렇게 말한 산시로는 갑자기 내버려두고 온 세 사람을 떠올렸다. 무슨 말을 하려는 사이에 미네코가 대답했다.

"장사인걸요. 바로 대관음상 앞에 있던 거지와 마찬가지겠지요."

"장소가 나쁜 건 아닌가요?"

산시로는 드물게도 이런 농담을 하고는 재미있다는 듯이 혼자 웃었다. 거지에 대한 히로타 선생의 발언을 상당히 재미있게 받아들였기 때문이다.

"히로타 선생님은 자주 그런 말을 하는 분이에요."

미네코는 혼잣말처럼 아주 가볍게 이렇게 말한 뒤 갑자기 어조를 바꿔 비교적 활발하게 덧붙였다.

"이런 데서 이렇게 앉아 있으면 틀림없이 합격이겠죠."

그리고 이번에는 자신이 재미있다는 듯이 웃었다.

"역시 노노미야 씨가 말한 대로 아무리 기다려도 누구 한 사람 지나갈 것 같지 않은데요."

"딱 좋은 거 아니에요?" 미네코는 빠른 어조로 말하고는 이렇게 말을 맺는다. "구걸하지 않는 거지니까요."

이는 앞에서 한 말에 해석을 덧붙인 것처럼 들렸다.

그때 돌연 낯선 사람이 나타났다. 고추를 말리고 있는 집 뒤에서 나와 어느새 개천을 건너온 모양이었다. 두 사람이 앉아 있는 쪽으로 점점 다가온다. 양복을 입고 수염을 길렀으며 히로타 선생 연배쯤으로 보이는 사내다. 두 사람 앞으로 왔을 때 이 사내는 얼굴을 휙 돌려 산시로와 미네코를 정면으로 노려보았다. 그 눈 속에는 분명히 증오의 빛이 있었다. 산시로는 가만히 앉아 있기 힘들 정도로 속박을 받는 느낌이었다. 사내는 곧 지나갔다.

"히로타 선생님이나 노노미야 씨는 우리가 없어진 걸 나중에 알고는 아마 찾았겠죠?"

그 사내의 뒷모습을 보면서 산시로는 비로소 생각난 듯이 말했다. 미네코는 오히려 냉담하다.

"뭐 괜찮아요. 다 큰 미아니까요."

"미아니까 찾았겠지요."

산시로는 여전히 앞에서 한 주장을 반복했다. 그러자 미네코는 더욱 쌀쌀한 어조로 말했다.

"책임을 회피하고 싶어 하는 사람이니까 마침 잘된 일이겠지요."

"누가요? 히로타 선생님이 말인가요?"

미네코는 대답하지 않았다.

"노노미야 씨가 말인가요?"

미네코는 역시 대답하지 않았다.

"이제 기분은 좀 나아졌습니까? 좋아졌으면 슬슬 돌아갈까요?"

미네코는 산시로를 봤다. 산시로는 일어서려다가 다시 풀밭에 앉았다. 그때 산시로는 어쩐지 이 여자에게는 도저히 당하지 못할 것 같다는 생각이 들었다. 동시에 자신의 속마음을 간파당했다는 자각에 따르는 일종의 어렴풋한 굴욕을 느꼈다.

"미아."

미네코는 산시로를 본 채 이 한마디를 반복했다. 산시로는 대답하지 않았다.

"미아를 영어로 뭐라고 하는지 아세요?"

산시로가 안다고도 모른다고도 할 수 없을 만큼 예상치 못한 질문이었다.

"가르쳐드릴까요?"

"예."

"스트레이 십[7]…… 알겠죠?"

산시로는 이런 경우 대답을 잘 못한다. 순간의 기회가 지나가고 머리가 냉정하게 돌아가기 시작했을 때 과거를 돌아보며, 이렇게 말하면 좋았을걸, 그렇게 했으면 좋았을걸, 하고 후회한다. 그렇다고 이렇게 후회할 것을 예상하고 억지로 임기응변식의 대답을 아주 자연스럽고 자신 있게 지껄일 만큼 경박하지는 않다. 그래서 그저 입을 다물고

7 stray sheep(길 잃은 양). 『신약성서』, 「마테오 복음서」 18장 12~14절에 "너희의 생각은 어떠하냐? 어떤 사람에게 양 백 마리가 있었는데 그중의 한 마리가 길을 잃었다고 하자. 그 사람은 아흔아홉 마리를 산에 그대로 둔 채 그 길 잃은 양을 찾아 나서지 않겠느냐? 나는 분명히 말한다. 그 양을 찾게 되면 그는 길을 잃지 않은 아흔아홉 마리 양보다 오히려 그 한 마리 양 때문에 더 기뻐할 것이다. 이와 같이 하늘에 계신 너희의 아버지께서는 이 보잘것없는 사람들 가운데 하나라도 망하는 것을 원하시지 않는다"(공동번역 『성서』, 대한성서공회, 2001)라고 되어 있다.

있을 뿐이다. 그리고 입을 다물고 있는 것이 너무나도 얼간이 같다는 것을 자각하고 있다.

스트레이 십이라는 말은 알고 있었던 것 같기도 하다. 또 모르고 있었던 것 같기도 하다. 알고 모르고는 이 말의 의미보다는 오히려 이 말을 사용한 미네코의 의도다. 산시로는 공연히 미네코의 얼굴을 바라보며 잠자코 있었다. 그러자 미네코는 갑자기 진지해졌다.

"제가 그렇게 건방져 보이나요?"

그 어투에는 변명하려는 마음이 있다. 산시로는 의외의 느낌에 사로잡혔다. 지금까지는 안개 속에 있었다. 안개가 걷히면 좋겠다고 생각하고 있었다. 이 말로 안개가 걷혔다. 명료한 여자가 나타났다. 안개가 걷힌 것이 원망스럽다.

산시로는 미네코의 태도가 원래와 같은, 두 사람의 머리 위에 펼쳐진 맑다고도 흐리다고도 할 수 없는 하늘과 같은 의미의 것이었으면 좋겠다고 생각했다. 하지만 그것은 여자의 비위를 맞추기 위한 응대 같은 것으로 되돌릴 수 있는 것이 아니라고 생각했다.

"그럼 이제 돌아가죠."

미네코가 돌연 말했다. 일부러 불쾌감을 주려는 말투는 아니었다. 그저 자신이 산시로에게 관심의 대상이 아니라는 걸 알고 체념한 것 같은 차분한 어조였다.

하늘은 또 변했다. 멀리서 바람이 불어온다. 넓은 밭은 해가 가려져 보고 있으니 쌀쌀할 정도로 쓸쓸하다. 풀에서 올라오는 물기로 몸은 차가워져 있었다. 문득 정신을 차리고 보니 이런 데서 용케 지금까지 털썩 주저앉아 있었구나 하는 생각이 들었다. 자기 혼자라면 진작 어딘가로 가버렸을 것이다. 미네코도…… 아니, 미네코는 이런 데 앉을 여자인지도 모른다.

"좀 쌀쌀해진 것 같으니까 아무튼 일어나지요. 차가워지면 몸에 해로우니까요. 그런데 이제 기분은 말끔히 나아졌습니까?"

"네, 말끔히 좋아졌어요."

분명하게 대답하고는 불쑥 일어섰다.

"스트레이 시이입."

일어설 때 작은 목소리로 혼잣말처럼 길게 빼며 말했다. 물론 산시로는 대꾸하지 않았다.

미네코는 조금 전에 양복을 입은 사내가 나온 방향을 가리키며 길이 있다면 저 고추 옆으로 지나가고 싶다고 했다. 두 사람은 그쪽으로 걸어갔다. 초가지붕 옆에는 아니나 다를까 폭이 1미터도 안 되는 좁은 길이 있었다. 그 길을 절반쯤 갔을 때 산시로가 물었다.

"요시코 씨는 당신 집으로 오기로 한 겁니까?"

미네코는 한쪽 볼로 웃었다. 그리고 되물었다.

"그런 걸 왜 묻죠?"

산시로가 무슨 말인가를 하려고 했을 때 발 앞에 진창이 있었다. 1미터가 좀 넘게 흙이 움푹 패어 물이 질퍽하게 고여 있다. 누군가 그 한가운데에 발을 디디기에 적당한 돌을 놓아두었다. 산시로는 돌을 딛지 않고 곧장 건너편으로 뛰었다. 그리고 미네코를 돌아보았다. 미네코는 오른발을 진창 한가운데에 놓여 있는 돌 위에 올려놓았다. 돌이 안정감 있게 놓여 있는 것은 아니었다. 발에 힘을 주고 어깨를 흔들어 균형을 잡고 있었다. 산시로는 건너편에서 손을 내밀었다.

"잡으세요."

"아니, 괜찮아요."

미네코는 웃고 있다. 손을 내밀고 있는 동안은 균형만 잡으며 건너지 않는다. 산시로는 손을 거둬들였다. 그러자 미네코는 돌 위에 있는 오른발에 몸의 무게를 싣고 왼발로 훌쩍 이쪽으로 건너뛰었다. 게다를 더럽히지 않겠다고 너무 조심해서인지 힘이 남아 몸이 앞으로 휘청거렸다. 고꾸라질 것처럼 가슴이 앞으로 쏠렸다. 그 바람에 미네코의 두 손이 산시로의 두 팔 위에 떨어졌다.

"스트레이 십."

미네코가 입속으로 말했다. 산시로는 그 숨결을 느낄 수 있었다.

6

벨이 울리고 교수가 교실에서 나갔다. 산시로는 잉크가 묻은 펜을 털고 노트를 덮으려고 했다. 그러자 옆에 있던 요지로가 말을 걸어 왔다.

"이봐, 좀 빌려주게. 빠뜨린 곳이 있네."

요지로는 노트를 끌어당겨 위에서 들여다보았다. 스트레이 십(stray sheep)이라는 글자가 잔뜩 쓰여 있다.

"이건 뭔가?"

"수업 필기하는 게 싫어서 낙서를 하고 있었네."

"그렇게 공부를 하지 않으면 쓰나. 칸트의 초절유심론(超絶唯心論)[1]이 버클리의 초절실재론(超絶實在論)[2]에 어떻다고 하지 않았나?"

"어떻다고 했네."

"듣지 않았나?"

1 선험적 관념론.
2 감각론적 관념론.

"그렇다네."

"완전히 스트레이 십이군그래. 어쩔 수 없지."

요지로는 자신의 노트를 끼고 일어섰다. 책상 앞을 지나면서 산시로에게 말한다.

"이봐, 잠깐 와보게."

산시로는 요지로를 따라 교실을 나섰다. 계단을 내려가 현관 앞의 풀밭으로 갔다. 커다란 벚나무가 있다. 둘은 그 밑에 앉았다.

이곳은 초여름이 되면 온통 개자리로 뒤덮인다. 요지로가 입학원서를 들고 사무실을 찾았을 때 이 벚나무 아래에 두 학생이 아무렇게나 드러누워 있었다. 그중 한 사람이 다른 사람에게 구술시험을 도도이 쓰[3]로 해주면 얼마든지 읊어 보일 텐데 말이야, 하자 다른 사람이 풍류를 아는 면접관 박사 앞에서 사랑 시험을 보고 싶군, 하며 작은 목소리로 속요를 읊고 있었다. 그때부터 요지로는 이 벚나무 아래가 좋아져서 무슨 일이 있으면 산시로를 이곳으로 불러냈다. 산시로는 요지로에게서 그 이야기를 들었을 때 과연 요지로가 피티스 러브(pity's love)를 속요로 번역한 것도 당연하다고 생각했다. 그런데 오늘은 요지로가 의외로 진지하다. 풀밭에 책상다리로 앉자마자 품속에서《문예시평》이라는 잡지를 꺼내 1페이지를 편 채 거꾸로 해서 산시로에게 내밀었다.

"어떤가?"

들여다보니 표제에 커다란 활자로 「위대한 어둠」이라고 쓰여 있다. 밑에는 레이요시(零余子)라는 아호가 쓰여 있다. 위대한 어둠이란 요

---

3 에도 말기에 초대 도도이쓰보 센카(都々逸坊扇歌, 1804~1852)가 완성한 구어 정형시. 7, 7, 7, 7의 음수율을 따른다. 주로 남녀의 연애를 다룬다.

지로가 늘 히로타 선생을 평하는 말로, 산시로도 두세 번 들어본 적이 있다. 하지만 레이요시는 전혀 들어보지 못한 이름이다. 어떤가, 라는 질문을 받았을 때 산시로는 대답을 하기에 앞서 일단 요지로의 얼굴을 쳐다봤다. 그러자 요지로는 아무 말도 하지 않고 그 납작한 얼굴을 앞으로 내밀며 오른손 검지로 자신의 콧등을 누른 채 가만히 있다. 건너편에 서 있던 한 학생이 그 모습을 보고 히죽히죽 웃었다. 그것을 눈치챈 요지로는 그제야 코에서 손가락을 뗐다.

"내가 쓴 거네."

요지로가 말했다.

산시로는 역시 그렇구나 하고 깨달았다.

"우리가 국화인형전을 보러 갈 때 쓴 게 이건가?"

"아니, 그건 불과 이삼일 전 아닌가. 그렇게 빨리 활판 인쇄가 될 리 있겠나? 그건 다음 달에 나올 걸세. 이건 훨씬 전에 쓴 거라네. 뭘 쓴 건지는 제목만 봐도 알 수 있겠지?"

"히로타 선생님에 대해선가?"

"그렇다네. 이렇게 여론을 환기해두는 거네. 이렇게 해서 선생님이 대학에 들어갈 수 있는 발판을 만드는……"

"그 잡지가 그렇게 영향력이 있나?"

산시로는 잡지의 이름조차 생소했다.

"아니, 실은 영향력이 없어서 난감하다네."

요지로가 대답했다. 산시로는 웃지 않을 수 없었다.

"몇 부나 팔리나?"

요지로는 몇 부가 팔리는지는 말하지 않고 이렇게 둘러댄다.

"뭐 그건 됐고, 안 쓰는 것보다는 나으니까."

차근차근 이야기를 들어보니 요지로는 전부터 이 잡지와 관계가 있어 틈만 나면 거의 매호에 글을 써왔는데, 그 대신 매번 필명을 바꿔 두세 명의 동인 외에 그의 존재를 아는 사람은 아무도 없다고 한다. 물론 그럴 것이다. 산시로도 지금 처음으로 요지로와 문단의 관계를 들었을 정도인 것이다. 하지만 요지로가 무엇 때문에 장난 같은 필명으로 그가 말하는 위대한 논문을 남몰래 발표하고 있는지, 산시로는 그 점을 이해할 수 없었다.

얼마간 용돈이라도 벌 요량으로 하는 일이냐고 서슴지 않고 물었을 때 요지로는 눈을 동그랗게 떴다.

"자네는 규슈의 시골에서 갓 올라와서 중앙 문단의 동향을 모르니까 그렇게 한가한 소리를 하는 걸세. 지금 사상계의 중심에서 그 격렬한 움직임을 목격하고 있으면서 생각 있는 사람이 어떻게 가만히 모른 척하고 있을 수 있겠나? 실제로 오늘날의 문단 권력은 완전히 우리 청년의 손에 있으니까 한 마디든 반 마디든 스스로 나서서 말할 수 있을 만큼 하지 않으면 손해 아니겠나? 문단은 급전직하의 기세로 눈부신 혁명을 경험하고 있다네. 모든 것이 새로운 기운을 향해 나아가고 있으니 뒤처지면 큰일이지. 스스로 그 기운을 만들어내지 않으면 살아 있는 보람이 없네. 문학, 문학, 하며 싸구려처럼 말하지만 그건 대학 같은 데서 듣는 문학을 말하는 거네. 이른바 우리의 새로운 문학은 인생 자체의 대반사(大反射)라네. 문학의 새로운 기운은 일본 사회 전체의 활동에 영향을 미치지 않으면 안 되지. 또한 실제로 미치고 있네. 그들이 낮잠을 자며 꿈을 꾸고 있는 동안 어느새 영향을 미치고 있지. 대단한 거라네……"

산시로는 잠자코 듣고 있었다. 다소 허풍 같은 느낌이 들었다. 하지만 허풍이라도 요지로는 꽤 열심히 떨고 있다. 적어도 당사자만은 지극히 진지해 보인다. 산시로는 상당히 감동받았다.

"그런 정신으로 하고 있는 건가? 그렇다면 자네는 원고료 같은 거야 아무래도 좋겠군."

"아니, 원고료는 받네. 받을 만큼 받지. 하지만 잡지가 팔리지 않으니까 좀처럼 주지 않는다네. 어떻게든 좀 더 팔릴 수 있는 궁리를 하지 않으면 안 되네. 무슨 좋은 수가 없을까?"

이번에는 산시로에게 의견을 물었다. 이야기가 갑자기 실제 문제로 넘어왔다. 산시로는 묘한 기분이 든다. 요지로는 태평하다. 벨이 요란하게 울리기 시작했다.

"아무튼 자네한테 이 잡지 한 부를 줄 테니까 읽어보게. 「위대한 어둠」이라는 제목이 재미있지 않나? 이런 제목이라면 사람들이 놀랄 게 뻔하네. ······놀라게 하지 않으면 읽지 않으니까 문제지."

두 사람은 현관을 지나 강의실로 들어가 책상 앞에 앉았다. 얼마 후 교수가 들어왔다. 두 사람 다 필기를 시작했다. 산시로는 「위대한 어둠」이 마음에 걸렸으므로 노트 옆에 《문예시평》을 펴놓고 필기하는 틈틈이 교수에게 들키지 않도록 조심하며 읽기 시작했다. 다행히 교수는 근시다. 뿐만 아니라 자신의 강의에 완전히 몰입해 있다. 산시로가 한눈을 팔고 있는 것에는 전혀 관심이 없다. 산시로는 대담해져서 필기를 하기도 하고 잡지를 읽기도 했는데, 원래 두 사람이 할 일을 혼자 겸하는 재주가 없어서 결국에는 「위대한 어둠」도 필기도 모두 내용을 이해할 수 없게 되었다. 다만 요지로의 글에서 한 구절만은 확실히 뇌리에 남았다.

"자연은 보석을 만들기 위해 얼마나 많은 세월을 보냈는가? 또 그

보석이 채굴의 운을 만나기까지 얼마나 많은 세월을 조용히 빛나고 있었는가?"라는 구절이다. 그 외에는 요령부득으로 끝났다. 그 대신 이 시간에는 끝까지 스트레이 십이라는 글자를 한 번도 쓰지 않았다.

"어떤가?"

강의가 끝나자마자 요지로가 산시로에게 물었다.

실은 아직 자세히 읽지 못했다고 대답하자 시간의 경제를 모르는 사람이라며 비난했다. 꼭 읽으라고 한다. 산시로는 집으로 돌아가 꼭 읽겠다고 약속했다. 이윽고 점심때가 되었다. 두 사람은 나란히 교문을 나섰다.

"오늘 밤에 참석하겠지?"

요지로가 니시카타마치로 들어서는 골목 모퉁이에 멈춰 섰다. 오늘 밤에는 동급생의 간친회가 있다. 산시로는 잊고 있었다. 그제야 생각해내고 참석할 생각이라고 대답하자 요지로가 말한다.

"가기 전에 잠깐 들러주게. 자네한테 할 얘기가 있네."

귀에 펜대를 꽂고 있다. 어딘지 자신만만하다. 산시로는 알았다고 했다.

하숙으로 돌아와 목욕을 하고 상쾌한 기분으로 방으로 들어가보니 책상 위에 엽서가 놓여 있다. 실개천이 흐르고 풀이 무성하며 그 옆에 양 두 마리가 누워 있고 그 맞은편에 큰 사내가 지팡이를 짚고 서 있는 모습을 그린 것이다. 사내의 얼굴이 무척 사납게 그려져 있다. 그야말로 서양 그림에 나오는 악마를 묘사한 것인데, 확실히 하기 위해 옆에 데블(devil)이라고 떡하니 적어놓았다. 곁에는 산시로라는 수신인명 밑에 길 잃은 양이라고 조그맣게 적어놓았을 뿐이다. 산시로는 길 잃은 양이 누구인지 금방 알았다. 뿐만 아니라 그림엽서 뒤에 길 잃은 양 두 마리를 그려놓고 그중 한 마리를 넌지시 자신에게 빗대어 준 것을 무척 기쁘게 생각했다. 길 잃은 양 중에는 미네코만이 아니라 처음부터 자신도 포함되어 있었던 것이다. 그것이 미네코의 의도였던 것으로 보인다. 이것으로 미네코가 사용한 스트레이 십의 의미가 드디어 분명해졌다.

요지로에게 약속한 「위대한 어둠」을 읽으려고 하나 어쩐지 읽을 마음이 들지 않는다. 줄곧 그림엽서를 바라보며 생각했다. 『이솝 이야기』에도 없는 골계미가 있다. 천진난만해 보이기도 하다. 시원시원하기도 하다. 그 모든 것 아래에 산시로의 마음을 움직이는 뭔가가 있다.

솜씨만 해도 지극히 감탄할 만하다. 모든 것이 명료하게 그려져 있다. 요시코가 그린 감나무와는 비교가 되지 않는다…… 라고 산시로는 생각했다.

잠시 후 산시로는 드디어 「위대한 어둠」을 읽기 시작했다. 실은 가벼운 마음으로 읽기 시작했는데 2, 3페이지 읽어나가자 점차 끌려드는 듯이 마음이 내켜 자기도 모르는 사이에 5페이지, 6페이지 하는 식으로 읽어나가 결국 27페이지의 긴 논문을 어렵지 않게 읽어치웠다. 마지막 한 구절까지 다 읽었을 때 비로소 이것으로 끝이라는 걸 알았다. 잡지에서 눈을 떼고 아아, 다 읽었구나, 하고 생각했다.

하지만 다음 순간 뭘 읽었는지 생각해보니 아무것도 없다. 이상할 정도로 아무것도 없다. 그저 실컷 그리고 열심히 읽었다는 기분만 든다. 산시로는 요지로의 솜씨에 감탄했다.

논문은 현재의 문학자에 대한 공격으로 시작해 히로타 선생에 대한 찬사로 끝났다. 특히 대학 문과(文科)의 서양인을 호되게 매도한다. 빨리 적당한 일본인을 초빙하여 대학에 어울리는 강의를 개설하지 않으면 학문의 최고학부인 대학도 옛날의 데라코야[4]나 다름없는 꼴이 되어 벽돌 미라와 조금도 다를 바가 없게 된다. 물론 적당한 사람이 없으면 어쩔 수 없는 일이지만 여기 히로타 선생이 있다. 선생은 10년을 하루같이 고등학교에서 교편을 잡으며 박봉과 무명을 감내하고 있다. 하지만 진정한 학자다. 학계의 신기운에 공헌하며 일본의 현실 사회와 관련이 있는 가르침을 담당해야 할 인물이다. ……요약하면 이 것뿐이지만 고작 이런 내용이 굉장히 그럴싸한 어조와 찬란한 경구로 무려 27페이지로 늘려져 있다.

그중에는 "대머리를 자랑하는 자는 노인뿐이다"라든가 "비너스는 파도에서 태어났지만 혜안을 지닌 인물은 대학에서 태어나지 않는다"라든가 "박사를 학계의 명산물로 아는 것은 해파리를 다고노우라[5]의 명산물이라 생각하는 것과 같다" 등 여러 가지로 재미있는 구절이 많다. 그러나 그것 외에는 아무것도 없다. 특히 묘한 것은 히로타 선생을 위대한 어둠에 비유한 뒤에 다른 학자를 등잔불에 비유하여 고작 사방 60센티미터 정도만 희미하게 비출 뿐이라는 등 자신이 히로타 선생으로부터 들은 그대로를 적고 있는 점이다. 그리고 등잔불이니 담배물부리 하는 것들은 구시대의 유물일 뿐 우리 청년에게는 전혀 무용한 것이라고 일전에 말한 그대로를 일부러 밝혀놓고 있다.

곰곰이 생각해보니 요지로의 논문에는 활기가 있다. 마치 자기 혼자 새로운 일본을 대표하고 있는 것 같기 때문에 읽고 있으면 그만 그런 기분이 들기도 한다. 하지만 전혀 알맹이가 없다. 근거지가 없는

4 에도 시대에 서민의 자제에게 읽기, 쓰기, 계산, 실무상의 지식이나 기능을 교육하던 민간교육시설. 메이지 시대 이후 의무교육의 보급에 따라 소멸되었다.

5 시즈오카(靜岡) 현 후지(富士) 일대의 해안. 하얀 모래사장과 푸른 솔밭, 즉 아름다운 해안의 경치로 유명한 곳이다.

전쟁 같은 것이다. 뿐만 아니라 나쁘게 해석하면 정략적인 의미가 있을지도 모르는 논조다. 촌놈인 산시로는 틀림없이 어디라고 꼭 집어 말할 수는 없었지만 읽고 난 후 자신의 마음을 살펴보니 어딘가 불만족스러움이 느껴졌다. 미네코의 그림엽서를 집어 들고 두 마리의 양과 예의 그 악마를 바라보았다. 그런데 그림엽서는 모든 게 유쾌하다. 그 쾌감에 따라 논문의 불만족스러움이 더욱 두드러졌다. 그래서 논문은 더 이상 생각하지 않게 되었다. 미네코에게 답장을 쓰려고 생각했다. 불행히도 그림을 그리지 못한다. 글이라면 이 그림엽서에 필적할 만한 문구가 아니면 안 된다. 그것은 쉽게 떠올릴 수 있는 게 아니다. 꾸물거리고 있는 사이에 4시가 지나고 말았다.

하카마[6]를 입고 요지로를 불러내러 니시카타마치로 갔다. 부엌문으로 들어가니 거실에서 히로타 선생이 조그만 밥상을 앞두고 저녁을 먹고 있었다. 요지로가 옆에 단정히 앉아 시중을 들고 있다.

"선생님, 어떻습니까?"

요지로가 물었다.

선생은 뭔가 딱딱한 것을 입에 잔뜩 넣고 있는 듯하다. 밥상 위를 보니 회중시계만 한 검붉게 그을린 것이 10개쯤 접시에 담겨 있다.

산시로는 자리에 앉았다. 인사를 한다. 선생은 입을 우물거린다.

"이보게, 자네도 하나 먹어보게."

요지로가 젓가락으로 접시에 담긴 것을 집어 내밀었다. 손바닥 위에 올려놓고 보니 개량조개의 조갯살 말린 것에 양념장을 발라 구운 것이었다.

"묘한 것을 먹는군."

6 기모노 위에 덧입는 주름 폭이 넓은 하의.

산시로가 말했다.

"묘한 것이라니, 맛있다네, 먹어보게. 이건 말이지, 내가 일부러 선생님께 드리려고 선물로 사온 거라네. 선생님은 아직 이걸 드셔본 적이 없다고 하시네."

"어디서 산 건가?"

"니혼바시."

산시로는 우스웠다. 이렇게 되면 조금 전의 논문에서 느낀 분위기와는 다소 다르다.

"선생님, 어떻습니까?"

"딱딱하네."

"딱딱하지만 맛있지요? 잘 씹어야 합니다. 씹으면 맛이 나니까요."

"맛이 날 때까지 씹고 있으면 이가 못 견디겠네. 왜 이렇게 고풍스러운 것을 사온 건가?"

"안 되나요? 어쩌면 이건 선생님께는 안 좋을지도 모르겠습니다. 사토미 미네코 씨라면 괜찮을 겁니다."

"그건 어째선가?"

산시로가 물었다.

"그렇게 차분한 사람이라면 틀림없이 맛이 날 때까지 씹고 있을 테니까 그렇지."

"그 여자는 차분하지만 난폭해."

히로타 선생이 말했다.

"예, 난폭하지요. 입센[7]의 여자 같은 구석이 있으니까요."

"입센의 여자는 노골적이지만 그 여자는 마음이 난폭하지. 하긴 난폭하다고 해도 보통의 난폭함과는 의미가 다르지만. 얼핏 보면 노노미야의 누이가 더 난폭한 것 같지만 오히려 더 여성스러워. 참 묘한 일이지."

"미네코 씨의 난폭함은 난폭함의 내분인가요?"

산시로는 잠자코 두 사람의 비평을 듣고 있었다. 어느 쪽 비평도 납득이 되지 않는다. 미네코에게 어떻게 난폭이라는 단어를 사용할 수 있는지, 그것부터가 이상하다.

얼마 후 요지로가 하카마를 입고 다시 나와서 말한다.

"잠깐 다녀오겠습니다."

선생은 잠자코 차를 마시고 있다. 둘은 밖으로 나왔다. 밖은 이미 어두워졌다. 문을 나서서 4, 5미터쯤 갔을 때 산시로가 곧장 말을 꺼냈다.

"선생님은 미네코 씨를 난폭하다고 했지?"

"응. 선생님은 멋대로 말하는 사람이라 때와 장소에 따라 무슨 말이든 한다네. 무엇보다 선생님이 여자를 평한다는 게 골계지. 여자에 대한 선생님의 지식은 아마 제로에 가까울 거네. 러브[8]를 한 적이 없는 사람이 어떻게 여자를 알겠나?"

"선생님은 그렇다고 하고, 자네도 선생님의 주장에 찬성했잖은가?"

"그래, 난폭하다고 했지. 그게 어쨌다는 건가?"

"어떤 점이 난폭하다는 건가?"

---

7 헨리크 입센(Henrik Ibsen, 1828~1906). 노르웨이의 극작가. 근대극의 시조로 불리며 메이지 중기부터 시마무라 호게쓰(島村抱月) 등에 의해 일본에 소개되어 큰 영향을 끼쳤다. 많은 드라마로 새로운 여성상을 창조했는데, 예컨대 『인형의 집』(1879)의 노라는 자아에 눈떠 여자이기 전에 인간임을 요구하며 가정도 남편도 아이도 버리고 가출한다.

8 일본어 연애(戀愛)라는 말은 19세기 중엽 『영화사전(英華辭典)』에 보이기는 하나 널리 보급되지는 않았다. 메이지 20년대에도 기타무라 도코쿠(北村透谷)는 러브라고 가타카나로 표기하고 있으며 당시 학생들 사이에서도 러브라는 말이 일반적으로 통용되었다고 한다.

"어떤 점이고 뭐고 그런 건 없네. 현대의 여성은 다들 난폭하기 마련이니까. 그 여자만 그런 게 아니네."

"자네는 그 사람을 입센의 인물과 비슷하다고 하지 않았나?"

"그랬지."

"입센의 누구와 닮았다고 생각한 건가?"

"누구라니…… 그냥 닮았네."

산시로는 물론 납득되지 않는다. 하지만 추궁도 하지 않는다. 잠자코 2미터쯤 걸었다. 그러자 요지로가 산시로에게 돌연 이렇게 말했다.

"입센의 인물과 닮았다는 것은 미네코 씨만이 아니네. 지금의 일반 여성들은 모두 닮았지. 여성만이 아니네. 적어도 새로운 공기를 쐰 남자는 모두 입센의 인물과 닮은 구석이 있지. 다만 남자도 여자도 입센처럼 자유로운 행동을 하지 않을 뿐이지. 마음속으로는 대체로 물들어 있네."

"나는 별로 물들지 않았네."

"물들지 않았다고 스스로를 속이고 있는 거겠지. ……어떤 사회든 결함 없는 사회는 없을 걸세."

"그야 그렇겠지."

"없다고 하면 그 안에서 살고 있는 동물은 어딘가 부족함을 느끼는 거지. 입센의 인물은 현대 사회제도의 결함을 가장 분명하게 느낀 사람이네. 우리도 점차 그렇게 되겠지."

"자넨 그렇게 생각하나?"

"나만 그런 게 아니네. 안목이 있는 사람은 다들 그렇게 생각한다네."

"자네 선생님도 그렇게 생각하나?"

"우리 선생님? 선생님이 어떻게 생각하는지는 모르겠네."

"하지만 아까 미네코 씨를 평하면서 차분하지만 난폭하다고 하지 않았나? 그걸 해석해보면 주위와 조화를 이룰 수 있으니까 차분히 있을 수 있는 거고, 어딘가 부족함이 있으니까 마음속이 난폭하다는 의미 아니었나?"

"그렇군. ……선생님은 역시 훌륭한 데가 있다니까. 그런 점이 역시 대단해."

요지로는 갑자기 히로타 선생을 칭찬하기 시작했다. 산시로는 미네코의 성격에 대해 좀 더 논의를 이어나가고 싶었으나 요지로의 이 말 한마디로 완전히 뭉개지고 말았다. 그러자 요지로가 말했다.

"실은 오늘 자네한테 용건이 있다고 한 것은 말이지, ……음, 그 전에 자네, 「위대한 어둠」을 읽었나? 그걸 읽지 않았다면 내 용건이 머리에 들어오지 않을 걸세."

"아까 집에 가서 읽었네."

"어떻던가?"

"선생님은 뭐라시던가?"

"선생님이 읽을 것 같나? 전혀 모르시네."

"그렇겠지. 재미있는 데는 재미있는데…… 어쩐지 요기가 안 되는 맥주를 마신 것 같더군."

"그것으로 충분하네. 읽고 기운만 내면 되는 거지. 그래서 익명으로 한 거라네. 어차피 지금은 준비 기간이니까. 이렇게 해두고 이때다 싶을 때 본명을 대며 나서는 거지. ……그건 그렇고 조금 전에 말한 용건을 말하지."

요지로의 용건이라는 건 이렇다. ……오늘 밤 모임에서 우리 과의 부진함을 열심히 개탄할 테니 산시로도 함께 개탄해야 한다. 부진한 것은 사실이니까 다른 사람도 개탄할 게 뻔하다. 그러고 나서 모두 함께 만회할 방법을 강구하게 될 것이다. 아무튼 적당한 일본인 한 사람을 대학에 넣는 것이 급선무라고 말한다. 다들 찬성한다. 당연하니 찬성하는 것은 물론이다. 다음으로 누가 좋을까 하는 논의로 옮아갈 것이다. 그때 히로타 선생의 이름을 꺼낸다. 그때 산시로는 요지로의 말에 곁들여 선생에 대해 적극적으로 찬성하라는 이야기다. 그렇게 하지 않으면 요지로가 히로타의 식객이라는 것을 알고 있는 사람이 의심을 품을지도 모른다. 자신은 실제로 식객이므로 어떻게 생각하든 상관없지만, 만약 히로타 선생에게 누를 끼치게 되면 죄송한 일이 될 것이다. 다만 그 밖에 동지가 서너 명 있으니까 괜찮겠지만 우리 편은 한 사람이라도 많은 것이 유리하니 산시로도 되도록 많이 발언하는 것이 좋겠다는 의견이다. 그런데 결국 뜻이 하나로 모일 때는 전체의 대표를 뽑아 학장에게 찾아가고 또 총장에게 찾아갈 것이다. 하지만 오늘 밤 안에 거기까지 진행되지 않을지도 모른다. 또한 그렇게 진행시킬 필요도 없다. 그것은 그때의 상황에 따라 적절히 대응하면 된다……

요지로는 굉장한 달변가다. 안타깝게도 그 달변이 너무 매끈해서 무게감이 없다. 어떤 부분에서는 농담을 진지하게 하는 게 아닌가 하는 의심이 들기도 한다. 하지만 본래의 취지가 좋은 운동이기에 산시로도 대체로 찬성의 뜻을 표했다. 다만 그 방법이 다소 잔꾀를 부린 것이어서 바람직하지 않다고 말했다. 그때 요지로는 길 한복판에서 멈춰 섰다. 정확히 모리카와초(森川町) 신사(神社)의 도리이⁹ 앞이었다.

9 신사 입구에 신의 영역을 표시하는 상징으로 세운 기둥 문.

"잔꾀를 부린다고 하는데, 내가 하는 일은 자연의 순리가 틀어지지 않도록 미리 인력으로 손을 쓰는 것일 뿐일세. 자연을 거역하는 어리석은 일을 꾸미는 것과는 질적으로 다르지. 잔꾀라고 해도 상관없네. 잔꾀가 나쁜 게 아니야. 나쁜 잔꾀가 나쁜 거지."

산시로는 끽소리도 못 했다. 어쩐지 할 말이 있는 것 같은데 입 밖으로 나오지 않는다. 요지로가 한 말 중에서 자신이 아직 생각하지 못한 부분만이 머리에 또렷이 남았다. 산시로는 오히려 그것에 감탄했다.

"그건 그렇지."

굉장히 애매한 대답을 하고 다시 어깨를 나란히 하고 걷기 시작했다. 정문에 들어서자 갑자기 시야가 넓어진다. 커다란 건물이 군데군데 까맣게 서 있다. 그 지붕이 확실히 끝나는 곳부터 분명한 하늘이다. 별이 엄청나게 많다.

"아름다운 하늘이군."

산시로가 말했다. 요지로도 하늘을 보면서 2미터쯤 걸었다.

"이보게, 자네."

요지로가 불쑥 산시로를 불렀다.

"왜 그러나?"

산시로는 다시 조금 전의 이야기를 이어서 할 거라고 생각하고 대답했다.

"자네, 이런 하늘을 보면 무슨 느낌이 드나?"

요지로는 그에게 어울리지 않는 말을 했다. 무한이니 영구니 하는 준비된 대답은 얼마든지 있지만 그런 말을 하면 요지로가 비웃을 거라고 생각하고 산시로는 입을 다물고 있었다.

"시시하지 않나, 우리? 내일부터 이런 운동을 하는 거 그만둘까?

「위대한 어둠」을 써도 아무 도움이 될 것 같지도 않네."

"왜 갑자기 그런 말을 하는 건가?"

"저 하늘을 보니까 그런 생각이 드네. ……자네, 여자한테 반해본 적 있나?"

산시로는 즉시 대답할 수가 없었다.

"여자는 무서운 존재라네."

요지로가 말했다.

"무서운 존재지, 나도 알고 있네."

산시로도 말했다. 그러자 요지로가 큰 소리로 웃기 시작했다. 조용한 밤중이라 아주 크게 들린다.

"알지도 못하는 주제에. 알지도 못하는 주제에."

산시로는 망연히 서 있었다.

"내일도 날씨가 좋을 거네. 운동회 날은 잘 잡았어. 예쁜 여자도 많이 올 걸세. 꼭 보러 오게."

두 사람은 어둠을 뚫고 학생집회소 앞까지 갔다. 안에는 전등이 빛나고 있다.

목조로 된 복도를 돌아 방으로 들어서자 서둘러 온 사람들이 이미 무리를 지어 있었다. 작은 무리와 큰 무리를 합쳐 셋쯤이었다. 그중에는 비치된 잡지나 신문을 보면서 일부러 말없이 열에서 벗어나 있는 사람도 있다. 여기저기에서 이야기 소리가 들려온다. 이야기 소리의 수는 무리의 수보다 많아 보인다. 하지만 비교적 차분하고 조용하다. 담배 연기가 맹렬히 피어오른다.

그러는 사이에 사람들이 점점 모여든다. 노천인 복도에 검은 그림자가 어둠 속에서 불쑥 나타나고 사람들에게 환한 모습을 드러내며 방 안으로 들어온다. 때로는 대여섯 명이 잇따라 환해지는 일도 있다. 이윽고 올 사람이 대충 다 모였다.

조금 전부터 요지로는 자꾸만 담배 연기 속을 이리저리 왔다 갔다 하고 있다. 가는 곳마다 조그만 소리로 뭔가 이야기를 한다. 산시로는 슬슬 운동을 시작한 것이라 생각하고 바라보고 있다.

잠시 후 간사가 커다란 소리로 모두에게 자리에 앉아달라고 말했다. 물론 식탁은 미리 준비되어 있었다. 다들 어수선하게 자리에 앉았다. 순서고 뭐고 없었다. 식사가 시작되었다.

산시로는 구마모토에서 아카자케(赤酒)[10]만 마셨다. 아카자케란 그 고장에서 나는 저급한 술이다. 구마모토의 학생들은 모두 아카자케를 마셨다. 그것이 당연하다고 알고 있었다. 어쩌다 음식점에 간다고 해야 고작 쇠고기집이었다. 그 쇠고기집의 쇠고기가 말고기인지도 모른다는 의혹이 있었다. 학생은 접시에 담긴 고기를 손으로 집어 방 안의 벽에 내던진다. 떨어지면 쇠고기고 붙으면 말고기라고 한다. 마치 주술 같은 짓을 했던 것이다. 그런 산시로에게 이런 신사적인 학생 친목회는 신기하기만 했다. 기쁜 마음으로 나이프와 포크를 움직이고 있었다. 그사이에 열심히 맥주를 마셨다.

"학생집회소의 요리는 맛이 없군요."

산시로 옆에 앉은 남자가 말을 걸어왔다. 이 남자는 머리를 빡빡 깎았고 금테안경을 쓴 얌전한 학생이었다.

"그렇군요."

산시로는 건성으로 대답했다. 상대가 요지로였다면, 나 같은 촌놈에게는 굉장히 맛있다고 솔직하게 말했을 테지만 그 솔직함이 오히려

10 구마모토 현에서 생산되는 술로 농후한 갈색 또는 적갈색이라 이렇게 불린다.

빈정거림으로 들리면 안 될 것 같아서 그만두었다. 그러자 그 남자가 묻기 시작했다.

"어느 고등학교 출신입니까?"

"구마모토입니다."

"구마모토요? 구마모토에는 제 사촌 동생도 살았는데 아주 형편없는 곳이라고 하더군요."

"야만스러운 곳이지요."

두 사람이 이야기를 나누고 있으니 건너편에서 갑자기 큰 목소리가 들리기 시작했다. 건너다보니 요지로가 옆자리의 두세 명을 상대로 열심히 뭔가를 이야기하고 있었다. 때때로 데 테 파불라[11]라고 말한다. 무슨 소린지 알 수 없다. 하지만 요지로의 상대는 그 말을 들을 때마다 웃음을 터뜨린다. 요지로는 점점 더 우쭐해져서 데 테 파불라, 우리들 신시대의 청년은…… 하며 떠들고 있다. 산시로와 비스듬히 맞은편에 앉아 있던 얼굴이 희고 고상한 느낌의 학생이 잠깐 나이프를 든 손을 멈추고 요지로 일행을 바라보고 있었는데, 얼마 후 웃으면서 일 아 레 디아블레 오 코르(Il a le diable au corps, 악마가 들렸군) 하고 프랑스어를 반 농담으로 말했다. 건너편 사람들에게는 전혀 들리지 않은 모양인지, 그때 맥주잔 네 개가 한꺼번에 높이 추켜올려졌다. 득의양양하게 축배를 들었다.

"저 사람 굉장히 요란한 사람이네요."

산시로 옆의 금테안경이 말했다.

---

11 라틴어 de te fabula. "너에 대한 이야기(남의 일이 아니다)"라는 뜻으로 고대 로마의 시인 호라티우스의 『풍자시』 제1권 첫 번째 구절에 나오는 말. "Quid rides? mutato nomine de te fabula narratur(뭘 웃나? 이름만 바꾸면 자네 얘긴데)." 나중에 요지로가 그리스어라고 대답한 것은 틀린 것이다.

"예, 잘도 떠드네요."

"저는 언젠가 저 사람한테 요도미켄에서 카레라이스를 얻어먹었습니다. 전혀 모르는데도 갑자기 와서는, 자네, 요도미켄에 가세, 하면서 끌고 가더니……"

학생은 이렇게 말하며 하하하하 하고 크게 웃었다. 산시로는 요도미켄에서 요지로에게 카레라이스를 얻어먹은 사람이 자신만이 아니라는 것을 알았다.

얼마 후 커피가 나왔다. 한 사람이 의자에서 일어났다. 요지로가 힘차게 손뼉을 치자 다른 사람들도 곧 맞장구를 쳤다.

일어선 사람은 새 검은 제복을 입고 코 밑에 이미 수염을 기르고 있었다. 키가 굉장히 컸다. 일어선 모습이 멋있는 사내였다. 그가 연설조의 이야기를 시작했다.

오늘 밤 우리가 여기 모여 친목을 위해 하룻저녁을 마음껏 즐기는 것은 그 자체로 유쾌한 일이지만 이 친목이 단지 사교상의 의미만이 아니라 그 외에 일종의 중요한 영향을 끼칠 수 있다는 것을 우연히 알았기에 나는 일어나서 말하고 싶어졌다. 이 모임은 맥주로 시작해 커피로 끝난다. 그야말로 평범한 모임이다. 하지만 이 맥주를 마시고 커피를 마신 마흔 명에 가까운 사람들은 평범한 인간이 아니다. 게다가 이 맥주를 마시기 시작하고 나서 커피를 다 마실 때까지 이미 자신의 운명이 팽창한 것을 자각할 수 있었다.

정치의 자유를 주장한 것은 옛날 일이다. 언론의 자유를 주장한 것도 과거의 일이다. 자유란 단순히 표면에 나타나기 쉬운 이러한 사실을 위해 전유되어야 할 말은 아니다. 우리들 신시대의 청년은 위대한 마음의 자유를 주장하지 않으면 안 되는 시운에 직면했다고 믿는다.

우리는 낡은 일본의 압박에 견딜 수 없는 청년이다. 동시에 새로운 서양의 압박에도 견딜 수 없는 청년이라는 것을 세상 사람들에게 발표하지 않을 수 없는 상황에 살고 있다. 새로운 서양의 압박은 사회상에서도 문예상에서도 우리들 신시대의 청년에게는 낡은 일본의 압박과 마찬가지로 고통이다.

우리는 서양의 문예를 연구하는 자다. 하지만 연구는 어디까지나 연구일 뿐이다. 그 문예에 굴종하는 것과는 근본적으로 다르다. 우리는 서양의 문예에 얽매이기 위해 이를 연구하는 것이 아니다. 얽매인 마음에서 해탈하기 위해 이를 연구하는 것이다. 그런 편의적인 수단에 맞지 않은 문예는 어떤 위압으로 강요한다고 해도 배우는 것을 과감하게 거부할 자신감과 결의를 갖고 있다.

우리는 이 자신감과 결의를 갖고 있다는 점에서 평범한 인간과는 다르다. 문예는 기술도 아니고 사무도 아니다. 인생의 근본 의의에 크게 맞닿아 있는 사회의 원동력이다. 우리는 이런 의미에서 문예를 연구하고, 이런 의미에서 앞에서 말한 자신감과 결의를 가지며, 이런 의미에서 오늘 밤의 모임에 보통 이상의 중대한 영향을 상상하는 것이다.

사회는 격렬하게 움직이고 있다. 사회의 산물인 문예 역시 움직이고 있다. 움직이는 기세를 타고 우리의 이상대로 문예를 이끌어가기 위해서는 영세한 개인을 단결시켜 자신의 운명을 충실히 하고 발전하게 하고 팽창시켜 나가지 않으면 안 된다. 오늘 밤의 맥주와 커피는 이런 숨은 목적을 한 걸음 나아가게 한 점에서 평범한 맥주와 커피의 백 배 이상의 가치가 있는 귀중한 맥주와 커피다.

연설의 의미는 대충 이런 것이었다. 연설이 끝났을 때 자리에 있던 학생은 모두 갈채를 보냈다. 산시로는 가장 열심히 갈채를 보낸 한 사람이었다. 그러자 요지로가 벌떡 일어섰다.

"데 테 파불라, 셰익스피어가 사용한 글자 수가 몇 만 자라느니 입센의 흰머리 수가 몇 천 올이라느니 해봐야 아무 소용이 없습니다. 하긴 그런 어이없는 강의를 들어봐야 얽매일 염려가 없으니까 괜찮지만, 대학이 너무 안됐지요. 어떻게 해서든 신시대의 청년을 만족시킬 수 있는 사람을 끌어오지 않으면 안 됩니다. 서양인은 안 됩니다. 무엇보다 영향력이 없거든요……"

다시 만장의 갈채가 쏟아졌다. 그리고 모두가 웃었다. 요지로 옆에 있던 자가 끼어든다.

"데 테 파불라를 위해 축배를 듭시다."

조금 전에 연설을 한 학생이 즉시 찬성했다. 공교롭게도 다들 맥주잔이 비어 있었다. 좋아, 하며 요지로는 곧장 부엌으로 달려갔다. 급사가 술을 가져온다. 축배를 들자마자 누군가 말한다.

"한 가지 더, 이번에는 위대한 어둠을 위해."

요지로 주위에 있던 사람들이 다 같이 아하하하, 하고 웃었다. 요지로는 머리를 긁적였다.

모임을 끝낼 때가 되어 젊은 남자들이 모두 어두운 밤 속으로 흩어졌을 때 산시로가 요지로에게 물었다.

"데 테 파불라라는 건 무슨 말인가?"

"그리스어네."

요지로는 그 이상의 대답을 하지 않았다. 산시로도 더 이상 물어보지 않았다. 두 사람은 아름다운 하늘을 이고 집으로 돌아왔다.

이튿날은 예상대로 날씨가 좋았다. 올해는 예년에 비해 날씨가 훨씬 많이 풀렸다. 특히 오늘은 따뜻하다. 산시로는 아침에 목욕탕에 갔다. 한가한 사람이 적은 세상이라 오전에는 텅 비어 있었다. 산시로는 탈의실에 걸려 있는 미쓰코시 고후쿠텐(吳服店)[12]의 간판을 봤다. 예쁜 여자가 그려져 있다. 그 여자의 얼굴이 어딘지 미네코를 닮았다. 자세히 보니 눈매가 다르다. 치열은 알 수 없었다. 미네코의 얼굴에서 산시로를 가장 놀라게 한 것은 눈매와 치열이었다. 요지로의 주장에 따르면 그 여자는 약간 뻐드렁니라서 그렇게 늘 이가 드러나 있다고 하는데 산시로는 결코 그렇게 생각하지 않았다.

산시로는 탕에 들어가 이런 생각을 하고 있었으므로 몸은 별로 씻지도 않고 나왔다. 어젯밤부터 갑자기 신시대의 청년이라는 자각이 강해졌지만, 강한 것은 자각뿐이고 몸은 원래대로다. 휴일에는 다른 사람보다 훨씬 편하게 지낸다. 오늘 낮에는 대학 육상운동회를 보러 갈 생각이다.

산시로는 원래부터 운동을 별로 좋아하지 않는다. 고향에 있을 때 두세 번 토끼몰이를 한 적이 있다. 그리고 고등학교의 조정 경기 때 깃발 신호원을 한 적이 있다. 그때 파랑과 빨강 깃발을 잘못 흔들어 엄청난 불평이 쏟아졌다. 물론 결승 신호총을 쏘는 담당자인 교수가 총을 제대로 쏘지 못한 탓이었다. 쏘기는 했는데 소리가 나지 않았던 것이다. 그래서 산시로가 허둥댄 것이었다. 그 이후로 산시로는 운동회에 얼씬도 하지 않았다. 하지만 오늘은 상경 이래 첫 운동회라 꼭 가볼 생각이었다. 요지로도 꼭 가서 보라고 권했다. 요지로의 말에 따

12 현재의 미쓰코시 백화점. 1904년 주식회사 미쓰코시 고후쿠텐이라는 이름으로 근대적인 경영 형태를 갖춘 일본 최초의 백화점이 도쿄 니혼바시에 창업되었다. 그러나 그 전신은 1673년 미쓰이 다카토시(三井高利, 1622~1694)가 개인적으로 창업한 에치고야 고후쿠텐(越後屋吳服店)이다. 고후쿠텐은 포목점(드팀전)을 의미한다. 당시의 유명한 게이샤 등을 이용한 포스터가 널리 알려져 있다.

르면 경기보다 여자를 보러 갈 가치가 있다고 한다. 여자 중에는 노노미야의 누이가 있을 것이다. 노노미야의 누이와 함께 미네코도 있을 것이다. 그곳에 가서 안녕하세요, 라고 하든 뭐라고 하든 인사를 해보고 싶다.

정오가 지나고 나서 집을 나섰다. 운동회장 입구는 운동장[13] 남쪽 구석에 있다. 커다란 일장기와 영국 국기가 교차되어 있다. 일장기는 수긍할 수 있지만 영국 국기가 왜 있는 건지 알 수가 없다. 산시로는 영일동맹[14] 때문인가 하는 생각도 했다. 하지만 영일동맹과 대학의 육상운동회가 무슨 관계가 있다는 건지 전혀 짐작할 수가 없다.

운동장은 직사각형의 잔디밭이다. 가을이 깊었으므로 잔디의 색이 상당히 누랬다. 경기를 보는 곳은 서쪽에 있다. 뒤에는 높다란 가산(假山)[15]을 두고 앞쪽의 운동장은 목책으로 둘러쳐놓아 모두를 그 안으로 몰아넣는 구조로 되어 있다. 좁은 장소에 비해 구경꾼이 많아 무척 답답하다. 다행히 날씨가 좋아 춥지는 않다. 하지만 외투를 입고 있는 사람도 꽤 보인다. 그 대신 양산을 쓰고 온 여자도 있다.

산시로가 실망한 것은 여자석이 따로 있어 일반 사람들이 가까이 갈 수 없다는 점이었다. 그리고 프록코트인지 뭔지를 입은 지체가 높아 보이는 남자들이 잔뜩 모여 자신이 의외로 주눅이 든 것처럼 보였다는 점이었다. 신시대의 청년을 자처하고 있는 산시로는 약간 기가

13 도쿄 대학 구내의 산시로 연못과 부속병원 사이에 있었다.
14 러시아의 남진 정책에 대항하기 위해 1902년에 체결된 영국과 일본의 군사동맹. 당시 이 동맹의 성립을 기념하여 영국과 일본 국기를 교차시킨 영일동맹기가 만들어졌다. 이때 소세키는 런던에 유학 중이었는데 이 동맹에 기뻐서 어찌할 바를 모르는 일본을 비판하는 내용의 편지를 남겼다. 러일전쟁이 시작된 것은 그로부터 2년 뒤였다.
15 정원 등에 돌이나 흙을 산 모양으로 쌓아서 만든 곳.

죽어 있었다. 그래도 사람들 사이로 여자석을 바라보는 일은 잊지 않았다. 옆이라서 잘 보이지는 않았지만 한 사람 한 사람이 과연 예쁘다. 한결같이 몸치장을 했다. 게다가 먼 거리라서 얼굴이 다들 아름다워 보인다. 그 대신 누가 눈에 띄게 아름다운 것은 아니다. 그저 모두가 전체적으로 아름다울 뿐이다. 여자가 남자를 정복하는 색이다. 한 여자가 다른 여자를 이기는 색은 아니다. 그래서 산시로는 또 실망했다. 하지만 어딘가에 있을 거라고 생각하며 주의해서 유심히 건너다보니 아니나 다를까 앞줄에서 목책에 제일 가까운 곳에 둘이 나란히 앉아 있었다.

산시로는 간신히 눈 둘 곳을 찾았으므로 우선 일단락된 것 같은 기분에 안심하고 있으니 홀연 대여섯 명의 남자가 눈앞으로 뛰어들어왔다. 2백 미터 경주가 끝난 것이다. 결승선은 미네코와 요시코가 앉아 있는 정면 쪽인 데다 바로 코앞이라 두 사람을 보고 있던 산시로의 시야에는 반드시 그들 장정들이 들어오게 되어 있다. 대여섯 명은 곧 열두세 명으로 늘어났다. 모두 숨을 헐떡이고 있는 것으로 보인다. 산시로는 그 학생들의 태도와 자신의 태도를 비교해보고 그 차이에 놀랐다. 어떻게 저렇게 무분별하게 달릴 기분이 들 수 있는 걸까, 하고 생각했다. 하지만 여성들은 다들 열심히 보고 있다. 그중에서도 미네코와 요시코가 가장 열심인 듯하다. 산시로는 자신도 무분별하게 달려보고 싶었다. 일등으로 들어온 사람이 보랏빛 잠방이를 입고 여자석을 향해 서 있다. 자세히 보니 어젯밤 친목회에서 연설을 한 학생과 닮았다. 저렇게 키가 크니 일등을 할 것이다. 계측원이 칠판에 25초 74라고 적었다. 다 쓰고 남은 분필을 저편으로 던지고 이쪽으로 향하는 것을 보니 노노미야였다.[16] 노노미야는 평소와 다름없이 시커먼 프록코트를 입고 가슴에 담당자의 휘장을 달았는데 제법 품위가 있어 보인다. 손수건을 꺼내 양복 소매를 두세 번 털더니 곧 칠판을 떠나 잔디밭을 가로질러 왔다. 미네코와 요시코가 앉아 있는 곳 앞으로 갔다. 낮은 목책 건너편에서 여자석 안으로 고개를 내밀고 무슨 말을 하고 있다. 미네코가 일어선다. 노노미야가 있는 곳까지 걸어간다. 목책을 사이에 두고 이야기를 시작한 것으로 보인다. 미네코가 갑자기 돌아본다. 기쁜 듯한 웃음이 가득한 얼굴이다. 산시로는 멀리서 열심히 두 사람을 지켜보고 있다. 그러자 이번에는 요시코가 일어선다. 목책 옆으로 다가간다. 두 사람이 세 사람이 되었다. 잔디밭 안에서는 포환던지기가 시작되었다.

포환던지기만큼 힘이 필요한 운동은 없을 것이다. 힘이 필요한 것에 비해 이것만큼 재미없는 운동도 많지 않다. 말 그대로 그저 포환을 던지는 것이다. 재주도 뭐도 아니다. 노노미야는 목책 있는 데서 잠깐 그 모습을 보고 웃고 있었다. 하지만 구경꾼에게 방해가 되면 안 된다고 생각했는지 목책을 떠나 잔디밭 안으로 물러났다. 두 여성도 원래의 자리로 돌아갔다. 이따금 포환이 던져지고 있었다. 우선 얼마나 멀리까지 날아가는지 산시로는 거의 알 수가 없었다. 산시로는 어처구니가 없었다. 그래도 참고 서 있었다. 간신히 결판이 난 것인지 노노미야는 칠판에 11미터 38센티미터라고 적었다.

그러고 나서 다시 경주가 있고, 멀리뛰기가 있고, 그다음에 해머던지기가 시작되었다. 산시로는 해머던지기에 이르자 더 이상 견딜 수가 없었다. 운동회는 각자가 멋대로 해야 하는 것이다. 사람들에게 보여줄 만한 것이 아니다. 저런 것을 열심히 구경하는 여자는 모두 잘못

16 데라다 도라히코는 1902년 제국대학 운동회에서 계측원을 했다.

되었다는 생각까지 하며 운동회장을 빠져나가 뒤쪽의 가산까지 갔다. 휘장이 둘러쳐 있어 지나갈 수가 없다. 되돌아와 자갈이 깔려 있는 곳을 조금 가니 운동회장에서 빠져나온 사람들이 드문드문 걷고 있다. 화려하게 차려입은 여성도 보인다. 산시로는 다시 오른쪽으로 꺾어 완만한 언덕길을 올라 꼭대기까지 갔다. 길은 꼭대기에서 끝나 있다. 커다란 돌이 있다. 산시로는 그 위에 걸터앉아 높은 벼랑 밑에 있는 연못을 바라보았다. 아래쪽의 운동회장에서 와 하는 사람들의 함성이 들린다.

산시로는 대량 5분쯤 돌에 멍하니 앉아 있었다. 잠시 후 다시 움직일 마음이 들었으므로 일어나 발길을 돌리려고 하는데 언덕 오르막길의 엷게 물든 단풍 사이로 조금 전의 두 여성의 모습이 보였다. 나란히 언덕 아래를 지나고 있다.

산시로는 위에서 두 사람을 내려다보고 있었다. 두 사람은 가지 틈에서 양지바른 쪽으로 나왔다. 잠자코 있으니 앞을 그냥 지나쳐버린다. 산시로는 말을 걸어볼까 생각했다. 거리가 너무 멀었다. 서둘러 잔디 위를 두세 걸음 걸어 아래쪽으로 내려갔다. 내려가기 시작했을 때 마침 한 여자가 이쪽을 보았다. 그래서 산시로는 걸음을 멈췄다. 실은 이쪽에서 그다지 비위를 맞춰주고 싶지는 않았다. 운동회 때문에 살짝 부아가 나 있었던 것이다.

"저런 곳에……"

요시코가 말을 꺼냈다. 놀라며 웃고 있다. 이 여자는 아무리 진부한 것을 봐도 진기해하는 눈빛을 보여주는 것 같다. 그 대신 아무리 진기한 것을 봐도 역시 기다리고 있었다는 듯한 눈빛을 보일 것만 같다. 그러므로 이 여자를 만나면 답답한 구석이 조금도 없고, 오히려 차분한 느낌이 든다. 그것은 바로 커다랗고 늘 젖어 있는 검은 눈동자 때문이라고 생각하며 산시로는 서 있었다.

미네코도 멈췄다. 산시로를 봤다. 하지만 이때만큼은 그 눈이 아무것도 호소하지 않았다. 마치 큰 나무를 바라보는 듯한 눈이었다. 산시로는 마음속으로 불 꺼진 남포등을 보는 기분이 들었다. 그 자리에 꼼짝 않고 서 있었다. 미네코도 움직이지 않는다.

"경기는 왜 안 보나요?"

요시코가 아래에서 물었다.

"지금까지 보고 있었는데 재미없어서 그냥 올라온 겁니다."

요시코는 미네코를 돌아봤다. 미네코는 여전히 안색을 바꾸지 않는다.

"그보다 두 분이야말로 왜 나온 겁니까? 아주 열심히 보는 것 같던데요."

산시로는 들이댄 것 같기도 하고 아닌 것 같기도 한 말을 큰 소리로 했다. 미네코는 그제야 비로소 살짝 웃었다. 산시로는 그 웃음의 의미를 제대로 이해할 수 없었다. 두 걸음쯤 여자들 쪽으로 다가갔다.

"이제 집으로 돌아가는 건가요?"

두 여자는 모두 대답하지 않았다. 산시로는 다시 두 걸음쯤 여자들 쪽으로 다가갔다.

"어디로 가는 건가요?"

"네, 좀."

미네코가 조그만 소리로 말한다. 잘 들리지 않는다. 산시로는 드디어 여자들 앞까지 내려왔다. 하지만 어디로 가느냐고 더 이상 물어보지도 않고 서 있다. 운동회장 쪽에서 갈채 소리가 들려온다.

"높이뛰기예요." 요시코가 말한다. "이번에는 얼마나 뛰었을까요?"

미네코는 가볍게 웃을 뿐이다. 산시로도 입을 다물고 있다. 산시로는 높이뛰기에 대한 이야기에 말참견하는 것을 떳떳하지 않다고 생각한다. 그러자 미네코가 물었다.

"저 위에는 무슨 재미있는 것이 있나요?"

이 위에는 돌이 있고 벼랑이 있을 뿐이다. 재미있는 것이 있을 리 없다.

"아무것도 없습니다."

"그래요?"

석연치 않은 듯이 말한다.

"잠깐 올라가볼까요?"

요시코가 쾌활하게 말한다.

"요시코 씨는 아직 이곳을 모르나요?"

미네코가 차분하게 물었다.

"괜찮으니까 오세요."

요시코가 먼저 오른다. 두 사람이 뒤따른다.

"절벽이네요." 요시코는 잔디가 끝나는 지점까지 나아가 돌아보며 과장해서 말했다. "사포(Sappho)[17]라도 뛰어내릴 것 같은 곳이네요."

미네코와 산시로는 소리 내지 않고 웃었다. 하지만 산시로는 사포가 어떤 곳에서 뛰어내렸는지 잘 알지 못했다.

"요시코 씨도 뛰어내려보세요."

17 기원전 7세기경의 고대 그리스의 여류시인. 짙은 보랏빛 머리와 아름다운 용모를 가졌고 미소년 파온을 열렬히 사랑했으나 결국 이 청년의 마음을 얻지 못해 레우카디아의 절벽에서 바다로 몸을 던져 자살했다고 한다.

미네코가 말한다.

"저요? 뛰어내려볼까요? 하지만 물이 너무 더럽네요."

요시코는 이렇게 말하며 돌아왔다.

얼마 후 두 여성 사이에 이야기가 시작되었다.

"요시코 씨, 다녀오세요."

미네코가 말한다.

"네. 미네코 씨는요?"

요시코가 묻는다.

"어떻게 할까요?"

"좋을 대로 하세요. 뭐하면 잠깐 다녀올 테니까 여기서 기다리고 계시든가요."

"글쎄요."

좀처럼 결말이 나지 않는다. 산시로가 들어보니 요시코는 이왕 나온 김에 병원 간호사에게 잠깐 들러 인사나 하고 오겠다고 한다. 미네코는 올여름에 친척이 입원했을 때 친해진 간호사를 찾아갈 수도 있지만 꼭 그렇게 할 필요는 없는 일이라고 한다.

요시코는 고분고분하고 소탈한 여자라 결국 곧 돌아오겠다는 말을 남기고 혼자 종종걸음으로 언덕길을 내려갔다. 만류할 필요도 없고 함께 갈 정도의 일도 아니었으므로 두 사람은 자연스럽게 뒤에 남게 되었다. 두 사람의 소극적인 태도에서 보면 남았다기보다 남겨진 꼴이었다.

산시로는 다시 돌에 걸터앉았다. 미네코는 서 있다. 가을 해는 거울처럼 탁한 연못 위로 떨어졌다. 가운데에 조그만 섬이 있다. 섬에는 단 두 그루의 나무가 서 있다. 푸른 소나무와 엷은 단풍나무가 보기 좋게 가지를 교차하고 있는 것이 모형 정원 같은 정취를 자아낸다. 섬 건너편 물가의 울창한 숲이 거무칙칙하게 빛나고 있다. 미네코는 언덕 위에서 그 어두운 나무 그늘을 가리켰다.

"저 나무 아세요?"

미네코가 묻는다.

"저건 모밀잣밤나무입니다."

미네코는 웃음을 터뜨렸다.

"잘 기억하고 계시네요."

"그때의 간호사인가요, 당신이 방금 찾아가겠다고 한 사람이?"

"네."

"요시코 씨의 간호사와는 다른 사람인가요?"

"달라요. 이게 모밀잣밤나무라고 했던 간호사예요."

이번에는 산시로가 웃음을 터뜨렸다.

"저곳이지요. 당신이 그 간호사하고 같이 부채를 들고 서 있었던 곳이 말이에요."

두 사람이 있는 곳은 높은 데서 연못 쪽으로 튀어나와 있다. 이 언덕과는 전혀 연결되어 있지 않은 동산이 한층 낮게 오른쪽을 달리고 있다. 커다란 소나무와 대학본부 건물인 고덴의 한 귀퉁이와 운동회의 휘장 일부, 그리고 완만하게 펼쳐진 잔디밭이 보인다.

"더운 날이었죠. 병원이 너무 더워서 도저히 참지 못하고 나온 거였거든요. ……그런데 당신은 왜 저런 데서 쭈그리고 앉아 있었나요?"

"더웠으니까요. 그날은 처음으로 노노미야 씨를 만났고, 그러고 나서 저기로 가서 멍하니 있었습니다. 왠지 허전해서요."

"노노미야 씨를 만나고 나서 허전해진 건가요?"

"아니요, 그런 건 아닙니다."

이렇게 말하며 산시로는 미네코의 얼굴을 보고 황급히 말머리를 돌렸다.

"노노미야 씨는 오늘 대단한 활약을 하더군요."

"네, 희한하게 프록코트를 다 입고…… 아주 성가실 거예요. 아침부터 저녁까지니까요."

"하지만 상당히 득의양양한 것 같지 않던가요?"

"누가요? 노노미야 씨가요? ……당신도 참 너무하시네요."

"그건 왜죠?"

"그거야 운동회 계측원이 되었다고 득의양양해할 분이 아니니까 그렇죠."

산시로는 다시 말머리를 돌렸다.

"아까 당신 있는 데로 와서 무슨 이야기를 하던데요."

"운동회장에서요?"

"예, 운동장의 목책 있는 데서요."

이렇게 말했으나 산시로는 문득 이 질문을 철회하고 싶었다.

"네."

미네코는 이렇게 말한 채 산시로의 얼굴을 가만히 쳐다보고 있다. 아랫입술을 살짝 뒤집으며 웃으려 하고 있다. 산시로는 더 이상 배겨낼 수 없었다. 무슨 말인가 해서 얼버무리려고 할 때 미네코가 입을 열었다.

"당신은 제가 얼마 전에 보낸 그림엽서의 답장을 아직 보내주지 않는군요."

"하겠습니다."

산시로는 당황하면서 대답했다. 미네코는 보내달라 말라 아무 말도 하지 않는다.

"오가와 씨, 하라구치 씨라는 화가를 알고 있나요?"

미네코가 다시 물었다.

"모릅니다."

"그래요?"

"무슨 일 있습니까?"

"아니요, 하라구치 씨가 오늘 운동회를 보러 와서 사람들을 사생하고 있는데, 조심하지 않으면 우리를 펀치화로 그릴지도 모른다고 노노미야 씨가 일부러 알려주었거든요."

미네코가 옆으로 와서 앉았다. 산시로는 자신이 너무나도 어리석은 사람 같았다.

"요시코 씨는 오라버니와 같이 돌아가는 거 아닙니까?"

"같이 돌아가고 싶어도 그럴 수 없어요. 요시코 씨는 어제부터 우리 집에 있으니까요."

산시로는 그때 처음으로 미네코로부터 노노미야의 어머니가 고향으로 돌아갔다는 이야기를 들었다. 어머니가 돌아간 것과 동시에 노노미야는 오쿠보의 집을 비우고 하숙 생활을 하고 요시코는 당분간 미네코의 집에서 학교를 다니기로 했다는 것이다.

산시로는 오히려 노노미야의 태평함에 놀랐다. 그렇게 쉽사리 하숙 생활로 돌아갈 거라면 애초에 집을 구하지 않는 게 좋았을 것이다. 무엇보다 냄비, 솥, 들통 등의 살림살이는 어떻게 처리했을까 하는 쓸데없는 걱정까지 했지만 입 밖으로 낼 만한 일도 아니어서 별다른 말은 하지 않았다. 게다가 노노미야가 한 집안의 가장이라는 위치에서 옛날처럼 다시 서생이나 다름없는 생활로 돌아가는 것은 곧 가족제도에서 한발 멀어진 것이나 마찬가지의 일로, 자신에게는 눈앞의 귀찮은 존재를 좀 더 멀리 옮겨놓은 것 같은 유리한 상황이기도 하다. 그 대신 요시코가 미네코의 집으로 들어가 같이 살게 되었다. 이 오누이는 서로 끊임없이 왕래하지 않으면 안 되게 되어 있다. 끊임없이 왕래하는 사이에 노노미야와 미네코의 관계도 점차 변해갈 것이다. 그러면 노노미야가 또 언제 어느 때 하숙 생활을 영구히 그만둘 시기가 오지 않으리라는 법도 없다.

산시로는 머릿속으로 이런 의심쩍은 미래를 그리면서 미네코를 응대하고 있다. 마음이 전혀 내키지 않는다. 태도만이라도 평소처럼 하려고 하자 고통스럽다. 때마침 요시코가 돌아왔다. 여자들은 다시 한번 경기를 보러 갈까 말까 하는 의논을 했지만, 짧아지기 시작한 가을 해가 상당히 기울었고 그에 따라 드넓은 야외의 <u>으스스</u>한 추위가 점차 심해졌으므로 그냥 돌아가기로 했다.

산시로도 여자들과 헤어져 하숙으로 돌아가려고 생각했지만, 셋이서 이야기를 나누며 어름어름 같이 걷다 보니 제대로 된 인사를 할 기회가 없었다. 두 사람이 자신을 끌고 가는 것처럼 보인다. 자신 역시 끌려가고 싶은 마음이 든다. 그래서 두 사람을 따라 연못가를 지나 도서관 옆에서 집과는 방향이 다른 아카몬 쪽으로 갔다. 그때 산시로가 요시코에게 물었다.

"오라버니는 하숙을 한다고요?"

"네, 결국은요. 사람을 미네코 씨 집에 억지로 떠맡겨놓고 말이에요. 너무 심하다고 생각하지 않으세요?"

요시코는 곧바로 동의를 구하듯이 말했다. 산시로는 뭔가 대답하려고 했다. 그 전에 미네코가 입을 열었다.

"노노미야 소하치 씨 같은 분은 우리 생각으로는 알 수 없는 사람이에요. 훨씬 높은 데 있으면서 큰일을 생각하고 있으니까요."

미네코가 노노미야를 칭찬하기 시작했다. 요시코는 잠자코 듣고 있다.

학문을 하는 사람이 번잡한 속세를 피해 되도록 단순한 생활을 견디는 것은 모두 연구를 위한 일이니 어쩔 수 없다. 노노미야처럼 외국에까지 알려질 정도의 일을 하는 사람이 평범한 학생과 마찬가지로 하숙집에 들어간 것도 필경 그가 훌륭해서이니 하숙집이 누추할수록 존경하지 않으면 안 된다. ……노노미야에 대한 미네코의 찬사는 대충 이런 것이었다.

산시로는 아카몬에서 두 사람과 헤어졌다. 오이와케 쪽으로 발길을 옮기면서 생각하기 시작했다. ……역시 미네코가 말한 대로다. 자신과 노노미야를 비교해보면 상당히 수준이 다르다. 자신은 시골에서 올라와 이제 막 대학에 들어갔을 뿐이다. 학문이라고 할 것도 없고 식견이라고 할 만한 것도 없다. 자신이 미네코로부터 노노미야에 대한 만큼의 존경을 받을 수 없는 것은 당연하다. 그러고 보니 어쩐지 그 여자로부터 무시당하고 있는 것 같은 기분이 들기도 한다. 조금 전 언덕 위에서 운동회가 따분해서 거기에 있었던 거라고 대답했을 때 미네코는 진지한 얼굴로 그 위에는 무슨 재미있는 것이 있느냐고 물었다. 그때는 미처 깨닫지 못했지만 지금 해석해보니 일부러 자신을 우롱한 말일지도 모른다는 생각이 들었다. ……산시로가 문득 오늘까지 자신에 대한 미네코의 태도나 말을 하나하나 되새겨보니 이것저것 모두 안 좋은 의미로 받아들일 수 있는 것이었다. 산시로는 길 한복판에서 얼굴이 시뻘게져 고개를 숙였다. 문득 얼굴을 들었더니 맞은편에서 요지로와 어젯밤 모임에서 연설을 한 학생이 나란히 걸어왔다. 요지로는 고개를 끄덕인 채 잠자코 있었다.

"어젯밤에는 실례가 많았습니다. 어떻습니까? 얽매이면 안 됩니다."

학생은 모자를 벗고 인사하며 이렇게 말하고는 웃으며 지나갔다.

7

　뒤꼍으로 돌아가 할멈에게 물으니 조그만 목소리로, 요지로는 어제 나간 후로 돌아오지 않았다고 한다. 산시로는 부엌문에 선 채 생각했다.

　"자, 들어오세요. 선생님은 서재에 계시니까요."

　할멈은 눈치를 살펴 이렇게 말하고는 손을 멈추지 않고 설거지를 하고 있다. 오늘 저녁식사가 막 끝난 모양이다.

　산시로는 거실을 지나 복도를 따라 서재 입구까지 갔다. 문이 열려 있다. 안에서 "이봐!" 하고 사람 부르는 소리가 들린다. 산시로는 문지방 안으로 들어섰다. 선생은 책상에 앉아 있다. 책상 위에 뭐가 있는지는 알 수 없다. 큰 키가 뭘 연구하는지를 가리고 있다. 산시로는 입구 가까이에 앉아 공손하게 물었다.

　"연구하는 중입니까?"

　선생은 얼굴을 뒤로 돌렸다. 수염 자국이 불분명하게 덥수룩하다. 사진으로 본 누군가의 초상과 비슷하다.

"어어, 요지로인 줄 알았는데 자넨가? 실례했네."

이렇게 말하며 자리에서 일어섰다. 책상 위에는 붓과 종이가 있다. 선생은 뭔가 쓰고 있었다. 요지로는, 선생은 뭔가 쓰고 있다, 하지만 뭘 쓰고 있는지 다른 사람이 읽어도 전혀 알 수가 없다, 살아 있는 동안 대저서라도 완성하면 좋겠지만 저러다 죽어버리면 휴지만 쌓일 뿐이다, 정말 소용없는 일이다, 라고 탄식한 적이 있다. 산시로는 히로타의 책상 위를 보고 곧바로 요지로의 이야기를 떠올렸다.

"방해가 된다면 돌아가겠습니다. 별다른 용무가 있는 건 아닙니다."

"아니, 돌려보낼 정도의 일은 아니네. 이 일도 별다른 게 아니니까. 그렇게 서둘러 처리해야 할 일을 하고 있었던 건 아니네."

산시로는 잠깐 대꾸할 말이 없었다. 하지만 마음속으로는 이 사람 같은 마음이 될 수 있다면 공부도 편하게 할 수 있을 거라고 생각했다. 잠시 후 이렇게 말했다.

"실은 사사키 요지로를 찾아왔는데 없는 것 같아서요······"

"아, 그래. 요지로는 어쩐지 어젯밤부터 돌아오지 않은 것 같네. 이따금 싸다녀서 곤란하지."

"무슨 급한 볼일이라도 생긴 겁니까?"

"볼일이 생길 사람이 절대 아니네. 그저 일을 만드는 친구지. 그런 바보도 드물 거야."

"꽤 태평하지요."

산시로는 하는 수 없이 이렇게 말했다.

"태평한 거라면 좋겠지만 요지로 같은 경우는 태평한 게 아니라네. 관심이 늘 변하니까······ 예를 들면 논 사이를 흐르는 실개천 같은 사람이라고 생각하면 틀림없을 걸세. 얕고 좁지. 하지만 물만은 늘 변하지. 그러니 하는 일마다 야무진 데가 전혀 없어. 잿날 눈요기라도 하러 나가면 난데없이, 선생님, 소나무 화분 하나 사시죠, 하고 묘한 소리를 한단 말이지. 그러고는 산다 안 산다 말도 하기 전에 값을 깎아서 사버린다네. 그 대신 잿날 물건을 사는 재주는 아주 귀신같지. 그 녀석한테 사게 하면 아주 싸게 살 수 있다네. 그런가 하면 여름이 되어 모두가 집을 비울 때 소나무를 방 안에 넣어둔 채 덧문을 닫고 자물쇠를 채워버린다네. 돌아와 보면 소나무가 온기에 익어서 벌겋게 되어 있지. 만사 그런 식이어서 참 난감하지."

사실 산시로는 얼마 전 요지로에게 20엔을 빌려줬다. 2주 후에는 문예시평사에서 원고료가 들어올 테니 그때까지만 융통해달라고 했다. 사정을 들어보니 딱했으므로 고향에서 부쳐온 소액환에서 5엔만 빼고 나머지를 모두 빌려주고 말았다. 아직 갚을 기한이 지나지 않았지만 히로타의 이야기를 듣고 나니 다소 걱정이 되었다. 하지만 선생에게 그런 일을 털어놓을 수는 없으므로 반대로 말해보았다.

"하지만 사사키는 선생님께 큰 감명을 받고 뒤에서 선생님을 위해 꽤 힘을 쓰고 있습니다."

그러자 히로타 선생은 진지하게 물었다.

"어떻게 힘을 쓰고 있던가?"

그런데 「위대한 어둠」과 그 밖의 히로타 선생에 관한 요지로의 모든 행동은 선생에게 이야기해서는 안 된다고 당사자가 입막음을 해놓은 상태다. 일을 벌이고 있는 도중에 그런 일이 알려지면 선생에게 꾸중을 들을 게 뻔하니 잠자코 있어야 한다는 것이다. 이야기해도 좋을 때가 되면 자기가 직접 이야기하겠다고 분명히 말했으므로 어쩔 수 없다. 산시로는 화제를 바꾸고 말았다.

산시로가 히로타 선생의 집을 찾은 데는 여러 가지 의미가 있다. 첫째는 이 사람의 생활이나 여타의 것들이 평범한 사람과 다르다. 특히 자신의 성정과는 전혀 맞지 않은 구석이 있다. 그래서 산시로는 어떻게 하면 그렇게 될 수 있을까 하는 호기심에서 참고하기 위해 연구하러 온 것이다. 다음으로 이 사람 앞에 있으면 마음이 느긋해진다. 세상의 경쟁이 그다지 마음에 걸리지 않는다. 노노미야도 히로타 선생과 마찬가지로 세속을 초월한 분위기는 있지만, 세속을 초월한 공명심을 위해 속인의 욕망을 멀리하고 있는 것처럼 보인다. 그러므로 노노미야와 둘이서 이야기를 하고 있으면 자신도 어서 어엿한 일을 해서 학계에 공헌하지 않으면 안 되겠다는 생각이 든다. 초조해져서 견딜 수가 없다. 그런 점에서 보면 히로타 선생은 태평하다. 선생은 고등학교에서 그저 어학을 가르칠 뿐이고 그 밖에는 아무 재주도 없다…… 이렇게 말하면 실례가 되겠지만 그 밖에 아무런 연구 결과도 발표하지 않는다. 게다가 태연하게 점잔을 빼고 있다. 거기에 그 태평함의 근원이 숨어 있을 것이다. 산시로는 요즘 여자에게 사로잡혀 있다. 연인에게 사로잡혀 있다면 차라리 재미있겠지만, 자기를 좋아하고 있는 건지 무시하고 있는 건지, 무서워해야 하는 건지 얕보아야 하는 건지, 그만두어야 하는 건지 계속해야 하는 건지, 하는 것에 사로잡혀 있다. 산시로는 부아가 치밀었다. 그런 때는 히로타 선생만 한 사람이 없다. 30분쯤 선생과 상대하고 있으면 마음이 차분해진다. 여자 한두 명쯤 어떻게 되든 상관없다는 생각이 든다. 솔직히 말하면 오늘 밤에 찾아온 것도 70퍼센트쯤 이런 의미에서다.

방문의 세 번째 이유는 상당히 모순되어 있다. 자신은 미네코로 인해 괴로워하고 있다. 미네코 옆에 노노미야를 놓으면 더욱 괴로워진다. 그런 노노미야와 가장 가까운 사람이 히로타 선생이다. 따라서 선생을 찾아가면 노노미야와 미네코의 관계가 저절로 명료해질 거라고 생각했다. 그것이 명료해지기만 하면 자신의 태도도 분명히 정할 수 있다. 그런데도 지금까지 선생에게 두 사람에 대해 물어본 적이 없다. 오늘 밤에는 한번 물어볼까 하고 결심했다.

"노노미야 씨가 하숙을 한다면서요?"

"그래, 하숙을 한다더군."

"집을 가졌던 사람이 다시 하숙 생활을 하면 불편할 텐데, 노노미야 씨는 용케……"

"그렇지, 그런 일에는 아주 무관심한 편이라서 말이야. 그 복장만 봐도 알 수 있지 않나? 가정적인 사람이 아니지. 그 대신 학문에 대해서는 굉장히 신경질적인 사람이고 말이야."

"당분간 그렇게 지낼 생각인 걸까요?"

"모르지. 또 난데없이 집을 구할지도 모르니까."

"결혼할 생각 같은 것은 안 하는 걸까요?"

"할지도 모르지. 좋은 자리 있으면 주선해주게."

산시로는 쓴웃음을 짓고 쓸데없는 말을 했구나, 하고 생각했다. 그러자 히로타 선생이 물었다.

"자네는 어떤가?"

"저는……"

"아직 이르겠지. 벌써부터 아내를 들이면 큰일이고 말이야."

"고향에서는 자꾸 권하긴 합니다."

"고향의 누가 말인가?"

"어머니가요."

"어머님 말씀대로 결혼할 생각이 드나?"

"좀체 들지 않습니다."

히로타 선생은 수염 밑으로 이를 드러내며 웃었다. 비교적 가지런한 치열을 가졌다. 그때 산시로는 문득 정겨운 기분이 들었다. 하지만 그 정겨움은 미네코를 떠나 있다. 노노미야도 떠나 있다. 산시로 눈앞의 이해(利害)를 초월한 정겨움이었다. 이것으로 산시로는 노노미야 등에 대한 일을 묻는 게 부끄러워져 질문을 그만두었다. 그러자 히로타 선생이 다시 이야기하기 시작했다.

"어머님 말씀은 되도록 들어드리는 게 좋네. 요즘 청년들은 우리 시대의 청년과 달리 자의식이 너무 강해서 탈이야. 우리가 학생일 때는 무슨 일을 하든 남을 떠난 적이 없었네. 모든 것이 천황이라든가 부모라든가 국가라든가 사회라든가 다 타인 본위였지. 그걸 한마디로 말하면 교육을 받은 자가 모두 위선자였다는 거야. 사회가 변화하면서 결국 그 위선을 끝까지 부리지 못하게 된 결과 차차 사상이나 행위에 자기 본위를 수입하게 되니까 이번에는 자의식이 너무 발달해버린 거지. 옛날의 위선자 대신 지금은 노악가(露惡家)만 있는 상태가 되었네. ……자네, 노악가라는 말 들어본 적 있나?"

"없습니다."

"지금 내가 즉석에서 만든 말이네. 자네도 그 노악가 중의 한 사람…… 인지 아닌지, 뭐 아마도 노악가겠지. 요지로 같은 사람이 가장 두드러진 경우네. 자네가 알고 있는 미네코라는 여자 있잖은가, 그 사람도 일종의 노악가네. 그리고 노노미야의 누이 말이야, 그 여자도 나름대로 노악가라 재미있어. 옛날에는 주군하고 아버지만 노악가면 족했는데 오늘날에는 각자 동등한 권리로 노악가가 되고 싶어 하지. 그렇다고 나쁜 일도 뭐도 아니네. 냄새나는 뚜껑을 열면 분뇨 통이고 멋진 형식을 벗기면 대개는 노악이 된다는 것쯤은 다들 알고 있지. 형식이 멋져봐야 귀찮기만 하니까 다들 절약해서 본바탕만으로 일을 보고 있네. 아주 통쾌하지. 천추난만(天醜爛漫)[1]하다니까. 그런데 이 난만이 도를 넘으면 노악가들끼리 서로 불편을 느끼게 되네. 그 불편이 점점 심해져 극단에 이르렀을 때 이타주의가 다시 부활하지. 그게 다시 형식으로 흘러 부패하면 다시 이기주의로 돌아가고 말이야. 다시 말해 제한이 없는 거네. 우리는 그런 식으로 살아가는 존재라고 생각해도 별 지장이 없을 거야. 그렇게 해나가는 사이에 진보하는 거니까. 영국을 보게. 이 두 주의가 옛날부터 균형을 잘 이루고 있지. 그래서 움직이지 않는 거네. 그러니까 진보하지 않는 거지. 입센도 나오지 않을 뿐 아니라 니체도 안 나오네. 딱한 일이야. 자신만은 득의양양한 것 같지만 옆에서 보면 딱딱해져서 화석이 되어가고 있지……"

산시로는 내심 감탄했지만 이야기가 빗나가 엉뚱한 곳으로 구부러지고, 구부러지는 대로 굵어져갔으므로 살짝 놀라고 있었다. 그러자 히로타 선생도 겨우 알아챈 모양이다.

"대체 무슨 이야기를 하고 있었지?"

"결혼에 대해섭니다."

"결혼?"

"예, 제가 어머니 말을 듣는 게……"

"아, 그래그래. 되도록 어머님 말씀을 들어야지."

이렇게 말하고 싱글벙글 웃고 있다. 마치 어린애를 대하고 있는 것

---

1 천진난만(天眞爛漫)의 진(眞)을 추(醜)로 바꾼 것. 자연 그대로의 추함을 거리낌 없이 그대로 드러내는 상황을 표현하기 위한 조어.

같다. 산시로는 별로 화도 나지 않는다.

"우리가 노악가인 건 좋습니다만, 선생님 시대 사람이 위선자라는 것은 어떤 의미입니까?"

"자네, 남이 친절하게 대해주면 기분이 좋은가?"

"예, 그야 기분이 좋지요."

"틀림없나? 난 그렇지 않네. 굉장한 친절을 받고 불쾌한 경우가 있지."

"어떤 경우입니까?"

"형식만은 친절에 들어맞지. 하지만 친절 자체가 목적이 아닌 경우야."

"그런 경우가 있을까요?"

"자네, 설날 복 많이 받으라는 말을 듣고 실제로 그런 기분이 들던가?"

"그거야……"

"들지 않을 거네. 그것과 마찬가지로 배꼽을 잡고 웃었다느니 뒤집어질 정도로 웃었다느니 하는 놈들 중에 실제로 웃었던 놈은 하나도 없어. 친절도 그런 거네. 직무상 친절하게 해주는 경우가 있지. 내가 학교에서 교사를 하고 있는 것도 말이야, 실제 목적은 의식주에 있으니까 학생들의 입장에서는 아마 불쾌할 거야. 그에 반해 요지로 같은 경우는 노악당(露惡党)의 수괴인 만큼 자주 내게 폐를 끼치고 어떻게 해볼 도리가 없는 장난꾼이긴 하지만 밉지가 않아. 귀여운 구석이 있지. 바로 미국인이 금전에 대해 노골적인 것과 같은 일이야. 그 자체가 목적이지. 그 자체가 목적인 행위만큼 솔직한 것은 없고, 솔직한 것만큼 불쾌감을 주지 않는 것도 없으니까 모든 일에 솔직할 수 없는 우리 시대의 까다로운 교육을 받은 자는 모두 비위에 거슬리는 거지."

여기까지의 논리는 산시로도 이해할 수 있다. 하지만 산시로에게 현재 통절한 문제는 대략적인 논리가 아니다. 실제로 관계가 있는 어떤 각별한 상대가 솔직한지 아닌지를 알고 싶은 것이다. 산시로는 마음속으로 자신에 대한 미네코의 태도를 다시 한번 생각해봤다. 그런데 비위에 거슬리는지 아닌지 거의 판단할 수가 없다. 산시로는 자신의 감수성이 남들보다 배는 둔한 것이 아닐까 하는 의심이 들기 시작했다.

그때 히로타 선생이 뭔가 생각난 듯 갑자기 그래, 하며 말했다.

"그래, 또 있네. 20세기가 되고 나서 묘한 것이 유행하고 있네. 이타 본위의 내용을 이기 본위로 채운다는 까다로운 수법인데, 자네는 그런 사람을 만난 적 있나?"

"어떤 사람 말입니까?"

"다른 말로 하면 위선을 행하는데 노악으로 하는 거네. 아직도 모르겠나? 설명하기가 좀 어려운 것 같은데 말이야. ……옛날의 위선자는 뭐든지 남에게 잘 보이려는 게 먼저였잖은가. 그런데 그 반대로 남의 감정을 상하게 하기 위해 일부러 위선을 떠는 거네. 어느 모로 보나 상대에게는 위선으로밖에 보이지 않도록 대하는 거지. 물론 상대는 불쾌한 느낌이 들겠지. 그것으로 본인의 목적은 달성되는 거네. 위선을 위선 그대로 상대에게 통용시키려는 솔직한 점이 노악가의 특색이고, 더군다나 표면상의 언행은 어디까지나 선(善)임에 틀림없으니까, ……보게, 이위일체(二位一体)가 되는 거지. 이 방법을 교묘하게 이용하는 자가 근래에 꽤 늘어나는 것 같네. 신경이 극도로 예민해진 문명인이 가장 우아하게 노악가가 되려고 한다면 이게 가장 좋은 방법이겠지. 피를 보지 않으면 사람을 죽일 수 없다는 것은 상당히 야만스러운 이야기니까, 점차 유행하지 않게 되겠지."

히로타 선생이 이야기하는 투는 마치 안내자가 옛 전쟁터를 설명하는 듯한 것으로, 실제를 멀리서 바라본 위치에 스스로를 두고 있다. 그것이 굉장히 낙천적인 정취를 풍긴다. 마치 강의실에서 강의를 듣는 것과 같은 느낌을 불러일으킨다. 하지만 산시로에게는 절실하게 느껴졌다. 미네코를 염두에 두고 있었기에 이 이론을 곧바로 적용할 수 있기 때문이다. 산시로는 머릿속에 그 표준을 두고 미네코의 모든 것을 헤아려보았다. 하지만 헤아릴 수 없는 부분이 아주 많다. 선생은 입을 닫고 평소처럼 코로 철학의 연기를 뿜어내기 시작했다.

그때 현관에서 발소리가 났다. 안내도 청하지 않고 복도를 따라 들어온다. 요지로가 순식간에 서재 입구에 앉아 말한다.

"하라구치 씨가 오셨습니다."

다녀왔다는 인사도 빼먹었다. 일부러 빼먹은 것인지도 모른다. 산시로에게는 아무렇게나 목례만 하고 곧바로 나갔다.

요지로와 문지방 옆에서 엇갈리며 하라구치가 들어왔다. 하라구치는 프랑스식 수염을 기르고 머리를 약 1.5센티미터로 짧게 깎은, 지방이 많은 남자다. 노노미야보다 두세 살 위로 보인다. 히로타 선생보다는 훨씬 깨끗한 일본 옷을 입고 있다.

"이야, 이거 오랜만이네. 지금까지 사사키가 우리 집에 와 있었다네. 같이 밥도 먹고 그럭저럭…… 그러고 나서 결국 끌려와서……"

상당히 낙천적인 어조다. 옆에 있으면 자연스럽게 쾌활해질 것 같은 목소리다. 산시로는 하라구치라는 이름을 들었을 때부터 대충 그 화가일 거라고 생각하고 있었다. 그건 그렇고 역시 요지로는 사교가

다. 웬만한 선배와는 모두 안면을 트고 있어 대단하다고 감탄하자 몸이 굳어졌다. 산시로는 연장자 앞에 나가면 몸이 굳어진다. 규슈식의 교육을 받은 탓이라고 해석하고 있다.

얼마 후 히로타 선생이 하라구치에게 소개해준다. 산시로는 공손하게 머리를 숙였다. 상대는 가볍게 목례를 했다. 그러고 나서 산시로는 입을 다물고 두 사람의 대화를 경청하고 있었다.

하라구치는 우선 용건부터 해치우겠다고 말하며, 조만간 모임을 여니까 나와달라고 부탁한다. 회원이라는 이름이 붙을 만큼 근사한 모임을 만들지는 않을 생각이지만 문학자, 예술가, 대학교수 같은 몇몇 사람들에게만 통지할 테니 별 지장은 없을 것이다. 더군다나 대부분 아는 사람들이니 형식은 전혀 필요하지 않다. 목적은 그저 여러 사람들이 모여 만찬을 하는 것일 뿐이다. 그리고 문예상의 유익한 대화를 나누는 그런 자리다.

"나가지."

히로타 선생은 한마디로 이렇게 말했다. 용건은 그것으로 끝났다. 용건이 그것으로 끝나고 말았으므로 그 후 하라구치와 히로타 선생의 이야기는 굉장히 재미있었다.

"자네, 요즘 뭘 하고 지내나?"

히로타 선생이 이렇게 묻자 하라구치가 이런 말을 한다.

"역시 잇추부시(一中節)[2]를 연습하고 있지. 벌써 다섯 가락쯤 끝냈네. 〈하나모미지 요시와라 팔경(花紅葉吉原八景)〉[3]이라느니 〈고이나

---

2 조루리(淨瑠璃, 샤미센 반주에 의한 이야기와 음곡을 통틀어 이르는 말)의 한 유파. 17세기 말에 교토의 미야코다유 잇추(都太夫一中)가 창시했으며 처음에는 교토에서 유행하고 나중에 에도에서 번성했다.

3 1804년에서 1808년경에 성립한 곡으로 유곽 지대인 요시와라의 정경을 노래한 것.

한베 가라사키 신주(小稲半兵衛唐崎心中))[4] 같은, 아주 재미있는 것
이 있다네. 자네도 좀 해보지 않겠나? 하지만 너무 큰 소리를 내면 안
된다더군. 원래 다다미 네 장 반 크기의 방에서만 불렀다는 거야. 그
런데 내가 이렇게 목소리가 좀 크잖은가. 게다가 곡조가 꽤 복잡해서
아무리 해도 잘 안 되네. 다음에 한번 뽑아볼 테니 들어보겠나?"

히로타 선생은 웃고 있다. 그러자 하라구치는 이렇게 말을 이었다.

"그래도 나는 아직 괜찮은 편인데, 사토미 교스케는 아주 형편없다
네. 어떻게 된 건지, 누이는 그렇게 재주가 좋은데 말이야. 얼마 전에
는 결국 두 손 들더니 이제 노래는 그만두고 대신 무슨 악기인가를 배
우겠다고 했는데, 바카바야시(馬鹿囃子)[5]나 배우지 않겠느냐고 권한
사람이 있었던 모양이네. 한바탕 크게 웃었지."

"그거 정말인가?"

"정말이고말고. 실제로 사토미가 나한테, 내가 한다면 자기도 하겠
다고 했을 정도였으니까. 그런데 바카바야시에는 여덟 곡조가 있다고
하네."

"자네, 한번 해보는 게 어떻겠나? 그거라면 평범한 사람도 할 수 있
을 것 같은데."

"아니, 바카바야시는 싫어. 그보다는 북을 쳐보고 싶어. 왠지 북소리
를 듣고 있으면 전혀 20세기 같은 생각이 안 들어서 좋거든. 요즘 세
상에 어떻게 그렇게 얼 빠진 채 있을 수 있을까 생각하면 그것만으로
도 무척 편해지지. 내가 아무리 태평해도 북소리 같은 그림은 도저히

4 게이샤 고이나(小稲)와 한베(半兵衛)의 정사(情死) 사건을 미야코다유 잇추가 각색한 것.
5 축제 때 흥을 돋우기 위한 노래의 일종으로, 주로 도쿄와 그 주변의 축제에서 연주된다. 별
재주가 필요 없는 단순한 곡이다.

그릴 수 없으니까 말이야."

"그리려고도 하지 않잖은가."

"그릴 수 없는 걸 뭐. 지금 도쿄에 있는 사람이 느긋한 그림을 그릴 수 있겠나? 하긴 그림만 그린 건 아니지만 말이야. ······그림 얘기가 나왔으니 말인데, 얼마 전에 대학 운동회에 가서 미네코 씨하고 노노미야 씨 누이의 캐리커처를 그려주려고 했는데, 결국 도망가버렸더군. 다음에 진짜 초상화를 그려서 전람회에라도 내볼까 하네."

"누구 말인가?"

"사토미의 누이지 누구겠나. 아무래도 평범한 일본 여성의 얼굴은 우타마로[6]식이나 뭐 그런 것뿐이라 서양 캔버스에는 잘 그려지지 않아서 못쓰지만, 그 여자나 노노미야 씨 누이라면 괜찮네. 두 사람 다 그림이 되지. 그 여자가 나무숲을 배경으로 부채로 이마 위를 가리고 환한 쪽을 향하고 있는 모습을 실물 크기로 그려볼까 생각하고 있네. 서양 부채는 불쾌감을 주니까 안 되지만 일본 부채는 새롭고 재미있을 거야. 아무튼 빨리 하지 않으면 안 되겠지. 조만간 시집이라도 가버리면 자유롭게 그릴 수 없게 될지도 모르니까 말이야."

산시로는 대단한 흥미를 갖고 하라구치의 이야기를 듣고 있었다. 특히 미네코가 부채로 이마 위를 가리고 있는 구도는 산시로에게 굉장한 감동을 주었다. 이상한 인연이 두 사람 사이에 존재하고 있는 건 아닐까 하는 생각까지 들 정도였다. 그러자 히로타 선생이 거침없이 말한다.

"그런 구도는 그리 재미있는 것도 아니잖은가?"

---

6 기타가와 우타마로(喜多川歌麿, 1753~1806). 에도 후기의 화가. 정숙하고 아름다운 미인화로 우키요에의 새로운 양식을 완성했다.

"하지만 당사자의 희망인 걸 어떡하겠나? 부채로 이마 위를 가리고 있는 포즈는 어떨까요, 하길래 아주 좋을 것 같다며 승낙했지. 뭐 나쁜 구도는 아니야. 어떻게 그리느냐에 달렸지만 말이지."

"너무 아름답게 그리면 결혼 신청이 쇄도해서 곤란할 거네."

"하하하하, 그럼 중간 정도로 그리도록 하겠네. 결혼이라고 해서 말인데, 그 여자도 이제 시집갈 나이군그래. 어떤가, 어디 좋은 자리는 없나? 사토미한테도 부탁을 받았는데 말이지."

"자네가 데려가는 건 어떻겠나?"

"내가 말인가? 나라도 상관없다면 데려가겠네만, 아무래도 그 여자한테는 신용이 없어서 말이야."

"그건 또 어째선가?"

"하라구치 씨는 서양에 갈 때 대단한 기세로 일부러 가다랑어 포를 사들여 그것만 갖고 파리 하숙집에 틀어박혀 있을 거라고 아주 으스대더니 파리에 도착하자마자 금방 돌변했다면서요, 하며 웃는 통에 꼴이 말이 아니었네. 아마 오라버니한테 들었겠지."

"그 여자는 자기가 가고 싶은 데가 아니면 절대 안 갈 걸세. 권해봤자 소용없지. 좋아하는 사람이 생길 때까지 독신으로 놔두는 게 좋을 거야."

"완전히 서양식이군그래. 하긴 앞으로의 여자는 다들 그렇게 될 테니까 그것도 좋겠지."

그 후 두 사람 사이에 그림에 대한 이야기가 길게 이어졌다. 산시로는 히로타 선생이 서양 화가의 이름을 많이 알고 있어 놀랐다.

"이보게, 사사키, 좀 내려오게."

돌아올 때 부엌문에서 게다를 찾고 있으니 선생이 계단 밑으로 와서 이렇게 불렀다.

바깥은 춥다. 하늘은 높고 맑아 어디서 이슬이 떨어지는가 싶을 정도다. 손이 옷에 닿으면 닿은 부분만 선뜩하다. 사람의 왕래가 적은 골목길을 두세 차례 꺾기도 하고 돌기도 하는 사이에 돌연 길거리 점쟁이를 만났다. 커다랗고 둥근 초롱을 달아 허리 아래가 시뻘겋게 보인다. 산시로는 길거리 점쟁이에게 점을 보고 싶었다. 하지만 일부러 보지 않았다. 삼목 울타리에 하오리[7]의 어깨가 닿을 정도로 붉은 초롱을 피해 지났다. 잠시 후 어두운 곳을 비스듬히 빠져나가자 오이와 케 거리가 나왔다. 모퉁이에 메밀국숫집이 있다. 산시로는 과감하게 포렴을 들추고 들어갔다. 술을 좀 마시기 위해서였다.

고등학생 세 명이 있다. 요즘 학교의 선생 중에 점심때 도시락으로 메밀국수를 먹는 사람이 많아졌다는 이야기를 하고 있다. 오포가 울리면 메밀국숫집 배달부가 나무 찜통이나 요리 재료를 어깨에 산더미처럼 올리고 서둘러 교문을 들어선다. 이곳 메밀국숫집은 그것으로 수입이 짭짤할 거라고 이야기하고 있다. 어떤 선생은 여름에도 뜨거운 우동을 먹는데 어째서일까 하고 이야기한다. 아마 위가 안 좋아서일 거라고 말한다. 그 밖에 이런저런 이야기를 하고 있다. 교사 이름은 대개가 경칭을 붙이지 않고 막 부른다. 한 학생이 히로타 씨라는 이름을 거론한다. 그러고 나서 히로타 씨는 왜 독신으로 있는가 하는 이야기를 시작한다. 히로타 씨의 집에 가면 여자 나체화가 걸려 있는데, 그걸 보면 여자를 싫어하는 것은 아닐 거라는 의견이다. 하지만 그것도 그 나체화 속의 여자가 서양 사람이라 확실하지 않다. 일본 여자를 싫어할지도 모른다는 의견이다. 아니, 실연한 탓임에 틀림없다

7 일본 옷 위에 걸치는 짧은 겉옷.

는 의견도 나온다. 실연해서 그런 괴짜가 된 게 아닐까 하는 질문을 한 학생도 있다. 하지만 젊은 미인이 출입한다는 소문이 있는데 그게 사실이냐고 묻는 학생도 있다.

계속 듣고 있으니 요컨대 히로타 선생은 훌륭한 사람이라는 결론에 도달한다. 산시로는 그가 왜 훌륭한지 잘 알 수 없지만, 아무튼 그 세 학생은 모두 요지로가 쓴 「위대한 어둠」을 읽었다. 실제로 그걸 읽고 나니까 갑자기 히로타 씨가 좋아졌다고 말한다. 때로는 「위대한 어둠」에 있는 경구 같은 것을 인용한다. 그리고 요지로의 글을 열심히 칭찬한다. 레이요시가 누구일까, 하며 궁금해한다. 어쨌든 히로타 씨를 상당히 잘 알고 있는 사람임에 틀림없다는 데는 세 사람 모두 동의한다.

산시로는 옆에서 아, 그렇구나, 하고 감탄했다. 요지로가 「위대한 어둠」을 쓴 것은 분명하다. 《문예시평》의 판매고가 적은 것은 당사자가 고백한 대로인데, 그가 말하는 이른바 위대한 논문을 싣고 여봐란 듯이 득의양양해하는 것은 허영심의 만족 이외에 무슨 도움이 될까 하고 의심하고 있었는데, 이것으로 보면 인쇄된 것의 위력은 역시 대단하다. 요지로의 주장대로 한 마디든 반 마디든 하지 않으면 손해다. 사람들의 평판은 이런 데서 올라가고 또 이런 데서 떨어진다고 생각하면 붓을 드는 자의 책임이 무거운 것임을 실감하며 메밀국숫집을 나섰다.

하숙집으로 돌아오자 술은 이미 깬 상태였다. 왠지 따분해서 안 되겠다. 책상 앞에 멍하니 앉아 있으니 가정부가 아래층에서 주전자에 뜨거운 물을 담아 가져온 김에 봉투 하나를 놓고 갔다. 또 어머니의 편지다. 산시로는 바로 봉투를 뜯었다. 오늘은 어머니의 필적을 보는 것이 무척이나 반갑다.

상당히 긴 편지였지만 별다른 것은 쓰여 있지 않다. 특히 미와타의 오미쓰에 대해서는 한마디도 쓰지 않아서 무척 고마웠다. 하지만 묘한 조언이 적혀 있다.

너는 어렸을 때부터 배짱이 없어서 못쓴다. 배짱이 없는 것은 손해 막심이라 시험을 볼 때와 같은 경우에는 얼마나 곤란한지 모른다. 오키쓰의 다카 씨는 공부를 아주 잘해서 지금은 중학교 선생을 하고 있다. 그런데 검정시험을 볼 때마다 몸이 떨려 제대로 답안을 쓸 수 없다. 그래서 딱하게도 월급이 오르지 않고 있다. 친구인 의사한테 부탁해서 떨리는 것을 막아주는 환약을 지어다가 시험 치기 전에 먹고 갔는데도 역시 떨렸다고 한다. 너는 부들부들 떨 정도는 아닌 것 같으니 도쿄의 의사에게 배짱이 좋아지는 약을 지어달라고 해서 평소에도 가지고 다니며 먹어라. 낫지 않을 리 없을 것이다. 이런 내용이었다.

산시로는 어처구니없다고 생각했다. 하지만 어처구니없으면서도 무척 고마운 마음이 들었다. 어머니는 정말 자상한 분이라며 마음속 깊이 감탄했다. 그날 밤 1시 무렵까지 어머니에게 긴 답장을 썼다. 편지에는 도쿄가 그다지 좋은 곳이 아니라는 구절을 써넣었다.

8

산시로가 요지로에게 돈을 빌려준 전말은 이렇다.

얼마 전 밤 9시 무렵 요지로가 빗속을 뚫고 갑자기 찾아와서는 다짜고짜 아주 난처하게 되었다고 했다. 아니나 다를까 평소와 달리 안색이 안 좋았다. 처음에는 가을비에 젖은 차가운 바람을 너무 많이 쐬어서 그런가 싶었으나 자리에 앉고 보니 안색만 안 좋은 게 아니었다. 보기 드물게 의기소침해 있기까지 했다.

"어디 안 좋은 데라도 있나?"

산시로가 이렇게 묻자 요지로는 사슴 같은 눈을 두 번 깜박이고 나서 대답했다.

"실은 돈을 잃어버려서 난처하게 되었네."

그러고는 잠깐 걱정스러운 듯한 얼굴로 담배 연기를 두어 번 코로 내뿜었다. 산시로는 잠자코 기다리고 있을 수가 없었다. 어떤 돈을 어디서 잃어버렸는지 차근차근 들어보니 금세 사정을 알 수 있었다. 요지로는 담배 연기를 두어 번 코로 내뿜을 동안에만 삼가고 있었을 뿐,

그다음에는 자초지종을 술술 털어놓았다.

요지로가 잃어버린 돈은 20엔인데, 다만 남의 돈이다. 작년에 히로타 선생이 그 전의 집을 구할 때 3개월분의 보증금이 부족해서 일시적으로 노노미야에게 빌린 적이 있다. 그런데 그 돈은 노노미야가 누이에게 바이올린을 사주어야 해서 일부러 고향의 아버지가 부쳐준 돈이라고 한다. 그러므로 지금 당장 필요한 것은 아니라고 해도 늦어질수록 요시코만 난처해진다. 요시코는 실제로 지금도 바이올린을 사지 못하고 있다. 히로타 선생이 갚지 않기 때문이다. 선생도 갚을 수만 있다면 진작 갚았겠지만, 다달이 한 푼의 여유도 없는 데다 월급 이외에는 벌이가 전혀 없는 사람이라 그대로 두고 있었다. 그런데 올여름 고등학교 수험생의 채점을 맡았는데 그 수당 60엔을 최근에야 받았다. 그래서 드디어 신세를 갚게 되어 요지로에게 그 심부름을 시켰다.

"그 돈을 잃어버렸으니 뵐 낯이 없는 거네."

요지로가 말했다. 실제로 뵐 낯이 없는 표정이기도 했다. 어디서 잃어버렸느냐고 물으니 잃어버린 게 아니라 마권을 몇 장 사서 몽땅 날려버렸다고 했다. 산시로도 그 말에는 기가 막히고 말았다. 무분별한 정도를 크게 넘어섰기에 충고할 마음도 일지 않았다. 게다가 본인도 풀이 죽어 있다. 이를 활기에 넘치던 평소의 모습과 비교하면 요지로가 두 명이 있는 거라고밖에 생각되지 않는다. 그 대조가 너무 심하다. 그래서 우습다는 것과 딱하다는 것이 합세해 산시로를 덮쳤다. 산시로는 웃음을 터뜨렸다. 그러자 요지로도 웃음을 터뜨렸다.

"뭐 괜찮아, 어떻게든 되겠지."

요지로가 말했다.

"선생님은 아직 모르는 건가?"

"아직 모르네."

"노노미야 씨는?"

"물론 아직 모르지."

"돈은 언제 받은 건가?"

"돈을 받은 게 이달 초니까 오늘로 딱 2주가 되었네."

"마권을 산 건?"

"돈을 받은 다음 날이지."

"그러고 나서 오늘까지 그대로 둔 거란 말인가?"

"이리저리 뛰어다녀봤네만 어쩔 수 없었으니 할 수 없는 일이지. 달리 방도가 없으면 이달 말까지 이대로 둬야지 뭐."

"이달 말이 되면 돈이 생길 데라도 있는 건가?"

"문예시평사에서 어떻게든 되겠지."

산시로는 일어나서 책상 서랍을 열었다. 어제 어머니가 보내준 편지 안을 들여다보며 말했다.

"돈은 여기 있네. 이번 달은 고향에서 일찍 보내왔거든."

"고맙네. 친애하는 오가와 군."

요지로는 갑자기 힘찬 목소리로 만담꾼 같은 어조로 말했다.

10시가 지난 시간에 두 사람은 비를 무릅쓰고 오이와케 거리로 나가 모퉁이의 메밀국숫집으로 들어갔다. 산시로가 메밀국숫집에서 술 마시는 것을 배운 것은 그때였다. 그날 밤은 둘 다 기분 좋게 마셨다. 계산은 요지로가 했다. 요지로는 좀처럼 남에게 계산하게 하지 않는다.

그러고 나서 오늘에 이르기까지 요지로는 돈을 갚지 않는다. 산시로는 정직해서 하숙비를 걱정하고 있다. 독촉을 하지 않지만 어떻게 해주었으면 좋겠다고 생각하며 하루하루 보내는 중에 월말이 다가왔다. 이제 하루나 이틀밖에 남지 않았다. 일이 생각대로 되지 않으면 하숙비 내는 날을 연기해두겠다는 생각은 아직 산시로의 머리에 떠오르지 않는다. 요지로가 꼭 가져올 것이다…… 라고까지는 물론 그를 신용하고 있지 않지만, 어떻게든 돈을 마련해보려는 정도의 친절한 마음은 있을 거라고 생각하고 있다. 히로타 선생의 평에 따르면 요지로의 머리는 얕은 여울의 물처럼 늘 흐르고 있다고 하는데, 무턱대고 흘러가기만 하고 책임을 잊어버려서는 곤란하다. 설마 그런 일은 없을 것이다.

산시로는 이층 창에서 길을 내려다보고 있었다. 그때 맞은편에서 요지로가 잰걸음으로 오고 있다. 창문 아래까지 와서 산시로를 올려다보며 요지로가 말한다.

"이보게, 있었나?"

"응, 있었네."

산시로는 위에서 요지로를 내려다보며 말했다. 위아래에서 이런 어이없는 인사를 한마디씩 교환하고 산시로는 방 안으로 머리를 집어넣는다. 요지로는 계단을 쿵쿵거리며 올라왔다.

"기다리고 있지 않았나? 자네 일이라 하숙비를 걱정하고 있을 거라고 생각하고 꽤 뛰어다녔지. 정말 한심해."

"문예시평사에서 원고료는 주던가?"

"원고료라니, 원고료는 진작 다 받았는데."

"아니, 저번에는 월말에 받을 거라고 하지 않았나?"

"그런가? 잘못 들은 거겠지. 이제 한 푼도 받을 게 없네."

"이상하군. 자네가 분명히 그렇게 말했는데."

"아니, 가불을 하려고 말은 해봤지. 그런데 좀처럼 빌려주지 않더군. 나한테 빌려주면 받지 못할 거라고 생각하는 거지. 괘씸한 것들. 고작 20엔 가지고 말이야. 아무리 「위대한 어둠」을 써줘도 신용하지 않는다니까. 보람이 없어. 아주 지겨워."

"그럼 돈은 마련하지 못한 건가?"

"아니, 다른 데서 마련했네. 자네가 곤란할 것 같아서 말이야."

"그런가? 그거 참 미안하군."

"그런데 난감한 일이 생겼네. 돈이 여기 없거든. 자네가 받으러 가야 해."

"어디로 말인가?"

"실은 문예시평사에서 안 된다고 해서 하라구치 씨 등등 해서 두세 집을 다녀봤는데 어디나 월말이라 사정이 안 좋더라고. 그래서 마지막으로 사토미 씨 집에 가서…… 사토미 씨라고 모르나? 사토미 교스케. 법학사라네. 미네코 씨의 오라버니지. 거기에 갔는데 이번에는 아무도 없어서 역시 허탕을 친 거야. 그러다가 배도 고프고 걷는 것도 귀찮고 해서 결국 미네코 씨를 만나 이야기를 했다네."

"노노미야 씨의 누이가 있지 않았나?"

"아니, 정오가 좀 지난 시간이라 학교에 있을 시간이었네. 게다가 응접실이어서 있어도 상관없었네."

"그런가?"

"그래서 미네코 씨가 알겠다며 마련해주겠다고 했는데 말이네."

"그 여자는 자기 돈이 있는 건가?"

"그거야 어떤지 모르지. 하지만 아무튼 괜찮네. 자기가 알겠다고 했으니까. 그 여자는 묘한 데가 있어서 나이도 많지 않은데 누님 같은 일을 하는 걸 좋아하는 성격이라 자기가 일단 알겠다고 했으니까 안심이네. 걱정하지 않아도 될 걸세. 잘 부탁해두면 염려할 건 없지. 그런데 맨 나중에 말이야, 돈은 여기 있지만 당신한테는 건넬 수 없어요, 라고 해서 깜짝 놀랐네. 그렇게 저를 못 믿으시겠습니까, 라고 물었더니, 네, 하면서 웃더라고. 아주 기분이 상하더군. 그럼 오가와를 보낼까요, 하고 다시 물었더니, 네, 오가와 씨한테 직접 건네지요, 하더란 말이지. 어떻게 하든 멋대로 하라지 뭐. 자네, 받으러 갈 수 있겠나?"

"받으러 가지 않으면 고향에 전보라도 쳐야겠지."

"전보는 그만두게. 어이가 없군그래. 아무리 자네라도 빌리러 갈 수 있을 거 아닌가?"

"갈 수 있네."

이것으로 간신히 20엔 문제가 해결되었다. 그 일이 끝나자 요지로는 바로 히로타 선생에 관한 사건을 보고하기 시작했다.

운동은 착착 진행되고 있다. 틈만 나면 하숙집으로 찾아가 한 사람 한 사람과 의논한다. 의논은 일대일로 하는 것이 가장 좋다. 많은 사람이 모이면 각자가 자신의 존재를 주장하려고 해서 툭하면 이의를 제기한다. 그렇게 하지 않으면 자신의 존재가 잊힌 듯한 마음이 들어 처음부터 냉담한 자세를 취하는 것이다. 그러니 아무래도 의논은 일대일로 하는 것이 제일이다. 그 대신 시간이 든다. 돈도 든다. 하지만 그런 걸 걱정해서는 운동을 할 수 없다. 그리고 의논할 때는 히로타 선생의 이름을 그다지 꺼내지 않기로 한다. 우리를 위한 의논이 아니라 히로타 선생을 위한 의논이라고 여겨지면 일이 해결되지 않는다.

요지로는 이런 방법으로 운동을 추진하고 있다고 한다. 그래서 오늘까지는 일이 잘 진행되고 있다. 서양인만 있어서는 안 되니까 반드시 일본인을 받아들이자는 이야기까지는 진행되었다. 앞으로 한 번 더 모여서 위원을 뽑은 다음 학장이나 총장을 찾아가 우리의 희망을 이야기하기만 하면 된다. 물론 모임은 그저 명색뿐인 형식이니까 생략해도 된다. 위원이 될 만한 학생도 대체로 정해져 있다. 다들 히로타 선생에게 동정심을 갖고 있는 친구들이라 의논하는 자리의 분위기에 따라서는 그쪽에서 먼저 선생의 이름을 학교 당국에 얘기할지도 모른다⋯⋯

듣고 있으니 요지로 한 사람에 의해 천하가 자유로워지는 것 같다. 산시로는 요지로의 수완에 적잖이 감탄했다. 요지로는 또 요 전날 밤 하라구치를 선생의 집으로 데려온 일에 대해 말하기 시작했다.

"그날 밤 하라구치 씨가 선생한테 문예가 모임을 개최하니 나오라고 권했지?"

산시로는 물론 기억하고 있다. 요지로의 이야기에 따르면, 실은 그것도 자신이 제안한 것이라고 한다. 그 이유는 여러 가지가 있지만 우선 가장 가까운 이유를 들자면 그 회원 중에는 대학 문과에서 힘 있는 교수가 있다. 그 사람과 히로타 선생을 접촉시키는 것은 이런 경우 선생에게 무척 유리하다. 선생은 괴짜라 자진해서는 아무와도 교제하지 않는다. 하지만 이쪽에서 그럴싸한 기회를 만들어 접촉하게 하면 괴짜 나름대로 교제를 할 것이다⋯⋯

"그런 의미가 있었는지는 전혀 몰랐네. 그래서 자네가 발기인이라는 건데, 모임을 열 때 자네 이름으로 통지문을 돌려도 그런 대단한 사람들이 다들 모이겠나?"

요지로는 잠시 산시로를 진지하게 보더니 곧 쓴웃음을 지으며 딴

데로 시선을 돌렸다.

"부질없는 소리 하지 말게. 발기인이라고 해도 표면적인 발기인이 아니네. 단지 내가 그런 모임을 기획했을 뿐이지. 다시 말해 내가 부추겨서 모든 걸 하라구치 씨가 주선하는 것으로 꾸민 거라네."

"그렇군."

"그렇군은 좀 촌스럽군. 그나저나 자네도 그 모임에 나오도록 하게. 얼마 있으면 곧 열릴 테니까."

"그런 대단한 사람만 나오는 자리에 가봤자 무슨 소용이 있겠나. 난 그만두겠네."

"또 촌티를 내는군그래. 대단한 사람도, 대단치 않은 사람도 그저 사회에 머리를 내민 순서가 다를 뿐이네. 뭐 그 사람들, 박사니 학사니 해봐야 만나서 이야기해보면 별것 아니네. 무엇보다 그들 스스로도 그렇게 대단하다고 생각하지 않으니까. 꼭 나가보는 게 좋을 거네. 자네의 장래를 위해서니까 말이야."

"어디서 열리나?"

"아마 우에노의 세이요켄(精養軒)[1]일 거네."

"나는 그런 곳에 가본 적이 없네. 회비도 비쌀 것 같은데."

"뭐 2엔쯤 되겠지. 회비 같은 건 걱정하지 않아도 되네. 없으면 내가 내줄 테니까."

1 도쿄 우에노 공원 내에 있는 서양 요릿집으로 1876년에 생겨 지금까지도 운영되고 있다. 신바시와 요코하마 사이의 철도가 개통되고 문명개화가 본격적으로 시작된 1872년, 프랑스 요릿집의 개척자로서 세이요켄이 도쿄 쓰키치에서 문을 열었다. 당시의 일본인은 쇠고기를 먹지 않아 서양 요리가 아주 진기한 시대였으나 세이요켄이 탄생한 이후 프랑스 요리는 메이지 사람들에게 널리 사랑받게 되었다. 1876년에는 우에노 공원이 생기면서 현재의 장소에 '우에노 세이요켄'이 탄생했고, 그 이후 로쿠메이칸(鹿鳴館) 시대의 화려한 사교장으로서 국내외의 왕후귀족이나 각계의 명사가 모여들어 때로는 역사적 회담의 무대가 되기도 했다.

산시로는 곧 조금 전의 20엔 건을 떠올렸다. 하지만 신기하게도 우습지가 않았다. 게다가 요지로는 긴자의 어딘가로 튀김을 먹으러 가자는 말을 꺼냈다. 돈은 있다고 한다. 알다가도 모를 친구다. 하라는 대로 하는 산시로도 그것은 거절했다. 그 대신 함께 산보하러 나섰다. 돌아올 때 오카노 과자점에 들러 요지로는 밤만주[2]를 잔뜩 샀다. 그걸 선생에게 선물로 가져간다며 봉지를 안고 돌아갔다.

산시로는 그날 밤 요지로의 성격에 대해 생각했다. 오랫동안 도쿄에 있으면 그렇게 되는 걸까 하고 생각했다. 그리고 미네코의 집으로 돈을 빌리러 갈 일을 생각했다. 미네코에게 갈 용건이 생긴 것은 기쁜 일이다. 하지만 머리를 숙여 돈을 빌리는 것은 달갑지 않다. 산시로는 태어나서 지금까지 남에게 돈을 빌린 적이 없다. 게다가 빌려준다는 사람이 아가씨다. 독립한 사람이 아닌 것이다. 설사 돈에 여유가 있다고 해도 오라버니의 허락을 받지 않고 몰래 돈을 빌리게 되면, 빌리는 자신은 몰라도 나중에 빌려준 사람에게 폐가 될지도 모른다. 혹은 그 여자의 일이니까 폐가 되지 않도록 처음부터 준비된 것인가 하는 생각도 든다. 아무튼 만나보자. 만나보고 나서 빌리는 것이 여의치 않을 것 같으면 거절하고 잠시 하숙비 지불을 늦춰달라고 해놓고 고향에 돈을 보내달라고 하면 된다. ……당장은 여기까지 생각하고 일단락을 지었다. 그다음에는 미네코에 대한 생각이 이것저것 머리에 떠오른다. 미네코의 얼굴이며 손, 옷깃, 오비, 기모노 같은 것을 상상에 맡겨 떠올리고 지우기를 반복했다. 특히 내일 만날 때 어떤 태도로 어떤 말을 할 것인가, 그 광경이 열 가지, 스무 가지로 떠오른다. 산시로

2 일본 과자인 만주의 한 종류. 만주의 소 원료에 밤을 사용하는 것을 말하기도 하고 만주 표면에 계란 노른자를 칠해 구워 밤 같은 색이나 모양을 한 만주를 말하기도 한다.

는 원래부터 이런 사람이다. 용무가 있어 다른 사람과 만날 약속을 했을 때는 그쪽이 어떻게 나올 것인가 하는 것만 상상한다. 자신이 이런 표정으로, 이런 일을, 이런 목소리로 말해야지 하는 것은 결코 생각하지 않는다. 더구나 만나고 나면 나중에 반드시 그것을 떠올리며 생각한다. 그리고 후회한다.

특히 오늘 밤은 자신에 대해 상상할 여지가 없다. 산시로는 얼마 전부터 미네코를 의심하고 있다. 하지만 의심하기만 할 뿐 전혀 결말이 나지 않는다. 그렇다고 얼굴을 맞대고 캐물어야 할 사건이 하나도 없으므로 일도양단의 해결 같은 것은 엄두도 내지 못한다. 만약 산시로가 안심하기 위해 해결이 필요하다면, 그것은 그저 미네코를 만날 기회를 이용해 그쪽의 모습을 보고 적당히 최후의 판결을 내리기만 하면 되는 일이다. 내일의 만남은 그 판결에 빼놓을 수 없는 재료다. 그러므로 여러모로 상대를 상상해본다. 하지만 어떻게 상상해도 자신에게 유리한 광경만 떠오른다. 그런데도 실제로는 대단히 의심스럽다. 마치 지저분한 곳을 깔끔하게 사진으로 찍어 바라보고 있는 듯한 기분이 든다. 사진은 사진으로서 어디까지나 사실임에 틀림없지만, 실물이 지저분하다는 것을 숨기려야 숨길 수 없는 것과 마찬가지로 같아야 할 둘이 결코 일치하지 않는다. 마지막으로 기쁜 일이 생각났다. 미네코는 요지로에게 돈을 빌려주겠다고 했다. 하지만 요지로에게는 건네지 않겠다고 말했다. 실제로 요지로는 금전적인 면에서는 신용하기 어려운 사람일지도 모른다. 하지만 그런 의미에서 미네코가 돈을 건네지 않은 건지 어떤지는 의심스럽다. 만약 그런 의미가 아니라고 한다면 자신에게는 심히 기대할 만한 일이다. 그냥 돈을 빌려주는 것만으로도 충분한 호의다. 자신을 만나 직접 건네고 싶다는 것은……

산시로는 이렇게까지 우쭐해보기도 했지만, 금세 '역시 우롱하는 게 아닐까?' 하는 생각이 들어 갑자기 얼굴이 빨개졌다. 만약 어떤 사람이, 그 여자는 무엇 때문에 자네를 우롱하는 건가, 라고 물었다면 산시로는 아마 대답할 수 없었을 것이다. 굳이 생각해보라고 하면 우롱 자체에 흥미를 갖고 있는 여자이기 때문이다, 라고까지는 대답했을지도 모른다. 자신의 우쭐함을 벌하기 위해서, 라고는 전혀 생각할 수 없었을 것이다. ……산시로는 미네코 때문에 우쭐하게 되었다고 믿고 있다.

이튿날은 다행히 교수 두 명이 결근해서 정오부터 시작하는 수업은 휴강이었다. 하숙으로 돌아가는 것도 귀찮아서 도중에 간단한 음식으로 배를 채우고 미네코의 집으로 갔다. 앞을 지난 적은 몇 차례 있다. 하지만 들어가는 것은 처음이다. 기와로 지붕을 인 대문 기둥에 사토미 교스케라는 문패가 달려 있다. 산시로는 이곳을 지날 때마다 사토미 교스케라는 사람은 어떤 사람일까 하고 생각했다. 아직 만난 적이 없다. 문은 잠겨 있다. 쪽문으로 들어가니 현관까지의 거리가 의외로 짧다. 직사각형의 화강암이 띄엄띄엄 깔려 있다. 현관문은 가늘고 고운 격자로 만들어져 있다. 벨을 누른다. 손님을 맞이하러 나온 가정부에게 물었다.

"미네코 씨, 댁에 계십니까?"

이때 산시로는 자신이 생각해도 멋쩍은 듯한 묘한 기분이 들었다. 남의 집 현관에서 묘령의 아가씨가 집에 있는지를 물어본 적은 아직 한 번도 없다. 무척 물어보기 힘들다는 생각이 든다. 가정부는 의외로 진지하다. 게다가 공손하다. 일단 안으로 들어갔다가 다시 나오더니 정중하게 목례를 하며, 자, 들어오세요, 하기에 따라 들어가니 응접실로 안내한다. 묵직한 커튼이 걸려 있는 서양식 응접실이다. 좀 어둡다.

"잠깐만 좀……"

가정부는 이렇게 대답하고 나갔다. 산시로는 조용한 방 안에서 자리를 잡고 앉았다. 정면에 벽을 잘라내고 만든 난로가 있다. 그 위에는 옆으로 긴 거울이 있고 앞에 촛대 두 개가 있다. 산시로는 좌우의 촛대 가운데에 자신의 얼굴을 비춰보고 다시 앉았다.

그러자 안쪽에서 바이올린 소리가 났다. 그 소리는 어디선가 바람이 가져와 버리고 간 것처럼 금세 사라지고 말았다. 산시로는 아쉬웠다. 두툼하고 긴 의자의 등에 기대어 좀 더 켜면 좋을 텐데 하고 생각하며 귀를 기울이고 있었으나 소리는 그걸로 끝이었다. 채 1분도 안되어 산시로는 바이올린 소리를 잊어버렸다. 맞은편에 있는 거울과 촛대를 바라보고 있다. 묘하게 서양 냄새가 난다. 그리고 나서 가톨릭이 연상되었다. 왜 가톨릭인지 산시로는 알지 못했다. 그때 바이올린이 다시 울렸다. 이번에는 높은 음과 낮은 음이 두어 번 갑자기 이어서 울렸다. 그리고 뚝 그쳤다. 산시로는 서양 음악을 전혀 모른다. 하지만 지금의 소리는 결코 제대로 된 곡의 일부를 켠 것으로는 보이지 않는다. 그저 울렸을 뿐이다. 아무렇게나 그냥 울린 것이 산시로의 정서에 잘 맞았다. 별안간 하늘에서 두세 개 아무렇게나 떨어진 우박 같았다.

산시로가 거의 감각을 잃은 눈을 거울로 옮기자 거울 안에 어느새 미네코가 서 있다. 가정부가 닫았다고 생각했던 문이 열려 있다. 문 뒤에 걸쳐져 있는 천을 한 손으로 헤치고 선 미네코의 가슴 위쪽이 또렷이 비치고 있다. 미네코는 거울 안에서 산시로를 봤다. 산시로는 거울 안의 미네코를 봤다. 미네코는 싱긋 웃었다.

"어서 오세요."

여자의 목소리는 뒤에서 들렸다. 산시로는 돌아봐야 했다. 미네코와 산시로는 직접 얼굴을 마주했다. 그때 미네코는 히사시가미[3]로 올린 풍성한 머리를 앞으로 내밀며 목례를 했다. 인사를 할 필요가 없을 만큼 친근한 태도다. 산시로는 오히려 의자에서 일어나 머리를 숙였다. 미네코는 모른 척하며 맞은편으로 돌아 거울을 등지고 산시로의 정면에 앉았다.

"드디어 오셨군요."

여전히 친근한 태도다. 산시로에게는 이 한마디가 굉장히 반갑게 들렸다. 미네코는 빛나는 비단옷을 입고 있다. 조금 전부터 꽤 기다리게 한 것을 보면 응접실로 나오기 위해 일부러 예쁜 옷으로 갈아입었는지도 모른다. 그리고 단정하게 앉아 있다. 눈과 입에 웃음을 머금고 말없이 지켜보는 모습에 산시로는 오히려 달콤한 고통을 느꼈다. 그런데도 지그시 바라보는 데에 견딜 수 없는 마음이 든 것은 그녀가 자리에 앉을 때부터였다. 산시로는 바로 입을 열었다. 거의 발작에 가깝다.

"사사키가……"

"사사키 씨가 당신한테 갔지요?"

이렇게 말하며 예의 그 하얀 이를 드러냈다. 미네코 뒤에는 조금 전에 본 촛대가 벽난로 좌우에 나란히 서 있다. 금으로 세공한, 이상한 모양의 촛대. 그것을 촛대라고 본 것은 산시로의 억측으로, 사실은 그게 뭔지 모른다. 그 이상한 촛대 뒤에는 분명한 거울이 있다. 햇빛은 두꺼운 커튼에 가려져 충분히 들어오지 않는다. 더군다나 날씨가

3 앞머리를 모자 차양처럼 내밀게 한 머리 모양으로, 메이지 후기에서 다이쇼 초기에 젊은 여성들 사이에 유행했다. 특히 여학생들 사이에 크게 유행하여 여학생의 별칭이 되기도 했다.

흐리다. 산시로는 그사이에 미네코의 하얀 이를 봤다.

"사사키가 찾아왔더군요."

"뭐라고 하던가요?"

"저한테 당신을 찾아가보라고 했습니다."

"그렇겠지요. ……그래서 오신 거예요?"

미네코가 일부러 물었다.

"예." 이렇게 말하며 살짝 망설였다. "뭐, 그렇지요."

미네코는 치아를 완전히 감췄다. 조용히 자리에서 일어나 창가로 가서는 바깥을 내다보았다.

"하늘이 흐려졌네요. 바깥은 춥겠지요?"

"아뇨, 의외로 따뜻합니다. 바람이 전혀 안 불어서요."

"그렇군요."

미네코는 이렇게 말하며 자리로 돌아왔다.

"실은 사사키가 돈을……"

산시로가 말을 꺼냈다.

"알고 있어요."

도중에 말을 막았다. 산시로도 입을 다물었다. 그러자 물었다.

"왜 잃어버린 거예요?"

"마권을 샀습니다."

"어머!" 미네코가 말했다. 어머, 라고 한 것에 비하면 얼굴은 그리 놀란 표정이 아니다. 오히려 웃고 있다. "나쁜 분이로군요." 잠시 후 이렇게 덧붙였다.

산시로는 대답하지 못하고 있었다.

"마권으로 맞히는 것은 사람의 마음을 맞히는 것보다 어렵지 않은

가요? 당신은 색인이 붙어 있는 사람의 마음조차 맞혀보려고 하지 않는 태평한 분인데 말이에요."

"제가 마권을 산 게 아닙니다."

"어머, 그럼 누가 산 거죠?"

"사사키가 샀습니다."

미네코는 별안간 웃음을 터뜨렸다. 산시로도 웃음이 나왔다.

"그럼 돈이 필요한 건 당신이 아니었군요. 어이가 없네요."

"돈이 필요한 건 제가 맞습니다."

"정말요?"

"정말입니다."

"그럼 이상하군요."

"그러니 빌려주지 않아도 좋습니다."

"왜요? 싫으신가요?"

"싫은 건 아니지만, 오라버니 되시는 분께 말도 하지 않고 빌리는 건 좋지 않기 때문입니다."

"그건 어째서요? 하지만 오라버니한테 허락을 받았는걸요."

"그런가요? 그럼 빌려도 좋습니다. ……하지만 빌려주지 않아도 됩니다. 고향 집에 말만 하면 일주일 뒤에는 보내줄 테니까요."

"폐가 된다면 굳이……"

미네코는 갑자기 냉담해졌다. 지금까지 옆에 있던 사람이 갑자기 100미터쯤 물러난 것 같다. 산시로는 빌리기로 할 걸 그랬다고 생각했다. 하지만 이제 어쩔 수 없다. 촛대를 보며 시치미를 떼고 있다. 산시로는 자진해서 남의 비위를 맞춰본 적이 없다. 미네코도 멀어진 채 다가오지 않는다. 잠시 후 다시 일어섰다. 창가로 가서 바깥을 내다보며 말한다.

"비가 올 것 같지는 않군요."

산시로도 같은 어조로 대답한다.

"비가 올 것 같지는 않네요."

"비가 오지 않으면 저는 잠깐 나갔다 올까 봐요."

창가에 선 채 말한다. 산시로는 돌아가달라는 의미로 해석했다. 빛나는 비단옷을 갈아입은 것도 자신 때문이 아니었다.

"이제 돌아가겠습니다."

산시로는 이렇게 말하고 일어섰다. 미네코는 현관까지 나와 배웅했다. 신발 신는 데로 내려가 구두를 신고 있으니 위에서 미네코가 말한다.

"거기까지 함께 갈까요? 괜찮죠?"

"예, 좋으실 대로."

산시로는 구두끈을 매면서 대답했다. 미네코는 어느새 회삼물 바닥으로 내려섰다. 내려서면서 산시로의 귓가에 입을 가져가 속삭였다.

"화났어요?"

그때 가정부가 허둥대며 배웅하러 나왔다.

두 사람은 50미터쯤 말없이 함께 걸었다. 그사이에 산시로는 내내 미네코에 대해 생각했다. 이 여자는 제멋대로 자랐음에 틀림없다. 그리고 집에서는 보통 여성 이상의 자유를 누리며 무슨 일이든 제 뜻대로 할 것이다. 누구의 허락도 받지 않고 이렇게 나와 함께 거리를 걷는 데서도 알 수 있다. 나이 든 부모가 없고 젊은 오라버니가 방임주의자라 이렇게 할 수도 있겠지만, 만약 시골이라면 필시 곤란한 일이리라. 이 여자에게 미와타의 오미쓰 같은 생활을 하라고 한다면 어떻게 될까? 도쿄는 시골과 달리 모든 게 개방적이라 이곳 여자가 대체로 이렇게 되는 것인지 모르겠으나, 멀리서 상상해보니 시골이 좀 더 구식으로 보이는 것 같기도 하다. 그러고 보니 요지로가 미네코를 입센의 인물과 닮았다고 평한 것도 그럴듯하다는 생각이 든다. 다만 세속의 예의에 구애받지 않는 점만이 입센의 인물과 닮은 건지, 아니면 마음속의 사상까지도 그런 건지, 그것까지는 알 수 없다.

그러는 사이에 혼고 거리가 나왔다. 함께 걷고 있는 두 사람은 함께 걷고 있으면서도 상대가 어디로 가는 건지 전혀 모른다. 지금까지 골목길을 세 번쯤 돌았다. 돌 때마다 두 사람의 발은 약속이나 한 것처럼 말없이 같은 방향으로 돌았다. 혼고 4가 모퉁이에 다다를 즈음 미네코가 물었다.

"어디로 가세요?"

"당신은 어디로 가십니까?"

두 사람은 잠깐 얼굴을 마주 보았다. 산시로는 지극히 진지하다. 미네코는 참지 못하고 다시 하얀 이를 드러냈다.

"같이 가실래요?"

두 사람은 혼고 4가 모퉁이에서 언덕길 쪽으로 꺾었다. 50미터쯤 가자 오른쪽에 커다란 서양식 건물이 있다. 미네코는 그 앞에서 멈췄다. 오비 사이에서 얇은 통장과 도장을 꺼내 말한다.

"부탁해요."

"뭔가요?"

"이걸로 돈을 찾아주세요."

산시로는 손을 내밀어 통장을 받았다. 한가운데에 소액당좌예금통장이라고 쓰여 있고 그 옆에는 사토미 미네코 님이라고 쓰여 있다. 산시로는 통장과 도장을 든 채 미네코의 얼굴을 보며 서 있다.

"30엔요."

미네코가 금액을 말했다. 마치 매일 은행에 돈을 찾으러 다녀 익숙한 사람에게 하는 말투다. 다행히 산시로는 고향에 있을 때 이런 통장을 들고 이따금 도요쓰(豊津)까지 가곤 했다. 바로 돌계단을 올라 문을 열고 은행 안으로 들어갔다. 통장과 도장을 담당자에게 건네고 필요한 금액을 받아 들고 나와서 보니 미네코는 기다리고 있지 않았다. 이미 언덕길 쪽으로 3, 40미터쯤 걸어가고 있었다. 산시로는 서둘러 쫓아갔다. 받아 온 것을 바로 건네려고 호주머니에 손을 넣자 미네코가 물었다.

"단세이카이(丹靑會)의 전람회 봤나요?"

"아직 못 봤습니다."

"초대권을 두 장 받았는데 그만 틈이 나지 않아 아직 가지 못했거든요. 같이 가시겠어요?"

"가도 좋습니다."

"그럼 가시죠. 전람회도 곧 끝나니까요. 전 한번 봐두지 않으면 하라구치 씨한테 죄송하거든요."

"하라구치 씨가 초대권을 준 겁니까?"

"네. 당신도 하라구치 씨를 아세요?"

"히로타 선생님 댁에서 한 번 만났습니다."

"재미있는 분이죠? 바카바야시를 배운다고 하더군요."

"얼마 전에는 북을 배우고 싶다고 하던데요. 그리고……"

"그리고?"

"그리고 당신 초상을 그릴 거라는 이야기를 했습니다. 그게 정말입니까?"

"네, 고급 모델이죠."

산시로는 이보다 재치 있는 말을 할 수 없는 성격이다. 그래서 입을 다물고 있었다. 미네코는 무슨 말인가 해주기를 바랐던 것 같다.

산시로는 다시 호주머니에 손을 넣었다. 은행 통장과 도장을 꺼내 미네코에게 건넸다. 돈은 통장 사이에 끼워 놓았을 것이다.

"돈은요?"

그런데도 미네코가 이렇게 물었다. 살펴보니 통장 사이에 돈이 없었다. 산시로는 다시 호주머니를 뒤졌다. 안에서 손에 닳아빠진 지폐를 끄집어냈다. 미네코는 손을 내밀지 않는다.

"맡아두세요."

산시로는 별로 달갑지 않다는 생각이 들었다. 하지만 산시로는 이런 때에 다투는 것을 좋아하지 않는다. 게다가 길거리라 더욱 조심스럽다. 일부러 손에 쥔 지폐를 다시 호주머니에 넣어두고 묘한 여자라고 생각했다.

많은 학생들이 지나간다. 지나칠 때 반드시 두 사람을 쳐다본다. 그 중에는 멀리서부터 주시하며 오는 학생도 있다. 산시로는 연못가에 이를 때까지의 길이 무척 길게 느껴졌다. 그래도 전차를 탈 생각은 들지 않았다. 두 사람 다 느릿느릿 걷고 있다. 전람회장에 도착한 것은 거의 3시가 다 되어서다. 묘한 간판이 나와 있다. 단세이카이라는 글자도, 글자 주변에 붙어 있는 도안도, 산시로의 눈에는 모두 새로웠다. 하지만 구마모토에서 볼 수 없다는 의미에서 새롭다는 것이므로, 오히려 색다르다는 느낌에 가까웠다. 내부는 더욱 그랬다. 산시로의 눈에는 그저 유화와 수채화의 구별이 명백하게 보이는 정도에 지나지 않았다.

그래도 좋고 싫은 그림은 있다. 사도 좋을 것 같은 그림도 있다. 하지만 솜씨가 좋은 것과 나쁜 것은 전혀 알 수가 없다. 따라서 처음부터 감별력이 없다고 체념한 산시로는 전혀 입을 열지 않았다.

미네코가 이건 어떤가요, 하고 물으면 글쎄요, 라고 한다. 이건 재미있지 않나요, 라고 물으면 재미있는 것 같군요, 라고 대답한다. 전혀 의욕이 없다. 이야기를 못하는 바보거나 이쪽을 상대하지 않는 대단한 남자로 보인다. 바보라고 하면 뽐내지 않는 점에 귀여움이 있다. 대단하다고 하면 상대가 되지 않는 점이 밉살스럽다.

오랫동안 외국을 여행한 오누이의 그림이 많다. 두 사람의 성이 같고, 게다가 한곳에 나란히 걸려 있다. 미네코는 그 한 점의 그림 앞에 멈춰 섰다.

"베네치아죠?"

그것은 산시로도 알았다. 어쩐지 베네치아인 듯하다. 곤돌라라도 타보고 싶은 마음이 든다. 산시로는 고등학교에 다닐 때 곤돌라(gondola)라는 단어를 배웠다. 그러고 나서 그 단어를 좋아하게 되었다. 곤돌라라고 하면 여자와 함께 타야 한다는 기분이 든다. 말없이 푸른 물, 물과 좌우의 높다란 집, 거꾸로 비치는 집의 그림자, 그림자 안에 어른거리는 붉은 옷감을 바라보고 있다.

그러자 미네코가 말한다.

"오라버니 쪽이 훨씬 나은 것 같네요."

산시로에게는 그 의미가 통하지 않는다.

"오라버니라는 건……"

"이 그림은 오라버니가 그린 거잖아요."

"누구의 오라버니라는 거죠?"

미네코는 이상하다는 표정으로 산시로를 쳐다봤다.

"그러니까 저쪽 것이 누이가 그린 거고 이쪽 것이 오라버니가 그린 거잖아요."

산시로는 한발 물러나 방금 지나온 곳을 돌아보았다. 똑같이 외국의 경치를 그린 그림이 여러 점 걸려 있다.

"다른 겁니까?"

"한 사람이 그린 거라고 생각했어요?"

"예."

산시로는 이렇게 말하고 멍하니 있다. 잠시 후 두 사람이 얼굴을 마주 보았다. 그리고 동시에 웃음을 터뜨렸다. 미네코는 놀란 듯이 일부러 눈을 크게 뜨고, 게다가 한층 톤을 낮춘 조그만 소리로 말한다.

"너무하시네요."

이렇게 말한 미네코는 2미터쯤 앞으로 쑥쑥 가버렸다. 산시로는 멈춰 선 채 다시 한번 베네치아의 운하를 바라보기 시작했다. 먼저 지나간 미네코가 그때 돌아보았다. 산시로는 자신을 보고 있지 않다. 미네코는 앞으로 가는 발길을 뚝 멈췄다. 그쪽에서 산시로의 옆얼굴을 가만히 보고 있었다.

"미네코 씨!"

불시에 누군가가 큰 소리로 부른다.

미네코도 산시로도 똑같이 얼굴을 돌렸다. 사무실이라고 쓰인 입구에서 2미터쯤 떨어진 곳에 하라구치가 서 있다. 하라구치 뒤에 살짝 겹쳐서 노노미야가 서 있다. 미네코는 자신을 부른 하라구치보다는 그보다 멀리 있는 노노미야를 봤다. 보자마자 두세 걸음 뒤로 물러나 산시로 옆으로 왔다. 사람들 눈에 띄지 않을 정도로 자신의 입을 산시로의 귀에 가까이 댔다. 그리고 뭐라고 속삭였다. 산시로는 그녀가 무슨 말을 했는지 전혀 알아들을 수 없었다. 다시 물어보려고 하는데 미네코가 두 사람 쪽으로 돌아갔다. 이미 인사를 나누고 있다. 노노미야가 산시로에게 말했다.

"묘한 사람하고 같이 왔군."

산시로가 뭔가 대답하려는데 미네코가 말한다.

"어울리죠?"

노노미야는 아무 말도 하지 않았다. 뒤로 휙 돌아섰다. 뒤에는 다다미 한 장 크기의 커다란 그림이 있다. 그 그림은 초상화다. 그리고 온통 까맣다. 옷도 모자도 배경과 구별할 수 없을 정도로 햇빛을 받고 있지 않은 가운데 얼굴만 하얗다. 얼굴은 마르고 볼이 홀쭉하다.

"복제품이로군요."

노노미야가 하라구치에게 말했다. 하라구치는 지금 미네코에게 열심히 무슨 이야기를 하고 있다. ……곧 문을 닫을 시간이다. 관람객도 상당히 줄었다. 하라구치는 전람회가 시작되었을 무렵에는 매일 사무실에 나왔지만 요즘은 좀처럼 얼굴을 내밀지 않았다. 오늘은 오랜만에 이곳에 볼일이 있어 노노미야를 끌고 온 참이다. 용케 우연히 맞닥뜨린 것이다. 이 전람회가 끝나면 바로 내년 전람회 준비를 시작해야 해서 무척 바쁘다. 예년에는 꽃이 필 무렵에 열었지만 내년에는 회원들 사정으로 다소 일찍 열 예정이라 거의 전람회를 두 번 연속 여는 것이나 마찬가지다. 필사적으로 준비하지 않으면 안 된다. 그때까지는 미네코의 초상화를 완성할 생각이다. 폐가 되겠지만 섣달그믐이라도 그리게 해달라.

"그 대신 여기에 걸 생각입니다."

하라구치는 그제야 검은 그림 쪽으로 돌아섰다. 노노미야는 그 사이에서 멍하니 같은 그림을 바라보고 있었다.

"어떤가요, 벨라스케스[4]는? 물론 모사품이긴 하지만요. 게다가 그다지 잘된 건 아닙니다."

하라구치가 처음으로 설명한다. 노노미야는 어떤 말도 할 필요가 없어졌다.

"어떤 분이 모사한 건가요?"

미네코가 물었다.

"미쓰이요. 원래 미쓰이는 이보다 더 잘 그리지만, 이 그림은 그다지 감탄할 수가 없네요." 하라구치는 한두 걸음 물러나서 그림을 봤다. "아무래도 기교가 정점에 달한 사람의 원화라서 모사하기가 쉽지 않은 거지."

하라구치는 고개를 갸웃했다. 산시로는 하라구치가 고개를 갸웃하는 것을 보고 있었다.

"이제 다 본 거요?"

화가가 미네코에게 물었다. 하라구치는 미네코에게만 말을 건다.

"아직요."

"어때요? 이제 그만 보고 같이 나가는 건. 세이요켄에서 차라도 대접하겠소. 뭐, 나는 볼일이 있어서 어차피 잠깐 가봐야 하오. ……전람회 일로 그곳 매니저와 의논할 일이 있어서 말이오. 친절한 사람이오. ……차를 마시기엔 지금이 딱 좋은 시간일 거요. 조금 더 있으면 차를 마시기에는 늦고 저녁을 먹기에는 이른, 좀 어중간한 시간이 되오. 어

---

4 디에고 로드리게스 데 실바 이 벨라스케스(Diego Rodríguez de Silva y Velázquez, 1599~1660). 스페인의 궁정화가. 화려한 색채와 유형을 탈피한 개성적인 묘사로 후세에 큰 영향을 끼쳤다.

떻소? 같이 가지 않겠소?"

미네코는 산시로를 쳐다봤다. 산시로는 아무래도 좋다는 얼굴을 하고 있다. 노노미야는 선 채 상관하지 않는다.

"모처럼 온 거니까 다 보고 가죠. 네, 오가와 씨?"

"예."

산시로가 대답했다.

"그럼 그렇게 하시오. 이 안쪽 별실에 후카미[5] 씨의 유작이 있으니까 그것만 보고 돌아갈 때 세이요켄에 들르시오. 먼저 가서 기다리고 있을 테니까."

"고마워요."

"후카미 씨의 수채화는 일반적인 수채화라 생각하고 보면 안 되오. 어디까지나 후카미 씨의 수채화니까 말이오. 실물을 본다는 생각으로 보지 말고 후카미 씨의 기품을 본다는 생각으로 보면 꽤 재미있는 것이 보일 거요."

하라구치는 이런 조언을 남기고 노노미야와 함께 나갔다. 미네코는 인사를 하고 그 뒷모습을 지켜봤다. 두 사람은 돌아보지 않았다.

미네코는 걸음을 옮겨 별실로 들어갔다. 산시로는 한발 뒤에서 따라갔다. 햇빛이 잘 들지 않는 어두운 방이다. 좁고 긴 벽에 일렬로 걸려 있는 후카미 선생의 유작을 보니 과연 하라구치의 말대로 거의 수채화뿐이다. 산시로가 주로 느낀 것은 그 수채화의 색이 어느 작품이나 옅고 단조로우며 색의 대비도 부족하여 햇빛이 잘 드는 곳에 내놓으면 돋보이지 않을 정도로 수수하게 그려져 있다는 점이다. 그 대신

---

5 화가 아사이 주(淺井忠, 1856~1907)라고 한다. 아사이는 영국에 유학 중 소세키와 같은 집에 하숙한 적도 있고 귀국한 후에는 『나는 고양이로소이다』 중, 하편의 삽화를 담당했다.

붓이 조금도 막힘이 없다. 거의 단숨에 그려내서 완성한 느낌이다. 물
감 밑으로 연필의 윤곽이 또렷이 들여다보이는 데서도 담백한 화풍임
을 알 수 있다. 인물은 가늘고 길어서 마치 도리깨처럼 보인다. 여기
에도 베네치아를 그린 그림이 한 점 있다.

"이것도 베네치아군요."

미네코가 다가왔다.

"예."

산시로는 이렇게 대답했지만 베네치아라는 말을 듣고 갑자기 생각
나서 물었다.

"아까 뭐라고 했습니까?"

"아까요?"

미네코가 되물었다.

"아까 제가 저쪽에서 베네치아를 그린 그림을 보고 있을 때 말입니
다."

미네코는 다시 새하얀 이를 드러냈다. 하지만 아무 말도 하지 않는다.

"별일 아니라면 말하지 않아도 됩니다."

"별일 아니에요."

산시로는 아직 이상한 표정을 짓고 있다. 흐린 가을날은 이미 4시
가 지났다. 방은 어둑해져 있다. 관람객은 아주 적다. 별실 안에는 남
녀 두 사람의 그림자가 있을 뿐이다. 미네코는 그림에서 떨어져 산시
로 바로 앞에 섰다.

"노노미야 씨 말이에요."

"노노미야 씨……"

"아시겠죠?"

미네코가 한 말의 의미는 큰 파도가 부서지듯 한꺼번에 산시로의 가슴을 적셨다.

"노노미야 씨를 놀린 건가요?"

"왜 그렇게 생각하죠?"

미네코의 말투는 아주 천진난만하다. 산시로는 홀연 그다음 말을 할 용기가 사라졌다. 말없이 두세 걸음 걷기 시작했다. 미네코는 매달리듯이 따라왔다.

"당신을 놀린 건 아니에요."

산시로는 다시 걸음을 멈췄다. 산시로는 키가 크다. 미네코를 위에서 내려다보았다.

"그걸로 됐습니다."

"왜요, 안 되나요?"

"그러니까 됐습니다."

미네코는 얼굴을 돌렸다. 두 사람 다 문 쪽으로 걸어갔다. 문을 나서다가 서로의 어깨가 닿았다. 산시로는 불현듯 기차에서 만난 여자를 떠올렸다. 미네코의 살에 닿은 곳이 꿈결에 쑤시는 듯한 기분이 들었다.

"정말 됐어요?"

미네코가 작은 목소리로 물었다. 맞은편에서 두세 명의 관람객 일행이 다가온다.

"아무튼 나가죠."

산시로가 말했다. 맡겨놓은 신발을 받아 들고 밖으로 나가니 비가 내리고 있다.

"세이요켄에 가시겠습니까?"

미네코는 대답하지 않았다. 비에 젖으면서 박물관 앞의 넓은 벌판에 섰다. 다행히 비는 지금 막 내리기 시작했을 뿐이다. 게다가 빗줄기가 굵지도 않다. 미네코는 빗속에 서서 둘러보면서 건너편의 숲을 가리켰다.

"저 나무 그늘로 들어갈까요?"

잠깐 기다리면 그칠 것 같다. 두 사람은 커다란 삼나무 밑으로 들어갔다. 비를 긋기에는 그리 좋지 않은 나무다. 하지만 두 사람 다 움직이지 않는다. 젖어도 서 있다. 두 사람 다 춥지는 않다.

"오가와 씨."

미네코가 부른다. 산시로는 찌푸린 채 하늘을 보고 있던 얼굴을 미네코에게 돌렸다.

"안 되나요? 아까 그 일 말이에요."

"됐습니다."

"하지만." 미네코는 이렇게 말하며 다가왔다. "저는 어쩐지 그렇게 하고 싶었어요. 노노미야 씨한테 실례를 할 생각은 없었지만요."

미네코는 눈동자를 고정하고 산시로를 쳐다봤다. 산시로는 그 눈동자 안에서 말보다도 깊은 호소를 보았다. ……결국 당신을 위해 한 일이잖아요, 하고 쌍꺼풀 속에서 호소하고 있다.

"그러니까 됐습니다."

산시로는 다시 한번 대답했다.

비는 점점 굵어졌다. 빗방울이 떨어지지 않는 곳은 조금밖에 안 된다. 두 사람은 점점 한곳으로 다가섰다. 어깨와 어깨가 스칠 정도의 거리에 선 채 꼼짝하지 않고 있다.

"아까 그 돈은 그냥 쓰세요."

빗소리 속에서 미네코가 말했다.

"그럼 빌리지요. 필요한 만큼만."

"다 쓰세요."

미네코가 말했다.

9

요지로가 권했으므로 산시로는 결국 세이요켄의 모임에 참석했다. 그때 산시로는 검은색 명주 하오리를 입었다. 그 하오리는 미와타의 오미쓰 어머니가 짜준 것에 가문을 넣어 염색해서 오미쓰가 지어준 것이라고 어머니의 편지에 장황하게 설명되어 있었다. 소포가 왔을 때 한번 입어보고 별로 마음에 안 들어 옷장에 넣어두었던 것이다. 요지로는 아까우니 꼭 입으라고 성화였다. 산시로가 입지 않으면 자신이 가져가서 입을 것 같은 기세였으므로 그만 입어볼 마음이 생겼다. 입어보니 나쁘지 않은 것 같다.

산시로는 이런 차림으로 요지로와 둘이서 세이요켄의 현관에 서 있었다. 요지로의 말에 따르면 손님은 이렇게 맞이해야 한다고 한다. 산시로는 그렇게 해야 하는 것인 줄 모르고 있었다. 우선 자신은 손님이라고 생각하고 있었다. 이렇게 되고 보니 명주 하오리는 어쩐지 접수하는 사람의 싸구려 복장 같다. 제복을 입고 왔으면 좋았을 거라고 생각했다. 그러는 사이에 회원이 착착 도착한다. 요지로는 오는 사람을 붙들고 반드시 무슨 말인가를 한다. 다들 구면인 것처럼 응대하고 있다. 손님이 모자와 외투를 급사에게 건네고 넓은 계단 옆으로 이어진 어두운 복도 쪽으로 꺾어들자 산시로에게 방금 그 사람이 누구누구라고 가르쳐준다. 산시로는 덕분에 유명한 사람의 얼굴을 꽤 익혔다.

그럭저럭하는 사이에 손님이 거의 다 모였다. 서른 명에 가깝다. 히로타 선생도 있다. 노노미야도 있다. ……이학자지만 그림이나 문학을 좋아한다며 하라구치가 억지로 끌고 온 것이라고 한다. 물론 하라구치도 있다. 맨 먼저 와서 거들어주기도 하고 아양을 떨기도 하고 프랑스식 수염을 만지작거리면서 아무튼 분주해 보인다.

얼마 후 다들 자리에 앉았다. 각자 자기 좋을 대로 앉았다. 양보하는 사람도 없을 뿐 아니라 다투는 사람도 없다. 그 가운데서도 히로타 선생은 굼뜬 동작에 어울리지 않게 제일 먼저 자리에 앉았다. 다만 요지로와 산시로만이 함께 입구 가까운 자리에 앉았다. 그 밖의 사람들은 모두 우연히 마주 앉거나 옆자리에 앉았다.

노노미야와 히로타 선생 사이에 줄무늬 하오리를 입은 비평가가 앉았다. 맞은편에는 쇼지라는 박사가 앉았다. 이 사람이 바로 요지로가 말한, 문과에서 영향력이 있다는 교수다. 프록코트를 입은 품격 있는 사람으로 머리를 보통 사람의 두 배 이상 길게 기르고 있다. 그 머리가 전등 불빛에 검게 소용돌이치는 것처럼 보인다. 히로타 선생의 빡빡 깎은 머리에 비하니 아주 대조적으로 보인다. 하라구치는 꽤 떨어진 자리를 차지하고 앉아 있다. 먼 쪽 모퉁이여서 산시로와는 멀리 떨어져서 마주 보는 위치다. 밖으로 젖히게 된 옷깃에 폭이 넓은 검정색 공단을 묶은 끝이 확 펼쳐져 가슴을 가득 덮고 있다. 요지로가 프랑스의 화가들은 다들 저런 넥타이를 맨다고 가르쳐주었다. 산시로는 수

프를 떠먹으면서, 마치 허리띠를 맨 것 같다고 생각했다. 그러는 사이에 차차 이야기가 시작되었다. 요지로는 맥주를 마신다. 평소와 달리 말을 하지 않는다. 그렇게 대단하던 요지로도 다소 삼가는 것으로 보인다.

"데 테 파불라 좀 하지 않나?"

산시로가 조그만 목소리로 말했다.

"오늘은 안 되네."

이렇게 대답했지만 곧바로 옆으로 향해 옆자리에 앉은 사람과 이야기를 나누기 시작했다. 당신의 그 논문을 보고 큰 도움을 받았다는 따위의 인사를 늘어놓고 있다. 그런데 그 논문이란 것은 그가 자기 앞에서 신랄하게 욕을 해댄 것이었기에 산시로는 굉장히 이상한 느낌이 들었다. 요지로는 다시 이쪽을 향했다.

"그 하오리는 꽤 훌륭하군. 잘 어울려."

요지로는 특히 하얀 무늬를 주의하며 바라보고 있다. 그때 맞은편 끝에서 하라구치가 노노미야에게 말을 걸었다. 원래 목소리가 큰 사람이니 멀리서 대화하기에 유리하다. 지금까지 마주 보고 이야기를 나누고 있던 히로타 선생과 쇼지라는 교수는 두 사람의 대화를 중간에서 방해할까 봐 이야기를 그만두었다. 다른 사람들도 모두 입을 다물었다. 비로소 모임의 중심이 생겼다.

"노노미야 씨, 광선의 압력 실험은 이미 끝났나?"

"아니, 아직 멀었습니다."

"꽤 품이 드는군그래. 우리 직업도 끈기가 필요한 일이지만 자네 쪽은 더 심한 모양이지?"

"그림은 인스피레이션(inspiration, 영감)으로 금방 그릴 수 있어 좋지만 물리 실험은 그렇게는 안 되지요."

"인스피레이션에는 아주 두 손 들었네. 올여름에 어떤 곳을 지나는 데 할멈 둘이서 말을 주고받고 있더군. 들어보니 장마가 벌써 끝났느니 안 끝났느니 하는 이야기였는데, 한 할멈이 옛날에는 천둥만 치면 장마가 끝나기 마련이었는데 요즘에는 그렇지도 않다고 푸념을 늘어놓더란 말이지. 그러자 다른 할멈이, 천만의 말씀, 천둥 정도로 끝나는 일은 없어, 하며 분개했네. ……그림도 마찬가지네. 지금의 그림은 인스피레이션 정도로 그릴 수 있는 게 아니지. 그렇지 않나, 다무라 씨? 소설도 그렇겠지?"

옆자리에 다무라라는 소설가가 앉아 있었다. 이 사람이 자신의 인스피레이션은 원고 독촉밖에 없다고 대답하자 다들 폭소를 터뜨렸다. 그러고 나서 다무라는 정색을 하고 노노미야에게, 광선에 압력이 있는가, 있다면 실험은 어떻게 하는가, 라고 물었다. 노노미야의 대답은 흥미로웠다.

운모 같은 것을 바둑알 크기의 얇은 원판으로 만들어 수정(水晶) 실에 매달아 진공 속에 놓고 그 원판에 아크등의 빛을 직각으로 비추면 원판이 빛에 밀려 움직인다는 것이다.

좌중은 귀를 기울이며 듣고 있었다. 그중에서도 산시로는 마음속으로 그 후쿠진즈케 통 안에 그런 장치가 설치돼 있었구나 하며 도쿄에 올라온 직후에 망원경으로 보고 놀랐던 옛날 일을 떠올렸다.

"이보게, 수정 실이라는 것도 있나?"

산시로가 작은 목소리로 요지로에게 물었다. 요지로는 고개를 가로저었다.

"노노미야 씨, 수정 실이라는 게 있습니까?"

"물론이지, 수정 가루를 산수소취관(酸水素吹管, oxyhydrogen blow-pipe)의 불꽃으로 녹여 두 손으로 좌우로 당기면 가는 실이 만들어진다네."

"그렇군요."

산시로는 이렇게만 대답하고 물러났다. 이번에는 노노미야의 옆자리에 앉은 줄무늬 하오리를 입은 비평가가 입을 열었다.

"우리는 그런 방면에는 전혀 지식이 없는데, 처음에 그걸 어떻게 알게 된 건가요?"

"이론상으로는 맥스웰[1] 이래로 예상되고 있었는데, 그걸 레베데프[2]라는 사람이 실험을 통해 처음으로 증명해냈습니다. 최근에는 혜성의 꼬리가 태양 쪽으로 끌려가야 할 텐데도 나타날 때마다 늘 반대 방향으로 쏠리는 것은 빛의 압력으로 떠밀리는 것이 아닐까 하는 생각까지 하는 사람이 있을 정도입니다."

비평가는 어지간히 감탄한 듯 이렇게 말했다.

"발상도 재미있지만 무엇보다 스케일이 커서 좋군요."

"스케일이 클 뿐 아니라 책임이 없어서 유쾌하네."

히로타 선생이 말했다.

"그리고 그 발상이 빗나가도 여전히 책임이 없어서 좋지."

하라구치가 이렇게 말하며 웃었다.

"아니, 아무래도 맞는 것 같습니다. 광선의 압력은 반지름의 제곱에 비례하는데 인력은 반지름의 세제곱에 비례하니까 물질이 작아질수

1 제임스 클러크 맥스웰(James Clerk Maxwell, 1831~1879). 영국의 물리학자. 전자파가 빛과 같은 속도로 전파된다는 것을 이론적으로 증명했다.
2 표트르 니콜라예비치 레베데프(Pyotr Nikolaevich Lebedev, 1866~1912). 러시아의 물리학자. 1899년 맥스웰의 이론을 실험으로 증명했다.

록 인력은 약해지고 광선의 압력은 강해지거든요. 만약 혜성의 꼬리가 굉장히 작은 조각으로 구성되어 있다면 아무래도 태양과는 반대 방향으로 떠밀리겠지요."

노노미야는 그만 진지해졌다. 그러자 하라구치가 평소의 어투로 말했다.

"책임이 없는 대신 계산이 아주 번거롭게 되었군. 역시 일장일단이 있다니까."

이 한마디로 사람들은 맥주를 마시던 원래의 기분으로 돌아갔다.

"아무래도 물리학자는 자연파여서는 안 되겠군."

히로타 선생이 이런 말을 했다. 물리학자와 자연파라는 두 단어는 좌중에게 적잖은 흥미를 자극했다.

"그건 무슨 뜻입니까?"

본인인 노노미야가 물었다. 히로타 선생은 설명하지 않으면 안 되게 되었다.

"그야 광선의 압력을 실험하기 위해 눈만 뜨고 자연을 관찰해봤자 아무 소용이 없기 때문이지. 자연의 메뉴 안에 광선의 압력이라는 사실은 인쇄되어 있지 않잖은가. 그러니 인공적으로 수정 실이라느니 진공이라느니 운모라느니 하는 장치를 해서 그 압력이 물리학자의 눈에 보이도록 설치하는 거겠지. 그래서 자연파가 아닌 거네."

"하지만 낭만파도 아니겠지?"

하라구치가 참견하고 나섰다.

"아니, 낭만파네." 히로타 선생이 점잔을 빼며 해명했다. "광선과 광선을 받는 것을 보통의 자연계에서는 발견할 수 없을 것 같은 위치 관계에 두는 점이 완전한 낭만파 아닌가?"

"하지만 일단 그런 위치 관계에 둔 이상 광선 고유의 압력을 관찰할 뿐이니까 거기서부터는 자연파 아닌가요?"

노노미야가 말했다.

"그러면 물리학자는 낭만적 자연파로군요. 문학에서 보자면 입센 같은 사람 아닌가요?"

비스듬히 마주 보는 자리에 앉은 박사가 비교론을 꺼냈다.

"그렇겠지요. 입센의 극은 노노미야 씨 같은 정도의 장치가 필요하지만 그 장치 밑에서 일하는 인물이 광선처럼 자연의 법칙을 따르고 있는지는 의심스러우니까요."

줄무늬 하오리를 입은 비평가가 이렇게 말했다.

"그럴지도 모르겠습니다만, 이런 것은 인간을 연구할 때 기억해두어야 할 것이라고 생각합니다. ……다시 말해 어떤 상황 아래에 놓인 인간은 반대 방향으로 움직일 수 있는 능력과 권력을 갖고 있다는 것인데, ……그런데 묘한 습관으로 인간도 광선도 똑같이 기계적인 법칙에 따라 활동한다고 생각하는 존재라서 때때로 엉뚱한 잘못이 생기는 거지요. 화를 내게 하려고 장치를 설치했는데 웃는다거나 웃게 하려고 꾸몄는데 화를 내기도 하는, 완전히 반대지요. 하지만 어느 쪽이든 인간임에는 틀림없습니다."

히로타 선생이 다시 문제를 키우고 말았다.

"그렇다면 어떤 상황에서 어떤 사람이 어떤 행위를 해도 자연스럽다는 말이 되겠군요."

맞은편의 소설가가 물었다.

"예, 예. 어떤 사람을 어떻게 묘사해도 세계에서 한 사람 정도는 있을 법하지 않습니까?" 히로타 선생이 곧바로 대답했다. "실제로 인간인 우리는 인간답지 않은 행위나 동작을 도저히 상상할 수 없는 존재입니다. 다만 어설프게 그리니까 인간으로 여겨지지 않는 게 아니겠습니까?"

그러자 소설가는 입을 다물었다. 이번에는 박사가 다시 입을 열었다.

"갈릴레오가 사원에 매단 램프가 한 차례 진동하는 시간이 진동의 크기와 상관없이 같다는 것을 발견한다거나 뉴턴이 사과가 인력에 의해 떨어지는 것을 발견하는 것을 보면 물리학자라고 해도 처음부터 자연파인 셈이로군요."

"그런 자연파라면 문학 쪽에서도 좋겠지요. 하라구치 씨, 그림 쪽에도 자연파가 있나요?"

노노미야가 물었다.

"있고말고. 가공할 만한 쿠르베[3]라는 자가 있지. 베리테 브레(vérité vraie, 참된 진실). 뭐든지 사실이 아니면 납득하지 않거든. 하지만 그다지 맹위를 떨치고 있는 것은 아니네. 그저 한 유파로서 존재를 인정받고 있을 뿐이지. 또 그렇지 않으면 곤란하니까 말이네. 소설도 마찬가지 아닌가? 자네, 역시 모로[4]나 드샤반[5] 같은 소설가도 있을 거 아닌가?"

"있겠지요."

---

3 구스타브 쿠르베(Gustave Courbet, 1819~1877). 프랑스의 화가. 철저한 객관주의를 표방하며 평범한 시정의 사건, 인간, 경치에서 제재를 찾았다. "나는 날개를 가진 천사를 그리지 않는다. 왜냐하면 그런 것을 본 적이 없으니까"라는 것이 그의 신조다.

4 귀스타브 모로(Gustave Moreau, 1826~1898). 프랑스의 화가. 환상적인 이미지를 세밀한 묘사로 표현했다.

5 피에르 세실 퓌비 드샤반(Pierre Cécile Puvis de Chavanes, 1824~1898). 프랑스의 화가. 극적인 분방함을 피하고 담채색의 우아한 색조로 정적인 분위기를 능숙하게 표현했다.

옆자리에 앉아 있던 소설가가 대답했다.

식사가 끝난 후에는 간단한 테이블스피치도 없었다. 그저 하라구치가 자꾸만 구단자카 위에 있는 동상[6]에 대한 험담만 늘어놓았다. 그런 동상을 함부로 세우면 도쿄 시민에게 폐가 된다, 그보다는 아름다운 게이샤의 동상이라도 세우는 것이 멋질 거라는 주장이었다. 요지로는 산시로에게 구단자카 위에 있는 동상은 하라구치와 사이가 안 좋은 사람이 만들었다고 가르쳐주었다.

모임이 끝나고 밖으로 나오자 달이 환했다.

"오늘 밤 히로타 선생님은 쇼지 박사에게 좋은 인상을 주었을까?"

요지로가 물었다.

"그랬겠지."

산시로는 이렇게 대답했다. 요지로는 공동 수돗가에 서서, 올여름 밤에 산보하러 나왔다가 너무 더워서 여기서 목물을 하다가 순사에게 들키는 바람에 스리바치야마(擂鉢山)[7]로 뛰어올라갔다고 이야기했다. 두 사람은 스리바치야마 위에서 달구경을 하다가 돌아왔다.

돌아오는 길에 요지로가 산시로에게 돌연 빌린 돈에 대한 변명을 늘어놓기 시작했다. 달이 밝은 비교적 추운 밤이다. 산시로는 돈에 대해서는 거의 생각하고 있지 않았다. 변명을 듣는 것도 진지하지 않다. 어차피 갚지 않을 거라고 생각하고 있었다. 요지로도 결코 갚겠다는 말을 하지 않는다. 다만 갚을 수 없는 이런저런 사정을 이야기할 뿐이

---

6 야스쿠니 신사(靖國神社) 경내에 있는 오무라 마스지로(大村益次郎, 1824~1869)의 동상을 말한다. 근대 일본 육군의 창설자로 야스쿠니 신사의 창건에 진력한 인물이라며 1893년 일본 최초로 서양식 동상을 세워 당시 화제가 되었다. 메이지·다이쇼 시대의 조각가 오쿠마 우지히로(大熊氏廣, 1856~1934)가 제작했다.

7 우에노 공원 안에 있는 작은 언덕의 통칭.

다. 그 이야기가 산시로에게는 훨씬 재미있다. ……자신이 알고 있는 어떤 남자가 실연한 나머지 세상이 싫어져 결국 자살을 하려고 결심했는데 바다도 싫고 강도 싫고 분화구는 더욱 싫고 목을 매는 것은 더더욱 싫어서 어쩔 수 없이 권총을 사왔다. 권총을 사온 후 아직 목적한 바를 실행하기도 전에 친구가 돈을 빌리러 왔다. 돈이 없다고 거절했지만 어떻게든 꼭 좀 빌려달라고 간청하는 바람에 어쩔 수 없이 소중한 권총을 빌려주었다. 친구는 그 권총을 전당포에 맡겨 임시변통했다. 형편이 나아져 전당포에 맡긴 물건을 찾아 돌려주러 왔을 때 권총의 주인은 이미 죽을 마음이 사라진 상태였다. 그러므로 이 남자는 친구가 돈을 빌리러 왔기 때문에 목숨을 구한 것이나 다름없다.

"그런 일도 있으니까 말이야."

요지로가 말했다. 산시로는 그저 우스울 뿐이었다. 그 외에는 아무런 의미도 없다. 높이 뜬 달을 바라보며 큰 소리로 웃었다. 돈을 받지 못해도 유쾌하다.

"웃으면 안 되네."

요지로가 주의를 주었다. 산시로는 더욱 우스웠다.

"웃지 말고 잘 생각해보게. 내가 돈을 갚지 않았으니까 자네가 미네코 씨한테 돈을 빌릴 수 있었던 거 아닌가?"

산시로는 웃음을 그쳤다.

"그래서?"

"그것으로 충분하지 않은가? ……자네, 그 여자를 사랑하고 있지?"

요지로는 잘 알고 있다. 산시로는 흠, 하고는 다시 높이 뜬 달을 바라보았다. 달 옆에 흰 구름이 나왔다.

"자네, 그 여자한테는 벌써 갚았나?"

"아니."

"끝까지 갚지 말게."

태평한 소리를 한다. 산시로는 아무런 대답도 하지 않았다. 하지만 물론 언제까지고 갚지 않을 생각은 없었다. 실은 필요한 20엔을 하숙비로 내고 나머지 10엔을 바로 다음 날 미네코의 집으로 가져다주려고 했지만, 바로 갚으면 오히려 호의를 저버리는 일이라 좋지 않을 것 같아 마음을 고쳐먹고 모처럼 집으로 찾아갈 기회를 희생하면서까지 그냥 돌아오고 말았다. 그때 어쩌다가 마음이 풀렸는지 그만 그 10엔짜리 지폐를 깨고 말았다. 실은 오늘 밤의 회비도 그것으로 냈다. 자신만이 아니라 요지로의 회비도 그 돈으로 냈다. 그래서 지금은 고작 2, 3엔밖에 남아 있지 않다. 산시로는 그것으로 겨울 셔츠를 살 생각이었다.

사실은 요지로가 도저히 갚을 것 같지 않아 얼마 전 산시로는 눈 딱 감고 고향에 부족한 30엔을 보내달라고 했다. 매달 충분한 학자금을 받으면서 단지 부족하다는 이유로 더 보내달라고 할 수는 없었다. 산시로는 별로 거짓말을 해본 적이 없어 돈을 보내달라는 이유를 찾으려니 무척 난감했다. 하는 수 없이, 친구가 돈을 잃어버려 어려움을 겪고 있어서 딱한 마음에 그만 빌려주고 말았다, 그래서 이번에는 내가 곤란하게 되었다, 아무쪼록 돈을 보내달라, 라고만 썼다.

바로 답장을 보냈다면 이미 도착할 때인데도 아직 오지 않았다. 어쩌면 오늘 저녁쯤에 올지도 모른다고 생각하며 하숙으로 돌아와보니 아나나 다를까 어머니의 필적으로 쓴 봉투가 떡하니 책상 위에 놓여 있었다. 늘 등기로 부쳤는데 오늘은 이상하게도 3전짜리 우표 한 장만 붙어 있었다. 뜯어보니 평소와 다르게 내용이 짧았다. 어머니로서는 불친절할 정도로 용건만 적혀 있었다. 의뢰한 돈은 노노미야 씨에게 보냈으니 그에게서 받으라는 말뿐이었다. 산시로는 이부자리를 펴고 누웠다.

이튿날도 그 이튿날도 산시로는 노노미야를 찾아가지 않았다. 노노미야 쪽에서도 아무 말이 없었다. 그러는 사이에 일주일이 지났다. 결국에는 노노미야가 하숙의 가정부를 시켜 편지를 보내왔다. 어머님으로부터 부탁받은 것이 있으니 잠깐 들르라고 쓰여 있었다. 산시로는 강의 시간 사이의 짬을 이용해 이과대학의 지하실로 찾아갔다. 거기서 선 채 이야기를 나누며 볼일을 끝내려고 했지만 뜻대로 되지 않았다. 올여름에는 노노미야 혼자 점령하고 있던 방에 수염을 기른 사람이 두세 명 더 있었다. 제복을 입은 학생도 두세 명 있었다. 그런데 다들 정숙한 가운데 열심히 머리 위의 해가 비치는 세계를 버리고 연구에 몰두하고 있었다. 그중에서 노노미야가 가장 바쁜 것 같았다. 노노미야가 방 입구에 얼굴을 내민 산시로를 언뜻 보고 말없이 다가왔다.

"고향에서 돈이 왔으니까 가지러 오게. 지금은 갖고 있지 않으니까. 그리고 또 할 이야기도 있네."

"예."

산시로는 이렇게 대답하며 오늘 밤에 찾아가도 되느냐고 물었다. 노노미야는 잠시 생각하더니 결국 흔쾌히 괜찮다고 했다. 산시로는 지하실에서 나왔다. 나오면서 역시 이학자는 끈기가 좋은 사람이라며 감탄했다. 올여름에 본 후쿠진즈케 통과 망원경이 여전히 원래의 자리에 설치되어 있었다.

다음 강의 시간에 노노미야를 만난 일을 여차여차 이야기하니 요지로는 어처구니없다는 듯이 산시로를 쳐다보며 말했다.

"끝까지 갚지 말라고 그렇게 말했건만, 쓸데없을 짓을 해서 노인네 걱정만 시키고, 노노미야 씨한테는 잔소리나 듣고 말이지, 그렇게 어리석은 일이 또 어디 있겠나?"

마치 자기 때문에 사달이 났다는 것을 인정하지 않겠다는 주장이다. 산시로도 이 문제에 대해서 이미 요지로의 책임을 잊고 있었다. 따라서 요지로의 기분을 상하게 하지 않을 대답을 했다.

"언제까지고 갚지 않고 있는 게 싫어서 집에 그렇게 얘기한 거네."

"자네가 싫어도 그쪽은 기뻐한다니까."

"그건 왠가?"

그건 왠가, 라는 소리가 산시로 자신에게도 얼마간 허위의 울림처럼 들렸다. 하지만 상대에게는 아무런 영향도 주지 않은 듯했다.

"당연하지 않은가? 내가 그 입장이어도 그렇겠네. 나한테 여윳돈이 있다고 하세. 그렇다면 그 돈을 자네한테 돌려받는 것보다 그냥 빌려준 채 있는 것이 기분 좋겠지. 사람은 말이네, 자신이 곤란하지 않은 선에서 되도록 남한테 친절을 베풀고 싶은 법이거든."

산시로는 대답을 하지 않고 강의 내용을 필기하기 시작했다. 두세 줄 쓰기 시작하자 요지로가 다시 귓가로 입을 가져왔다.

"나도 돈이 있을 때는 다른 사람한테 빌려준 적이 종종 있었다네. 하지만 갚은 사람은 하나도 없어. 그래서 내가 이렇게 유쾌한 거라네."

산시로는 설마 그러려고, 하는 말도 할 수 없었다. 살짝 웃기만 하고 다시 펜을 들어 적기 시작했다. 그러고 나서는 요지로도 강의가 끝날 때까지 입을 열지 않고 차분히 있었다.

벨이 울리고 두 사람이 어깨를 나란히 하고 강의실을 빠져나갈 때 요지로가 돌연 물었다.

"그 여자는 자네한테 반했나?"

두 사람 뒤로 속속 학생들이 나온다. 산시로는 어쩔 수 없이 말없이 계단을 내려가 옆쪽 현관을 통해 도서관 옆의 공터로 나가 비로소 요지로를 돌아보았다.

"잘 모르겠네."

요지로는 잠시 산시로를 보고 있었다.

"그런 일도 있지. 하지만 그걸 잘 알았다고 해도 말이네, 자네, 그 여자의 남편이 될 수 있겠나?"

산시로는 일찍이 이 문제를 생각한 적이 없었다. 미네코에게 사랑받는다는 사실 자체가 그녀의 남편이 될 유일한 자격인 것 같았다. 듣고 보니 과연 의문이다. 산시로는 고개를 갸웃했다.

"노노미야 씨라면 될 수 있을 거네."

요지로가 말했다.

"노노미야 씨하고 그 사람은 지금까지 무슨 관계가 있었던 건가?"

산시로의 얼굴은 새겨 넣은 듯이 진지했다.

"모르네."

요지로는 한마디로 말했다. 산시로는 잠자코 있다.

"또 노노미야 씨 집에 가서 설교나 듣고 오게."

요지로는 이런 말을 내뱉고 연못 쪽으로 가려고 했다. 산시로는 못난 간판처럼 우뚝 서 있었다. 요지로는 대여섯 걸음 갔다가 웃으며 다시 돌아왔다.

"자네, 차라리 요시코 씨를 아내로 맞이하는 게 어떤가?"

요지로는 이렇게 말하며 산시로를 끌고 연못 쪽으로 데려갔다. 걸으면서 그 여자라면 괜찮네, 그 여자라면 괜찮아, 하고 두 번 되풀이했다. 그때 다시 벨이 울렸다.

산시로는 그날 저녁 노노미야의 집으로 가려고 나섰으나 시간이 너무 일렀으므로 산보도 할 겸 혼고 4가까지 가서 셔츠를 사기 위해 커다란 양품점에 들어갔다. 점원이 안에서 가져온 여러 가지 물건을 만져보기도 하고 펼쳐보기도 했지만 쉽게 사지 못했다. 괜히 의젓한 자세를 취하고 있으니 우연히 미네코와 요시코가 함께 향수를 사러 들어왔다. 어머, 하며 인사를 하고는 미네코가 말했다.

"저번에는 고마웠어요."

산시로는 이 인사의 의미를 분명히 알았다. 미네코에게서 돈을 빌린 다음 날 다시 한번 방문해서 나머지 돈을 바로 돌려주어야 할 것을, 일단 보류한 대신 이틀쯤 기다렸다가 정중한 사례의 편지를 미네코에게 보냈던 것이다.

편지의 문구는 그때의 기분을 솔직하게 표현한 것이긴 하지만, 물론 지나친 부분도 있었다. 산시로는 되도록 많은 말을 층층이 배열하여 감사의 뜻을 열렬히 전했다. 보통 사람이 보면 거의 돈을 빌려준 데 대한 사례 편지로는 생각하지 않을 만큼 후끈한 것이었다. 하지만 감사 이외에는 아무것도 쓰여 있지 않았다. 그러므로 자연히 감사가 감사 이상이 된 것이다. 산시로는 그 편지를 우체통에 넣을 때 틈을 두지 않고 미네코의 답장이 곧장 올 거라고 예상하고 있었다. 그런데 애써 보낸 편지는 가고는 그뿐이었다. 그러고 나서 오늘까지 미네코를 만날 기회가 없었다. 산시로는 "저번에는 고마웠어요"라는 이 미약한 반응에 대해 분명한 대답을 할 용기가 나지 않았다. 커다란 셔츠를 두 손으로 눈앞에 펼친 채 바라보면서 요시코가 있어서 저렇게 냉담한 걸까 하고 생각했다. 그리고 이 셔츠도 저 여자의 돈으로 사는구나 하고 생각했다. 점원은 어느 걸로 하시겠느냐고 재촉했다.

두 여자는 웃으며 옆으로 다가오더니 함께 셔츠를 봐주었다.

"이걸로 하세요."

결국 요시코가 이렇게 말했다. 산시로는 그걸로 했다. 이번에는 미네코가 산시로에게 향수에 대한 의견을 물었다. 산시로는 전혀 알 수 없다. 헬리오트로프[8]라고 쓰여 있는 병을 들고 대충 이건 어때요, 하고 물었다.

"이걸로 하죠."

미네코는 곧바로 결정했다. 산시로가 미안할 정도였다.

밖으로 나가 헤어지려고 할 때 여자들이 서로 인사를 시작했다.

"그럼 다녀올게요."

요시코가 말했다.

"얼른……"

미네코가 말한다. 들어보니 누이가 오라버니의 하숙집으로 찾아가는 참이라는 것을 알 수 있었다. 다시 아름다운 여자와 둘이서 오이와케 쪽으로 걸어가야 할 저녁이 되었다. 날이 저물려면 아직 멀었다.

산시로는 요시코와 함께 걷는 것보다는 노노미야를 요시코와 함께 만나야 한다는 것이 다소 달갑지가 않았다. 차라리 오늘 밤에는 집으로 돌아갔다가 나중에 다시 갈까 하고 생각했다. 그러나 요지로가 말하는 설교를 듣는 데는 요시코가 옆에 있어주는 것이 유리할지도 모른다. 설마하니 남 앞에서 어머니에게서 이런 부탁이 있었다고 거리

---

8 지칫과의 여러해살이풀로 꽃은 향수의 원료로 쓰인다. 또는 헬리오트로프의 꽃에서 채취한 향료를 말한다.

낌 없이 말하지는 않을 것이다. 경우에 따라서는 그저 돈을 받는 것으로 끝날지도 모른다. ……산시로는 마음속으로 다소 교활한 결심을 했다.

"저도 노노미야 씨를 찾아가는 참입니다."

"그래요, 놀러요?"

"아뇨, 볼일이 좀 있습니다. 당신은 놀러 가는 건가요?"

"아뇨, 저도 볼일이 있어요."

서로 똑같은 것을 묻고 똑같은 대답을 했다. 하지만 두 사람 다 귀찮게 여기는 기색은 조금도 없다. 산시로는 혹시나 해서 방해가 되지 않겠느냐고 물었다. 전혀 방해가 되지 않는다고 한다. 요시코는 말로만 방해를 부정한 것이 아니다. 얼굴로는 오히려 왜 그런 걸 묻느냐며 놀란다. 산시로는 가게 앞의 가스등 불빛으로 요시코의 검은 눈 안에서 그 놀람을 봤다고 생각했다. 사실은 그저 크고 까맣게 보였을 뿐이다.

"바이올린은 샀습니까?"

"그걸 어떻게 알았죠?"

산시로는 대답할 말을 찾지 못했다. 요시코는 개의치 않고 바로 이렇게 말한다.

"오라버니한테 아무리 사달라고 해도 그저 사준다는 말뿐이고 도무지 사주질 않아요."

산시로는 마음속으로 노노미야보다는, 히로타 선생보다는, 오히려 요지로를 비난했다.

둘은 오이와케 거리에서 좁은 골목으로 접어들었다. 접어들자 안쪽에는 집이 아주 많았다. 집집마다 켜져 있는 헌등이 어둑한 길을 밝혀주고 있다. 그 하나의 헌등 앞에서 걸음을 멈췄다. 노노미야가 하숙하는 집이었다.

산시로의 하숙과는 거의 100미터쯤 떨어진 거리다. 노노미야가 이곳으로 이사 오고 나서 산시로는 두어 번 방문한 적이 있다. 노노미야가 거처하는 곳은 넓은 복도를 끝까지 가서 두 단쯤 똑바로 올라가면 왼쪽으로 떨어져 있는 방 두 개짜리 공간이다. 남쪽의 툇마루 아래에는 옆집의 넓은 뜰이 붙어 있어 낮에도 밤에도 무척 조용하다. 이 별채에 틀어박힌 노노미야를 봤을 때 역시 집을 정리하고 하숙을 하는 것도 나쁜 생각이 아니었구나 하고, 처음 왔을 때부터 감탄했을 만큼 지내기에 편한 곳이다. 그때 노노미야는 복도로 내려와 아래에서 자신의 방 처마를 올려다보며 말한다.

"좀 보게나, 초가지붕이네."

과연 드물게도 지붕에 기와를 올리지 않았다.

오늘은 밤이라 지붕은 물론 보이지 않지만 방 안에는 전등이 켜져 있다. 산시로는 전등을 보자마자 초가지붕을 떠올렸다. 그러자 우스워졌다.

"묘한 손님을 만났군. 입구에서 만났어?"

노노미야가 누이에게 물었다. 누이는 그렇지 않은 사정을 설명한다. 내친김에 산시로가 산 셔츠와 같은 것을 오라버니도 사면 좋을 거라고 조언한다. 그러고 나서 전에 산 바이올린은 국산이라 소리가 안 좋아 못쓰겠다, 지금까지 사는 걸 미뤄왔으니까 좀 더 좋은 것으로 다시 사달라고 부탁한다. 적어도 미네코 씨가 갖고 있는 것 정도라면 그런대로 참을 만하겠다고 말한다. 그 밖에 어슷비슷한 떼를 쓴다. 노노미야는 별반 무서운 얼굴도 보이지 않고, 그렇다고 자상한 말도 하지 않은 채, 그래, 그래, 하며 듣고만 있다.

산시로는 그 사이에 아무 말도 하지 않고 있었다. 요시코는 바보 같은 말만 늘어놓고 있다. 또 조금도 거리끼지 않는다. 바보처럼 보이지도 않거니와 버릇없는 것으로 여겨지지도 않는다. 오라버니와의 대화를 옆에서 듣고 있자니 햇볕이 좋은 넓은 밭에 나가 있는 듯한 기분이든다. 산시로는 곧 닥칠 설교에 대해서는 완전히 잊고 있었다. 그때 깜짝 놀랐다.

"아아, 그리고 나 잊고 있었어. 미네코 씨가 전해달라는 말이 있었는데."

"그래?"

"기쁘죠? 기쁘지 않아요?"

노노미야는 머쓱한 듯한 표정을 지었다. 그리고 산시로 쪽을 향했다.

"내 누이는 바보 같지 않나?"

산시로는 어떻게 할 수가 없어 그저 웃고만 있었다.

"바보 아니에요. 그렇죠, 오가와 씨?"

산시로는 다시 웃었다. 마음속으로는 이제 웃는 것이 싫었다.

"미네코 씨가 말이야, 오라버니한테 문예협회⁹의 연예회(演芸會)에 데려가달래요."

"오라버니 사토미 씨하고 함께 가면 될 텐데."

"무슨 일이 있나 봐요."

---

9 쓰보우치 쇼요(坪内逍遙), 시마무라 호게쓰를 중심으로 1906년에 결성된 문화단체로 신극운동의 모체가 되었다. 처음에는 폭넓게 문예계의 혁신을 지향했지만 1909년에는 순수한 연극단체가 되었다. 여기서 모델이 된 것은 혼고자(本郷座)에서 열린 제2회 대회(1907. 11)로 스기타니 다이스이(杉谷代水)의 희곡 『다이고쿠덴(大極殿)』, 셰익스피어의 『햄릿』, 쓰보우치 쇼요의 『신곡 우라시마(新曲浦島)』가 공연되었다.

"너도 갈 거야?"

"그럼요."

노노미야는 가겠다고도 가지 않겠다고도 하지 않았다. 다시 산시로 쪽을 보며 오늘 밤 누이를 부른 것은 진지한 볼일이 있어서인데 저렇게 태평한 소리만 해대니 난감하다고 이야기했다. 이야기를 들어보니 학자라서 그런지 의외로 담백하다. 요시코에게 혼담이 들어와서 고향에 그렇게 알렸더니 부모도 이의가 없다고 답변을 보내왔기에 그 일에 대해 본인의 의향을 제대로 확인할 필요가 생겼다는 것이다. 산시로는 그저 자신은 괜찮다고만 대답하고, 되도록 빨리 자신의 일을 마치고 돌아가려고 했다. 그래서 산시로가 말을 꺼냈다.

"어머니가 성가신 일을 부탁한 모양이어서."

"뭐 그리 성가신 일도 아니네."

노노미야는 바로 책상 서랍에서 맡아둔 것을 꺼내 산시로에게 건넸다.

"어머님께서 걱정되셨는지 장문의 편지를 보내오셨네. '산시로가 부득이한 사정으로 다달이 보내는 학자금을 친구에게 빌려줬다고 하는데, 아무리 친구라고 해도 그렇게 함부로 돈을 빌려갈 리가 없을 것이고, 만약 빌려줬다고 해도 곧 갚을 것'이라고 했네. 시골 사람은 정직하니까 그렇게 생각하는 것도 무리는 아니지. 그리고 말이야, '산시로가 빌려줬다고 해도 그 액수가 너무 크다, 부모한테서 매달 학자금을 받는 처지에 한꺼번에 20엔, 30엔을 남한테 빌려주다니 너무 무분별하다'고 쓰여 있었네. ……어쩐지 나한테 책임이 있는 것처럼 쓰여 있어 난감하네……"

노노미야는 산시로를 보고 히죽히죽 웃고 있다.

"죄송합니다."

산시로는 진지하게 이렇게 말했을 뿐이다. 노노미야는 젊은 사람을 엄하게 나무랄 생각으로 말한 것이 아닌 듯 조금 어조를 바꿨다.

"뭐 걱정할 일은 아니네. 별일 아니니까. 다만 자네 어머님께서는 시골 시세로 돈의 가치를 생각하니까 30엔이 아주 큰돈으로 보이시 겠지. 잘은 모르나 30엔만 있으면 네 가족이 반년은 먹고살 수 있다고 쓰여 있던데, 그런가, 자네?"

요시코는 큰 소리로 웃었다. 산시로에게도 어처구니없는 말이 굉장히 우스웠지만 어머니가 한 말이 완전히 사실을 벗어난, 지어낸 이야기가 아니라는 것을 깨달았을 때는 정말 경솔한 짓을 해서 죄송하다는 생각이 들어 조금은 후회했다.

"그러면 매달 5엔꼴이니까 한 사람당 1엔 25전이지. 그걸 30일로 나누면 고작 4전인데…… 아무리 시골이라도 너무 적게 잡은 것 같은데."

노노미야가 계산을 해봤다.

"뭘 먹으면 그 정도로 살 수 있을까요?"

요시코가 진지하게 물었다. 산시로도 후회할 틈이 없어져 자신이 알고 있는 시골 생활을 여러 가지로 이야기해주었다. 그중에는 미야고모리(宮籠)[10]라는 풍습도 있다. 산시로의 동네에서는 1년에 한 번씩 마을의 모든 가구가 10엔씩 기부한다. 그때는 60가구에서 한 사람씩 나와 그 예순 명이 일을 쉬고 마을 신사에 모여 아침부터 밤까지 계속 술을 마시며 진수성찬을 먹는다고 했다.

"그런 데에 10엔을?"

10 기원 등을 위해 신사에 틀어박히는 일.

요시코가 놀랐다. 이것으로 설교는 어딘가로 가버린 듯하다. 그러고 나서 잡담을 좀 나누다가 그것도 일단락되었을 때 새삼 노노미야가 이렇게 말했다.

"아무튼 어머님께서는 내가 일단 사정을 알아보고 별 지장이 없겠다 싶으면 돈을 건네줘라, 그리고 귀찮더라도 그 사정을 알려주었으면 좋겠다고 하시는데, 돈은 사정이고 뭐고 듣기도 전에 이미 자네한테 건넸으니…… 어떻게 할까? 자네, 분명히 사사키한테 빌려준 거지?"

산시로는 그 이야기가 미네코에게서 새어 나가 요시코에게 전해졌고 그것이 다시 노노미야에게 알려졌다고 판단했다. 그러나 그 돈이 돌고 돌아 바이올린으로 변형된 것이라고는 오누이 모두 모르고 있었으므로 일종의 묘한 느낌이 들었다.

"그렇습니다."

그래서 단지 이렇게만 대답해두었다.

"사사키가 마권을 사서 내 돈을 날렸다면서?"

"예."

요시코는 다시 큰 소리로 웃었다.

"그럼 어머님께 적당히 그런 사정을 알려드리세. 하지만 앞으로는 절대 그런 돈을 빌려주지 않기로 하면 되겠지?"

산시로가 빌려주지 않겠다고 대답한 후 인사를 하고는 일어서려고 하자 요시코도 이제 돌아가겠다고 말했다.

"아까 그 얘기를 해야지."

오라버니가 타일렀다.

"됐어요."

누이가 거절했다.

"되긴 뭐가 돼?"

"됐다니까요, 몰라요."

오라버니는 누이의 얼굴을 보고 입을 다물고 있다. 누이는 다시 이렇게 말했다.

"하지만 어쩔 수 없잖아요? 알지도 못하는 사람한테 갈 거냐 말 거냐 물어봤자 말이에요. 좋지도 싫지도 않으니까 아무 말도 할 수가 없어요. 그러니까 모른단 말이에요."

산시로는 모르겠다는 말의 진의를 그제야 알았다. 오누이는 그대로 두고 서둘러 밖으로 나왔다.

사람이 지나지 않고 헌등만 환한 골목길을 빠져나가 한길로 나가니 바람이 분다. 북쪽으로 방향을 틀자 정면으로 얼굴에 닿는다. 간헐적으로 자신의 하숙집 쪽에서 불어온다. 그때 산시로는 생각했다. 노노미야는 이 바람을 뚫고 누이를 배웅하며 미네코 씨 집까지 데려다줄 것이다.

하숙집 이층으로 올라가 자기 방으로 들어가서 앉았더니 여전히 바람 소리가 들린다. 산시로는 이런 바람 소리를 들을 때마다 운명이라는 글자가 떠오른다. 휘잉 하고 바람이 불어올 때마다 움츠리고 싶다. 자기가 생각해도 결코 강한 남자라고는 생각되지 않는다. 생각하면 상경한 이래 자신의 운명은 대체로 요지로에 의해 결정되고 있다. 게다가 어느 정도는 화기애애한 농락을 당하게 생겨먹었다. 요지로는 사랑할 만한 못된 장난꾼이다. 앞으로도 사랑할 만한 이 장난꾼에게 자신의 운명이 붙잡혀 있을 것 같다. 바람이 쉴 새 없이 분다. 확실히 요지로 이상의 바람이다.

산시로는 어머니가 보내준 30엔을 머리맡에 두고 잤다. 이 30엔도 운명의 농락이 낳은 것이다. 이 30엔이 앞으로 어떤 작용을 할지 전혀 알 수 없다. 자신은 돈을 갚으러 미네코에게 갈 것이다. 미네코가 그 돈을 받을 때 다시 한번 도발하고 나올 것임에 틀림없다. 산시로는 되도록 크게 도발하고 나오면 좋겠다고 생각한다.

산시로는 그대로 잠이 들었다. 운명도 요지로도 손을 쓸 수 없을 만큼 깊은 잠에 빠져들었다. 그러다가 경종(警鐘) 소리에 잠에서 깼다. 어딘가에서 사람 소리가 난다. 도쿄의 화재는 이것으로 두 번째 겪는다. 산시로는 잠옷 위로 하오리를 걸치고 창문을 열었다. 바람은 상당히 잦아들었다. 바람 소리가 들리는 가운데 건너편 이층 건물이 시커멓게 보인다. 집이 시커멓게 보일 만큼 집 뒤의 하늘이 붉다.

산시로는 추위를 참으며 잠시 그 붉은 것을 바라보고 있었다. 그때 산시로의 머리에는 생생하게 운명이 붉게 비쳤다. 산시로는 다시 따뜻한 이불 속으로 기어들어갔다. 그리고 붉은 운명 속에서 미쳐 날뛰는 많은 사람들의 신세를 잊었다.

날이 밝으면 평범한 사람이다. 제복을 입고 노트를 들고 학교로 갔다. 다만 30엔을 품에 넣는 것만은 잊지 않았다. 공교롭게도 수업 시간이 그리 좋지 못하다. 3시까지 수업 시간이 꽉 차 있다. 3시 지나서 가면 요시코도 학교에서 돌아와 있을 것이다. 어쩌면 사토미 교스케라는 미네코의 오라버니도 집에 있을지 모른다. 다른 사람이 있으면 도저히 돈을 돌려주지 못할 것 같은 생각이 든다.

또 요지로가 말을 걸어왔다.

"어젯밤에는 설교를 듣고 왔나?"

"뭐 설교라고 할 정도는 아니었네."

"그랬겠지, 노노미야 씨는 그래 봬도 사리를 분별할 줄 아는 사람이 니까 말이야."

요지로는 이렇게 말하고는 어디론가 가버렸다. 두 시간 후의 강의 때 다시 만났다.

"히로타 선생님 일은 확실히 잘될 것 같네."

요지로가 이렇게 말했다. 일이 어디까지 진행되었느냐고 물었다.

"뭐 걱정하지 않아도 되네. 곧 차분히 얘기해줄 테니까. 자네가 요 즘 통 안 온다고 선생님께서도 묻던데. 가끔 놀러 오게. 선생님은 혼 자니까 말이야. 우리가 위로해주지 않으면 안 되네. 다음에 뭐 좀 사 들고 놀러 오게."

요지로는 이런 말을 내뱉고는 그대로 사라졌다. 그러더니 다음 시 간에 또 어디선가 나타났다. 이번에는 무슨 생각을 했는지 강의가 한 창일 때 "돈 수취?"라고 전보 같은 문구를 백지에 써서 내밀었다. 산시 로가 답을 쓰려고 교수 쪽을 보니 바로 이쪽을 보고 있다. 백지를 뭉 쳐 발밑에 버렸다. 강의가 끝나기를 기다렸다가 비로소 대답을 했다.

"돈은 받았네. 여기 있지."

"그런가? 그거 잘됐군. 갚을 생각인가?"

"물론 갚아야지."

"그게 좋겠지. 얼른 갚도록 하게."

"오늘 갚을까 하네."

"음, 오후 늦게라면 있을지도 모르겠네."

"어디 가는 건가?"

"가고말고, 매일 그림 모델을 하러 가지. 지금쯤 상당히 완성되었을 거네."

"하라구치 씨 집으로 말인가?"

"그래."

산시로는 요지로에게서 하라구치 씨의 집이 어디인지 알아두었다.

10

히로타 선생이 편찮다는 말을 듣고 산시로는 병문안을 갔다. 문으로 들어서자 현관에 구두 한 켤레가 가지런히 놓여 있다. 의사일지도 모른다고 생각했다. 평소대로 부엌문으로 들어가자 아무도 없다. 느릿느릿 들어가 거실로 가자 방 안에서 이야기 소리가 들린다. 산시로는 잠시 서 있었다. 산시로의 손에는 큼지막한 보자기 꾸러미가 들려 있다. 꾸러미 안에는 빈 술통에 침담근 감이 잔뜩 들어 있다. 다음에 올 때는 뭔가 사들고 오라는 요지로의 말이 있었기에 오이와케 거리에서 사들고 온 것이다. 그때 방 안에서 돌연 우당탕 하는 소리가 들렸다. 누군가 싸움이라도 벌인 모양이다. 산시로는 필시 싸움이 벌어진 걸 거라고 생각했다. 보자기 꾸러미를 든 채 칸막이 장지문을 30센티미터쯤 열고 조심스럽게 들여다보았다. 히로타 선생이 갈색 하카마를 입은 몸집 큰 사내에게 깔려 있다. 선생은 엎드린 상태로 얼굴을 다다미 바닥에서 간신히 들어 산시로를 보고 히죽 웃으며 말했다.

"어, 어서 오게."

위의 사내는 힐끗 돌아봤을 뿐이다.

"선생님, 실례합니다만 어디 한번 일어나보세요."

사내가 말한다. 잘은 모르겠으나 선생의 손을 뒤로 꺾어 잡고 위에서 무릎으로 팔꿈치 관절을 누르고 있는 듯하다. 선생은 아래에서 도저히 일어날 수 없다고 대답했다. 그러자 위의 사내는 손을 놓고 무릎을 뗀 다음 하카마의 주름을 펴고는 자리에 고쳐 앉았다. 당당해 보이는 사내다. 선생도 곧 일어나 앉았다.

"과연 그렇군."

선생이 말했다.

"그런 식으로 하면, 억지로 저항하다가는 팔이 부러질 염려가 있어 위험합니다."

산시로는 이 대화를 듣고서야 두 사람이 방금 뭘 하고 있었는지를 알았다.

"몸이 편찮다고 들었습니다만, 벌써 다 나은 겁니까?"

"그래, 이제 다 나았네."

산시로는 보자기 꾸러미를 풀고 안에 든 것을 두 사람 사이에 펼쳤다.

"감을 사왔습니다."

히로타 선생은 서재로 가서 칼을 갖고 왔다. 산시로는 부엌에서 식칼을 가져왔다. 셋이서 감을 먹기 시작했다. 먹으면서 선생과 낯선 사내는 열심히 지방의 중학교 이야기를 했다. 생활고 이야기, 학내 소요 이야기, 한곳에 오래 머물 수 없다는 이야기, 학과 이외에 유도 교사를 한 이야기, 어떤 교사는 게다 밑창을 사서 헌 끈을 끼우고 신을 수 있을 때까지 신을 정도라는 이야기, 이번에 사직한 이상 쉽게 일자리를 찾을 수 있을 것 같지 않다는 이야기, 그때까지는 어쩔 수 없이 아내를 친정에 있도록 했다는 이야기 등…… 좀처럼 끝날 것 같지가 않다.

산시로는 감 씨를 뱉어내면서 이 사내의 얼굴을 보고 있으니 그가 한심해졌다. 지금의 자신과 이 사내를 비교해보니 전혀 인종이 다른 것 같다는 생각이 든다. 이 사내의 입에서는 다시 한번 학창 시절을 보내고 싶다, 학창 시절만큼 마음 편한 것은 없다는 푸념이 몇 번이나 되풀이되었다.

산시로는 그 푸념을 들을 때마다 자신의 수명도 불과 2, 3년밖에 안 되는 게 아닐까 하는 생각이 어렴풋이 들기 시작했다. 요지로와 메밀국수를 먹을 때처럼 마음이 울적해졌다.

히로타 선생은 다시 일어나 서재로 들어갔다. 돌아왔을 때는 손에 책 한 권이 들려 있었다. 표지가 검붉고 단면에 먼지가 쌓여 있었다.

"이게 전에 이야기한 『하이드리오타피아』[1]네. 심심하면 보고 있게."

산시로는 고맙다고 말하며 책을 받아 들었다.

"적막의 양귀비꽃을 뿌리누나, 끊임없이. 사람을 기념할 때는 영겁의 가치가 있는지 어떤지를 따지지 않는다"라는 구절이 눈에 띄었다. 선생은 안심하고 유도 선생과 이야기를 계속한다. ……중학교 선생의 생활 실태를 들어보니 다들 딱한 사람들뿐인 것 같지만 실제로 딱하다고 생각하는 것은 당사자뿐이다. 왜냐하면 현대인은 사실을 좋아하지만 사실에 수반되는 정조(情操)는 잘라버리는 습관을 갖고 있

---

1 Hydriotaphia, urn buria(1658). 영국의 의사이자 작가인 토머스 브라운(Thomas Browne, 1605~1682)의 저서로 『호장론(壺葬論)』으로 번역된다. 노리치 근교에서 발굴된 로마 점령시대의 뼈단지(骨壺)와 관련하여 매장의 형식을 논하면서 자신의 생사관(生死觀)을 명상한 책이다.

기 때문이다. 잘라버려야 할 정도로 세상이 각박하니 어쩔 수가 없다. 그 증거로 신문을 보면 알 수 있다. 신문의 사회면 기사는 열에 아홉이 비극이다. 하지만 우리는 그 비극을 비극으로 체험할 여유가 없다. 다만 사실에 대한 보도로 읽을 뿐이다. 자기가 보는 신문에는 사망자 수십 명이라는 제목으로 하루에 변사한 사람의 연령, 호적, 사인을 6호 활자로 각각 한 줄씩 싣는 일이 있다. 간단명료함의 극치다. 또 도둑 일람이라는 난이 있는데 어디에 어떤 도둑이 들었는지를 한눈에 알 수 있도록 도둑을 다 모아놓았다. 이것도 무척 편리하다. 모든 것이 이런 식이라고 생각해야 한다. 사직도 마찬가지다. 당사자에게는 비극에 가까운 사건일지 모르지만 다른 사람에게는 그다지 절실한 느낌을 주지 않는다고 각오해야 할 것이다. 그런 생각으로 운동하면 좋을 것이다.

"그래도 선생님만큼 여유가 있다면 조금은 절실하게 느껴도 좋을 것 같은데요."

유도 선생이 진지한 얼굴로 말했다. 그때는 히로타 선생도, 산시로도 그렇게 말한 당사자도 동시에 웃었다. 이 사내가 좀처럼 돌아갈 것 같지 않았으므로 산시로는 책을 빌려 멋대로 밖으로 나갔다.

썩지 않는 묘에 잠들고 전해지기 위해 살며 유명한 이름을 남기고, 그렇지 않으면 상전벽해(桑田碧海)에 맡겨 후세에 남고자 하는 것, 예부터 사람들이 바라는 바다. 그 소원이 이루어질 때 사람은 천국에 있다. 하지만 진실한 신앙의 교의에서 보면 그 소원도 그 만족도 없는 것이나 마찬가지로 덧없는 것이다. 산다는 것은 다시 자신으로 돌아가는 것을 의미하고 다시 자신으로 돌아가는 것은 소원도 아니고 바람도 아니고 고상한 신자가 보는 분명한 사실이니, 성(聖) 인노첸시오[2]의 묘에 눕는 것은 결국 이집트의 모래 속에 묻히는 것과 다르지 않다. 영원불변하는 내 몸을 보고 기쁘다면 6척의 비좁음도 하드리아누스[3]의 커다란 묘와 다르지 않을 것이다. 생겨난 그대로 된다는 것만 각오하라.

　이는 『하이드리오타피아』의 마지막 구절이다. 산시로는 어슬렁어슬렁 하쿠산(白山) 쪽으로 걸으면서 길 가운데서 이 구절을 읽었다. 히로타 선생에게 듣기로 이 저자는 유명한 명문가(名文家)이고 이 책은 이 명문가가 쓴 것 중에서도 가장 명문이라고 한다. 히로타 선생은 그 이야기를 할 때 웃으면서, 물론 그건 내 주장이 아니네, 하고 미리 알려주었다. 역시 산시로도 어디를 보고 명문이라고 하는지 통 알 수가 없었다. 그저 단락 나누는 게 좋지 않고 글자 표기법도 이상하며 이야기를 해나가는 방식이 답답해서 마치 오래된 절을 보는 것 같은 기분이 들었을 뿐이다. 이 한 구절을 읽는 데도 거리로 치면 3, 4백 미터나 걸렸을 것이다. 게다가 확실하지도 않다.

　얻은 것은 고색창연함이다. 나라(奈良) 대불(大佛)의 종을 쳐서 그 여운이 도쿄에 있는 자신의 귀에 희미하게 들린 것이나 마찬가지다. 산시로는 이 한 구절이 주는 의미보다는 그 의미 위에 드리워진 정서의 그림자가 더 반가웠다. 산시로는 절실하게 생사의 문제를 생각한 적이 없다. 생각하기에는 청춘의 피가 너무 뜨겁다. 눈앞에는 눈썹을 태울 만큼 커다란 불이 타오르고 있다. 그 느낌이 진정한 자신이다. 산

---

2 교황권의 강화에 힘썼던 교황 인노첸시오 3세(Innocentius III, 1160~1216)를 가리킬 것이다.
3 푸비우스 아일루스 하드리아누스(Publius Aelius Hadrianus, 76~138). 로마의 황제. 예술을 장려했으며 그의 생전에 스스로 건조한 영묘(靈廟)가 로마 건축의 대표작 가운데 하나로 꼽힌다.

시로는 여기서 아케보노초(曙町)에 있는 하라구치의 집으로 향했다.

어린아이의 장례 행렬이 지나갔다. 하오리를 입은 남자 두 명만 따르고 있다. 작은 관은 새하얀 천에 싸여 있다. 그 옆에 예쁜 바람개비를 달아놓았다. 바람개비가 줄기차게 돈다. 바람개비의 날개가 오색으로 칠해져 있다. 그것이 한 가지 색이 되어 돌고 있다. 하얀 관은 예쁜 바람개비를 쉴 새 없이 돌리며 산시로 옆을 지나갔다. 산시로는 아름다운 장례라고 생각했다.

산시로는 남의 글과 남의 장례식을 옆으로 물러서서 봤다. 만약 누군가 와서 내친김에 미네코를 옆으로 물러서서 보라고 주의를 준다면 산시로는 틀림없이 깜짝 놀랄 것이다. 산시로는 미네코를 옆으로 물러서서 볼 수 없는 눈이 되었다. 무엇보다 옆으로 물러선 건지 아닌지하는 구별을 전혀 의식하고 있지 않다. 다만 남의 죽음에서는 아름답고 온화한 운치를 사실로 느끼고, 살아 있는 미네코에 대해서는 아름다운 향락의 밑바닥에서 일종의 고민을 느낀다. 산시로는 그 고민을 떨쳐버리려고 똑바로 나아간다. 나아가면 고민이 없어질 것으로 생각한다. 고민을 없애기 위해 한발 옆으로 물러서는 것은 꿈에도 생각할 수 없다. 이를 생각할 수 없는 산시로는 실제로 멀리서 적멸(寂滅)의 모임[4]을 문자 위로 바라보며 요절의 슬픔을 1미터 밖에서 느꼈던 것이다. 그런데도 슬퍼해야 할 장면을 기분 좋게 바라보고 아름답게 느꼈던 것이다.

아케보노초로 접어들자 커다란 소나무가 있다. 그 소나무를 보고 찾아오라는 말을 들었다. 소나무 아래에 이르자 집이 달랐다. 맞은편을 보자 다른 소나무가 있다. 그 앞에도 소나무가 있다. 소나무가 많

4 장례식을 말한다.

았다. 산시로는 좋은 곳이라고 생각했다. 여러 그루의 소나무를 지나 왼쪽으로 꺾어들자 산울타리에 예쁜 문이 있다. 과연 하라구치라는 문패가 달려 있다. 그 문패는 복잡한 나뭇결의 거무스름한 판자에 초록색 유화물감으로 이름을 화려하게 쓴 것이다. 글자인지 무늬인지 알 수 없을 정도로 공을 들였다. 문에서 현관까지는 휑하니 아무것도 없다. 좌우에 잔디가 심어져 있다.

현관에는 미네코의 게다가 가지런히 놓여 있다. 끈 두 개의 좌우 색깔이 다르다. 그래서 정확히 기억하고 있다. 지금 작업 중이지만 들어오라는 어린 가정부의 안내에 따라 화실로 들어섰다. 넓은 방이다. 남북으로 가늘고 길게 뻗은 바닥은 화가의 방답게 어질러져 있다. 우선 한쪽에는 양탄자가 깔려 있다. 방 크기에 비하면 균형이 잡혀 있지 않기 때문에 깔개로 깔았다기보다는 색이 좋고 무늬가 우아한 직물을 내놓은 것처럼 보인다. 저만치 떨어져 있는 커다란 호랑이 가죽 역시 앉기 위해 놓은 자리가 아닌 것 같다. 양탄자와는 어울리지 않는 자리에 비스듬히 꼬리를 길게 늘어뜨리고 있다. 모래를 개어서 굳힌 것 같은 커다란 항아리가 있다. 그 안에서 화살 두 개가 나와 있다. 쥐색의 깃털과 깃털 사이가 금박으로 강렬하게 빛나고 있다. 그 옆에 갑옷도 있다. 산시로는 우노하나오도시(卯の花縅)[5]일 거라고 생각했다. 맞은편 구석에 눈부시게 비치는 것이 있다. 옷단에 보랏빛 무늬가 들어간 고소데[6]에 금실 자수가 보인다. 소매에서 소매로 휘장을 둘러칠 때 쓰는 줄을 통과시켜, 곰팡이가 슬지 않게 햇볕에 말릴 때처럼 매달았다.

5 하얀색으로만 미늘을 엮어낸 갑옷. 에도 시대에는 하얀색과 연두색으로 미늘을 엮어낸 갑옷을 말했다.
6 소매 폭이 좁은 기모노로 서민의 평상복.

소매는 둥글고 짧다. 이게 겐로쿠 소매(元祿袖)[7]라는 걸 산시로도 알수 있었다. 그 외에는 그림이 많았다. 벽에 걸린 것만 해도 크고 작은 것을 합쳐 상당한 수에 이르렀다. 액자에 넣지 않은 밑그림 같은 것은 겹쳐 말아놓았는데 그 끝이 구겨져서 꼬락서니가 영 말이 아니었다.

모델의 초상은 눈을 어지럽히는 이런 채색 사이에 있다. 모델은 막다른 곳의 정면에 부채로 이마 위를 가리고 서 있다. 화가는 팔레트를 든 채 둥근 등을 휙 돌려 산시로를 봤다. 입에는 굵은 파이프가 물려 있다.

"왔군."

이렇게 말하고 파이프를 작고 둥근 탁자 위에 놓았다. 성냥과 재떨이가 놓여 있다. 의자도 있다.

"앉게. ……저걸세."

하라구치는 그리다 만 캔버스 쪽을 보았다. 길이는 1미터 80센티미터나 된다.

"역시 크군요."

산시로는 이렇게만 말했다.

"음, 꽤 크지."

하라구치는 귀담아듣지 않은 듯 혼잣말처럼 이렇게 말하고 머리카락과 배경의 거울을 칠하기 시작했다. 산시로는 그제야 미네코 쪽을 봤다. 그러자 이마 위로 든 부채의 그늘에서 미네코의 하얀 이가 희미하게 빛났다.

그러고 나서 2, 3분은 완전히 조용했다. 난로를 피워 방 안은 훈훈

---

7 기모노의 한 소매 모양. 소매 길이가 짧고 배래가 둥글다. 겐로쿠(元祿) 시대(1688~1704) 고소데의 소매 모양이 시초여서 이런 이름이 붙었다.

했다. 오늘은 바깥도 그다지 춥지 않다. 바람은 완전히 멎었다. 마른 나무가 소리 없이 겨울 해에 휩싸인 채 서 있다. 화실로 안내되었을 때 산시로는 안개 속으로 들어간 것 같았다. 둥근 탁자에 팔꿈치를 올리고 이 조용한 밤보다 더한 지경에 거리낌 없는 마음으로 빠져들었다. 이 조용함 속에 미네코가 있다. 미네코의 모습이 점차 완성되어가고 있다. 뚱뚱한 화가의 붓만 움직인다. 움직임만 보일 뿐 조용하다. 뚱뚱한 화가도 움직이는 일이 있다. 하지만 발소리는 나지 않는다.

조용함 속에 갇힌 미네코는 전혀 움직이지 않는다. 부채로 이마 위를 가리고 선 모습 그대로가 이미 그림이다. 산시로가 보기에 하라구치는 미네코를 그리는 게 아니다. 불가사의하게 깊이가 있는 그림에서 그 깊이만을 열심히 없애 보통의 그림으로 미네코를 다시 그리고 있는 것이다. 그런데도 제2의 미네코는 이 조용함 속에서 점차 제1의 미네코에게 다가간다. 산시로는 그 두 명의 미네코 사이에 초침 소리조차 들려오지 않는 조용하고 긴 시간이 들어 있는 것처럼 여겨졌다. 그 시간이 화가의 의식에도 떠오르지 않을 만큼 얌전히 지남에 따라 제2의 미네코가 점차 쫓아온다. 조금만 있으면 쌍방이 딱 마주쳐 하나로 모아지려는 순간 시간의 흐름이 갑자기 방향을 바꿔 영원 속으로 흘러든다. 하라구치의 붓은 그 앞으로는 나아갈 수 없다. 산시로는 거기까지 따라가다 문득 정신이 들어 미네코를 보았다. 미네코는 여전히 움직이지 않고 있다. 산시로의 머리는 이 조용한 공기 속에서 자기도 모르게 움직이고 있다. 취한 기분이다. 그러자 돌연 하라구치가 웃음을 터뜨렸다.

"또 힘들어졌나 보군요."

미네코는 아무 말도 하지 않고 곧장 자세를 무너뜨리고 옆에 놓인

안락의자에 쓰러지듯이 털썩 몸을 부렸다. 그때 하얀 이가 다시 빛났다. 그리고 움직일 때 소매와 함께 산시로를 봤다. 그 눈은 유성처럼 산시로의 미간을 지나쳤다.

"어떤가?"

하라구치는 둥근 탁자 옆까지 와서 이렇게 물으며 성냥을 그어 조금 전의 파이프에 불을 붙이고는 다시 입에 물었다. 큼직한 나무 파이프를 손으로 잡고 두 차례 짙은 연기를 수염 사이로 내뿜고는 곧 둥근 등을 돌려 그림 쪽으로 다가갔다. 멋대로 여기저기를 자유롭게 칠하고 있다.

물론 그림은 완성되지 않았을 것이다. 하지만 어디나 남김없이 온통 물감이 칠해져 있으므로 문외한인 산시로의 눈에는 상당히 멋져 보인다. 물론 잘 그린 건지 아닌지는 알 수 없다. 기교 비평을 할 수 없는 산시로는 그저 기교가 가져다주는 느낌만 갖고 있다. 그 느낌조차 경험이 없으므로 어지간히 핵심에서 벗어난 듯하다. 스스로를 예술의 영향에 전혀 무관심한 사람이 아니라는 걸 입증하려는 것만으로도 산시로는 풍류인이다.

산시로가 보기에 이 그림은 대체로 눈에 확 들어온다. 어쩐지 온통 가루가 뿌려져 광택 없는 햇빛을 받은 것 같다. 그림자 부분도 까맣지는 않다. 오히려 옅은 보랏빛이 감돌고 있다. 산시로는 이 그림을 보고 어쩐지 경쾌한 느낌이 들었다. 들뜬 느낌은 조키부네(猪牙船)[8]에 탄 기분이다. 그래도 어딘가 차분한 느낌이다. 위태롭지 않다. 불쾌한 부분, 떨떠름한 부분, 칙칙한 부분은 물론 없다. 산시로는 하라구치다

8 지붕이 없는, 뱃머리가 뾰족하며 가늘고 긴 경쾌한 작은 배. 속도가 빨라 에도 시대에는 스미다가와(隅田川) 강을 오르내리는 교통용으로 쓰이기도 했다.

운 그림이라고 생각했다. 그러자 하라구치는 아무렇게나 붓을 움직이며 이런 말을 한다.

"오가와 군, 재미있는 이야기가 있네. 내가 아는 사람 중에 아내가 싫어져서 이혼을 요구한 사람이 있다네. 그런데 아내가 그 요구를 들어주지 않고 '저는 인연이 있어서 이 집에 시집을 온 몸이라 설령 당신이 싫어한다고 해도 절대 나갈 수 없습니다'라고 했지."

하라구치는 거기서 잠깐 그림에서 떨어져 붓질한 부분을 바라보다가, 이번에는 미네코를 향해 말한다.

"미네코 씨. 당신이 홑옷을 입어주지 않으니까 기모노 그리기가 힘들어서 죽겠소. 아주 적당히 하다 보니 점점 대담해져서 말이오."

"죄송해요."

미네코가 말했다.

하라구치는 대답도 하지 않고 다시 캔버스로 다가갔다.

"그래서 말이야, 이혼을 하기에는 아내의 엉덩이가 너무 무거웠기 때문에 친구가 자기 아내한테 이렇게 말했다네. '나가는 게 싫다면 안 나가도 좋다. 언제까지든 집에 있어도 된다. 그 대신 내가 나갈 거니까.' ……미네코 씨, 잠깐 서보세요. 부채는 아무래도 좋소. 그냥 서 있기만 하면 되오. 그래요, 고맙소. ……아내가, '내가 집에 있어도 당신이 나가버리면 그 뒤가 곤란하잖아요'라고 하자, '뭐 상관없겠지, 당신은 멋대로 새서방이라도 들이면 될 테니까'라고 대답했다네."

"그래서 어떻게 되었습니까?"

산시로가 물었다. 하라구치는 이야기할 만한 일이 아니라고 생각했는지 다시 덧붙였다.

"아무렇게도 안 되었지. 그러니까 결혼은 깊이 생각해볼 일이네. 이

합이고 집산이고 모두 자유롭게 되지 않거든. 히로타 선생을 보게, 노노미야, 사토미 교스케를 보라고, 내친김에 나도 보고. 다들 결혼하지 않았네. 여자가 잘나게 되면 이런 독신자가 많이 생기지. 그러니 사회의 원칙은 독신자가 생겨나지 않을 만큼만 여자가 잘나야 한다는 거네."

"하지만 오라버니는 조만간 결혼할 거예요."

"이런, 그렇소? 그러면 당신은 어떻게 되오?"

"몰라요."

산시로는 미네코를 보았다. 미네코도 산시로를 보며 웃었다. 하라구치만은 그림을 향하고 있다.

"몰라요. 몰라요…… 라면."

하라구치는 이렇게 중얼거리며 붓을 움직였다.

산시로는 이 기회를 이용하여 둥근 탁자에서 떨어져 미네코 옆으로 다가갔다. 미네코는 의자 등받이에 기름기 없는 머리를 아무렇게나 기대고 있다. 지쳐서 몸단장할 생각도 없이 몸을 내팽개친 모습이다. 안에 입는 기모노의 옷깃 사이로 목이 또렷이 나와 있다. 의자에는 벗어놓은 하오리가 걸쳐져 있다. 히사시가미 위로 하오리의 고운 안감이 보인다.

산시로의 품에는 30엔이 들어 있다. 이 30엔이 두 사람 사이에 있는, 설명하기 어려운 것을 대표하고 있다…… 라고 산시로는 믿었다. 갚으려고 생각하면서도 갚지 않은 것도 이 때문이다. 눈 딱 감고 지금 갚으려고 하는 것도 이 때문이다. 갚으면 볼일이 없어져 멀어질지, 볼일이 없어져도 훨씬 가까이 다가올지, ……평범한 사람이 보기에 산시로는 다소 미신을 믿는 사람의 분위기를 띠고 있다.

"미네코 씨!"

산시로가 불렀다.

"왜요?"

미네코가 대답했다. 고개를 젖히고 아래에서 산시로를 올려다봤다. 얼굴은 원래의 자리에 고정시키고 있다. 눈만은 움직였다. 그것도 산시로의 정면에서 온화하게 멈췄다. 산시로는 미네코가 다소 지쳐 있다는 것을 알았다.

"이왕 온 김에 여기서 돌려드리지요."

산시로는 이렇게 말하며 단추를 하나 풀어 안쪽 품에 손을 넣었다.

"뭐죠?"

미네코는 다시 이렇게 되풀이했다. 원래대로 자극이 없는 어투다. 품에 손을 넣으면서 산시로는 어떻게 할까 하고 생각했다. 드디어 결심했다.

"저번에 빌린 돈입니다."

"지금 주셔도 어떻게 할 수가 없는걸요."

미네코는 아래에서 올려다본 채다. 손도 내밀지 않는다. 몸도 움직이지 않는다. 얼굴도 원래의 자리에 고정하고 있다. 산시로는 미네코의 대답도 제대로 이해할 수 없었다.

"조금만 있으면 끝나는데, 어떻소?"

그때 뒤에서 이런 말이 들려왔다. 돌아보니 하라구치가 이쪽을 보고 앉아 있다. 붓을 손가락 사이에 끼운 채 삼각형으로 깎은 수염의 끝을 잡아당기며 웃고 있다. 미네코는 두 손을 의자 팔걸이에 걸치고 앉은 자세로 머리와 등을 똑바로 폈다. 산시로는 조그만 목소리로 물었다.

"아직도 멀었습니까?"

"앞으로 한 시간쯤요."

미네코도 작은 목소리로 대답했다. 산시로는 다시 둥근 탁자로 돌아갔다. 미네코는 이제 그려야 할 자세를 취했다. 하라구치는 다시 파이프를 물었다. 붓이 다시 움직이기 시작했다. 등을 돌리며 하라구치가 이렇게 말했다.

"오가와 군, 미네코 씨의 눈을 보게."

산시로는 시키는 대로 했다. 미네코는 돌연 이마에서 부채를 떼고 조용한 자세를 무너뜨렸다. 옆을 향한 채 유리창 너머로 뜰을 바라보고 있다.

"안 되오. 옆을 향하면 안 되지. 지금 막 그리기 시작했는데."

"왜 쓸데없는 말을 하는 거예요?"

미네코가 정면으로 돌아왔다. 하라구치는 변명을 한다.

"놀린 게 아니오. 오가와 군한테 할 이야기가 있었소."

"무슨 이야기요?"

"지금 이야기할 테니까 원래의 자세를 취하시오. 그래요. 좀 더 팔꿈치를 앞으로 내밀고. 그런데 오가와 군, 내가 그린 눈이 실물의 표정대로 그려진 건가?"

"잘 모르겠습니다. 이렇게 매일 그리는데, 그려지는 사람의 눈 표정이 변하지 않을 수도 있는 걸까요?"

"그야 변하겠지. 본인만 변하는 게 아니네. 그리는 사람의 기분도 매일 변하니까, 사실은 초상화를 몇 장이고 그려야 하는데 그렇게는 안 되지. 또 단 한 장으로 꽤 괜찮은 게 나오니 신기한 일이지. 왜 그러는 줄 아나?"

하라구치는 말하는 사이에도 내내 붓을 움직이고 있다. 미네코 쪽도 보고 있다. 산시로는 하라구치의 여러 기관이 동시에 움직이는 것을 목격하고 깜짝 놀랐다.

"이렇게 매일 그리고 있으면 매일의 양이 쌓이고 쌓여 얼마 후에는 그리고 있는 그림에 일정한 기분이 생겨나지. 그래서 설령 밖에서 다른 기분으로 돌아와도 화실로 들어와 그림을 마주하기만 하면 곧바로 일정한 기분이 될 수 있는 거네. 다시 말해 그림 속의 기분이 이쪽으로 옮겨오는 거지. 미네코 씨도 마찬가지야. 자연 상태 그대로 놔두면 여러 가지 자극으로 여러 가지 표정이 될 게 뻔하지만 그게 실제 그림에 그다지 영향을 미치지 않는 것은 그런 자세나 이런 북이며 갑옷이며 호랑이 가죽 같은 주변의 난잡한 물건들이 자연스럽게 일정한 표정을 환기시켜주고, 그 습관이 점차 다른 표정을 압박할 정도로 강해지니까 대체로 이 눈빛을 그대로 완성해나가면 되는 거네. 게다가 표정이라고 해봐야……"

하라구치는 돌연 입을 다물었다. 어딘가 까다로운 작업에 들어간 모양이다. 두 걸음쯤 뒤로 물러나 미네코와 그림을 자꾸만 번갈아보고 있다.

"미네코 씨, 무슨 일 있소?"

하라구치가 물었다.

"아뇨."

이 대답은 미네코의 입에서 나왔다고는 생각되지 않았다. 그만큼 미네코는 자세를 무너뜨리지 않고 조용히 있었다.

"게다가 표정이라고 해봐야." 하라구치가 다시 말을 이었다. "화가는 마음을 그리는 게 아니라네. 마음이 겉으로 상점을 내고 있는 것을 그리는 거니까 그 상점만 실수 없이 관찰하면 재산은 저절로 알 수 있는 거지, 뭐 그렇게 해두는 거라네. 상점으로 엿볼 수 없는 재산은 화가가 담당할 구역이 아니라며 단념해야 하는 거지. 그래서 우리는 육체만 그리고 있네. 어떤 육체를 그려도 영혼이 깃들지 않으면 죽은 육체니까 그림으로 통용되지 않을 뿐이지. 그래서 이 미네코 씨의 눈도 말이네, 마음을 그릴 생각으로 그리는 게 아니네. 그저 눈으로 그릴 뿐이지. 이 눈이 마음에 들었으니까 그리는 거지. 이 눈의 모양이며 쌍꺼풀의 그림자며 눈동자의 깊이며 뭐든지 나한테 보이는 것만을 남김없이 그려가는 거네. 그러면 우연의 결과로 일종의 표정이 나온다네. 만약 나오지 않는다면 색채를 표현하는 내 방식이 안 좋았거나 자세를 취하게 하는 방식이 잘못된 거겠지. 실제로 그 색이나 형태 자체가 일종의 표정이니까 어쩔 수 없지."

그때 하라구치는 다시 두 걸음쯤 뒤로 물러나 미네코와 그림을 번갈아 보았다.

"아무래도 오늘은 좀 이상하군요. 피곤하오? 피곤하면 그만합시다. 피곤하오?"

"아뇨."

하라구치는 다시 그림으로 다가갔다.

"그러니까 내가 왜 미네코 씨의 눈을 골랐느냐 하면 말이네, 이야기할 테니까 들어보게. 서양화에서 여자 얼굴을 보면 누가 그린 미인이든 반드시 눈이 아주 크다네. 이상할 정도로 큰 눈뿐이지. 그런데 일본에서는 관음상을 비롯해서 오타후쿠[9], 노(能)[10]의 가면, 가장 두드러

9 코가 납작하고 이마가 튀어나왔으며 볼이 둥글고 통통한 여성의 얼굴 또는 그 가면.
10 일본의 대표적인 가무극으로 대부분 가면을 쓰고 한다.

진 것은 우키요에(浮世繪)[11]에 나타난 미인, 이 모든 것의 눈은 가늘다네. 다들 코끼리 눈을 닮았지. 왜 동서양에서 미의 기준이 이렇게까지 다를까 생각하면 좀 이상할 거야. 그런데 실은 아무것도 아니네. 서양에는 눈이 큰 사람뿐이니까 큰 눈 중에서 미적 도태가 이루어지지. 일본은 고래 계통뿐이니까, ……피에르 로티[12]라는 사람은, 일본인은 눈이 저래가지고 어떻게 뜰 수 있을까 하고 놀렸다네. ……보라고, 그런 특색을 지닌 나라니까 재료가 적은 큰 눈에 대한 심미안이 발달할 수가 없는 거지. 그래서 선택의 자유가 있는 가느다란 눈 중에서 이상형으로 만들어진 것이 우타마로[13]의 그림이라든가 스케노부[14]의 그림이 되어 소중히 여겨지는 거라네. 하지만 아무리 일본적이라도 서양화를 그릴 때는 눈을 그렇게 가늘게 그리면 장님을 그린 것처럼 보기 흉해서 못쓴다네. 그렇다고 라파엘로[15]의 성모상 같은 것은 아예 있을 리 없고, 있다고 해도 일본인이라고는 하지 않을 테니까, 그래서 미네코 씨를 귀찮게 한 거지. 미네코 씨, 조금만 참으면 되오."

11 에도 시대에 성립한 회화의 한 장르. 연극, 고전문학, 풍속, 전설, 기담, 초상, 정물, 풍경, 문명개화, 황실, 종교 등 다채로운 제재가 있다. '우키요에(浮世)'라는 말에는 현대풍이라는 뜻도 있어 당대의 풍속을 그린 풍속화라고 할 수 있다.

12 피에르 로티(Pierre Loti, 1850~1923). 프랑스의 소설가. 해군사관으로서 세계 각지를 방문했으며 1885년에는 일본에도 들렀는데 그사이의 견문을 바탕으로 소설 『국화부인(Madame Chrysanthème)』(1887)이나 『가을의 일본』을 썼다. 일본인의 눈 이야기는 『국화부인』에 나온다.

13 기타가와 우타마로(喜多川歌麿, 175?~1806). 에도 시대에 활동한 우키요에 화가. 섬세하고 유려한 선이 특징이며, 다양한 자태, 표정의 여성미를 추구한 미인화의 대가다.

14 니시카와 스케노부(西川祐信, 1671~1750). 에도 중기 교토의 우키요에 화가. 사실적이지만 우아한 작풍으로 알려졌다. 우키요조시(浮世草子, 에도 시대에 화류계를 중심으로 한 인정이나 세태를 묘사한 이야기물)의 삽화를 많이 그렸다.

15 라파엘로 산치오(Raffaello Sanzio, 1483~1520). 이탈리아 문예 부흥기의 화가이자 건축가. 아름답고 온화한 성모를 그리는 데에 재능이 뛰어나 미술사에 독자적인 자리를 차지하고 있으며 조화로운 공간 표현이나 인체의 표현 등으로 르네상스 고전 양식을 확립했다.

대답이 없다. 미네코는 가만히 있다.

산시로는 이 화가의 이야기를 무척 재미있게 느꼈다. 특히 이야기만 들으러 왔다면 몇 배나 더 흥미로웠을 거라고 생각했다. 지금 산시로의 관심은 하라구치의 이야기도 아니고 그의 그림도 아니다. 물론 맞은편에 서 있는 미네코에게 집중되어 있다. 산시로는 화가의 이야기에 귀를 기울이면서 눈만은 끝내 미네코를 떠나지 않았다. 그의 눈에 비친 미네코의 자세는 자연의 경과를 가장 아름다운 찰나에 사로잡아 움직일 수 없게 한 듯하다. 변하지 않는다는 데에 오랜 위안이 있다. 그런데도 하라구치가 돌연 고개를 갸우뚱하며 미네코에게 무슨 일이 있느냐고 물었다. 그때 산시로는 다소 두려워졌을 정도였다. 변하기 쉬운 아름다움을 변하지 않게 고정해둘 수단이 이제 없다는 화가의 주의처럼 들렸기 때문이다.

과연 그렇게 생각하고 보니 무슨 일이 있는 것 같기도 하다. 안색이 좋지 않다. 눈초리에 견디기 힘든 울적함이 보인다. 산시로는 이 활인화(活人畵)[16]에서 받은 위안을 잃었다. 동시에 혹시나 자신이 이 변화의 원인이 아닐까 하는 생각이 들었다. 순식간에 강렬하고 개성적인 자극이 산시로의 마음을 엄습해왔다. 변해가는 아름다움을 덧없이 여기는 공통된 정서는 완전히 그림자를 감추고 말았다. ……나는 이 여자에게 그만큼의 영향력을 갖고 있다. ……산시로는 이런 자각으로 자신의 모든 것을 의식했다. 하지만 그 영향이 자신에게 이익인가 불이익인가 하는 문제는 아직 결정되지 않았다.

그때 하라구치가 결국 붓을 놓고 말했다.

16 분장한 사람이 배경 앞에 가만히 서서 그림 속의 인물처럼 보여주는 것. 역사상의 인물에서 제재를 취하는 일이 많으며, 메이지·다이쇼 시대에 집회 등의 여흥으로 이루어졌다.

"이제 그만하지. 오늘은 도저히 안 되겠소."

미네코는 일어서면서 들고 있던 부채를 바닥에 떨어뜨렸다. 의자에 걸쳐놓은 하오리를 집어 들어 입으면서 이쪽으로 다가왔다.

"오늘은 피곤한 모양이군요."

"저요?"

하오리의 소매를 가지런히 하면서 끈을 묶었다.

"아니, 실은 나도 피곤하거든. 내일 날씨 좋을 때 다시 하지요. 자, 차라도 한 잔 하면서 좀 쉬시오."

날이 저물기까지는 아직 시간이 있었다. 하지만 미네코는 볼일이 좀 있다며 돌아간다고 말했다. 산시로도 좀 더 있다가 가라는 말을 들었지만 일부러 거절하고 미네코와 함께 밖으로 나왔다. 일본 사회에서 산시로가 이런 기회를 마음대로 만드는 것은 어려운 일이다. 산시로는 되도록 이 기회를 오래 끌어 이용하려고 생각했다. 그래서 비교적 사람의 왕래가 적고 한적한 아케보노초를 한 바퀴 산보나 하지 않겠느냐고 미네코에게 권해보았다. 그런데 상대는 뜻밖에도 응하지 않았다. 산울타리 사이를 일직선으로 가로질러 한길로 나왔다. 산시로는 나란히 걸으면서 물었다.

"하라구치 씨도 말한 거지만, 정말 무슨 일이라도 있는 겁니까?"

"저요?"

미네코가 되물었다. 하라구치에게 대답한 말과 같다. 산시로가 미네코를 알고 난 이래 그녀는 일찍이 긴 말을 한 적이 없다. 대개의 경우 한두 마디로 끝냈다. 게다가 아주 간단한 말에 불과하다. 그런데도 산시로의 귀에는 일종의 깊은 울림을 준다. 다른 사람으로부터는 거의 들을 수 없는 빛깔이 나온다. 산시로는 그것에 탄복했다. 그것이 신기했다.

"저요?"라고 말할 때 미네코는 얼굴을 절반쯤 산시로 쪽으로 향했다. 그리고 쌍꺼풀진 눈으로 산시로를 쳐다봤다. 그 눈에는 그늘이 드리워져 있는 것 같았다. 평소와 달리 흐리멍덩한 느낌이 들었다. 낯빛도 약간 창백했다.

"안색이 좀 안 좋은 것 같습니다."

"그런가요?"

두 사람은 대여섯 걸음을 말없이 걸었다. 산시로는 어떻게든 두 사람 사이에 걸쳐진 얇은 막 같은 것을 찢어버리고 싶었다. 하지만 무슨 말을 해야 찢어질지 통 알 수가 없다. 소설 같은 데 나오는 달콤한 말을 사용하고 싶지는 않다. 취향에서도 그렇고, 사교상 젊은 남녀의 관습으로도 사용하고 싶지 않다. 산시로는 사실상 불가능한 것을 바라고 있다. 바라고 있는 것만이 아니다. 걸으면서 궁리하고 있다.

얼마 후 미네코 쪽에서 입을 열었다.

"오늘은 하라구치 씨한테 무슨 볼일이라도 있었던 건가요?"

"아니요, 볼일은 없었습니다."

"그럼 그냥 놀러 온 건가요?"

"아니요, 놀러 온 건 아닙니다."

"그럼 왜 온 건데요?"

산시로는 그 순간을 포착했다.

"당신을 만나러 온 겁니다."

산시로는 이것으로 할 수 있는 말을 다 했다고 생각했다. 그러나 미네코는 조금도 자극을 받지 않고, 게다가 평소처럼 남자를 취하게 하는 어조로 말했다.

"거기서 돈을 받을 수는 없어요."

산시로는 몹시 낙담했다.

두 사람은 다시 말없이 10미터쯤 갔다. 산시로가 불쑥 입을 열었다.

"사실은 돈을 갚으러 온 게 아니었습니다."

미네코는 잠시 대답을 하지 않았다. 얼마 후 조용히 말했다.

"저도 돈은 필요 없어요. 가지고 계세요."

산시로는 견딜 수가 없었다.

"그냥 당신을 만나러 온 겁니다."

느닷없이 이렇게 말하고 옆으로 미네코의 얼굴을 들여다보았다. 미네코는 산시로를 보지 않았다. 그때 산시로의 귀에 미네코의 입에서 새어 나온 희미한 한숨이 들려왔다.

"돈은……"

"돈 같은 거야……"

두 사람의 대화는 양쪽 다 의미를 이루지 못하고 도중에 끊겼다. 그대로 다시 50미터쯤 걸었다. 이번에는 미네코 쪽에서 말을 걸어왔다.

"하라구치 씨의 그림을 보고 어떻게 생각했어요?"

여러 가지로 대답할 수 있어서 산시로는 대답을 하지 않고 잠시 걷기만 했다.

"너무 빨리 진행되어서 놀라지 않았나요?"

"예, 뭐."

이렇게 대답했지만 실은 이제야 깨달았다. 생각해보니 하라구치가 히로타 선생 집으로 와서 미네코의 초상을 그리겠다는 의지를 밝힌 것은 불과 한 달 전이다. 전람회에서 직접 미네코에게 의뢰한 것은 그 뒤의 일이다. 산시로는 그림에는 어두웠으므로 그렇게 커다란 액자가 어느 정도의 속도로 완성되는지는 상상 밖의 일이지만, 미네코의 말을 듣고 보니 너무 빨리 완성되고 있다는 생각이 들기도 했다.

"언제 시작한 겁니까?"

"본격적으로 시작한 것은 바로 얼마 전이지만, 그 전부터 조금씩 그리고 있었어요."

"그 전이라니, 언제쯤부터죠?"

"그 차림새를 보면 알 수 있잖아요."

산시로는 돌연 연못가에서 처음 미네코를 봤던 그 더운 날의 일을 떠올렸다.

"그때 당신은 모밀잣밤나무 아래에 쪼그리고 앉아 있지 않았나요?"

"당신은 부채로 이마 위를 가리고 높은 곳에 서 있었지요."

"그 그림 그대로잖아요."

"예. 그대로였네요."

두 사람은 얼굴을 마주 보았다. 조금 있으면 하쿠산 언덕에 이를 것이다.

맞은편에서 인력거가 달려왔다. 검은 모자에 금테안경을 쓰고 멀리서 봐도 얼굴에 윤기가 도는 남자가 타고 있다. 그 인력거가 산시로의 눈에 들어왔을 때부터 인력거 위의 젊은 신사는 미네코 쪽을 바라보고 있는 것 같았다. 4, 5미터쯤 앞으로 왔을 때 인력거가 급히 멈췄다. 무릎덮개를 요령 있게 치우고 발판에서 뛰어내리는 것을 보니 키가 훤칠하고 갸름한 얼굴의 멋진 사내였다. 머리를 단정하게 깎았다. 그런데도 아주 남자답다.

"지금까지 기다리고 있었는데 너무 늦어서 마중 나왔소."

사내는 미네코 바로 앞에 섰다. 내려다보며 웃고 있다.

"그래요? 고마워요."

미네코도 웃으며 사내의 얼굴을 마주 보더니 그 눈을 바로 산시로 쪽으로 향했다.

"누구신지?"

사내가 물었다.

"대학에 다니는 오가와 씨예요."

미네코가 대답했다.

사내는 가볍게 모자를 들어 먼저 인사했다.

"빨리 가지요. 오라버니도 기다리고 있소."

마침 산시로는 오이와케로 꺾어지는 골목 모퉁이에 서 있었다. 돈은 결국 갚지 못하고 헤어졌다.

11

요즘 요지로는 학교에서 문예협회의 표를 팔고 다닌다. 이삼일 사이에 아는 사람에게는 거의 다 팔아치운 모양이다. 요지로는 이제 모르는 사람을 붙잡기로 했다. 대개는 복도에서 붙잡는다. 그러면 좀처럼 놔주지 않는다. 그럭저럭 사게 만든다. 때로는 담판 중에 벨이 울려 놓치는 경우도 있다. 요지로는 이를 시운(時運)이 불리[1]한 거라고 했다. 때로는 상대가 웃기만 할 뿐이어서 언제까지고 요령부득인 때도 있다. 요지로는 이를 인운(人運)이 불리한 거라고 했다. 언젠가 화장실에서 나온 교수를 붙잡았다. 그 교수는 손수건으로 손을 닦으면서 지금은 좀 바쁘다며 서둘러 도서관으로 들어가버렸다. 그러고는 영 나오지 않았다. 요지로는 이를…… 뭐라고도 하지 않았다. 교수의

---

1 항우(項羽)와 유방(劉邦)이 중원의 패권을 놓고 벌이는 전쟁의 마지막 승부에서 항우가 유방에게 패하여 자신의 비통한 심정을 노래한 〈해하가(垓下歌)〉에서 온 말이다. "힘은 산을 뽑을 수 있고 기개는 온 세상을 덮을 만하건만, 시운이 불리하니 추(항우의 준마)도 달리지 못하는구나. 추가 달리지 못하니 아, 이를 어찌할꼬. 우(항우의 아내 우희, 곧 우미인)여, 우여, 그대를 어찌할꼬!(力拔山兮氣蓋世, 時不利兮騅不逝. 騅不逝兮可奈何, 虞兮虞兮奈若何)"

뒷모습을 바라보며, 저건 틀림없이 장염일 거라고 산시로에게 말했을 뿐이다.

요지로에게 표 판매를 몇 장이나 부탁받았느냐고 묻자 몇 장이든 팔 수 있을 만큼 부탁받았다고 한다. 너무 많이 팔려서 극장에 다 들어갈 수 없게 될 염려는 없느냐고 물으니 조금은 있다고 한다. 그렇다면 다 팔고 나서 곤란할 거 아니냐고 거듭 확인을 했다.

"뭐, 괜찮아. 개중에는 의리상 산 사람도 있고 무슨 일이 생겨서 못 오는 사람도 있을 거고, 또 장염도 좀 생기겠지."

요지로는 이렇게 말하며 아무렇지도 않은 얼굴이다.

요지로가 표를 파는 모습을 보고 있으니 표를 받고 그 자리에서 돈을 건네는 사람도 있지만 그저 표만 받는 학생도 있다. 소심한 산시로가 보기에 걱정될 정도로 건네며 다닌다. 나중에 생각대로 돈이 걷히겠느냐고 물으니 물론 걷히지 않을 거라는 대답이 돌아온다. 빈틈없이 조금 파는 것보다 설렁설렁 많이 파는 것이 대체로 이익이니까 그렇게 한다는 것이다. 요지로는 이를 타임스사가 일본에서 백과사전을 팔았던 방식[2]에 비교했다. 그 비교만은 그럴듯하게 들렸지만 산시로는 어쩐지 불안했다. 그래서 일단 요지로에게 주의를 했는데 그때 그의 대답이 걸작이었다.

"상대는 도쿄제국대학의 학생이네."

"아무리 학생이라도 자네처럼 돈 문제에서는 태평한 사람도 많을 거 아닌가?"

2 영국의 유명한 신문사인 런던 타임스사가 당시 일본에서 『브리태니커백과사전』을 판매할 때 도입했던 오늘날의 월부판매방식을 말한다. 이 에피소드는 『나는 고양이로소이다』 11장에도 나온다.

"뭐 선의로 지불하지 않는 것은 문예협회 쪽에서도 까다롭게 굴지는 않을 걸세. 어차피 표가 아무리 팔려봐야 결국 협회가 빚을 질 건 뻔하니까."

"그건 자네의 의견인가 협회의 의견인가?"

산시로는 확실히 하기 위해 추궁했다.

"물론 내 의견이자 협회의 의견이지."

요지로는 자기 편할 대로 대답했다.

요지로의 이야기를 듣고 있으면 이번에 연극을 보지 않는 사람은 마치 바보 같다는 생각이 들게 된다. 바보 같다는 생각이 들 때까지 요지로는 설명을 늘어놓는다. 그것이 표를 팔기 위해선지 실제로 연극을 믿고 있어선지 아니면 그저 자신의 흥을 돋우고 아울러 상대의 흥을 돋우고, 다음으로는 연극의 흥을 돋우어 세상 전체의 분위기를 되도록 활기차게 하기 위해선지가 분명히 구별되지 않았으므로 상대는 바보 같다는 생각이 들면서도 요지로의 말에 그다지 감화를 받지 않는다.

요지로는 먼저 연습에 애를 쓰고 있는 회원 이야기를 한다. 그 이야기를 듣고 있으면 회원 중 다수는 그렇게 연습을 하다가 정작 당일에는 도움이 되지 못하게 될 것만 같다. 그러고 나서 무대장치 이야기를 한다. 배경이 아주 대단한 것이어서 도쿄에 있는 유망한 청년 화가들을 모조리 끌어들여 그들의 모든 기량을 발휘하게 했다는 것이다. 다음으로 의상 이야기를 한다. 그 의상이 머리에서 발끝까지 철저한 고증을 거쳐 제작되었다는 것이다. 그다음으로 각본 이야기를 한다. 모두 신작이며 재미있다는 것이다. 그 외에도 끝이 없다.

요지로는 히로타 선생과 하라구치에게 초대권을 보냈다고 말했다.

노노미야 오누이와 사토미 오누이에게는 일등석 표를 사게 했다고 한다. 모든 일이 잘되어가고 있다고 했다. 산시로는 요지로를 위해서 연극 만세를 외쳤다.

만세를 외친 날 밤, 요지로가 산시로의 하숙으로 찾아왔다. 밤은 낮의 날씨와는 영 딴판이다. 얼어서 와서는 화로 옆에 앉아 춥다고 난리다. 그 얼굴이 단순히 추운 것만은 아닌 것 같다. 처음에는 화로를 덮치듯이 손을 쬐고 있었으나 얼마 후에는 양손을 품속에 넣었다. 산시로는 요지로의 얼굴을 밝게 해주려고 책상 위의 남포등을 끝에서 다른 끝으로 옮겼다. 그런데 요지로는 턱을 푹 떨어뜨리고 큼직한 까까머리만을 불빛에 까맣게 드러내고 있다. 전혀 생기가 없다. 무슨 일이 있었느냐고 묻자 고개를 들고 남포등을 바라보았다.

"이 집은 아직 전기가 안 들어오나?"

요지로는 얼굴 표정과는 전혀 상관없는 것을 물었다.

"아직 안 들어오네. 조만간 전기[3]를 신청할 예정이라네. 남포등은 어두워서 못쓰겠군."

산시로가 이렇게 대답하자 요지로는 남포등에 대해서는 잊어먹은 듯 불쑥 말을 꺼냈다.

"이보게, 오가와, 아주 큰일이 생겼네."

일단 무슨 일인지 물었다. 요지로는 품에서 꼬깃꼬깃한 신문을 꺼냈다. 두 장이 겹쳐 있다. 그 한 장을 벗겨내 새롭게 다시 접어 여기를 읽어보라며 내밀었다. 읽을 곳을 손가락 끝으로 누르고 있다. 산시로는 눈을 남포등 옆으로 가져갔다. 제목은 〈대학의 순문과(純文科)[4]〉라

---

3 1908년에 도쿄에서 전기나 가스가 보급된 가구는 14, 15만 가구였는데 그것도 학교나 관공서가 포함되었기 때문에 민간 보급률은 그보다 훨씬 낮았다. 대부분은 남포등을 사용했다.

고 되어 있다.

대학의 외국문학과는 종래 서양인이 담당하여 당국자는 모든 수업을 외국 교수에게 의뢰해왔는데 시대의 변화와 다수 학생의 희망에 따라 드디어 이번에 내국인의 강의도 필수과목으로 인정하기에 이르렀다. 그래서 얼마 전부터 적임자를 찾고 있었는데 마침내 모씨로 결정되어 조만간 발표한다고 한다. 모씨는 가까운 과거에 해외 유학의 명을 받은 적이 있는 수재이므로 아주 적임자라는 내용이었다.

"히로타 선생이 아니었군그래."

산시로가 요지로를 돌아보았다. 요지로는 여전히 신문을 보고 있다.

"이거 확실한 얘긴가?"

산시로가 다시 물었다.

"아마도." 요지로는 고개를 갸웃했다. "대충 괜찮을 거라고 생각했는데 말이야. 실수했네. 물론 그 사람이 상당히 운동을 하고 있다는 이야기를 들은 적이 있었지만 말이네."

"하지만 이것만으로는 아직 풍설에 지나지 않은 거 아닌가? 확실히 발표가 나지 않으면 모르는 일이니까."

"아니, 그것뿐이라면 물론 상관없지. 선생님이 관련된 건 아니니까, 하지만."

요지로는 이렇게 말하고 다시 나머지 신문을 접어 표제를 손가락 끝으로 누르며 산시로의 눈앞에 내밀었다.

이번 신문에도 거의 같은 내용이 실려 있다. 거기까지는 별반 새로운 인상을 주지 못했지만 그 뒤를 보고 산시로는 깜짝 놀랐다. 히로타 선생이 몹시 부도덕한 사람처럼 쓰여 있었던 것이다. 10년간 어학 교

4 문과대학 중에서 영문과 국문 등 문학 전공 학과를 말한다.

사를 하여 세상에 전혀 알려져 있지 않은 평범한 사람인 주제에 대학에서 내국인 외국문학 교수를 채용한다는 이야기를 듣자마자 갑자기 은밀하게 운동을 시작하여 자신의 평판기를 써서 학생들 사이에 유포했다. 그뿐 아니라 문하생으로 하여금 「위대한 어둠」이라는 논문을 쓰게 하여 작은 잡지에 실었다. 이 논문은 레이요시라는 익명으로 발표되었는데 실은 히로타의 집에 출입하는 문과대학생 오가와 산시로라는 자의 글이라는 것까지 밝혀졌다. 이렇게 결국 산시로의 이름까지 나와 있었던 것이다.

산시로는 묘한 얼굴로 요지로를 쳐다봤다. 요지로는 조금 전부터 산시로의 얼굴을 보고 있었다. 두 사람은 잠시 말없이 있었다.

"난처한데."

이윽고 산시로가 말했다. 약간 요지로를 원망하고 있다. 요지로는 그것을 별로 개의치도 않고 묻는다.

"자넨 이걸 어떻게 생각하나?"

"어떻게 생각하느냐니?"

"틀림없이 투서를 그대로 실은 걸 거네. 절대 신문사에서 취재한 게 아니야. 문예시평 6호 활자[5] 투서란에는 이런 게 얼마든지 들어오거든. 6호 활자 투서란은 거의 죄악 덩어리지. 자세히 살펴보면 거짓이 많아. 눈에 보이는 거짓말을 하는 자도 있네. 왜 그렇게 어리석은 짓을 하는가 하면 말이네, 자네, 모든 게 이해관계가 동기인 듯하네. 그래서 내가 6호 활자 투서란을 담당하고 있을 때는 질이 안 좋은 글은 대부분 쓰레기통에 처박아버렸지. 이 기사도 바로 그런 걸 거네. 반대

5 은어로, 간단한 비평문, 비방문, 폭로문을 총칭한다. 이런 종류의 글이 대부분 6호 활자로 인쇄되었기 때문이다.

운동의 결과지."

"왜 자네 이름이 나오지 않고 내 이름이 나온 걸까?"

"글쎄." 요지로는 이렇게 말하고는 잠시 후 설명했다. "역시 뭐랄까, 자네는 본과생이고 나는 선과생이어서가 아닐까?"

하지만 산시로에게 이것은 아무런 설명이 되지 못했다. 산시로는 여전히 당혹스러웠다.

"내가 처음부터 레이요시라는 보잘것없는 이름을 쓰지 않고 당당하게 사사키 요지로라는 이름으로 발표했더라면 좋았을걸. 실제로 그 논문은 사사키 요지로 이외에는 아무도 쓸 수 없는 거니까 말이야."

요지로는 진지하다. 산시로에게 「위대한 어둠」의 저작권을 빼앗겨 오히려 당황하고 있는 것인지도 모른다. 산시로는 어이가 없었다.

"자네, 선생님께는 말씀드렸나?"

산시로가 물었다.

"글쎄, 그게 문제네. 「위대한 어둠」의 작자야 자네든 나든 아무 상관이 없지만, 일이 선생님의 인격에 관계된 이상 말하지 않을 수 없겠지. 그런 선생님이니까, '전혀 모르겠습니다. 뭔가 잘못된 거겠지요. 「위대한 어둠」이라는 논문은 잡지에 실렸습니다만 익명입니다. 선생님의 숭배자가 쓴 것일 테니 안심하세요'라는 정도로 말해두면 '그런가?' 하고 금세 끝나는 일이었는데, 이번에는 그렇게 안 될 걸세. 아무래도 내가 책임을 분명히 해야 할 것 같네. 일이 잘되고 나서 시치미를 떼고 있는 것은 기분 좋은 일이지만, 잘못되어서 잠자코 있는 것은 불쾌해서 견딜 수 없으니까 말이야. 우선 내가 일을 저질러서 그렇게 선량한 사람을 난처한 상황에 빠뜨렸는데 아무렇지 않은 얼굴로 구경만 하고 있을 수는 없겠지. 시비곡직(是非曲直) 같은 어려운 문제는 별도로 하더라도 그저 딱하고 가엾어서 안 되겠네."

산시로는 처음으로 요지로가 기특한 사람이라고 생각했다.

"선생님은 신문을 읽었을까?"

"집으로 배달되는 신문에는 안 났네. 그래서 나도 몰랐지. 하지만 선생님은 학교에 가서 여러 가지 신문을 볼 거고, 설령 선생님이 보지 않아도 누군가는 얘기해주겠지."

"그럼 진작 알고 있겠군."

"물론 알고 있을 걸세."

"자네한테는 아무 말도 하지 않던가?"

"안 했네. 하긴 제대로 이야기할 틈도 없어서 말하지 않았을 테지만 말이야. 얼마 전부터 연극 일로 계속 바빴으니까…… 아아, 이제 연극도 지겨워. 그만둘까? 분을 바르고 연극 같은 걸 해봐야 무슨 재미가 있겠나?"

"선생님께 얘기하면, 자네, 혼나겠군."

"혼나겠지. 혼나는 건 어쩔 수 없지만 정말 죄송하게 되었어. 쓸데없는 짓을 해서 폐를 끼쳤으니까. ……선생님은 도락이 없는 사람이어서 말이네, 술도 안 하지 담배만은……"

요지로는 이렇게 말하다가 도중에 그만두었다. 선생이 코로 내뿜는 철학의 연기를 달마다 모으면 막대한 양이 될 것이다.

"담배만은 상당히 피우지만, 그 외에는 아무것도 없지. 낚시를 하는 것도 아니고, 바둑을 두는 것도 아니고, 가정의 즐거움이 있는 것도 아니니까. 그게 제일 문제야. 아이라도 있으면 좋겠지만 말이야. 정말 속되지 않고 은은한 멋이 있는 분이니까."

요지로는 팔짱을 끼고 다시 말했다.

"어쩌다가 위로해드린다 생각하고 좀 애를 썼더니 이렇게 되고 말았으니. 자네도 선생님 좀 찾아뵙게."

"찾아뵙는 정도가 아니라 나한테도 약간은 책임이 있으니까 사죄드리러 가겠네."

"자네가 사죄할 필요는 없네."

"그럼 변명하러 가지."

요지로는 그렇게 돌아갔다. 산시로는 잠자리에 들고 나서 자주 몸을 뒤척였다. 고향에 있는 편이 잠들기 쉽다는 생각이 든다. 거짓 기사…… 히로타 선생…… 미네코…… 미네코를 마중 나와 데리고 간 멋진 남자…… 여러 가지 자극이 있다.

한밤중이 되고 나서야 푹 잠들었다. 여느 때처럼, 일어나는 것이 몹시 힘들었다. 세수하는 데서 같은 문과 학생을 만났다. 서로 얼굴만은 아는 사이이다. 가볍게 인사를 나눌 때 이 학생이 그 기사를 읽은 것 같은 느낌이 들었다. 하지만 물론 그쪽에서는 언급을 피했다. 산시로도 변명을 시도하지 않았다.

따끈한 국 냄새를 맡고 있을 때 다시 고향 어머니의 편지를 받았다. 또 예전처럼 긴 것 같다. 양복으로 갈아입는 게 귀찮아서 입고 있던 옷 위로 하카마를 걸치고 품속에 편지를 넣고 나갔다. 밖은 엷게 깔린 서리로 빛났다.

큰길로 나가니 대부분 학생들만 걷고 있다. 그것도 다들 같은 방향으로 간다. 다들 서둘러 간다. 추운 거리는 젊은 남자의 활기로 가득차 있다. 그 가운데 희끗희끗한 무늬의 외투를 입은 히로타 선생의 길쭉한 모습이 보였다. 청년들의 대오에 섞여든 선생은 걸음걸이 자체가 아나크로니즘(시대착오적)이다. 전후좌우와 비교하면 굉장히 느려

보인다. 선생의 모습은 교문 안으로 사라졌다. 교문 안에 커다란 소나무가 있다. 거대한 우산처럼 가지를 펼치고 현관을 가리고 있다. 산시로가 교문 앞까지 갔을 때 선생의 모습은 이미 사라지고, 정면에 보이는 것은 소나무와 그 위쪽에 있는 시계탑뿐이다. 이 시계탑의 시계는 항상 틀리다. 또는 멈춰 있다.

교문 안을 잠깐 들여다본 산시로는 입속으로 '하이드리오타피아'라는 글자를 두 번 되풀이했다. 이 글자는 산시로가 기억한 외국어 중에서 가장 길고 또 가장 어려운 단어 가운데 하나였다. 의미는 아직 모른다. 히로타 선생에게 물어볼 생각이다. 전에 요지로에게 물었더니 아마도 데 테 파불라 같은 유의 단어일 거라고 했다. 하지만 산시로가 보기에 둘 사이에는 큰 차이가 있는 것 같다. 데 테 파불라는 마음이 설렐 만한 성질의 단어라 생각된다. 하이드리오타피아는 외우는 데도 시간이 걸린다. 이 단어를 두 번 되풀이하자 걸음이 저절로 느려진다. 히로타 선생이 사용하도록 옛사람이 만들어둔 것 같은 소리가 난다.

학교에 갔더니 「위대한 어둠」의 작자로서 뭇사람의 주의를 한 몸에 받는 듯한 느낌이었다. 밖으로 나가려고 했지만 밖은 의외로 추워 그냥 복도에 있었다. 그리고 강의 시간 사이에 품에서 어머니의 편지를 꺼내 읽었다.

올 겨울방학에는 돌아오라고, 마치 구마모토에 있던 당시와 같은 명령이 들어 있다. 실은 구마모토에 있던 시절에도 이런 적이 있었다. 학교가 방학에 들어갈까 말까 하는 때였는데 돌아오라는 전보가 날아들었다. 어머니가 편찮은 것임에 틀림없다고 생각하고 깜짝 놀라 부리나케 돌아가보니 어머니가 자신에게 별일 없어서 정말 다행이라는 듯이 기뻐했다. 이유를 물으니 아무리 기다려도 돌아오지 않기에 오

이나리(お稲荷)[6] 신사에 가서 빌었더니 이미 구마모토를 떠났다는 말씀을 내려주셔서 도중에 어떻게 된 게 아닐까 하고 무척 걱정하고 있었다고 했다. 산시로는 그때의 일을 떠올리고 이번에도 또 신사에 가서 빌지 않았을까 생각했다. 하지만 편지에는 오이나리 신사 이야기는 쓰여 있지 않았다. 다만 미와타의 오미쓰도 기다리고 있다는 각주와도 같은 것이 붙어 있다. 오미쓰는 도요쓰의 여학교를 그만두고 집으로 돌아와 있다고 한다. 또 오미쓰가 지어준 솜옷이 소포로 올 거라고 한다. 목수인 가쿠조(角三)가 산에서 노름을 해 98엔을 날렸다고 한다. ……그 전말이 상세하게 적혀 있다. 귀찮아서 대충 읽었다. 잘은 모르나 산을 사고 싶다는 사내 세 명이 마을로 들어왔는데 가쿠조가 그들을 안내해서 산을 둘러보는 동안 빼앗겼다고 한다. 가쿠조가 집으로 돌아와 그의 아내에게 언제 빼앗겼는지 모르겠다고 변명했다. 그러자 아내가 그렇다면 당신에게 수면제 냄새라도 맡게 한 걸 거라고 하자 가쿠조가, 그래, 그러고 보니 어쩐지 냄새를 맡은 것 같다고 대답했다고 한다. 하지만 마을 사람들 사이에는 노름을 해서 날린 거라는 소문이 자자하다. 시골도 이러니 도쿄에 있는 너는 정말 정신 똑바로 차리지 않으면 안 된다는 훈계가 붙어 있다.

긴 편지를 다시 말아 봉투에 넣고 있으니 요지로가 옆으로 다가와 말한다.

"야 이거, 여자 편지로군."

이런 농담을 할 만큼 어젯밤보다는 활기차다.

"무슨, 어머니한테서 온 거네."

산시로는 다소 시시하다는 듯이 대답하고 봉투째 품에 넣었다.

6 오곡을 관장하는 신을 모시는 신사(神社).

"미네코 씨한테서 온 거 아닌가?"

"아니네."

"자네, 미네코 씨 얘기 들었나?"

"무슨 얘기?"

산시로가 이렇게 반문할 때 한 학생이 요지로에게 다가와 연극표를 구하고 싶다는 사람이 1층에서 기다리고 있다고 알려주었다. 요지로는 바로 내려갔다.

요지로는 그길로 사라졌다. 아무리 찾으려고 해도 나타나지 않았다. 하는 수 없이 산시로는 열심히 강의 내용을 필기하고 있었다. 강의가 끝나고 나서 어젯밤의 약속대로 히로타 선생 집에 들렀다. 여전히 조용하다. 선생은 거실에 길게 드러누워 자고 있었다. 할멈에게 무슨 일이 있느냐고 물으니 그게 아니라 어젯밤에 너무 늦게 잠자리에 들었기 때문에 조금 전에 돌아와 졸리다며 바로 누웠다고 한다. 긴 몸 위에 작은 이불이 덮여 있다. 산시로는 조그만 목소리로 할멈에게 다시 왜 그렇게 늦게 잠자리에 들었느냐고 물었다. 늘 늦게 잠자리에 들긴 하지만 어젯밤에는 공부 때문이 아니라 요지로와 오랫동안 이야기를 나눴다는 대답이었다. 공부가 요지로로 바뀌었을 뿐이므로 낮잠을 자는 이유가 설명되지는 않았지만, 요지로가 어젯밤 선생에게 그 이야기를 했다는 것만은 분명해졌다. 내친김에 요지로가 어떻게 야단을 맞았는지 물어보고 싶었으나 그것은 할멈이 알 턱이 없고 당사자인 요지로를 학교에서 놓친 터라 어쩔 수 없었다. 오늘 요지로가 활기찼던 것을 보면 큰일로 번지지 않고 끝난 모양이다. 물론 산시로는 요지로의 심리를 도저히 알 수 없으므로 실제로 무슨 일이 있었는지는 상상할 수가 없다.

산시로는 직사각형의 목제 화로 앞에 앉았다. 쇠 주전자의 물이 부글부글 끓고 있다. 할멈은 조심스럽게 가정부 방으로 물러갔다. 산시로는 책상다리로 앉아 쇠 주전자 위로 손을 쬐며 선생이 일어나기를 기다리고 있다. 선생은 깊이 잠들어 있다. 산시로는 조용해서 기분이 좋아졌다. 손톱으로 쇠 주전자를 두드려봤다. 뜨거운 물을 찻잔에 따라 후후 불며 마셨다. 선생은 건너편을 향해 누워 자고 있다. 이삼일 전에 머리를 깎았는지 머리가 무척 짧다. 수염 끝이 짙게 드러나 있다. 코도 건너편을 향하고 있다. 콧구멍에서 씩씩 소리가 난다. 편안한 잠이다.

산시로는 돌려주려고 가져온 『하이드리오타피아』를 꺼내 읽기 시작했다. 띄엄띄엄 골라서 조금씩 읽는다. 좀처럼 이해가 되지 않는다. 무덤 속으로 꽃을 던지는 일이 쓰여 있다. 로마인은 장미를 어펙트(affect)한다고 쓰여 있다. 무슨 의미인지 잘 모르겠으나 아마 좋아한다고 번역할 거라고 생각했다. 그리스인은 애머랜스(Amaranth)[7]를 이용했다고 쓰여 있다. 이것도 잘 모르겠다. 하지만 꽃 이름임에는 틀림없다. 그리고 조금 뒤로 가니 전혀 알 수 없었다. 페이지에서 눈을 떼어 선생을 봤다. 아직 자고 있다. 왜 이렇게 어려운 책을 내게 빌려주었을까 하고 생각했다. 그러고 나서 잘 이해도 되지 않는 이 어려운 책이 왜 자신의 흥미를 끄는 것일까 하고 생각했다. 마지막으로 히로타 선생은 필경 하이드리오타피아일 거라고 생각했다.

히로타 선생이 그때 갑자기 잠에서 깼다. 고개만 들고 산시로를 보며 물었다.

---

7 비름속의 관상용 식물로 잎맨드라미, 색비름을 포함한다. 전설상의 영원히 시들지 않는 꽃이라는 뜻도 있다.

"언제 왔나?"

산시로는 좀 더 주무시라고 권했다. 실제로 따분하지 않았던 것이다.

"아니, 일어나야지."

선생은 이렇게 말하며 일어났다. 그러고 나서 여느 때처럼 철학의 연기를 내뿜기 시작했다. 침묵 속에서 연기가 막대기가 되어 나온다.

"고맙습니다. 책을 돌려드리겠습니다."

"아, 그래. ……읽어봤나?"

"읽긴 했지만 잘 모르겠습니다. 무엇보다 제목을 모르겠습니다."

"하이드리오타피아."

"무슨 뜻입니까?"

"무슨 뜻인지 나도 모르네. 아무튼 그리스어인 것 같긴 한데 말이네."

산시로는 더 물어볼 용기가 사라져버렸다. 선생은 한 차례 하품을 했다.

"아아, 정말 졸렸네. 아주 기분 좋게 잘 잤어. 재미있는 꿈도 꾸고 말이야."

선생은 여자 꿈을 꿨다고 했다. 그 이야기를 하나 싶었는데 목욕하러 가지 않겠느냐는 말을 꺼냈다. 두 사람은 수건을 들고 나갔다.

탕에서 나온 두 사람은 목욕탕 탈의실에 놓여 있는 기계 위에 올라가 신장을 재봤다. 히로타 선생은 170센티미터다. 산시로는 165센티미터밖에 안 된다.

"앞으로 더 클지도 모르지."

히로타 선생이 산시로에게 말했다.

"이제 틀렸습니다. 지난 3년간 이대로였으니까요."

산시로가 대답했다.

"그런가?"

선생이 말했다. 자신을 아주 어린애처럼 생각하고 있는 거라고 산시로는 생각했다. 집으로 돌아왔을 때 선생이 별일 없으면 이야기를 나누다 가도 괜찮다며 서재의 문을 열고 자신이 먼저 들어갔다. 산시로는 아무튼 그 일을 해결해야 할 의무가 있었으므로 따라 들어갔다.

"사사키는 아직 돌아오지 않은 모양이군요."

"오늘은 늦어질 거라고 미리 말하고 나갔네. 얼마 전부터 연극 일로 꽤 분주한 모양인데, 남의 일을 잘 돌봐주는 건지 싸돌아다니는 것을 좋아하는 건지 아주 요령부득인 녀석이네."

"친절한 거지요."

"목적만은 친절한 구석이 조금 있기는 하지만, 아무튼 머리 자체가 심히 불친절하게 생겨먹어서 변변한 일은 하지 못할 걸세. 언뜻 보면 요령이 좋아 보여, 아니 지나치게 좋지. 하지만 결국에는 뭘 위해 요령을 터득해온 건지 완전히 엉망이 되고 말지. 아무리 말해도 고쳐지지 않으니 내버려두고 있네. 그 녀석은 못된 장난이나 치려고 세상에 태어난 사람이야."

산시로는 어떻게든 변호할 길이 있을 것 같다고 생각했지만, 실제로 결과가 안 좋은 실례가 있으므로 어쩔 도리가 없다. 그래서 말머리를 돌렸다.

"그 신문 기사는 보셨습니까?"

"응, 봤네."

"신문에 실릴 때까지 전혀 모르고 계셨습니까?"

"몰랐지."

"놀라셨겠네요."

"놀라다니? ……그야 전혀 놀라지 않은 것은 아니지. 하지만 세상일이란 게 그런 거라고 생각하니까 솔직히 젊은 사람들만큼 놀라지는 않네."

"난처하시죠?"

"난처하지 않은 건 아니지. 하지만 이 세상을 나만큼 살아온 연배라면 그런 기사를 보고 곧바로 사실이라고 믿는 사람만 있는 게 아니니까, 솔직히 젊은 사람들만큼 난처하다고는 느끼지 않네. 요지로는 신문사 기자 중에 아는 사람이 있으니까 그 사람한테 부탁해서 진상을 써달라고 하겠다는 둥 그 투서의 출처를 찾아서 제재를 가하겠다는 둥 자기 잡지에서 충분히 반박을 하겠다는 둥 뒷수습할 생각으로 여러 가지 하찮은 이야기를 하는데, 그런 수고를 할 바에는 처음부터 쓸데없는 짓을 하지 않는 게 낫다는 걸 모르거든."

"다 선생님을 돕겠다는 생각에서 한 일입니다. 나쁜 뜻은 없습니다."

"나쁜 뜻으로 했다면 내가 가만히 있겠나? 무엇보다 나를 위해 운동을 한다면서 내 의향도 물어보지 않고 멋대로 된 방법을 강구하고, 멋대로 된 방침을 세웠다는 건 처음부터 나라는 존재를 우롱한 것이나 마찬가지 아니겠나? 존재를 무시당하는 쪽이 체면을 유지하는 데 얼마나 유리한지를 알지 못하는 거지."

산시로는 어쩔 수 없이 잠자코 있었다.

"그리고 「위대한 어둠」 같은 얼토당토않은 걸 쓰고 말이야. ……신문에는 자네가 썼다고 되어 있지만 사실은 사사키가 썼다더군."

"그렇습니다."

"어젯밤 사사키가 털어놓았네. 자네야말로 난처하겠군. 그런 어처구니없는 글은 사사키 말고는 쓸 사람이 없어. 나도 읽어는 봤네. 알맹이도 없고 품위도 없고, 마치 구세군의 큰북 같은 것이더군. 독자의 악감정을 불러일으키려고 쓴 것이라고밖에 볼 수가 없어. 철두철미하게 고의(故意)만으로 이루어져 있지. 상식 있는 사람이 본다면 아무리 봐도 뭔가 다른 목적이 있어서 쓴 글이라는 걸 알게 되거든. 그러니 내가 문하생한테 쓰게 했다는 말을 듣게 되겠지. 그걸 읽었을 때는 역시 신문 기사도 그럴듯하다고 생각했네."

히로타 선생은 그것으로 이야기를 마쳤다. 여느 때처럼 코로 연기를 내뿜는다. 요지로는 선생이 연기를 내뿜는 방식으로 기분을 엿볼 수 있다고 했다. 짙고 똑바로 내뿜을 때는 철학이 절정에 달했을 때이고, 느리고 흩어질 때는 심기가 평온할 때라 경우에 따라서는 놀림을 당할 우려가 있다. 연기가 코밑을 천천히 지나며 수염에 미련이 있는 듯이 보이면 명상에 잠겨 있을 때다. 혹은 시적 감흥이 있을 때다. 가장 무서운 것은 콧구멍 앞의 소용돌이다. 소용돌이가 나오면 호된 꾸중을 듣는다. 물론 요지로가 하는 말이라 산시로는 믿지 않는다. 하지만 때가 때이니만큼 주의해서 연기의 모양을 바라보고 있었다. 그러나 요지로가 말한 것과 같은 분명한 모습의 연기는 전혀 찾아볼 수 없다. 그 대신 보이는 것은 대부분의 자격을 모두 갖추고 있다.

산시로가 언제까지고 송구스럽다는 듯이 조심스럽게 앉아 있자 선생은 다시 이야기를 시작한다.

"끝난 일은 이제 그만두지. 사사키도 어젯밤에 다 용서를 빌었으니까 오늘쯤에는 다시 마음이 개운해져서 평소처럼 뛰어다니고 있겠지. 아무리 뒤에서 분별력이 없다고 나무라도 당사자가 아무렇지 않게 표

같은 걸 팔고 다니니 어쩔 도리가 없는 일이야. 그보다 좀 더 재미있는 이야기를 하지."

"예."

"내가 아까 낮잠을 자면서 아주 재미있는 꿈을 꿨네. 그게 말이야, 내가 평생 딱 한 번 만난 여자하고 꿈속에서 갑자기 재회했다는 소설 같은 이야긴데, 신문 기사보다는 이 얘기가 듣기에도 유쾌할 걸세."

"예, 어떤 여자입니까?"

"열두세 살쯤 되는 예쁜 여자아이네. 얼굴에 점이 있지."

산시로는 열두세 살이라는 이야기를 듣고 조금 실망했다.

"언제쯤 만난 겁니까?"

"20년쯤 전이네."

산시로는 깜짝 놀랐다.

"그 여자아이라는 걸 용케 알아보셨네요."

"꿈이야. 꿈이니까 아는 거지. 그리고 꿈이니까 이상해도 되는 거고. 확실히는 모르겠는데 나는 깊은 숲 속을 걷고 있었네. 저기 색 바랜 여름 양복을 입고 저 낡은 모자를 쓰고 말이야. ⋯⋯그래, 그때는 하여튼 복잡한 일을 생각하고 있었네. 모든 우주의 법칙은 변하지 않지만 법칙에 지배당하는 우주의 모든 것들은 반드시 변한다, 그렇다면 그 법칙은 사물 바깥에 존재하지 않으면 안 된다. ⋯⋯꿈을 깨고 나서 보니까 시시하지만, 꿈속이니까 진지하게 그런 걸 생각하며 숲 아래를 지나다가 돌연 그 여자아이를 만났네. 그냥 가다가 만난 건 아니야. 그 여자아이는 가만히 서 있었거든. 옛날 그대로의 얼굴을 하고 있었지. 옛날 그대로의 차림새로. 머리도 옛날 머리 그대로고. 물론 점도 있었지. 다시 말해 20년 전에 봤을 때와 조금도 다르지 않은 열두세 살짜리 여자아이였지. 내가 그 여자아이한테 넌 조금도 변하지 않았구나, 하니까 그 여자아이는 나한테 무척 나이를 드셨군요, 하더라고. 그래서 내가 너는 왜 그렇게 변하지 않은 거냐고 물으니까 이 얼굴이던 해, 이 복장이던 달, 이 머리를 한 날이 제일 좋으니까 그렇게 하고 있다는 거야. 그건 언제쯤 일이냐고 묻자 20년 전 당신을 만났던 때라는 거야. 그렇다면 나는 왜 이렇게 나이를 먹은 걸까, 하고 스스로 이상해하니까 여자아이가 당신은 그때보다 좀 더 아름다운 쪽으로 옮아가고 싶어 하니까 그런 거라고 가르쳐주었네. 그때 내가 여자아이한테 너는 그림이라고 하자 여자아이가 나한테 당신은 시라고 했네."

"그러고 나서 어떻게 되었습니까?"

산시로가 물었다.

"그러고 나서 자네가 온 거지."

"20년 전에 만났다는 것은 꿈이 아니라 진짜 있었던 일입니까?"

"진짜 있었던 일이니까 재미있지."

"어디서 만났던 겁니까?"

선생의 코는 다시 연기를 내뿜기 시작했다. 선생은 그 연기를 바라보며 한동안 잠자코 있었다. 이윽고 이렇게 말했다.

"헌법이 공포된 게 메이지 22년(1889)이었지? 그때 모리 문부대신[8]이 살해당했네. 자네는 기억하지 못할 걸세. 몇 살이었나, 자넨? 그래, 그렇다면 아직 갓난아기였을 때로군. 난 고등학교[9] 학생이었네. 대신

---

8 모리 아리노리(森有礼, 1847~1889). 정치가. 사쓰마(薩摩) 번의 한시(藩士)로 1885년 이토 히로부미 내각의 문부대신에 취임, 학교교육제도의 개혁을 추진했다. 서구화 정책의 추진자로 지목되어 국수주의자의 반감을 불렀고 그 때문에 1889년 2월 11일 메이지 헌법이 공포된 날 축하식전으로 향하던 도중 니시노 분타로(西野文太郎)의 칼에 찔려 죽었다.

의 장례식에 참석한다면서 여럿이서 총을 메고 나갔지. 묘지에 가는 줄 알았더니 그게 아니었네. 체조 교사가 다케바시(竹橋) 안으로 끌고 가서 길가에 정렬시켰지. 우리는 거기에 서서 대신의 관을 전송하게 된 거야. 말이 전송이지 실은 구경한 거나 다름없었어. 그날은 아주 추운 날이어서 지금도 기억하고 있네. 꼼짝하지 않고 서 있으니까 구두 속의 발이 아프더군. 옆의 학생이 내 코를 보고는 빨갛다고 했지. 드디어 행렬이 왔네. 하여튼 긴 행렬이었어. 추운 가운데 눈앞으로 마차하고 인력거 여러 대가 조용히 지나갔네. 그 안에 내가 말한 그 여자애가 있었지. 지금은 그때의 모습을 떠올리려고 해도 희미하기만 한 것이 도저히 또렷하게 떠오르지가 않아. 다만 그 여자애만은 기억하고 있지. 그것도 해가 지남에 따라 점점 희미해져서 지금은 떠올리는 일도 좀처럼 없어. 오늘 꿈을 꾸기 전까지는 완전히 잊고 있었네. 하지만 그 당시에는 머릿속에 낙인을 찍은 것처럼 뜨거운 인상으로 남았지. ……묘한 일이야."

"그러고 나서 그 여자는 한 번도 못 만났습니까?"

"전혀 못 만났지."

"그럼 어디의 누구인지도 전혀 모르는 겁니까?"

"물론 모르지."

"찾아보지 않았습니까?"

"안 찾아봤네."

"선생님은 그래서……"

이렇게 말하다가 갑자기 가슴이 메어왔다.

---

9 정확히 따지자면, 이 무렵에는 아직 구제 고등학교가 없었고 그에 해당하는 것은 그 전신인 고등중학교다.

"그래서?"

"그래서 결혼을 하지 않는 겁니까?"

선생은 웃음을 터뜨렸다.

"그 정도로 로맨틱(浪漫的)한 사람이 아니네. 난 자네보다 훨씬 산문적으로 생겨먹은 사람이야."

"하지만 만약 그 여자가 왔다면 아내로 맞이하셨겠지요?"

"글쎄." 잠깐 생각한 뒤에 말했다. "맞이했겠지."

산시로는 가엾다는 듯한 표정을 지었다. 그러자 선생이 다시 이야기를 시작했다.

"그 때문에 독신으로 있을 수밖에 없다면 내가 그 여자 때문에 불구자가 된 거나 마찬가지가 되지. 하지만 사람은 태어날 때부터 결혼을 할 수 없는 불구자도 있고, 그 외에 여러 가지로 결혼하기 어려운 사정을 가진 사람도 있네."

"결혼을 방해하는 사정이 세상에 그렇게 많은 걸까요?"

선생은 연기 사이로 가만히 산시로를 보고 있었다.

"햄릿은 결혼하고 싶지 않았을 거야. 햄릿은 한 사람인지 모르겠지만 그와 비슷한 사람은 많지."

"예를 들면 어떤 사람입니까?"

"예를 들면." 이렇게 말해놓고 선생은 입을 다물었다. 연기가 끊임없이 나온다. "예컨대, 여기에 한 남자가 있다고 하세. 아버지는 일찍 돌아가셨고 홀어머니를 의지해서 자랐다고 치세. 그 어머니가 또 병이 들어 곧 숨이 끊어지기 직전에 자신이 죽으면 아무개의 도움을 받으라고 하지. 그 아이가 만난 적도 없고 알지도 못하는 사람을 지명하는 거야. 이유를 물은즉 어머니는 아무런 대답도 하지 않아. 자꾸 물으니까 희미한 목소리로 실은 아무개가 친아버지라고 말하는 거야.
……뭐 그냥 이야기지만 그런 어머니를 가진 아이가 있다고 하자고.
그러면 그 아이가 결혼을 믿지 않게 되는 것은 당연하겠지."

"그런 사람은 좀처럼 없겠지요."

"좀처럼 없겠지만 있기는 하지."

"하지만 선생님 같은 경우는 그런 게 아니잖습니까?"

선생은 하하하하 하고 웃었다.

"자네는 분명히 어머님이 계셨지?"

"예."

"아버님은?"

"돌아가셨습니다."

"우리 어머니는 헌법이 공포된 이듬해에 돌아가셨네."

12

연극 공연은 비교적 추운 날 시작되었다. 점점 세밑이 다가오고 있었다. 새해는 채 20일도 남지 않았다. 시장 사람들은 분주해지려 하고 있었다. 해를 넘길 궁리를 해야 하는 일이 가난한 사람들의 머리 위에 떨어졌다. 그런 때에 공연된 연극은 모든 한가한 사람들과 여유 있는 사람들, 새해와 세밑의 차이를 모르는 사람들을 맞이했다.

그런 사람들은 얼마든지 있다. 대부분은 젊은 남녀다. 첫째 날 요지로가 산시로에게 대성공이라고 외쳤다. 산시로는 둘째 날의 표를 갖고 있었다. 요지로가 히로타 선생을 모시고 가라고 했다. 표가 다를 거라고 하니 물론 다르다고 한다. 하지만 혼자 내버려두면 절대 갈 마음이 없는 사람이니까 자네가 들러서 끌고 가야 한다고 이유를 설명했다. 산시로는 알았다고 했다.

저녁에 가서 보니 선생은 환한 남포등 아래에서 큼직한 책을 펼쳐 놓고 있었다.

"가시지 않겠습니까?"

산시로가 물으니 선생은 살짝 웃으면서 말없이 고개를 가로저었다. 어린아이 같은 동작이다. 하지만 산시로에게는 그것이 학자다워 보였다. 말을 하지 않는 점이 기품이 있어, 어딘지 모르게 마음이 끌렸기 때문일 것이다. 산시로는 엉거주춤한 자세로 멍하니 있었다. 선생은 거절한 것이 미안해진 모양이었다.

"자네가 간다면 함께 나가지. 나도 산보나 하면서 거기까지 갈 테니까."

선생은 검은색 망토를 두르고 나섰다. 양손을 품속에 넣고 있는 듯하지만 알 수는 없다. 하늘이 낮게 드리워져 있다. 별이 보이지 않는 추운 날씨다.

"비가 올지도 모르겠는걸."

"비가 오면 곤란하겠지요?"

"출입하는 데 말이지. 일본의 극장은 신발을 벗어야 해서[1] 날씨가 좋을 때도 무척 불편하거든. 게다가 극장 안은 환기가 안 돼서 담배 연기가 자욱해서 머리도 아프고…… 그런데도 다들 용케 견딘단 말이거든."

"하지만 그렇다고 옥외에서 할 수는 없으니까 그렇겠지요."

"가구라(神樂)[2]는 언제나 바깥에서 하네. 추울 때도 바깥에서 하지."

산시로는 이거, 논쟁이 안 되겠구나, 생각하며 대답을 보류했다.

"난 옥외가 좋네. 덥지도 춥지도 않은, 맑은 하늘 아래에서 아름다

---

1 일본에서 오늘날과 같이 신발을 신고 들어가는 극장은 1908년에 개장한 일본 최초의 전 좌석 의자석인 유라쿠자(有樂座)다.
2 신에게 제사 지낼 때 연주하는 무악(舞樂).

운 공기를 호흡하며 아름다운 연극을 보고 싶네. 투명한 공기 같은, 순수하고 간단한 연극을 할 수도 있을 것 같은데 말이야."

"선생님이 꾸신 꿈을 연극으로 만들면 그런 게 되겠지요."

"자네, 그리스 연극을 알고 있나?"

"잘 모릅니다. 필시 옥외에서 했겠군요?"

"옥외에서지, 그것도 대낮에. 아마도 기분이 좋았을 거네. 자리는 천연 돌이고. 당당하지. 요지로 같은 녀석을 그런 데에 데려가서 좀 보여주면 좋을 텐데 말이야."

다시 요지로의 험담이 나왔다. 지금쯤 그 요지로가 답답한 극장에서 열심히 뛰어다니고 또 안내한다며 아주 득의양양해하고 있을 걸 생각하니 재미있다. 만약 선생을 데려가지 못한다면, 선생님은 역시 오지 않는군, 가끔은 이런 데 와보는 것이 선생님께도 굉장히 좋을 텐데 말이야, 내가 아무리 말해도 듣지를 않으니 정말 난감한 일이라니까, 하고 탄식할 게 뻔하기에 더욱 재미있다.

그러고 나서 선생은 그리스의 극장 구조를 상세하게 설명해주었다. 산시로는 그때 선생으로부터 테아트론(Theatron, 관람석), 오케스트라(Orchêstra, 합창단석), 스케네(Skênê, 분장실), 프로스케니온(Proskênion, 무대) 등의 용어에 대한 설명을 들었다. 어느 독일인의 주장에 따르면 아테네의 극장은 1만 7천 명을 수용할 수 있는 좌석이 있었다. 그것은 작은 편이다. 제일 큰 것은 5만 명을 수용했다는 이야기도 들었다. 입장권은 상아와 납, 이렇게 두 종류가 있었는데 모두 메달 같은 모양이고 겉에는 무늬가 도드라지게 조각되어 있었다는 이야기도 들었다. 선생은 그 입장권의 가격까지 알고 있었다. 하루만 하는 소규모 연극은 12전이고 사흘을 연속으로 하는 대규모 연극은 35전이라고 했다.

산시로가 아, 그렇구나, 하며 감탄하고 있는 사이에 어느새 극장 앞에 와 있었다.

전등이 환하게 켜져 있다. 입장객이 속속 모여든다. 요지로가 말한 이상의 활기다.

"어떻습니까? 모처럼 오셨으니 들어가시지 않겠습니까?"

"아니, 안 들어가겠네."

선생은 다시 어두운 곳을 향해 걸어갔다.

산시로는 잠시 선생의 뒷모습을 보고 있었는데, 나중에 인력거를 타고 온 사람이 신발 표를 받는 시간도 아깝다는 듯이 서둘러 들어가는 것을 보고 자신도 종종걸음으로 입장했다. 앞으로 떠밀린 것이나 마찬가지였다.

입구에 네댓 명이 하릴없이 서 있었다. 그중 하카마를 입은 남자가 입장권을 받았다. 그 남자의 어깨 위로 장내를 들여다보니 안은 갑자기 넓어지는 모양새다. 한편 아주 환하다. 산시로는 눈썹에 손을 대는 듯이 하며 안내받은 자리에 앉았다. 좁은 곳으로 비집고 들어가면서 사방을 둘러보니 사람들이 지니고 온 색으로 눈이 어른어른했다. 자신의 눈을 움직이기 때문만은 아니었다. 무수한 사람들에게 부착된 색이 넓은 공간에서 끊임없이 제각기 또는 제멋대로 움직이기 때문이었다.

무대에서는 이미 연극이 시작되었다. 등장하는 인물은 모두 관을 쓰고 구두를 신고 있다. 그곳으로 긴 가마가 들어온다. 무대 한가운데에서 가마를 멈춰 세운 자가 있다. 가마가 내려지자 안에서 한 사람이 등장한다. 그 남자가 칼을 빼 들고 가마를 세운 자와 칼싸움을 시작한다. ……산시로는 무슨 이야기인지 전혀 알 수가 없다. 물론 요지로에게 대강의 줄거리를 들은 적은 있다. 하지만 건성으로 들었다. 보면 알 거라고 생각하고 음, 그렇구나, 하면서 건성으로 대꾸했던 것이다. 그런데 막상 보니 무슨 내용인지 전혀 알 수가 없다. 산시로의 기억에는 그저 이루카(入鹿) 대신[3]이라는 이름만 남아 있다. 산시로는 누가 이루카일까 생각했다. 도저히 짐작할 수가 없다. 그래서 무대 전체가 이루카라는 생각으로 바라보고 있었다. 그러자 관도 구두도 통소매 기모노도 사용하는 말도 어쩐지 이루카 냄새를 풍기는 것 같다. 솔직히 말하면 산시로는 이루카에 대한 확실한 지식이 없다. 일본 역사를 배웠지만 너무 먼 과거의 일이라 이루카에 대한 것은 다 잊었다. 스이코(推古) 천황(593~628년 재위) 때 같기도 하다. 긴메이(欽明) 천황(509~571년 재위) 치세 때라고 해도 별 지장이 없을 것 같다. 오진(應神) 천황(5세기 전후 재위)이나 쇼무(聖武) 천황(724~749년 재위) 때는 결코 아닌 것 같다. 산시로는 그저 이루카처럼 되었다는 마음만 갖고 있을 뿐이다. 연극을 보는 데는 그것으로 충분하다고 생각하고 당(唐)나라풍의 복장이나 무대장치를 바라보고 있었다. 하지만 줄거리는 전혀 알 수 없었다. 그러는 사이에 막이 내렸다. 막이 내리기 조금 전에 옆자리의 남자가 그 옆자리의 남자에게, 등장인물의 목소리가 다다미 여섯 장이 깔린 방에서 부모와 자식이 마주 보고 나누는 대화 같다, 전혀 훈련이 되지 않았다, 고 비난했다. 그 옆자리의 남자는, 등장인

---

3 소가노 이루카(蘇我入鹿, ?~645). 아스카(飛鳥) 시대의 조신(朝臣). 정권을 남용하여 야마시로노 오에(山背大兄) 왕을 죽이고 스스로 왕이 되는 등의 전횡을 일삼다가 나카오 오에(中大兄) 황자, 나카토미노 가마타리(中臣鎌足) 등에 의해 궁중에서 살해당했다. 이 소설에 나오는 연극은 1907년 11월 24일부터 4일간 문예협회가 혼고자에서 열었던 제2회 연예회를 소재로 한 것으로, 이루카를 제재로 한 스기타니 다이스이의 희곡 『다이고쿠덴』이다. 이때 셰익스피어의 『햄릿』, 쓰보우치 쇼요의 『신곡 우라시마』가 함께 공연되었다. 소세키는 이 연예회에 초대되었다.

물이 안정감이 없다, 하나같이 휘청거린다, 고 불만을 토로했다. 이 두 사람은 등장인물의 본명을 모두 알고 있다. 산시로는 귀를 기울여 두 사람의 대화를 듣고 있었다. 두 사람 다 훌륭한 차림이다. 아마 유명한 사람일 것이다. 하지만 만약 요지로에게 이 이야기를 들려주면 필시 반박할 거라고 생각했다. 그때 뒤쪽에서, 잘했어, 잘해, 아주 잘했어, 하고 큰 소리로 말한 자가 있다. 옆자리의 남자들은 둘 다 뒤를 돌아보았다. 그것으로 이야기는 그치고 말았다. 그때 막이 내렸던 것이다.

여기저기에서 사람들이 자리에서 일어난다. 하나미치(花道)⁴에서 출구에 걸쳐 사람들의 모습이 몹시 부산하다. 산시로는 엉거주춤한 자세로 사방을 빙 둘러보았다. 와 있어야 할 사람이 어디에도 보이지 않는다. 솔직히 말하면 공연 중에도 가능한 한 주의를 기울이고 있었다. 그래도 보이지 않아 막이 내리면 하고 내심 기대하고 있었다. 산시로는 다소 실망했다. 어쩔 수 없이 눈을 정면으로 돌렸다.

옆자리의 사람들은 상당히 발이 넓은 모양인지 좌우를 돌아보며 저기에는 누가 있고 저기에는 누가 있다며 줄곧 아는 사람의 이름을 들먹였다. 그중에는 멀리 떨어져 있으면서도 서로 인사를 나눈 사람도 한두 명 있었다. 산시로는 덕분에 유명인사의 부인 몇 명을 알게 되었다. 그중에는 갓 결혼한 사람도 있었다. 그것은 옆자리의 한 사람에게도 신기했던 모양인지 일부러 안경을 닦아 쓰고는, 음, 그렇군, 하며 보고 있었다.

그러자 막이 내린 무대 앞을, 요지로가 맞은편 끝에서 이쪽을 향해 종종걸음으로 다가왔다. 3분의 2쯤 되는 지점에서 멈췄다. 엉거주춤한

4 가부키 극장에서 관람석을 가로지르는 또 하나의 무대로 배우들이 무대로 등장하거나 무대에서 퇴장할 때 통로로 쓰인다.

자세로 도마(土間)[5] 안을 들여다보면서 무슨 이야기를 하고 있다. 산시로는 그곳을 어림하여 찾아보았다. ……무대 끝에 선 요지로로부터 일직선상으로 4, 5미터쯤 떨어진 곳에서 미네코의 옆얼굴이 보였다.

그 옆에 있는 남자는 산시로에게 등을 돌리고 있다. 산시로는 마음속으로 저 남자가 어쩌다가 이쪽을 향해주면 좋겠다고 생각하고 있었다. 마침 그 남자가 일어섰다. 앉아 있기에 지친 모양인지 칸막이에 걸터앉아 장내를 둘러보기 시작했다. 그때 산시로는 노노미야의 훤한 이마와 커다란 눈을 분명히 알아볼 수 있었다. 노노미야가 일어서는 것과 함께 미네코 뒤에 있던 요시코의 모습도 보였다. 산시로는 이 세 사람 외에 또 동행자가 있는지 확인하려고 했다. 하지만 멀리서 보기에는 그저 사람이 꽉 들어차 있을 뿐이어서 도마에 있는 관람객 전체가 동행자처럼 보여 어떻게 해볼 도리가 없었다. 미네코와 요지로는 이따금 이야기를 나누고 있는 듯했다. 노노미야도 이따금 이야기에 끼어드는 것으로 보인다.

그때 돌연 하라구치가 막 사이로 나왔다. 요지로와 나란히 자꾸만 도마 안을 들여다본다. 물론 입은 움직이고 있을 것이다. 노노미야는 신호나 되는 듯이 고개를 끄덕였다. 그때 하라구치는 뒤에서 손바닥으로 요지로의 등을 두드렸다. 요지로는 몸을 휙 돌려 막의 끝자락을 들추고 어디론가 사라졌다. 하라구치는 무대에서 내려와 사람들 사이를 지나 노노미야 옆까지 갔다. 노노미야는 몸을 일으켜 하라구치를 지나가도록 했다. 하라구치는 사람들 사이로 쓱 들어갔다. 미네코와 요시코가 있는 곳쯤에서 그의 모습은 보이지 않게 되었다.

이 사람들의 일거수일투족을 연극 이상의 흥미를 가지고 주시하고

5 가부키 극장에서 무대 정면 아래층의 칸막이로 둘러싸인 관람석.

있던 산시로는 그때 문득 하라구치처럼 행동하는 것이 부러워졌다. 저렇게 편리한 방법으로 사람들 옆으로 다가갈 수 있으리라고는 추호도 생각하지 못했다. 자신도 한번 흉내 내볼까 하고 생각했다. 하지만 흉내를 낸다는 자각이 이미 실행의 용기를 꺾은 데다 이제는 아무리 자리를 좁힌다고 해도 들어갈 수 없으리라는 망설임이 더해져 산시로의 엉덩이는 여전히 원래 자리를 떠날 수 없었다.

그럭저럭하는 사이에 다시 막이 오르고 〈햄릿〉이 시작되었다. 산시로는 히로타 선생 집에서 서양의 아무개라는 명배우가 연기한 햄릿의 사진을 본 적이 있다. 지금 산시로의 눈앞에 나타난 햄릿은 그 사진과 거의 같은 의상을 입고 있다. 의상만이 아니다. 얼굴까지 닮았다. 양쪽 다 얼굴을 찌푸리고 있다.

이 햄릿은 동작이 무척 경쾌해서 기분이 좋다. 무대 위를 크게 움직이고 또 크게 움직이게 한다. 노(能)와 비슷한 이루카와는 분위기가 무척 달랐다. 특히 어떤 때, 어떤 경우에는 무대 한가운데 서서 손을 벌려보거나 하늘을 노려보거나 하는데, 그때는 관객의 안중에 다른 것이 아무것도 들어올 여지가 없을 만큼 강렬한 자극을 주었다.

그 대신 대사는 일본어다. 서양어를 일본어로 번역한 것이다. 어조에는 억양이 있다. 리듬도 있다. 어떤 부분은 지나치게 달변이라 생각될 만큼 유창하게 말한다. 문장도 훌륭하다. 그런데도 영 마음이 내키지 않는다. 산시로는 햄릿이 좀 더 일본인처럼 말해주었으면 좋겠다고 생각했다. 어머니, 그렇다면 아버지께 미안하지도 않습니까, 라고 말할 것 같은 데서 난데없이 아폴론[6]을 끌어들여 한가하게 넘겨버린다. 그런데도 얼굴 표정은 어머니와 아들 모두 울음을 터뜨릴 것만 같다. 하지만 산시로는 그 모순을 단지 막연하게 느꼈을 뿐이다. 결코 시시하다고 단정할 만큼의 용기는 나지 않았다.

따라서 햄릿에게 질렸을 때는 미네코 쪽을 봤다. 미네코가 사람들에 가려 보이지 않게 되었을 때는 햄릿을 봤다.

햄릿이 오필리어를 향해, 수녀원으로 가세요, 수녀원으로 가세요, 라고 말하는 부분에 이르렀을 때 산시로는 문득 히로타 선생을 떠올렸다. 히로타 선생은 말했다. ……햄릿 같은 사람이 결혼을 할 수 있을까? ……책으로 보면 아무래도 못 할 것 같다. 하지만 연극에서는 결혼해도 될 것 같다. 곰곰이 생각해보니 수녀원으로 가라는 표현이 좋지 않은 것 같다. 수녀원으로 가라는 말을 들은 오필리어가 전혀 가엾지 않다는 것이 그 증거다.

또 막이 내렸다. 미네코와 요시코가 자리에서 일어났다. 산시로도 따라 일어났다. 복도까지 나가보니 두 사람은 복도 중간쯤에서 어떤 남자와 이야기를 나누고 있다. 남자는 복도에서 드나들 수 있는 왼쪽 관람석의 문으로 몸을 반쯤 내밀고 있다. 남자의 옆얼굴을 본 순간 산시로는 뒤로 돌아갔다. 자리로 돌아가지 않고 신발을 찾아 신고 밖으로 나왔다.

원래는 어두운 밤이다. 인력으로 환하게 만든 곳을 지나자 비가 내리는 것처럼 느껴진다. 바람이 가지를 울린다. 산시로는 서둘러 하숙으로 돌아왔다.

한밤중부터 비가 내리기 시작했다. 산시로는 잠자리에서 빗소리를 들으며 수녀원으로 가라는 한마디를 기둥 삼아 그 주위를 천천히 빙

---

6 그리스 신화에 나오는 신. 제우스와 레토의 아들로 올림포스 12신 가운데 하나이며, 예언·의료·궁술·음악·시의 신이다. 광명의 신이기도 하여 후에는 태양신과 동일시되었다. 『햄릿』의 제3막 제1장에서 햄릿이 어머니의 부정을 나무랄 때 나오는 대사다.

빙 돌았다. 히로타 선생도 자지 않고 있을지 모른다. 선생은 어떤 기둥을 안고 있을까? 요지로는 틀림없이 위대한 어둠 속에 정신없이 파묻혀 있을 것이다……

이튿날은 살짝 열이 났다. 머리가 무거워서 누워 있었다. 점심은 이부자리 위에 앉아 먹었다. 다시 한숨 잤더니 이번에는 땀이 났다. 불쾌했다. 그때 기세 좋게 요지로가 들어왔다. 어젯밤에도 보이지 않고 오늘 아침에도 수업에 나오지 않은 것 같아 무슨 일인가 하고 찾아왔다고 한다. 산시로는 고맙다고 말했다.

"아니, 어젯밤에는 갔었네. 갔었지. 자네가 무대 위로 나와 미네코 씨하고 멀리서 이야기를 나눴다는 것도 확실히 알고 있네."

산시로는 약간 취한 듯한 기분이다. 입을 여니 말이 술술 나온다. 요지로는 손을 내밀어 산시로의 이마를 짚었다.

"열이 꽤 나는군. 약을 먹지 않으면 안 되겠어. 감기에 걸린 거네."

"극장이 너무 덥고 환했는데 그 상태로 밖으로 나가면 갑자기 너무 춥고 어두웠을 테니까, 그게 안 좋았을 거네."

"안 좋았다고 해도 어쩔 수 없었잖은가."

"어쩔 수 없었다고 해도 안 좋은 거네."

산시로의 말은 점점 짧아지더니 요지로가 적당히 대답해주는 사이에 쌕쌕 잠들어버렸다. 한 시간쯤 지나 다시 눈을 떴다.

"자네, 거기 있나?"

요지로를 보고 말했다. 이번에는 평소의 산시로 같다. 기분은 어떠냐고 물으니 머리가 좀 무겁다고만 대답했다.

"감기겠지."

"감기겠지."

둘 다 같은 말을 했다. 잠시 후 산시로가 요지로에게 묻는다.

"자네, 얼마 전에 나한테 미네코 씨 일을 알고 있느냐고 물었지?"

"미네코 씨 일을? 어디서?"

"학교에서."

"학교에서? 언제?"

요지로는 아직 생각나지 않는 모양이다. 어쩔 수 없이 산시로는 그 전후의 상황을 상세히 설명해주었다.

"아하, 그런 일이 있었을지도 모르겠네."

요지로가 말했다. 산시로는 상당히 무책임하다고 생각했다. 요지로도 좀 미안했는지 생각해내려고 했다. 곧 이렇게 말한다.

"그럼 그거 아닐까? 미네코 씨가 시집간다는 이야기 말이야."

"정해진 건가?"

"정해졌다고 들었는데 잘은 모르겠네."

"노노미야 씨한테 말인가?"

"아니, 노노미야 씨가 아니네."

"그럼……"

이렇게 말하다가 그만두었다.

"자네, 알고 있나?"

"모르네."

잘라 말했다. 그러자 요지로가 살짝 앞으로 몸을 내밀며 다가왔다.

"아무래도 잘 모르겠네. 이상한 일이 있는데 말이지, 좀 더 지나봐야 알겠지만 어떻게 될지 짐작할 수가 없네."

산시로는 요지로가 그 이상한 일을 바로 이야기해주면 좋을 거라고 생각했다. 하지만 그는 태평한 사람이라 혼자만 안 채 이상해하고 있다. 산시로는 잠시 참고 있었지만, 결국 애가 타서 요지로에게 미네코에 관한 모든 사실을 숨김없이 이야기해달라고 요구했다. 요지로는 웃음을 터뜨렸다. 그리고 위로하기 위해선지 화제를 엉뚱한 것으로 돌리고 말았다.

"한심하군, 그런 여자를 좋아하다니. 좋아해봤자 어쩔 수 없네. 무엇보다 자네하고 동갑쯤 되지 않나? 비슷한 나이의 남자한테 반하는 것은 옛날 일이네. 채소가게 오시치[7] 시대의 사랑이지."

산시로는 잠자코 있었다. 하지만 요지로가 한 말의 의미는 통 알 수가 없었다.

"왜냐하면 말이지, 스무 살 전후의 동갑 남녀 두 사람을 나란히 놓고 보게. 모든 면에서 여자가 한 수 위 아닌가? 남자는 무시당할 뿐이지. 여자도 자기가 경멸하는 남자한테 시집갈 마음이 들겠나? 물론 자신이 세계에서 가장 잘났다고 생각하는 여자는 예외겠지. 경멸하는 남자한테 시집가지 않으면 독신으로 사는 것 외에 방법이 없으니까. 흔히 부잣집 딸 중에 그런 사람이 있잖나? 자기가 원해서 시집을 갔으면서 남편을 경멸하는 여자 말이야. 미네코 씨는 그런 여자보다는 훨씬 낫지. 그 대신 남편으로 존경할 수 없는 사람한테는 처음부터 시집갈 마음이 없으니까 상대가 되는 사람은 그런 생각을 하고 있어야겠지. 그런 점에서 보면 자네나 나나 그 여자의 남편이 될 자격이 없는 거야."

산시로는 결국 요지로와 똑같이 취급되고 말았다. 하지만 여전히

7 에도 혼고에 있는 채소장수의 딸로 1682년의 화재로 피난을 간 절의 동자와 정을 통했는데 화재가 나면 연인과 재회할 수 있다고 생각하여 방화를 했다가 1683년에 처형당했다. 이하라 사이카쿠(井原西鶴)의 『호색오인녀(好色五人女)』나 기노 가이온(紀海音)의 『채소가게 오시치(八百屋お七)』 등으로 각색되어 널리 알려지게 되었다.

입을 다물고 있었다.

"그야 자네도 나도 그 여자보다는 훨씬 잘났지. 이래 봬도 말이야, 안 그래? 하지만 앞으로 5, 6년은 지나야 그 잘난 정도가 그 여자의 눈에 들 거네. 하지만 그 여자는 5, 6년간 가만히 있을 생각이 없어. 그러니까 자네가 그 여자하고 결혼하는 일은 풍마우(風馬牛)[8]인 거지."

요지로는 풍마우라는 고사성어를 묘한 데서 사용했다. 그리고 혼자 실실 웃었다.

"뭐 앞으로 5, 6년만 지나면 그 여자보다 훨씬 나은 여자가 나타날 걸세. 일본에는 지금 여자가 남아도니까 말이야. 감기 같은 걸 걸려서 열이나 내고 있어봐야 아무 소용이 없을 걸세. ……뭐 세상은 넓으니까 걱정할 건 없지. 실은 나한테도 여러 가지 일이 있는데, 너무 귀찮아서 볼일이 있어 나가사키로 출장을 간다고 했네.[9]"

"무슨 얘긴가 그건?"

"무슨 얘기라니, 내가 관계한 여자 얘기지."

산시로는 깜짝 놀랐다.

"뭐, 여자라고 해봤자 자네 같은 사람은 일찍이 가까이한 적도 없는 부류의 여자지. 아무튼 나가사키로 세균 실험을 하러 출장을 가야 하니 당분간 만날 수 없을 거라고 거절해버렸네. 그런데 그 여자가 사과를 들고 역까지 배웅하러 오겠다고 하는 바람에 참 난처했지."

산시로는 더욱 놀랐다. 놀라면서 물었다.

---

8 풍마우불상급(風馬牛不相及). 발정기의 짐승도 찾아갈 수 없는 멀리 떨어진 거리라는 뜻으로, 서로 아무런 관계가 없음을 비유한 말이다. 『사기(史記)』의 「제환공기(齊桓公紀)」에 나오는 말이다.

9 소세키의 제자 스즈키 미에키치(鈴木三重吉)의 체험담이라고 한다. 스즈키는 소설가이자 동화작가이며 잡지 《아카이토리(赤い鳥)》의 주재자였다.

"그래서 어떻게 됐나?"

"어떻게 되었는지는 모르지. 사과를 들고 역에서 기다렸겠지."

"지독한 사람이군. 그런 나쁜 짓을 잘도 하는군그래."

"나쁜 짓이고 가엾은 일이라는 건 알고 있지만 어쩔 수 없었네. 처음부터 차츰차츰 거기까지 운명에 이끌려 간 거니까. 실은 오래전부터 내가 의과 학생이 되어 있었거든."

"왜 그런 쓸데없는 거짓말을 한 건가?"

"그야 또 나름대로의 사정이라는 게 있었지. 그래서 여자가 아팠을 때는 진단을 해달라고 해서 난감했던 적도 있네."

산시로는 우스워졌다.

"그때는 혀를 들여다보고 가슴을 두드려보면서 적당히 속였는데, 그다음에 병원에 가서 진찰을 해줬으면 좋겠다고 해서 두 손 들었지."

산시로는 결국 웃음을 터뜨렸다. 요지로가 말을 이었다.

"그런 일도 많이 있으니까 뭐 안심해도 될 거네."

무슨 말인지 도통 알 수 없다. 하지만 유쾌해졌다.

요지로는 그때야 비로소 미네코에 대한 이상한 일을 설명했다. 요지로의 말에 따르면 요시코에게도 혼담이 있었다. 그리고 미네코에게도 있었다. 그뿐이라면 괜찮은데 요시코의 상대와 미네코의 상대가 같은 사람인 듯하다. 그러니 이상하다는 것이다.

산시로도 약간 업신여김을 당한 듯한 기분이 들었다. 그러나 요시코에게 혼담이 들어왔다는 것만은 분명하다. 실제로 자신이 그 이야기를 옆에서 들었다. 어쩌면 요지로가 그 이야기를 미네코의 혼담이라고 착각한 것인지도 모른다. 하지만 미네코의 혼담도 전혀 거짓은 아닌 듯하다. 산시로는 확실한 것을 알고 싶었다. 이왕 이야기가 나온 김에 요지로에게 말해달라고 부탁했다. 요지로는 간단히 알았다고 했다. 요시코에게 병문안하러 이리 오도록 할 테니까 직접 물어보라고 한다. 좋은 생각을 해냈다.

"그러니까 약을 먹고 기다리고 있어야 하네."

"병이 나아도 누워서 기다리고 있겠네."

두 사람은 웃으며 헤어졌다. 요지로는 돌아가는 길에 근처의 의사에게 왕진을 부탁해두었다.

밤이 되어 의사가 찾아왔다. 산시로는 자신이 의사를 부른 기억이 없었기 때문에 처음에는 다소 당황했다. 곧 진맥을 받았는데 그제야 알아차렸다. 젊고 공손한 사람이다. 산시로는 담당 의사를 대신하여 진찰하러 온 것이라고 판단했다. 5분 만에 병은 인플루엔자라는 진단이 나왔다. 오늘 밤 약을 먹고 가능한 한 바람을 쐬지 말라는 주의를 받았다.

이튿날 눈을 떠보니 머리가 꽤 가벼웠다. 누워 있으면 거의 평소의 몸에 가깝다. 다만 베개를 떠나면 어지럽다. 가정부가 와서 방 안에서 고열 환자의 열기가 느껴진다고 말했다. 산시로는 밥도 먹지 않고 똑바로 누워 천장을 바라보고 있었다. 때때로 깜빡깜빡 졸음이 쏟아진다. 확실히 열과 피로에 사로잡힌 꼴이다. 산시로는 열과 피로에 사로잡힌 채 그것에 거스르지 않고 자다 깨다를 반복하는 동안 자연을 따르는 일종의 쾌감을 느꼈다. 병세가 가벼워서라고 생각했다.

네 시간, 다섯 시간이 지나는 동안 슬슬 무료함을 느끼기 시작했다. 자꾸만 몸을 뒤척였다. 바깥은 날씨가 좋다. 장지문에 비치는 햇살이 차츰 그림자를 옮아간다. 참새가 지저귄다. 산시로는 오늘도 요지로가 놀러 와주면 좋겠다고 생각했다.

그때 가정부가 장지문을 열고 여자 손님이 왔다고 말한다. 요시코가 그렇게 빨리 올 거라고는 생각하지 못했다. 요지로답게 민첩하게 움직인 것이다. 누운 채 열린 문에 눈을 주고 있으니 곧 키가 큰 사람이 문지방 위에 나타났다. 오늘은 자줏빛 하카마를 입고 있다. 두 발은 아직 복도에 있다. 들어오는 것을 다소 주저하는 빛이 보인다.

"들어오세요."

산시로는 이부자리에서 어깨를 들며 말했다.

요시코는 들어와 장지문을 닫고 머리맡에 앉았다. 다다미 여섯 장이 깔린 방이 어질러져 있는 데다 청소를 하지 않았으므로 더욱 비좁아 보여 답답하다.

"누워 계세요."

요시코가 산시로에게 말했다. 산시로는 머리를 다시 베개 위에 내려놓았다. 자신만은 편안하다.

"냄새가 나지는 않습니까?"

산시로가 물었다.

"네, 조금요." 이렇게 말했지만 별로 냄새가 나는 듯한 표정도 짓지 않았다. "열이 있나요? 어디가 아픈 거죠? 의사는 왔어요?"

"의사는 어젯밤에 왔습니다. 인플루엔자라고 합니다."

"오늘 아침 일찍 사사키 씨가 와서 오가와 씨가 아프니 병문안이라도 가달라고 했어요. 무슨 병인지는 모르겠지만 아무래도 가볍지는 않은 것 같다고 해서 저도 미네코 씨도 깜짝 놀랐어요."

요지로가 또 약간 허풍을 떤 것이다. 나쁘게 말하면 요시코를 꾀어낸 것이나 마찬가지다. 산시로는 사람이 좋아서 미안한 마음에 어쩔 줄을 모른다.

"정말 고맙습니다."

이렇게 말하며 누워 있다. 요시코는 보자기 꾸러미에서 귤이 든 바구니를 꺼냈다.

"미네코 씨의 말을 듣고 사왔습니다."

요시코가 솔직하게 말한다. 누구의 선물인지 알 수 없다. 산시로는 일단 요시코에게 고맙다는 말을 해두었다.

"미네코 씨도 와야 하는데 요즘 좀 바빠서요…… 안부 전해달래요……"

"특별히 무슨 바쁜 일이라도 생겼습니까?"

"네. 생겼어요."

요시코가 말했다. 커다랗고 검은 눈이 베개를 벤 산시로의 얼굴 위로 떨어졌다. 산시로는 아래에서 요시코의 창백한 이마를 올려다보았다. 처음으로 이 여자를 병원에서 봤던 옛날 일을 떠올렸다. 지금도 울적해 보인다. 동시에 쾌활하다. 의지가 될 만한 모든 위로를 산시로의 베개 위로 가져왔다.

"귤 좀 까드릴까요?"

요시코는 푸른 잎 사이로 과일을 꺼냈다. 목마른 사람은 향기를 내뿜는 달콤한 이슬을 실컷 마셨다.

"맛있죠? 미네코 씨의 선물이에요."

"이제 됐습니다."

요시코는 소맷자락에서 하얀 손수건을 꺼내 입을 닦았다.

"요시코 씨, 당신의 혼담은 어떻게 되었습니까?"

"그걸로 끝났어요."

"미네코 씨한테도 혼담이 들어왔다고 하던데요."

"네, 벌써 성사됐어요."

"누군가요, 상대는?"

"저를 데려간다던 분이에요. 호호호호, 우습죠? 미네코 씨 오라버니의 친구분이에요. 저는 가까운 시일 안에 다시 오라버니하고 살 집을 장만해야 해요. 미네코 씨가 가버리면 더 이상 신세 질 수도 없으니까요."

"당신은 시집을 안 갑니까?"

"가고 싶은 데만 있으면 갈 거예요."

요시코는 이런 말을 내뱉고 기분 좋게 웃었다. 아직 가고 싶은 데가 없는 게 분명했다.

산시로는 그날부터 나흘쯤 병상을 떠나지 못했다. 닷새째가 되는 날 조심조심하면서 욕실로 들어가 거울을 봤다. 다 죽어가는 사람 몰골이다. 큰맘 먹고 이발소로 갔다. 그 이튿날은 일요일이다.

아침을 먹은 후 셔츠를 껴입고 외투를 걸쳐 춥지 않도록 단단히 챙겨 입은 다음 미네코의 집으로 갔다. 요시코가 현관에 서서 신발 신는 데로 내려서려 하고 있다. 지금 오라버니를 찾아간다고 한다. 미네코는 없다. 산시로는 함께 밖으로 나왔다.

"이제 다 나았나요?"

"예, 다 나았습니다. 고맙습니다. ……사토미 씨는 어디 갔습니까?"

"오라버니요?"

"아뇨, 미네코 씨 말입니다."

"미네코 씨는 처치(교회)요."

미네코가 교회에 다닌다는 이야기는 처음 들었다. 어느 교회인지 물어보고 나서 산시로는 요시코와 헤어졌다. 골목을 세 번쯤 돌자 바로 교회가 나타났다. 산시로는 예수교와 전혀 인연이 없다. 교회 안을 들여다본 적도 없다. 앞쪽에 서서 건물을 바라보았다. 게시된 설교 안내문을 읽었다. 철책 있는 데를 왔다 갔다 했다. 기대보기도 했다. 어찌 되었든 산시로는 미네코가 나오기를 기다릴 생각이었다.

얼마 후 노랫소리가 들려왔다. 찬송가일 거라고 생각했다. 꼭 닫힌 높은 창 안에서 들려오는 소리다. 음량으로 보기에 상당한 인원인 듯하다. 그 안에 미네코의 목소리도 있을 것이다. 산시로는 귀를 기울였다. 노래가 그쳤다. 바람이 분다. 산시로는 외투의 깃을 세웠다. 하늘에 미네코가 좋아하는 구름이 떠 있다.

예전에 미네코와 함께 가을 하늘을 바라본 적도 있다. 히로타 선생의 집 2층에서였다. 다바타의 실개천 가에 앉은 적도 있다. 그때도 혼자가 아니었다. 스트레이 십. 스트레이 십. 구름이 양의 모습을 하고 있다.

홀연히 교회의 문이 열렸다. 안에서 사람이 나온다. 사람은 천국에서 속세로 돌아온다. 미네코는 마지막에서 네 번째로 나왔다. 줄무늬 아즈마 코트[10]를 입고 고개를 숙인 채 계단을 내려왔다. 추운 모양인지 어깨를 움츠리고 양손을 앞에서 포개어 가능한 한 외계와의 접촉을 줄이려 하고 있다. 미네코는 문가로 나올 때까지 그렇게 웅크린 자세를 유지했다. 문가에 이르러서야 사람들이 분주히 오가는 것을 알아차린 듯 얼굴을 들었다. 모자를 벗은 산시로의 모습이 미네코의 눈에 들어왔다. 두 사람은 설교 안내문이 게시된 곳에서 서로에게 다가갔다.

"웬일이세요?"

10 메이지 시대부터 유행한, 기모노 위에 걸치는 여성용 외투.

"지금 잠깐 댁에 들렀다 오는 길입니다."

"그래요? 잘 오셨어요."

미네코는 반쯤 발길을 돌리려 하고 있었다. 여전히 굽이 낮은 게다를 신고 있다. 산시로는 일부러 교회 담벼락에 몸을 기댔다.

"여기서 뵙는 걸로도 족합니다. 아까부터 나오기를 기다리고 있었습니다."

"들어오시지 그랬어요? 추웠지요?"

"예, 추웠습니다."

"감기는 다 나았나요? 조심하지 않으면 도질 텐데요. 아직 안색이 안 좋은 것 같아요."

산시로는 대답을 하지 않고 외투 안주머니에서 반지(半紙)에 싼 꾸러미를 꺼냈다.

"빌린 돈입니다. 오랫동안 고마웠습니다. 돌려드려야지 하고 생각만 하다가 그만 이렇게 늦어지고 말았습니다."

미네코는 힐끗 산시로의 얼굴을 봤지만, 사양하지 않고 그대로 종이 꾸러미를 받아 들었다. 하지만 손에 든 채 넣지 않고 바라보고만 있다. 산시로도 그것을 바라보고 있다. 잠깐 동안 말이 끊겼다. 이윽고 미네코가 입을 열었다.

"오가와 씨, 곤란하지 않으세요?"

"예, 갚을 생각으로 저번에 돈을 보내달라고 고향에 얘기해서 받아둔 것이니 아무쪼록 받아주세요."

"그래요? 그럼 받아둘게요."

미네코는 종이 꾸러미를 품에 넣었다. 그 손을 아즈마 코트에서 꺼냈을 때는 하얀 손수건이 들려 있었다. 코언저리에 대고 산시로를 보고 있다. 손수건 냄새를 맡고 있는 것 같기도 하다. 잠시 후 그 손을 불쑥 내밀었다. 손수건이 산시로의 얼굴 앞으로 왔다. 날카로운 향기가 짙게 풍긴다.

"헬리오트로프."

미네코가 조용히 말했다. 산시로는 무심코 얼굴을 뒤로 당겼다. 헬리오트로프의 병. 해 질 녘의 혼고 4가. 스트레이 십. 스트레이 십. 하늘에는 환한 해가 높다랗게 걸려 있다.

"결혼한다면서요?"

미네코는 하얀 손수건을 소맷자락에 넣었다.

"알고 있었군요."

미네코는 이렇게 말하면서 쌍꺼풀진 눈을 가늘게 뜨고 산시로의 얼굴을 쳐다봤다. 산시로를 멀리에 두고, 오히려 멀리 있는 것을 지나치게 염려하는 눈빛이다. 그러면서도 눈썹만큼은 확실히 차분하다. 산시로의 혀가 입천장에 붙어버렸다.

미네코는 잠시 산시로를 바라본 후 거의 들리지 않을 정도로 희미하게 한숨을 내쉬었다. 이윽고 가느다란 손을 짙은 눈썹 위에 대고 말했다.

"내 죄 내가 알고 있사오며
내 잘못 항상 눈앞에 아른거립니다."[11]

알아들을 수 없을 만큼 조그마한 목소리였다. 그런데도 산시로는 분명히 알아들었다. 산시로와 미네코는 이렇게 헤어졌다. 하숙으로

---

11 『구약성서』, 「시편」 51장 3절(공동번역 『성서』 개정판, 대한성서공회, 2001). 여기서 죄란 이스라엘의 왕 다윗이 부하인 우리야의 아내 바세바와 정을 통하고 그녀를 빼앗기 위해 우리야를 전투가 가장 심한 곳에 보내 전사하게 한 일을 말한다.

돌아가니 어머니가 보낸 전보가 와 있었다. 펼쳐보니 언제 출발하느
냐고 쓰여 있다.

13

하라구치의 그림이 완성되었다. 단세이카이는 이 그림을 한 전시실 정면에 걸었다. 그리고 그 앞에 긴 의자를 놓았다. 휴식을 위한 것이기도 하다. 그림을 보기 위한 것이기도 하다. 쉬고 또 음미하기 위한 것이기도 하다. 단세이카이는 이 대작 앞을 천천히 지나는 수많은 관람객에게 그런 편의를 제공했다. 특별한 대우다. 그림이 특별히 잘 그려졌기 때문이라고 한다. 또는 사람들의 눈을 끄는 제목이기 때문이라고도 한다. 몇몇 사람들은 그 여자를 그렸기 때문이라고 했다. 회원 중 한두 명은 아주 크기 때문이라고 했다. 확실히 크긴 하다. 15센티미터가 넘는 폭의 금색 테두리를 붙이고 나니 몰라볼 정도로 커졌다.

하라구치는 전람회가 시작되기 전날 점검하기 위해 잠깐 들렀다. 파이프를 물고 의자에 앉아 오랫동안 그림을 바라보고 있었다. 얼마 후 벌떡 일어나 주의 깊게 장내를 한 바퀴 돌았다. 그러고 나서 다시 원래의 자리로 돌아와 두 번째 파이프 담배를 천천히 피웠다.

전람회가 열린 당일부터 〈숲 속의 여인〉 앞에는 사람들이 잔뜩 몰려들었다. 애써 마련한 의자는 무용지물이 되고 말았다. 지쳐서 그림을 보지 않는 사람만이 앉아 쉬고 있었다. 쉬면서도 〈숲 속의 여인〉을 평하는 사람이 있었다.

이틀째 되는 날 미네코가 남편을 따라 찾아왔다. 하라구치가 안내했다. 〈숲 속의 여인〉 앞에 섰을 때 하라구치는 두 사람을 보며 말했다.

"어떤가?"

"좋군요." 남편은 이렇게 말하고 안경 안쪽의 눈동자를 고정한 채 가만히 응시했다. "부채로 이마 위를 가리고 선 이 자세가 좋습니다. 역시 전문가는 다르다니까요. 용케 이런 데까지 생각이 미쳤군요. 빛이 얼굴에 닿는 정도가 절묘합니다. 그늘과 햇빛의 구별이 뚜렷해서…… 얼굴만 해도 굉장히 재미있는 변화가 있어요."

"아니, 다 당사자의 취향이라네. 내 공이 아니야."

"다 선생님 덕분이에요."

미네코가 감사를 표했다.

"나야말로 미네코 씨 덕분이오."

이번에는 하라구치가 감사를 표했다.

남편은 아내의 공이라는 말을 듣고 자못 기뻐하는 것 같다. 세 사람 중에서 가장 정중하게 감사를 표한 사람은 남편이다.

전람회가 시작된 후 첫 번째 토요일 정오가 지난 시간에는 여럿이서 함께 왔다. ……히로타 선생, 노노미야, 요지로, 그리고 산시로. 네 사람은 다른 그림을 뒤로 미루고 맨 먼저 〈숲 속의 여인〉이 있는 전시실로 들어갔다.

"저거다, 저거."

요지로가 말했다. 사람들이 잔뜩 몰려 있다. 산시로는 입구에서 잠간 망설였다. 노노미야는 아무렇지도 않은 듯이 들어갔다.

산시로는 많은 사람들 뒤에서 들여다보기만 하고 물러났다. 의자에 기대어 다른 사람들을 기다리고 있었다.

"큰 걸 아주 멋지게 그렸군요."

요지로가 말했다.

"사사키, 너한테 팔 생각이라고 하던데."

히로타 선생이 말했다.

"저보다는." 말하다 말고 보니 산시로가 언짢은 표정을 지으며 의자에 기대어 있다. 요지로는 입을 다물고 말았다.

"색을 표현하는 방식이 꽤 세련됐군요. 의외로 멋진 그림이에요."

노노미야가 평했다.

"좀 지나치게 세련되었다고 할 수 있을 정도지. 이 정도면 북소리처럼 둥둥거리는 그림은 그릴 수 없다고 털어놓을 만해."

"뭔가요, 둥둥거리는 그림이라는 건?"

"북소리처럼 얼이 빠져 있어 재미있는 그림을 말하는 거네."

두 사람은 웃었다. 두 사람은 기교에 대한 평만 했다. 요지로가 이의를 제기한다.

"누가 그리든 미네코 씨를 그리면 얼빠진 것처럼은 그릴 수 없을 겁니다."

노노미야는 목록에 표시를 하기 위해 안주머니에 손을 넣어 연필을 찾았다. 연필은 없고 활판 인쇄된 엽서 한 장이 나왔다. 들여다보니 미네코의 결혼 피로연 초대장이었다. 피로연은 진작 끝났다. 노노미야는 히로타 선생과 함께 프록코트를 입고 참석했다. 도쿄로 돌아온 날 산시로는 책상 위에 놓여 있는 그 초대장을 봤다. 날짜는 이미 지나 있었다.

노노미야는 초대장을 찢어 바닥에 버렸다. 이윽고 히로타 선생과 함께 다른 그림에 대한 평을 시작한다. 요지로만이 산시로 옆으로 다가왔다.

"어떤가, 〈숲 속의 여인〉은?"

"〈숲 속의 여인〉이라는 제목이 안 좋네."

"그럼, 뭐라고 하면 좋겠나?"

산시로는 아무 대답도 하지 않았다. 그저 입속으로, 스트레이 십, 스트레이 십, 이라고 되풀이할 뿐이었다.

이제는 사라지고 없는 청춘의 빛을 위하여

김연수(소설가)

1. 산시로 연못에서

나쓰메 소세키의『산시로』를 읽은 건 이십대가 끝나가던 1999년이었다. 이상(李箱)에 대한 소설을 쓰려고 뽑은 관련 서적 목록 속에 이 소설이 들어 있었다. 그 목록에 나쓰메 소세키의 다른 소설은 한 권도 들어 있지 않았다. 런던 체류 기간 동안 경험한 문명 비판을 담은 산문집『런던탑』과 이 소설뿐이었다. 산문들은 1930년대 후반 도쿄를 체험하고 쓴 이상의 글과 비슷한 느낌이라서 다시 정독했다. 하지만『산시로』와 이상은 별 상관이 없다. 물론 이상도『산시로』정도는 읽었겠지만, 그가 쓴 글 어디에도 나쓰메 소세키에 대한 언급은 없다. 일본 모더니즘 계간지《시와 시론》이라든가 마찬가지로 하루야마 유키오가 편집한《세르팡》등의 잡지를 읽었다는 것을 표 나게 언급한 것을 보면, 나쓰메 소세키는 모더니스트 이상의 취향에는 맞지 않았을 수도 있었겠다.

그럼에도 나는 장차 쓸 소설에서 『산시로』를 꼭 언급하고 싶었다. 그 이유는 다음과 같다. 이상에 대한 3부작 소설 중 2부를 이상의 도쿄 체류에 얽힌 미스터리에 할애하기로 결심한 나는 교보문고에서 5만 분의 1 축적의 도쿄 지도를 구해 시간이 날 때마다 들여다봤다. 이상의 산문과 소설에 등장하는 도쿄 각 동네의 상대적 위치와 동선이 궁금했던 데다가 실제 지도를 통해서 상상하면 이상이라는, 마치 영화 속에나 나올 것 같은 캐릭터가 현실적으로 다가올 것 같았기 때문이었다. 도쿄 역에 처음 내린 이상이 가장 먼저 보는 것은 마루노우치 빌딩이었다. 공교롭게도 도쿄 역에 도착한 산시로가 바라본 풍경과 같은데, 산시로 시절에는 이상이 본 거대한 빌딩은 없었다. 어쨌든, 나는 마루노우치 빌딩에 점을 찍었다. 마찬가지로 이상이 살았던 구단시타(『산시로』에서는 등대 이야기로 나온다)나 단편 「실화」에 등장하는 진보초와 신주쿠, 이상이 들으러 간 적이 있는, 엘먼의 바이올린 연주회가 열린 히비야공회당 등도 그런 식으로 위치를 파악했다.

그중 한 곳이 바로 도쿄 대학교 의과대학 부속병원이었다. 1937년 도쿄에 머물던 이상은 경찰에 연행됐다가 풀려난 직후 폐결핵이 악화돼 이 병원에 입원했고, 다시는 걸어서 나오지 못했다. 이상의 도쿄 체류에 대해서 쓰자면, 이 부속병원은 반드시 다뤄야만 하는 중요한 곳이었다. 그렇게 지도를 살펴보는데, 부속병원 옆의 연못 위에 어디선가 본 듯한 한자가 적혀 있었다. 어디서 본 것일까? '三四郎池'라는 그 이름을. 그러다가 나는 마침내 어디서 봤는지 알아냈다. 그건 나쓰메 소세키의 소설 제목이었다. 그러니까 산시로 연못. 『산시로』를 읽은 사람이라면 왜 이 연못에 그런 이름이 붙었는지 짐작할 수 있으리라. 산시로가 미네코 일행을 처음 만나는 곳이 바로 이 연못이기 때문이다. 부속병원의 이상은 그 연못의 존재를 알고 있었을까? 만약 알고 있었다면 그가 느꼈을 어떤 회한 덕분에 나는 『꾿빠이, 이상』에서 산시로 연못을 언급했던 것이다.

소설 제목을 따서 이름을 붙일 정도로 이 연못 장면은 『산시로』에서 매우 유명하다. 일찌감치 회화적인 장면이라는 평이 꼬리표처럼 붙어 다녔다. 나중에 도쿄 대학을 찾아갔을 때, 나는 과연 산시로가 어디에 쭈그리고 앉아서 두 여자를 올려다봤는지 궁금해서 산시로 연못을 한 바퀴 돌았다. 소설을 보면, "문득 눈을 들자 왼쪽 언덕 위에 두 여자가 서 있다. 여자들 바로 아래가 연못이고, 연못 맞은편이 높은 절벽으로 된 숲이며 그 뒤에 붉은 벽돌로 지은 고딕풍의 화려한 건물이 있다. 그리고 저물어가는 해가 그 모든 것들 너머에서 비스듬히 빛을 비추고 있다. 여자는 그 석양을 향해 서 있었다"(44쪽)라고 돼 있다. 나는 소설 속의 묘사와 지금의 지형이 달라지지 않았다고 가정하고 산시로가 앉아 있던 위치를 추정했다. 그리고 그 자리에 산시로처럼 앉아서 거기 기모노를 입고 부채를 든 미네코를 상상하며 고개를 들어 언덕 위를 올려다봤다. 어쩌면 그 장면이 『산시로』의 모든 주제를 말하는 것이라고 생각했기 때문이었다. 그때 내 눈에 무엇이 보였는지를 말하자면, 이 소설 『산시로』에 대해 좀 더 말해야겠다.

2. 그러나, 어쩌면 미네코가 아니었을 수도

산시로가 첫 만남에서 미네코를 올려다보는 것은 어쩐지 우연으로 느껴지지 않는다. 말하자면, 처음부터 산시로는 미네코를 높이 받들 수밖에 없다(崇拜)는 사실을 이 장면은 위치한 높이의 차이로 보여주는 셈이다. 소설에서 이 단순한 위상의 차이에 특성을 부여하는 장치가 바로 석양이다. 이 석양은 미숙한 산시로와 달리 미네코는 성숙하다는 걸 은연중 암시한다. 산시로 연못에서 회화적이고도 공간적인 하나의 장면으로 빛을 발하기 전까지 미숙과 성숙의 이 대립은 소설의 초반에 다양하게 변형돼 나타난다. 예컨대 도쿄로 가는 기차에서 우연히 만나 하룻밤까지 함께 묵게 되는 여자가 말하는 '배짱 없음 대 배짱 있음', 도쿄에 대한 산시로의 첫인상인 '촌놈 대 도회', 어머니의 편지를 읽으면서 느끼는 '먼 옛날 대 현실 세계' 등이 바로 그런 대립 항들이다. 그래서 기계적으로 따지자면, 미네코는 배짱 있음, 도회, 현실 세계를 모두 아우르는 캐릭터가 된다. 그런 점에서 이 소설에서 산시로가 미네코를 욕망하는 것은 충분히 이해된다.

그러나 연애소설로 읽을 때, 『산시로』는 어딘지 어색하다. 결말에 이르러 미네코는 노노미야도, 산시로도 아닌 제3의 남자와 결혼하는데, 여러 사람들이 지적했다시피 이는 앞에서 나온 미네코의 신여성적인 면모와는 잘 어울리지 않는다. 그런 점에서 〈숲 속의 여인〉이라는 제목이 좋지 않다면, 뭐라고 부르면 좋겠느냐는 요지로의 질문에 산시로가 아무 대답도 하지 않고, 그저 입속으로 '스트레이 십, 스트레이 십'이라고 되풀이하는 소설의 결말 부분은 꽤 인상적이다. 이 장면을 읽으면 '숲 속의 여인'으로 올려다볼 수밖에 없었던 미네코가 이제는 산시로에게 같은 눈높이로 보인다는 사실을 발견할 수 있다. 더 정확하게 말하면, 산시로가 미네코의 위치까지 올라온 것이다. 즉 소설 도입부의 대립 항이던 '배짱 없음 대 배짱 있음', '촌놈 대 도회', '먼 옛날 대 현실 세계'의 경계가 산시로 내부에서 허물어지면서 산시로가 성숙해졌다고나 할까.

연애소설이라면 『산시로』는 당연히 연애가 결국 실패하게 되는 비극이어야만 한다. 그렇다면 이 소설에 감도는 밝은 에너지는 도대체 뭐란 말인가? 그건 이 소설이 연애소설이 아니라 빛을 향해 나아가는 주인공을 다루는 소설, 즉 성장소설이라는 걸 말한다. 그렇기 때문에 결혼한다는 사실을 미네코에게 직접 확인할 때조차도 산시로는 괴로운 표정을 짓지 않는 것이다. 이 장면은 매우 흥미진진하다. 미네코는 손수건을 산시로의 코에 들이댄다. 날카로운 향기가 짙게 풍기는데, 미네코가 '헬리오트로프'라고 일깨워준다. 연못에서 만났을 때, 미네코가 떨어뜨리고 간 꽃을 주워 냄새를 맡았던 산시로는 이번에는 얼굴을 뒤로 뺀다. 대신에 해 질 녘의 혼고 4가에 높다랗게 걸린, 환한 해를 올려다보며 예의 그 '스트레이 십, 스트레이 십'이라고 중얼거린 뒤 "결혼한다면서요?"(330쪽)라고 묻는다. 여기에 이르면, 연못 장면에서 산시로가 올려다보던 것은 미네코가 아닐 수도 있다는 암시를 받는다. 그건 어쩌면 석양빛이었는지도 모른다. 그렇다면 초반, 산시로를 둘러싼 대립 항에서 보여지듯이, 산시로가 욕망한 것은 미네코라는 여자가 아니라 계몽과 문명이 아니었을까.

그러므로 연애소설이라기보다는 성장소설이라고 말했지만, 그렇다고 독일식 '빌둥스로만(Bildungsroman)'이라기에는 서사적 시간이 너무 짧다는 생각이 든다. 이 소설에 나오는 정도의 시간으로는 과거의 '나'와의 결별, 새로운 세계로의 입문, 최종적인 구원의 길 등 빌둥스로만에서 다루는 주제들을 다루기 곤란할 것이다. 게다가 산시로 역시도 구마모토라고 하는 과거의 자신과 완전히 결별하지도 않고 있다. 그래서 나는 이 소설을 '성장통'이 없는 성장소설이라고 생각하는

데, 이는 동시대 비평가인 모리타 쇼헤이가 "선생의 작품에는 불안이 없다. 동요가 없다. 어두운 면이 없다."라고 지적한 점을 떠올리게 한다. 어두운 성장통이 없는 성장소설이라면 어쩐지 무라카미 하루키의 『바람의 노래를 들어라』, 무라카미 류의 『69』, 가네시로 카즈키의 『GO』 등이 떠오른다. 성장소설보다는 청춘소설이라는 말이 더 어울릴 만한 작품들의 원조로서의 『산시로』라면 과연 어떨까? 『산시로』가 갖는 강점과 약점은 바로 거기에 있을 것이다.

3. 안개는 걷히고 연애는 불가능해지고

『산시로』가 연애소설이 아니라 청춘소설이라면, 미네코는 산시로의 욕망을 좌절시키는 캐릭터가 아니라 그에게 세상을 대하는 태도를 바꾸도록 영향을 끼치는 캐릭터다. 그게 가능한 이유는 미네코를 만나면서 산시로에게는 말 그대로 새로운 하늘이 열리기 때문이다. 도쿄에 상경한 직후, 산시로는 자신에게는 세 개의 세계가 생겼다고 생각한다. 하나는 "요지로가 말한 이른바 메이지 15년 이전의 향기가"(106쪽) 나는, 과거의 '이미 아는' 세계. 두 번째 세계는 "이끼 낀 벽돌 건물"과 "손이 닿지 않을 만큼 높이 쌓여 있는 책"(106쪽)으로 상징되는 현재의 '알아가는' 세계. 세 번째는 "전등이", "은수저가", "환성이", "우스운 이야기가", "거품이 이는 샴페인 잔이", "그리고 그 모든 것 중 으뜸가는 것으로 아름다운 여성이 있"(107쪽)는 미래의 '알지 못하는' 세계다. 이 세 번째 세계를 두고 산시로는 "다가가기 힘들다는 점에서 하늘 저 먼 곳의 번개와도 같다"(107쪽)고 비유한다. 곧 알겠지만, 이

건 공연한 비유가 아니다. 말 그대로 산시로는 이 세 번째 세계를 하늘처럼 올려다보고 있으니까.

이렇게 생각한 그 이튿날, 산시로는 히로타 선생이 이사하기로 돼 있는 니시카타마치 10번지 혜-3호에 청소하러 갔다가 연못의 여자 미네코와 재회한다. 그 재회의 순간, "꽃은 반드시 꺾어서 꽃병에 꽂아두고 봐야 한다"(110쪽)고 산시로가 생각하는 건, 전날 밤 세 개의 세계를 조화시킬 방법을 찾은 결과로서의 깨달음일 것이다. 그의 말마따나 "요컨대 고향에서 어머니를 모셔오고 아름다운 아내를 맞이하고 몸을 학문에 맡기"(107쪽)면 그 세 세계를 뒤섞어 하나의 결과를 만드는 셈일 테니까. 여기까지가 산시로의 나이브함이라면, 미네코의 혹독한 수업은 눈빛에서부터 시작된다. "벌럽추어스(Voluptuous, 육감적인)! 연못가 여자가 보여준 그때의 눈빛을 형용하기에는 그 말밖에 없다"(111쪽)던 산시로가 곧 이렇게 표현하고 있듯이. "보는 사람이 교태를 부리고 싶어질 만큼 잔혹한 눈빛이다."(111쪽) 미네코는 이 잔혹한 눈빛으로 무엇을 바라보고 있는가?

얼마 후 빗자루를 다다미 위에 내팽개치고 뒤쪽 창문으로 가서 선 채 바깥을 내다보고 있다. 그러는 사이에 산시로도 걸레질을 끝냈다. 젖은 걸레를 양동이 안에 풍덩 던져 넣고 미네코 옆으로 가서 나란히 섰다.

"뭘 보고 있습니까?"

"맞혀보세요."

"닭인가요?"

"아뇨."

"저 커다란 나무입니까?"

"아뇨."

"그럼 뭘 보고 있는 건가요? 전 모르겠는데요."

"전 아까부터 저 하얀 구름을 보고 있었어요."

(……)

"높은 데 보는 걸 좋아하는 모양이군요?"

"네." (116쪽)

높은 데 보는 걸 좋아한다는 것의 의미는 공중비행기에 대한 노노미야와 미네코의 대화를 통해서 유추할 수 있다. 이 대화에서 현실론을 대변하는 노노미야는 먼저 높이 날 수 있는 장치를 생각하지 않는다면 떨어져 죽게 된다고 말하고, 이상론을 대변하는 미네코는 죽는다고 해도 그게 더 낫다고 생각한다고 말한다. 그렇다면 안전하게 땅바닥에 서 있는 게 가장 좋은 일이 되겠으나, 미네코의 생각으로 그건 "왠지 시시한 것 같"(143쪽)다. 즉 미네코는 떨어져 죽을지언정 스스로 만족할 수 있다면 그건 시시하지 않게 사는 일이기 때문에 높은 데 보는 걸 좋아하는 것이다. 이 장면의 대화는 자연스레 노노미야의 집에 있을 때 산시로가 목격한 어떤 끔찍한 장면을 떠올리게 한다. 어떤 여자가 전차에 치여 반 토막 난 시신으로 죽어버린 사건 말이다. 산시로는 이 장면을 회상하면서 기차에서 복숭아를 주었던 히로타 선생이 한 말인 "위험하네, 위험해. 조심하지 않으면 정말 위험하지"(30쪽, 77쪽)라는 말을 떠올린다. 이는 일차적으로 죽음을 조심하라는 의미로 들리지만, 공중비행에 대한 미네코의 말과 연결되면서 무모한 사람, 즉 벌럽추어스한 여자를 조심하라는 말로도 들린다.

높은 데 보는 걸 좋아한다는 것의 또 다른 의미는 방황을 두려워하지 않는다는 뜻이기도 하다. 국화인형전을 보러 가는 장면에서 일행은 길을 잃은 한 아이를 만난다. 미네코 역시 이 아이와 마찬가지라는 건 국화인형전에서 산시로가 그녀에게서 울적한 검은 눈동자를 보고는 기분을 전환시키기 위해 함께 북쪽으로 난 실개천을 따라 걸어가면서 점차 밝혀진다. 한참 걷다가 더러운 풀밭에 둘이 앉았을 때, 하늘빛이 점차 변해간다. 다만 단조롭게 맑게 개어 있던 하늘에 몇 가지 색이 생겨난다. 마치 그녀의 눈빛처럼. 그걸 보고 미네코가 "하늘빛이 흐려졌어요"라고 말하자, 산시로도 개천에서 눈을 떼어 하늘을 올려다본다. 그러면서 하는 생각이 이렇다. "이런 하늘을 본 것은 처음이 아니다. 하지만 하늘이 흐려졌다는 말을 들은 것은 이때가 처음이다." (152쪽) 이 순간 산시로는 미네코처럼 하늘을 바라봤던 것이다. 이 말을 소설 속 에피소드로 번역하면 다음과 같은 것이 되지 않을까?

  "히로타 선생님이나 노노미야 씨는 우리가 없어진 걸 나중에 알고는 아마 찾았겠죠?"
  그 사내의 뒷모습을 보면서 산시로는 비로소 생각난 듯이 말했다. 미네코는 오히려 냉담하다.
  "뭐 괜찮아요. 다 큰 미아니까요." (154쪽)

그리고 이 말이 계기가 되어 미네코는 산시로에게 미아를 영어로 뭐라고 하는지 아느냐고 묻는다. 산시로가 대답하지 못하자, 미네코가 친절하게 가르쳐준다. 스트레이 십이라고. 지금 하늘을 올려다보는 두 사람은 스트레이 십, 다 큰 미아들이다. 이 장면에서 미네코는 "제가 그렇게 건방져 보이나요?"(156쪽)라고 말하는데, 이 순간 산시로의 마음에서 안개가 걷히고 명료한 여자가 나타난다. 산시로와 미네코의 높이 차이가 사라진 건 바로 이 순간이 아니었을까? 산시로와 미네코의 관계에서는 높이의 차이가 사라지면, 즉 숭배하지 않으면 연애가 불가능해진다. 연애소설로서의 『산시로』가 불가능해진 것은 바로 이 순간이다.

4. 우린 모두 스트레이 십, 스트레이 십

미네코에게서 하늘을 바라보는 법을 배운 산시로는 그 덕분에 숭배의 대상으로서의 미네코를 상실한다. 한없이 사랑에 가까워진다고 하더라도 연민은 사랑이 될 수 없을 테니. 산시로와 미네코의 관계 변화를 가장 잘 보여주는 에피소드가 바로 운동회 장면이다. 처음 연못 장면과 마찬가지로 이 장면에서도 산시로는 미네코와 요시코를 만난다. 그러나 처음과 달리 이번에는 언덕 위에서 두 사람을 내려다보고 있다. 그렇게 위에서 서서히 하강한 뒤에 산시로는 미네코를 바라본다. 역시 미네코는 안개가 걷힌 뒤의 명료한 여자로 보인다.

> 미네코도 멈췄다. 산시로를 봤다. 하지만 이때만큼은 그 눈이 아무것도 호소하지 않았다. 마치 큰 나무를 바라보는 듯한 눈이었다. 산시로는 마음속으로 불 꺼진 남포등을 보는 기분이 들었다. (185쪽)

이처럼 모든 건 명료해진다. 그러니 무르익기도 전에 연애는 끝날 수밖에. 그녀와 헤어진 뒤, 산시로는 자신과 미네코와 노노미야를 객관적인 눈으로 바라보게 된다. 자신은 시골에서 올라와 이제 막 대학에 들어갔을 뿐이니 학문이라고 할 것도 없고 식견이라고 할 만한 것도 없다. 그러니 자신이 미네코로부터 노노미야에 대한 만큼의 존경을 받을 수 없는 것은 당연하다. 그러고 보니 어쩐지 그 여자에게 무시당하고 있다는 생각이 불현듯 산시로의 머리를 스친다. 미처 깨닫지 못했지만, 나중에 해석해보니 일부러 자신을 우롱한 말일지도 모른다는 생각도 들었다. 그렇게 그때까지 자신에 대한 미네코의 태도나 말을 하나하나 되새기니 모두 안 좋은 의미였다는 사실을 깨닫고 산시로는 길 한복판에서 얼굴이 시뻘게진다. 앞에서 "요컨대 고향에서 어머니를 모셔오고 아름다운 아내를 맞이하고 몸을 학문에 맡기"면 그 세 세계를 뒤섞어 하나의 결과를 만드는 셈이라던 나이브한 생각에서 이 정도라면 꽤 적응한 셈이다.

　미네코를 바라보는 이 눈높이의 차이가 지닌 의미를 해석해주는 건 화가인 하라구치다. 그에 따르면 화가는 육체만 그리는 것이고, 그건 미네코의 눈을 그릴 때도 마찬가지다. 화가는 그녀의 마음을 그리는 게 아니라 그저 눈을 그릴 뿐이다. 그 눈의 모양이며 쌍꺼풀의 그림자며 눈동자의 깊이며, 뭐든지 보이는 것만을 남김없이 그리면 우연의 결과로 일종의 표정이 나온다. 마음을 보지 않고 보이는 그대로 바라본다는 것은 자신만의 편견에서 벗어나 객관적으로 바라본다는 뜻이리라. 과연 그렇게 생각하고 보니 산시로에게는 무슨 일이 생기는 듯하다. 우선 미네코의 안색이 좋지 않다. 눈초리에 견디기 힘든 울적함도 보인다. 산시로는 이 활인화에서 받은 위안을 잃었다며 혹시 자신이 그 변화의 원인이 아닐까 하는 생각마저 한다. 그건 맞다. 안개가 걷히고 명료한 여자가 나타났을 때부터 이미 산시로는 알고 있었으니까. 그래서 그는 미네코의 태도가 원래와 같은, 두 사람의 머리 위에 펼쳐진 맑다고도 흐리다고도 할 수 없는 하늘과 같은 의미의 것이었으면 좋겠다고 생각했던 것이다. 하지만 그의 말마따나 "그것은 여자의 비위를 맞추기 위한 응대 같은 것으로 되돌릴 수 있는 것이 아니"(156쪽)다.

그러므로 이제 마지막 장면의 어색함은 충분히 이해된다. 산시로 연못을 한 바퀴 돌면서 산시로가 미네코를 처음 올려다보던 자리를 짐작해 거기 쭈그리고 앉아 맞은편 언덕을 올려다볼 때, 내 눈앞으로는 빛바랜 사진 속의 풍경 같은 장면이 펼쳐졌다. 언젠가 내가 잃어버린 청춘의 한 조각으로서의 풍경이랄까. 하라구치가 그린 〈숲 속의 여인〉 역시 그런 풍경이었으리라. 이제는 사라지고 없는 청춘의 빛을 담은 캔버스. 내가 소설 속 그림을 봤을 리는 만무하지만, 어쩐지 그 그림을 오랫동안 응시한 느낌이다. 이제는 더 이상 볼 수 없게 된 먼 옛날의 풍경, 즉 배짱 없는 촌놈들의 미성숙한 세계에서나 찾아볼 수 있는 목가적인 풍경, 그러니까 우리가 한 번은 지나온 풍경. 하늘빛이 바뀌고 바람이 불어오면서 그 풍경은 먼 옛날로 돌아갔다. 지금 생각하면 어쩐지 순진한 눈빛으로 그 풍경을 올려다보던 그때가 더 좋았던 것만 같다는 생각이 들면서 묘한 상실감이 느껴진다. 『산시로』가 100년이 지난 지금도 청춘소설로 읽히는 건 이 상실감이 반복되기 때문이리라. 여기에 『산시로』의 위대함이 있다. 여전히, 이토록 세련된 결말이라니.

노노미야는 초대장을 찢어 바닥에 버렸다. 이윽고 히로타 선생과 함께 다른 그림에 대한 평을 시작한다. 요지로만이 산시로 옆으로 다가왔다.

"어떤가, 〈숲 속의 여인〉은?"

"〈숲 속의 여인〉이라는 제목이 안 좋네."

"그럼, 뭐라고 하면 좋겠나?"

산시로는 아무 대답도 하지 않았다. 그저 입속으로, 스트레이 십, 스트레이 십, 이라고 되풀이할 뿐이었다. (335쪽)

나쓰메 소세키 연보

1867년 0세

2월 9일(음력 1월 5일) 현재의 도쿄 신주쿠(구 에도(江戶) 우시고메바바시
타(牛込馬場下))에서 출생. 나쓰메 나오카쓰(夏目直克)와 후처 나쓰
메 지에(夏目千枝) 사이에서 5남 3녀 중 막내로 태어남. 본명은 나
쓰메 긴노스케(夏目金之助). 태어나자마자 요쓰야(四谷)의 만물상에
양자로 보내졌다가 곧 돌아옴.

1868년 1세

11월, 요쓰야의 시오바라 쇼노스케(鹽原昌之助)와 시오바라 야스(鹽原
やす) 부부에게 다시 입양됨.

1870년 3세

천연두에 걸려 얼굴에 흉터가 약간 생김. 흉터는 평생 고민거리가 됨.

1872년 5세

시오바라가의 장남으로 호적에 오름.

1874년 7세

4월, 양부모의 불화로 양모와 함께 잠시 친가로 감.

11월, 아사쿠사(淺草)의 도다 소학교에 입학.

1876년 9세

양아버지가 아사쿠사의 동장에서 면직되어, 소세키는 시오바라가에

적을 둔 채 생가로 돌아옴.

5월, 이치가야(市ヶ谷) 소학교로 전학.

1878년 11세

2월, 친구들과 만든 잡지에 「마사시게론(正成論)」을 발표.

4월, 이치가야 소학교 졸업. 긴카(錦華) 학교 소학심상과(小學尋常科)

　로 전학하고 11월에 졸업.

1879년 12세

3월, 간다(神田)의 도쿄 부립 제1중학교에 입학.

1881년 14세

1월 21일, 생모 나쓰메 지에 사망.

봄에 도쿄 부립 제1중학교 중퇴.

4월경, 한학을 전문으로 가르치는 니쇼(二松) 학사로 전학.

1882년 15세

봄에 니쇼 학사 중퇴.

1883년 16세

봄에 도쿄 대학 예비문(현재의 도쿄 대학 전신 중 하나) 시험 준비를 위해
세이리쓰(成立) 학사에 입학.

1884년 17세

9월, 도쿄 대학 예비문 예과에 입학. 입학 직후 맹장염을 앓음.

1885년 18세

9월, 도쿄 대학 예비문 예과 3급으로 진급.

1886년 19세

7월, 복막염 때문에 학년 말 시험을 치르지 못하고 낙제.
9월, 에토(江東) 의숙 교사가 되어 의숙 기숙사에서 제1고등중학교(도
　쿄 대학 예비문의 후신)에 다님.

1887년 20세

3월에 맏형이, 6월에 둘째 형이 폐결핵으로 사망.
9월, 제1고등중학교 예과에 진급. 이 시기에 과민성 결막염을 앓음.

1888년 21세

1월, 성을 시오바라에서 나쓰메로 복적.

9월, 제1고등중학교 본과에 진학해서 영문학을 전공.

1889년 22세

1월부터 마사오카 시키(正岡子規)와 친해짐.

5월, 시키의 한시 문집인『나나쿠사슈(七草集)』에 대해 한문으로 평을 씀. 9편의 칠언절구를 덧붙이면서 처음으로 '소세키'라는 호를 사용.

9월, 한문체의 기행문집『보쿠세쓰로쿠(木屑錄)』탈고.

1890년 23세

7월, 제1고등중학교 본과 졸업.

9월, 도쿄제국대학 영문학과 입학. 문부성 대비생(貸費生)이 됨.

1891년 24세

7월, 문부성 특대생이 됨. 셋째 형의 부인 도세(登世)가 입덧 때문에 죽자 큰 충격을 받음. 딕슨 교수의 부탁으로『호조키(方丈記)』를 영역.

1892년 25세

4월 5일, 병역을 피할 목적으로 친가로부터 분가하여 본적을 홋카이도(北海道)로 옮김.

5월, 도쿄 전문학교(현재의 와세다 대학)의 강사가 됨.

8월, 마사오카 시키가 그의 고향인 시코쿠(四國) 마쓰야마(松山)에서 요양 중일 때 방문하여 다카하마 교시(高浜虛子)를 처음 만남.

1893년 26세

7월, 도쿄제국대학을 졸업하고 대학원에 진학.

10월, 도쿄 고등사범학교의 영어 촉탁 교사가 됨.

1894년 27세

12월 말~1895년 1월, 폐결핵에 걸려 가마쿠라(鎌倉)의 엔카쿠지(圓覺
寺)에서 참선을 하며 치료에 임함. 일본인이 영문학을 한다는 것에
위화감을 느끼며 이즈음 신경쇠약 증세가 심해짐.

1895년 28세

4월, 시코쿠 에히메(愛媛) 현에 있는 보통중학교에 부임(월급 80엔).

8월~10월, 시키가 마쓰야마로 돌아와 소세키의 하숙집에서 함께 생
활. 하이쿠에 열중하며 많은 가작(佳作)을 남김. 이곳에서의 경험은
『도련님(坊っちゃん)』의 소재가 됨.

12월, 귀족원 서기관장(현재의 참의원 사무총장) 나카네 시게카즈(中根
重一)의 장녀 나카네 교코(中根鏡子)와 맞선을 보고 약혼.

1896년 29세

4월, 구마모토(熊本)의 제5고등학교 강사로 부임(월급 100엔).

6월 9일, 나카네 교코와 결혼. 구마모토에서 신혼 생활을 시작.

7월, 제5고등학교의 교수가 됨.

1897년 30세

4월, 교사를 그만두고 문학에 전념하고 싶다는 뜻을 시키에게 편지로
알림.

6월 29일, 아버지 나쓰메 나오카쓰 사망.

7월, 교코와 함께 도쿄로 감. 구마모토에서 도쿄까지의 장거리 여행이 원인이 되어 교코가 유산.

12월, 오아마(小天) 온천을 여행하며 『풀베개(草枕)』의 소재를 얻음.

1898년 31세

6월, 제5고등학교 학생으로 문하생이 된 데라다 도라히코(寺田寅彦) 등에게 하이쿠를 지도. 도라히코는 『나는 고양이로소이다(吾輩は猫である)』에 나오는 이학사 간게쓰의 모델로 알려짐.

7월, 교코가 히스테리 증세를 보이며 구마모토 현의 자택 가까이에 흐르는 시라카와(白川)의 이가와부치(井川淵) 하천에 뛰어들어 자살을 기도했지만 근처에 있던 어부가 구함.

1899년 32세

5월, 맏딸 후데코(筆子)가 태어남.

6월, 영어과 주임이 됨.

9월, 구마모토 주위에 있는 아소(阿蘇) 산을 여행하며 『이백십일(二百十日)』의 소재를 얻음.

1900년 33세

6월, 문부성으로부터 영문학 연구를 위해 2년 동안 영국 유학을 다녀오라는 명을 받음(유학비 연 1,800엔).

9월 8일, 요코하마에서 출항.

10월 28일, 런던 도착.

1901년 34세

1월 26일, 둘째 딸 쓰네코(恒子)가 태어남.

5~6월 화학자 이케다 기쿠나에(池田菊苗)가 런던을 방문해서 함께 하
   숙. 이케다의 영향으로 『문학론』 구상을 결심하고 귀국할 때까지
   저술에 몰두.

7월, 신경쇠약 재발.

1902년 35세

3월, 장인 나카네 시게카즈에게 편지를 보내 영일동맹 체결에 들뜬
   일본인들을 비판하고 대규모 저술 구상을 언급.

9월, 신경쇠약이 극도로 악화되고, 일본에도 나쓰메 소세키의 증세가
   전해짐. 문부성은 독일 유학생 후지시로 데이스케(藤代禎輔)에게 소
   세키를 데리고 귀국하도록 지시.

11월, 마사오카 시키가 7년 동안 앓던 결핵으로 사망했다는 소식을
   다카하마 교시의 편지를 받고 알게 됨.

12월 5일, 일본 우편선에 승선해서 귀국길에 오름.

1903년 36세

1월 24일, 도쿄 도착.

3월, 도쿄 혼고(本郷) 구(현재의 분쿄 구) 센다기(千駄木)로 이사.

4월, 제1고등학교 강사가 됨(연봉 700엔). 또한 도쿄제국대학 영문과
   교수를 겸함(연봉 800엔).

9월, 제1고등학교의 제자인 후지무라 미사오(藤村操)가 게곤(華嚴) 폭
   포에 몸을 던져 자살하는 사건이 발생. 다시 신경쇠약이 악화됨. 교

코와 불화가 심해져 임신 중인 부인을 친정으로 보내고 별거.

10월, 셋째 딸 에이코(榮子)가 태어남.

1904년 37세

2월, 러일전쟁 발발.

7월, 어린 고양이 한 마리가 집에 들어오고, 교코가 귀여워함.

9월, 메이지(明治) 대학 고등예과 강사를 겸함(월급 30엔).

12월, 당시《호토토기스(ホトトギス)》를 주재하고 있던 다카하마 교시
　　로부터 작품 집필을 권유받고, 『나는 고양이로소이다』 1장을 문학
　　모임에서 낭독.

1905년 38세

1월~1906년 8월, 『나는 고양이로소이다』를 《호토토기스》에 발표.
　　1회분으로 끝날 예정이었지만 호평을 받아 11회에 걸쳐 장편으로
　　연재. 이때부터 작가로 살아갈 뜻을 굳힘.

1월, 「런던탑(倫敦塔)」을 《데이코쿠분가쿠(帝國文學)》에, 「칼라일 박
　　물관(カーライル博物館)」을 《가쿠토(學燈)》에 발표.

4월, 「환영의 방패(幻影の盾)」를 《호토토기스》에 발표.

5월, 「고토노소라네(琴のそら音)」를 《시치닌(七人)》에 발표.

9월, 「하룻밤(一夜)」을 《주오코론(中央公論)》에 발표.

11월, 「해로행(薤露行)」을 《주오코론》에 발표.

12월 14일, 넷째 딸 아이코(愛子)가 태어남.

1906년 39세

1월, 「취미의 유전(趣味の遺伝)」을 《데이코쿠분가쿠》에 발표.

4월, 『도련님』을 《호토토기스》에 발표.

9월, 『풀베개』를 《신쇼세쓰(新小說)》에 발표.

10월, 『이백십일』을 《주오코론》에 발표. 평소에 그의 자택에 출입이 잦은 문하생들의 방문을 매주 목요일 오후 3시 이후로 정해서 '목 요회'라고 불리게 됨.

11월, 요미우리(讀賣) 신문사에서 입사 의뢰가 왔으나 거절.

1907년 40세

1월, 『태풍(野分)』을 《호토토기스》에 발표.

4월, 제1고등학교와 도쿄제국대학 강사를 사직. 아사히(朝日) 신문사 에 소설을 쓰는 전속작가로 입사.

5월, 『문학론』(大倉書店) 출간.

6월 5일, 장남 준이치(純一)가 태어남.

9월, 도쿄 우시고메 구 와세다미나미초(早稲田南町)로 이사. 이후 죽 을 때까지 소세키 산방(漱石山房)이라고 불린 이 집에서 거주.

6~10월, 『우미인초(虞美人草)』를 《아사히 신문》에 연재.

1908년 41세

1~4월, 『갱부(坑夫)』 연재.

6월, 「문조(文鳥)」 연재(오사카 《아사히 신문》).

7~8월, 「열흘 밤의 꿈(夢十夜)」 발표.

9~12월, 『산시로(三四郎)』 연재.

12월 16일, 차남 신로쿠(伸六)가 태어남.

1~3월,「긴 봄날의 소품(永日小品)」연재.

3월,『문학평론』(春陽堂) 출간.

6~10월,『그 후(それから)』연재.

9월, 남만주철도주식회사 총재인 친구 나카무라 제코의 초대로 만주
　　와 한국을 여행. 이때 신의주, 평양, 서울, 인천, 부산을 방문함.

10~12월, 기행문『만한 이곳저곳(滿韓ところどころ)』연재.

11월, '아사히 문예란'을 새로 만들고 주재함. 위경련으로 고통받음.

3월 2일, 다섯째 딸 히나코(ひな子)가 태어남.

3~6월,『문(門)』연재.

6~7월, 위궤양 때문에 나가요(長与) 위장병원에 입원.

8월, 슈젠지(修善寺) 온천에서 다량의 피를 토하고 위독한 상태에 빠
　　짐. 이를 '슈젠지의 대환'이라 부름.

10월~1911년 3월, 슈젠지의 체험을 바탕으로『생각나는 일들(思い出
　　す事など)』을 32회에 걸쳐 연재.

2월, 위궤양으로 입원 중에 문부성으로부터 문학박사 학위 수여를 통
　　지받지만 거절함.

8월, 오사카《아사히 신문》의 의뢰로 간사이(關西) 지방에서 순회 강
　　연을 함.

10월, '아사히 문예란'이 폐지됨. 아사히 신문사에 사표를 내지만 반

려됨. 다섯째 딸 히나코가 급사함.

1912년 45세

1~4월, 『춘분 지나고까지(彼岸過迄)』 연재. 신경쇠약과 위궤양이 재발
하여 고통받음.

7월, 메이지 천황 사망. 연호가 다이쇼(大正)로 바뀜.

10월경, 남화풍의 그림을 그림.

12월, 자택에 전화가 들어옴.

12월~1913년 11월, 『행인(行人)』 연재.

1913년 46세

4월, 위궤양이 재발하고 신경쇠약이 심해져 『행인』 연재 중단(9월부터
재개).

1914년 47세

4~8월, 『마음(こころ)』 연재.

11월, '나의 개인주의'라는 주제로 가쿠슈인(學習院)에서 강연함.

1915년 48세

1월, 제자 데라다 도라히코에게 보낸 연하장에 금년에 죽을지도 모른
다고 씀.

1~2월, 『유리문 안에서(硝子戶の中)』 연재.

3~4월, 교토(京都) 여행. 위통으로 쓰러짐.

6~9월, 『한눈팔기(道草)』 연재.

12월, 아쿠타가와 류노스케(芥川龍之介), 구메 마사오(久米正雄)가 처음으로 목요회에 참가. 이들은 마지막 문하생이 됨.

1916년 49세

1월,「점두록(點頭錄)」연재.

2월, 아쿠타가와 류노스케에게 보낸 편지에서 그의 작품『코(鼻)』를 격찬함.

4월, 당뇨병 진단을 받고 치료에 들어감.

5~12월,『명암(明暗)』연재.

8월, 오전에는 소설을 쓰고 오후에는 한시를 쓰고 그림을 그림.

11월 초, 목요회에서 만년의 사상으로 알려진 칙천거사(則天去私)에 대해 처음 언급함.

11월 16일, 마지막 목요회가 열리고 모리타 소헤이, 아베 요시시게, 아쿠타가와 류노스케, 구메 마사오 등이 출석함.

11월 21일, 위궤양 악화로 쓰러짐.

12월 2일, 내출혈로 다시 위독한 상태에 빠짐.

12월 9일 오후 6시 45분 사망.

12월 14일, 도쿄《아사히 신문》에 연재되던『명암』이 제188회를 마지막으로 연재 중단됨.

장례식 접수는 아쿠타가와 류노스케가 담당했으며 모리 오가이를 비롯한 많은 명사들이 조문함.

12월 28일, 도쿄 도시마(豊島) 구에 있는 조시가야(雜司ヶ谷) 묘원에 안장됨. 조시가야 묘원은『마음』의 주인공 K가 자살 후 묻힌 장소임.

도쿄제국대학에 입학하는 산시로는 고향 구마모토를 떠나 도쿄행 기차에 몸을 싣는다. 기차에서 만난 여자와 여관에서 하룻밤을 '그냥' 보내고 나온 산시로는 그녀에게 "당신은 참 배짱이 없는 분이로군요"라는 말을 듣는다. 이 한마디는 소설이 끝날 때까지 그를 붙들고 도무지 놓아주질 않는다. 청춘의 방황을 다룬 아름다운 소설이라는 무라카미 하루키의『노르웨이의 숲』은 내게 성적 판타지로만 남았는데, 와타나베와 자고 싶어 안달하는 여자들, 하지만 다가오는 여성들을 하나씩 잃어가는 답답하기만 한 우리의 산시로, 우리의 청춘은 늘 와타나베를 꿈꾸는 산시로인지도.

옮긴이 **송태욱**

연세대학교 국문과를 졸업하고 같은 대학 대학원에서 문학박사 학위를 받았다. 도쿄외국어대학원 연구원을 지냈으며, 현재 대학에서 강의하며 전문번역가로 활동하고 있다.

지은 책으로『르네상스인 김승옥』(공저)이 있고, 옮긴 책으로『사랑의 갈증』, 『세설』, 『만년』, 『환상의 빛』, 『형태의 탄생』, 『책으로 찾아가는 유토피아』, 『일본 정신의 기원』, 『트랜스크리틱』, 『소리의 자본주의』, 『포스트콜로니얼』, 『천천히 읽기를 권함』, 『번역과 번역가들』, 『연애의 불가능성에 대하여』, 『매혹의 인문학 사전』, 『안도 다다오』, 『빈곤론』, 『해적판 스캔들』, 『오늘의 일본 문학』, 『문명개화와 일본 근대 문학』, 『유럽 근대 문학의 태동』, 『현대 일본 사상』, 『십자군 이야기』(전3권), 『잘라라, 기도하는 그 손을』 등 다수가 있다. 현암사에서 기획한 나쓰메 소세키 소설 전집 번역으로 한국출판문화상 번역상을 수상했다.